MARC LEVY

Das Geheimnis unserer Herzen

Marc Levy

DAS GEHEIMNIS UNSERER HERZEN

Roman

Ins Deutsche übertragen
von Eliane Hagedorn und Bettina Runge

blanvalet

Die Originalausgabe erschien unter dem Titel »La dernière des Stanfield«
bei Robert Laffont Versilio, 2017.

Penguin Random House Verlagsgruppe FSC® N001967

1. Auflage
Taschenbuchausgabe 2023 bei Blanvalet, einem Unternehmen
der Penguin Random House Verlagsgruppe GmbH,
Neumarkter Str. 28, 81673 München
Copyright der Originalausgabe © 2017 by Marc Levy, Versilio
Copyright der deutschsprachigen Ausgabe © 2021 by Blanvalet
in der Penguin Random House Verlagsgruppe GmbH
Umschlaggestaltung: www.buerosued.de nach einer Originalvorlage
von Editions Pocket
Umschlagdesign: Emmanuel Romeuf/Illustrissimo
LO · Herstellung: DiMo
Satz: Uhl + Massopust, Aalen
Druck und Bindung: GGP Media GmbH, Pößneck
Printed in Germany
ISBN 978-3-7341-1197-6

www.blanvalet.de
www.marclevy.info

Für Louis, Georges, Cléa

Für Pauline

Es gibt drei Versionen einer Geschichte:
deine, meine ... und die Wahrheit.
Und niemand lügt.

Robert EVANS

There are three sides to every story:
Your side ... my side ... and the truth.
And no one is lying.

Kapitel 1

Eleanor-Rigby

Oktober 2016, London

Ich heiße Eleanor-Rigby Donovan.

Mein Vorname sagt Ihnen vielleicht etwas. Meine Eltern waren Fans der Beatles. *Eleanor Rigby* ist der Titel eines Songs von Paul McCartney.

Mein Vater hasst es, wenn ich ihn darauf hinweise, dass seine Jugend im vorigen Jahrhundert stattgefunden hat, aber in den 1960er-Jahren teilten sich die Rockfans in zwei Lager, entweder war man für die Rolling Stones oder für die Beatles. Aus einem mir unerfindlichen Grund war es schlicht nicht vorstellbar, beide zu mögen.

Meine Eltern waren siebzehn, als sie das erste Mal in einem Londoner Pub miteinander flirteten. Alle Augen waren auf einen Fernsehbildschirm gerichtet, um die Übertragung eines Beatles-Konzerts zu verfolgen, und der ganze Saal stimmte dazu *All You Need Is Love an*. Siebenhundert Millionen Fernsehzuschauer begleiteten ihre aufkeimenden Gefühle. Das dürfte wohl ausreichen, um den Grundstein für eine dauerhafte Lovestory zu legen.

Und dennoch verloren sie sich einige Jahre später aus den Augen. Doch da das Leben voller Überraschungen ist, begegneten sie sich mit knapp dreißig unter recht komischen Umständen wieder. Ich wurde dreizehn Jahre nach ihrem ersten Kuss gezeugt. Sie hatten sich Zeit gelassen.

Da mein Vater einen schier grenzenlosen Sinn für Humor hat – in der Familie wird erzählt, damit habe er meine Mutter verführt –, entschied er sich bei der Eintragung meiner Geburt dafür, mich Eleanor-Rigby zu nennen.

»Diesen Song haben wir in Endlosschleife gehört, als wir an dir gearbeitet haben«, vertraute er mir eines Tages zu seiner Rechtfertigung an.

Ich verspürte nicht die geringste Lust, Details über eine Situation zu erfahren, die ich mir ebenso wenig vorstellen wollte. Ich könnte jedem, der es hören möchte, erzählen, meine Kindheit sei schwierig gewesen, doch das wäre eine Lüge, und ich konnte noch nie gut lügen. Meine Familie ist so dysfunktional wie jede Familie. Und auch hier gibt es zwei Lager: die einen, die es akzeptieren, und die anderen, die so tun als ob. Dysfunktional, aber fröhlich, manchmal fast zu fröhlich. In meiner Familie gibt es den festen Willen, alles auf die leichte Schulter zu nehmen, selbst wenn es sich um Schicksalsschläge handelt. Und das hat mich, zugegebenermaßen, oft rasend gemacht. Meine beiden Eltern haben stur jeweils dem anderen dieses Körnchen Verrücktheit zugeschoben, das bei den Mahlzeiten und an den Abenden keimte und meine Kindheit ebenso bestimmte wie auch die meines großen Bruders (er kam zwanzig Minuten vor mir zur Welt) und die meiner jüngeren Schwester Maggie.

Maggie, siebter Song der A-Seite des Albums *Let It Be*,

hat ein so großes Herz, dass es nicht einmal in die Hand eines Riesen passen würde, sie hat einen starken Charakter und ist auch eine Egoistin ohnegleichen, wenn es sich um kleine Alltäglichkeiten handelt. Das passt jedoch durchaus zusammen. Wenn man ein echtes Problem hat, ist sie immer zur Stelle. Weigerst du dich, um vier Uhr morgens zu zwei Kumpeln ins Auto zu steigen, die zu viel getrunken haben, um noch fahrtüchtig zu sein, schnappt sie sich die Autoschlüssel von Dads Austin, holt dich im Schlafanzug am anderen Ende der Stadt ab und fährt auch noch deine Kumpel nach Hause, nachdem sie ihnen eine Standpauke gehalten hat, selbst wenn die zwei Jahre älter sind als sie. Versucht man hingegen, ihr beim Frühstück einen Toast vom Teller zu stibitzen, werden sich deine Unterarme noch lange daran erinnern, und man braucht auch nicht darauf zu hoffen, dass sie etwas Milch für die anderen übrig lässt. Warum meine Eltern sie immer wie eine Prinzessin behandelt haben, bleibt mir ein ewiges Rätsel. Mum brachte ihr eine krankhafte Bewunderung entgegen, ihr kleines Nesthäkchen sollte große Dinge vollbringen. Maggie würde Rechtsanwältin oder Ärztin werden, vielleicht sogar beides, sie würde Witwen und Waisen retten, den Hunger in der Welt ausrotten ... kurz, sie war der Liebling, und die ganze Familie sollte über ihr Wohl wachen.

Mein Zwillingsbruder heißt Michel, siebter Song der A-Seite von *Rubber Soul*, auch wenn der Vorname auf dem besagten Album der einer Frau, also eigentlich Michelle, ist. Der Gynäkologe hatte im Ultraschall sein Zipfelchen nicht gesehen. Anscheinend hatten wir uns zu eng aneinandergedrückt. *Errare humanum est.* Das war eine große Überraschung bei der Entbindung. Aber der Vorname stand nun mal schon fest, eine Änderung kam nicht infrage. Dad begnügte sich damit, ein *l* und ein *e* unter den Tisch fallen zu lassen, und mein Bruder verbrachte seine ersten drei Lebensjahre in einem Zimmer mit rosa Wänden, geschmückt mit einem Zierstreifen, auf dem Alice hinter einem Kaninchen herlief. Die Kurzsichtigkeit eines Gynäkologen kann unerwartete Folgen haben.

Diejenigen unter uns, deren gute Erziehung mit Heuchelei im Wettstreit liegt, werden in verlegenem Tonfall erklären, Michel sei etwas speziell. Vorurteile sind das Vorrecht der Menschen, die davon überzeugt sind, über alles umfassend Bescheid zu wissen. Michel lebt in einer Welt, die keine Gewalt, Engstirnigkeit, Heuchelei, Ungerechtigkeit oder Bosheit kennt. Einer nach Meinung der Ärzte ungeordneten Welt, in der jedoch für ihn jedes Ding und jeder Gedanke seinen Platz hat, einer Welt, die so spontan und ehrlich ist, dass sie mich glauben lässt, wir anderen seien vielleicht »speziell«, um nicht zu sagen anormal. Diesen Ärzten ist es nie gelungen, mit Sicherheit zu bestimmen, ob es sich bei ihm nun um das Asperger-Syndrom handelt oder ob er einfach nur etwas anders gestrickt ist. Tatsächlich keine einfache Sache, aber Michel ist ein unglaublich sanfter Mensch, eine Quelle gesunden Menschenverstands und unerschöpflichen Gelächters. Während ich nicht lügen kann, muss Michel immer sagen, was er denkt, und zwar genau in dem Moment, in dem er es denkt. Als er sich mit vier Jahren endlich dazu entschloss zu sprechen, fragte er in der Warteschlange vor einer Supermarktkasse eine Dame, die im Rollstuhl saß, woher sie ihre Kutsche habe. Mum, die völlig überrascht war, ihn endlich einen vollständigen Satz sprechen zu hören, schloss ihn in die Arme, um ihn zu küssen, bevor sie vor Verlegenheit einen knallroten Kopf bekam. Und das war erst der Anfang…

Seit dem Abend, an dem meine Eltern sich wiederbegegneten, haben sie sich geliebt. Es gab bei ihnen, wie bei jedem Paar, Eiszeiten, aber sie haben sich immer wieder versöhnt, respektiert und vor allem bewundert. Als ich sie eines Tages, nach der Trennung von dem Mann, in den ich noch immer verliebt war, fragte, wie sie es geschafft hätten, sich ein Leben lang zu lieben, antwortete mein Vater: »Eine Liebesgeschichte ist die Begegnung zweier Gebender.«

Meine Mutter ist letztes Jahr gestorben. Sie war mit meinem Vater zum Essen im Restaurant, der Ober hatte ihr soeben ihr Lieblingsdessert, einen Rum-Savarin, gebracht, als sie zusammenbrach und mit dem Gesicht in die Schlagsahne fiel. Es gelang den Rettungskräften nicht, sie wiederzubeleben.

Dad hütete sich, sein Leid mit uns zu teilen; ihm war dennoch bewusst, dass jeder von uns es auf seine Art durchlebte. Michel zum Beispiel ruft weiterhin jeden Morgen an, um mit Mum zu sprechen, und mein Vater antwortet ihm stets, dass sie nicht ans Telefon kommen könne.

Zwei Tage nachdem wir sie zu Grabe getragen hatten, hat Dad uns um den Küchentisch versammelt und uns offiziell verboten, eine Trauermiene aufzusetzen. Mums Tod dürfe keinesfalls schmälern, was sie für uns mit so viel Mühe aufgebaut hatten: eine fröhliche Familie mit starkem Zusammenhalt. Am nächsten Morgen fanden wir eine Notiz von ihm an der Kühlschranktür: »Meine Lieben, eure Eltern sterben eines Tages, und eines anderen Tages werdet ihr an der Reihe sein, deshalb nutzt jeden Tag, euer Dad.«

Logisch, würde mein Bruder sagen. Man darf nicht eine Sekunde damit vergeuden, sich in seinem Unglück zu gefallen. Doch wenn die eigene Mutter mit dem Gesicht in der Schlagsahne in eine andere Welt übertritt, kann einem das schon zu denken geben.

Mein Beruf lässt diejenigen, die mich danach fragen, vor Neid erblassen. Ich bin Journalistin für die Zeitschrift *National Geographic*. Ich werde, wenn auch kärglich, dafür bezahlt, zu reisen und die Vielfalt der Welt zu fotografieren und zu beschreiben. Seltsamerweise musste ich die ganze Welt durchqueren, um zu entdecken, dass die Herrlichkeit dieser Vielfalt überall in meinem Alltag präsent ist und ich nur mehr auf meine Umgebung achten muss, um das festzustellen.

Aber wenn man sein Leben in Flugzeugen verbringt, dreihundert Nächte im Jahr in mehr oder weniger komfortablen Hotelzimmern schläft – wegen des knappen Budgets übrigens eher weniger –, die meisten Artikel in holprigen Bussen schreibt und einen der Anblick einer sauberen Dusche in maßlose Verzückung versetzt, hat man, einmal wieder zu Hause, nur noch den Wunsch, mit einem Snack auf einem kuscheligen Sofa vor dem Fernseher zu lümmeln, die Familie in Reichweite.

Mein Liebesleben beschränkt sich auf ein paar Verführungsspielchen, die so selten wie kurzlebig sind. Das ständige Reisen stempelt einen auf unbestimmte Zeit zum Single. Zwei Jahre lang hatte ich mit einem Reporter der *Washington Post* eine Beziehung, an der ich festhalten wollte. Eine wunderbare Illusion. Wir hatten genügend Mails ausgetauscht, um uns den Eindruck zu vermitteln, einander nah zu sein, aber wir haben nie mehr als drei Tage am Stück zusammen verbracht. Alles zusammengerechnet, war es uns nicht vergönnt, mehr als zwei Monate unser Leben miteinander zu teilen. Jedes Mal, wenn wir uns trafen, schlug uns das Herz bis zum Hals, jedes Mal, wenn wir uns trennen mussten, ebenfalls. Aufgrund dieser Arrhythmien gaben unsere Herzen schließlich auf.

Verglichen mit dem Leben der meisten meiner Freunde ist das meine alles andere als alltäglich, doch richtig einmalig wurde es erst, als ich eines Morgens meine Post öffnete.

Ich kam von einer Costa-Rica-Reise zurück, Dad hatte mich am Flughafen abgeholt. Mit fünfunddreißig Jahren sollte man sich abgenabelt haben. In gewisser Weise habe ich das auch, aber sobald ich zurückkomme und in der Menge, die nach den Flugreisenden Ausschau hält, das Gesicht meines Vaters entdecke, werde ich wieder zum Kind, und auf diese süße Empfindung möchte ich um nichts auf der Welt verzichten.

Seit Mums Tod ist er etwas gealtert, sein Haar hat sich gelichtet, sein Bauch leicht gerundet, und sein Gang ist etwas schwerfälliger geworden, aber er ist noch immer dieser großartige, elegante, brillante und leicht verrückte Mann, und ich kenne keinen beruhigenderen Geruch als den seines Halses, wenn er mich in die Arme schließt und hochhebt. Ödipus, wenn du uns im Griff hast, lass uns niemals los oder wenigstens so spät wie möglich! Die Reise nach Mittelamerika hatte mich erschöpft. Auf dem Flug hatte ich eingezwängt zwischen zwei Mitreisenden gesessen, deren Köpfe sich bei jeder Turbulenz auf meine Schultern verirrten, als wären sie Behelfs-Kopfkissen. Als ich zu Hause mein erschöpftes Gesicht im Badezimmerspiegel sah, konnte ich diesen Irrtum verstehen.

Michel war zum Essen zu Dad gekommen, meine Schwester hatte sich später zu uns gesellt, und mein Herz schwankte zwischen der Freude, sie alle wiederzusehen, und dem Verlangen, mich in das Zimmer zurückzuziehen, das ich offiziell bis zum Alter von zwanzig Jahren bewohnt hatte, inoffiziell sehr viel länger. Ich habe ein Einzimmer-Appartement in der Old Brompton Road gemietet, im Westen von London, aus Prinzip und aus reinem Stolz, denn eigentlich schlafe ich dort so gut wie nie. Die seltenen Zeiten, in denen ich in mein Heimatland zurückkehre, verbringe ich gerne unter dem Dach unseres Elternhauses in Croydon.

Am Tag nach dieser Heimkehr schaute ich in meinem Appartement vorbei. Inmitten von Rechnungen und Prospekten fand ich einen handgeschriebenen Umschlag. Die Schrift war bemerkenswert schön, mit vielen geschwungenen und feinen Schnörkeln, wie man es in der Schule lernt.

In dem Brief teilte man mir mit, meine Mutter habe eine Vergangenheit gehabt, von der ich nichts wüsste. Man versicherte mir, beim Durchsuchen ihrer persönlichen Sachen würde ich auf Erinnerungsstücke stoßen, die mir jede Menge Informationen über die Frau liefern würden, die sie gewesen sei. Und damit ließ es der anonyme Schreiber noch nicht bewenden. Angeblich war Mum an einer schweren Straftat beteiligt gewesen, die inzwischen fünfunddreißig Jahre zurücklag. Genaueres wurde in dem Brief nicht genannt.

Vieles an diesen Enthüllungen konnte nicht stimmen. Diese fünfunddreißig Jahre fielen schon einmal auf das Jahr meiner Empfängnis ... Und man konnte sich Mum – vor allem mit Zwillingen schwanger – nur schwer als Verbrecherin vorstellen, wenn man sie gekannt hatte. Der Verfasser dieses anonymen Briefs lud mich ein, ans andere Ende der Welt zu kommen, wenn ich mehr erfahren wolle. Zum Schluss bat er mich, seinen Brief zu vernichten, und empfahl mir, mit niemandem darüber zu sprechen, weder mit Maggie, aber vor allem nicht mit meinem Vater.

Woher wusste dieser Unbekannte die Vornamen der Menschen, die mir am nächsten standen? Das kam mir merkwürdig vor und machte mich misstrauisch.

Wir hatten Mum erst letztes Frühjahr beerdigt, und ich war noch längst nicht über diesen Verlust hinweggekommen.

Meine Schwester hätte mir niemals derart geschmacklos mitgespielt, mein Bruder war gar nicht in der Lage, eine solche Geschichte zu erfinden, und ich konnte mein Adressbuch noch so oft durchgehen, ich fand unter meinen Bekannten niemanden, der mir einen solchen Streich spielen würde.

Was hätten Sie an meiner Stelle gemacht? Wahrscheinlich denselben Fehler wie ich.

Kapitel 2

Sally-Anne

Oktober 1980, Baltimore

Beim Verlassen des Lofts musste sie es mit der langen Treppe aufnehmen.

Einhundertzwanzig steile Stufen führten die drei Stockwerke hinab, spärlich erhellt von Glühbirnen, die an altersschwachen Stoffkabeln hingen und einen kärglichen Lichtschein in diesen Abgrund warfen. Das Hinuntergehen war ein lebensgefährliches Spiel, das Hinaufgehen die reinste Qual.

Der Lastenaufzug hatte längst ausgedient. Sein altes, von Rost zerfressenes Gitter verschmolz optisch mit den ockerfarbenen Wänden.

Wenn Sally-Anne die Tür des Mietshauses öffnete, wurde sie jedes Mal von der staubigen Helligkeit der Docks geblendet. Die Straßen waren von alten Lagerhallen aus rotem Backstein gesäumt. Am Ende einer Mole, gegen die der Wind die Wellen peitschte, erhoben sich hohe Kräne, die die Container der letzten hier noch anlegenden Frachtschiffe umluden. Das Viertel war noch nicht von gewieften Bauträgern gentrifiziert worden. Aktuell hatten sich in diesen leer stehenden Anlagen nur einige aufstrebende Künstler, Musiker oder angehende Maler niedergelassen. Mittellose Jugendliche lebten hier Seite an Seite mit wohlhabenden Kids, die sich selbst überlassen und meist mit dem Gesetz in Konflikt geraten waren. Der nächste Lebensmittelladen war mit dem Motorrad in zehn Minuten zu erreichen.

Sally-Anne besaß eine Triumph Bonneville, sechshundertfünfzig Kubik, die einen, wenn man verrückt genug war, mit über hundertsechzig km/h davontragen konnte. Der blau-weiße Tank war verbeult, eine Erinnerung an einen denkwürdigen Sturz aus der Zeit, als sie noch lernte, diese Bestie zu zähmen.

Einige Tage zuvor hatten ihre Eltern Sally-Anne nahegelegt, die Stadt zu verlassen, um die Welt zu entdecken. Mit ihren manikürten Händen hatte ihre Mutter einen Scheck ausgestellt, ehe sie ihn ihrer Tochter überreichte, von der sie sich damit trennte.

Sally-Anne hatte auf den Betrag geschaut, überlegt, ihn für einige Dummheiten und Besäufnisse auszugeben, und schließlich beschlossen, sich zu rächen, da die Distanz, die ihre Familie ihr aufzwang, sie stärker kränkte als die Sühne eines Fehlers, den sie nicht begangen hatte. Sie würde so erfolgreich sein, dass ihre Familie es eines Tages bereuen würde, sie verstoßen zu haben. Ein sicher ehrgeiziges Projekt, aber Sally-Anne besaß eine außergewöhnliche Intelligenz, ein attraktives Äußeres und ein gut bestücktes Adressbuch. In ihrer Familie maß man Erfolg an der Höhe des Bankkontos und der Besitztümer, die man vorweisen konnte. Sally-Anne hatte es nie an Geld gemangelt, aber es hatte sie nie sonderlich interessiert. Sie schätzte den Kontakt zu anderen Menschen, und es war ihr egal, wenn sie ihre Familie durch den Umgang mit Leuten, die nicht ihresgleichen waren, schockierte. Sally-Anne hatte ihre Fehler, aber man musste anerkennen, dass sie aufrichtige Freundschaften ernsthaft pflegte.

Das trügerische Blau des Himmels durfte sie nicht darüber hinwegtäuschen, dass es die ganze Nacht über geregnet hatte. Eine feuchte Fahrbahn kann mit dem Motorrad verhängnisvoll sein. Die Triumph verschlang die Kilometer, Sally-Anne spürte die Wärme des Motors zwischen ihren Schenkeln. Diese Maschine zu lenken verschaffte ihr ein Gefühl unvergleichlicher Freiheit.

An einer noch entfernten Kreuzung entdeckte sie eine einsame Telefonzelle in diesem Niemandsland, sie warf einen Blick auf ihre Armbanduhr, die zwischen den Druckknöpfen ihrer behandschuhten Hand zu sehen war, schaltete zurück und bremste. Sie parkte die Triumph auf dem Bürgersteig und klappte den Seitenständer herunter. Sie musste sich vergewissern, dass ihre Komplizin pünktlich sein würde.

Fünf Mal läutete das Telefon, May hätte längst abheben müssen. Sally-Anne spürte, wie sich ihre Kehle zusammenschnürte, dann hörte sie am leisen Klicken, dass endlich abgehoben wurde.

»Alles in Ordnung?«

»Ja«, antwortete lakonisch eine Stimme.

»Ich bin auf dem Weg. Bist du bereit?«

»Ich hoffe es. Für einen Rückzieher ist es wohl schon zu spät, oder?«

»Warum sollten wir einen Rückzieher machen?«, fragte Sally-Anne.

May hätte alle Gründe nennen können, die ihr einfielen. Ihr Plan war viel zu riskant, lohnte der Einsatz wirklich die Mühe? Wozu sollte diese Rache gut sein, sie würde nichts von dem auslöschen können, was geschehen war. Und wenn es nicht wie geplant lief, wenn sie geschnappt würden? Ein zweites Mal verurteilt zu werden würde ihre Kräfte übersteigen. Doch da sie diese Risiken nur ihrer Freundin zuliebe auf sich nahm, schwieg sie.

»Verspäte dich nicht«, beharrte Sally-Anne.

Ein Polizeiauto fuhr vorbei, und Sally-Anne hielt den Atem an. Sie durfte sich, so dachte sie, auf keinen Fall von der Angst übermannen lassen, was sollte sonst werden, wenn sie wirklich zur Tat schritt? Im Moment konnte man ihr nichts vorwerfen, ihr Motorrad war vorschriftsmäßig geparkt, und die Nutzung einer Telefonzelle war schließlich nicht verboten. Das Polizeiauto fuhr weiter, doch der Beamte am Steuer hatte sich noch die Zeit genommen, ihr einen verführerischen Blick zuzuwerfen. Wenn die nun auch noch anfangen!, sinnierte sie, während sie einhängte.

Nach einem Blick auf ihre Uhr kalkulierte sie, dass sie in zwanzig Minuten vor der Tür der Stanfields ankommen würde, ihr Haus innerhalb einer Stunde verlassen und in neunzig Minuten zurück sein würde. Neunzig Minuten, die für May und sie alles verändern würden. Sie schwang sich auf ihre Maschine, ließ den Motor mit einem Tritt auf den Kickstarter an und fuhr wieder los.

Am anderen Ende der Stadt schlüpfte May in ihren Mantel. Sie überprüfte, ob der Lockpicker, eine Art Dietrich, sich in dem Papiertaschentuch in ihrer rechten Manteltasche befand, und bezahlte den Schlosser, der ihn für sie angefertigt hatte. Beim Verlassen des Mietshauses schlug ihr die Kälte ins Gesicht. Die nackten Äste der Pappeln knackten im Wind. Sie klappte den Mantelkragen hoch, ging zur Haltestelle und wartete auf den Bus.

Auf ihrem Fensterplatz betrachtete sie ihr Spiegelbild, fuhr sich mit den Fingern durchs Haar, um es nach hinten zu streichen und mit einer Klammer zu einem Knoten zusammenzufassen. Zwei Reihen vor ihr hörte ein Mann, der einen kleinen Radioapparat auf seinen Knien hatte, ein Stück von Chet Baker. Sein Kopf wiegte sich im langsamen Rhythmus der Ballade. Der Mann neben ihm blätterte geräuschvoll in seiner Zeitung, um seinen Nachbarn dadurch ebenso zu stören, wie ihn *My Funny Valentine* zu belästigen schien.

»Das ist der schönste Song, den ich kenne«, raunte ihr ihre Sitznachbarin zu.

May fand ihn eher traurig als schön, die Wahrheit lag wohl dazwischen. Nach sechs Haltestellen stieg sie aus und stand zur abgemachten Zeit am Fuß des Hügels. Sally-Anne erwartete sie bereits auf ihrem Motorrad. Sie reichte ihr einen Helm und wartete, bis sie aufgestiegen war. Der Motor heulte auf, und die Triumph fuhr die Straße hinauf.

Kapitel 3

Eleanor-Rigby

Oktober 2016, Beckenham, Vorort von London

Alles schien normal, doch nichts war mehr normal. Maggie lehnte am Türrahmen zum Wohnzimmer und drehte eine erloschene Zigarette zwischen ihren Fingern. Irgendetwas in ihrem Inneren sagte ihr, das Anzünden dieser Kippe würde den Unsinn bestätigen, den sie soeben gehört hatte.

Ich saß, den Brief in den Händen haltend, gleichsam in einem Zustand frommer Verzückung kerzengerade auf meinem Stuhl wie eine Schülerin, die sich nicht den Zorn ihrer Lehrerin zuziehen will.

»Lies ihn noch einmal vor«, befahl Maggie.

»Bitte. Lies ihn *bitte* noch einmal vor«, korrigierte ich sie ordnungshalber.

»Wer von uns beiden ist denn mitten in der Nacht bei der anderen aufgekreuzt? Also geh mir *bitte* nicht auf die Nerven …«

Wie konnte Maggie sich eigentlich eine Zweizimmerwohnung leisten, während ich, die einen richtigen Job hatte, kaum die Miete für mein Einzimmer-Appartement aufbringen konnte? Unsere Eltern hatten sie offensichtlich unterstützt. Und wenn sie die Wohnung seit dem Tod unserer Mutter noch immer halten konnte, dann war auch Dad in das Spielchen eingeweiht gewesen, und das ärgerte mich besonders. Eines Tages würde ich den Mut aufbringen müssen, am Familientisch danach zu fragen. Ja, dachte ich, eines Tages würde ich den Mut finden, mich ein für alle Mal gegen meine jüngere Schwester zu behaupten und sie in die Schranken zu weisen, wenn sie mich dumm anredete – das und alles Mögliche andere ging mir durch den Kopf, um nicht an diesen Brief denken zu müssen, den ich Maggie erneut vorlesen würde, da sie es mir befohlen hatte.

»Hat's dir die Sprache verschlagen, Rigby?«

Ich hasse es, wenn Maggie meinen Vornamen entstellt, indem sie ihm seinen weiblichen Teil nimmt. Und das weiß Maggie ganz genau. Abgesehen von der Liebe, die wir füreinander empfinden, ist zwischen uns nie etwas einfach gewesen. Als wir noch Kinder waren, kam es vor, dass wir uns bei einem Streit zwischen kleinen wütenden Mädchen die Haare ausrissen, und diese Streitereien nahmen in der Pubertät weiter zu. Wir prügelten uns, bis Michel den Kopf zwischen seine Hände nahm, als würde ein durch die Boshaftigkeit seiner Schwestern ausgelöster Schmerz unter seinen Schläfen hervorquellen, unter dem er furchtbar litt. Daraufhin beendeten wir unseren Kampf, dessen Ursache wir längst vergessen hatten, und um ihn davon zu überzeugen, dass alles nur ein Spiel gewesen war, nahmen wir einander in die Arme und zogen ihn in einen fröhlichen Tanz.

Maggie träumte davon, meine roten Haare zu haben, und meine abgeklärte Haltung, der, wenn man ihr Glauben schenkte, nichts etwas anhaben konnte. Ich träumte davon, den dunklen Wuschelkopf meiner jüngeren Schwester zu haben, was mir in der Schule sehr viele Hänseleien erspart hätte, ihre unbestreitbare Schönheit, ihre Selbstsicherheit. Jeder Vorwand diente uns zur Konfrontation, aber sobald ein Außenstehender oder ein Elternteil eine von uns angriff, rückte die andere mit ausgefahrenen Krallen an, um die Schwester zu schützen.

Ich seufzte und begann vorzulesen.

Liebe Eleanor,

Sie werden mir diese Namenskürzung sicher verzeihen. Zusammengesetzte Vornamen sind für meinen Geschmack zu lang, Ihrer ist übrigens bezaubernd, aber das ist nicht Gegenstand dieses Briefs.

Sie müssen den plötzlichen Tod Ihrer Mutter als zutiefst ungerecht empfunden haben. Sie war wie dafür geschaffen, Großmutter zu werden und hochbetagt in ihrem eigenen Bett im Kreis ihrer Familie, der sie so viel gegeben hat, zu sterben. Sie war eine bemerkenswerte Frau und von großer Intelligenz, die sie zum Besten wie zum Schlechtesten befähigte, Sie haben jedoch nur das Beste gekannt. Es ist nun einmal so, dass wir von unseren Eltern immer nur das wissen, was sie uns erzählen wollen, was wir sehen sollen, und wir vergessen – so ist nun mal der Lauf der Dinge –, dass sie auch vor unserer Geburt schon ein Leben gehabt haben. Ich will damit sagen, dass unsere Eltern ein Leben nur für sich gehabt, die Qualen und die Lügen der Jugend gekannt haben. Auch sie mussten ihre Ketten sprengen, mussten sich freimachen. Die Frage ist nur: wie?

Ihre Mutter beispielsweise hat vor fünfunddrei-
ßig Jahren auf ein beträchtliches Vermögen verzichtet.
Dieses Vermögen war jedoch nicht das Ergebnis einer
Erbschaft. Unter welchen Umständen hat sie es sich
also beschafft? Gehörte es ihr, oder hatte sie es gestoh-
len? Warum hätte sie sich sonst davon getrennt? So
viele Fragen, auf die Antworten zu finden Ihre Sache
ist, wenn es Sie denn interessiert. Und sollte dies der
Fall sein, empfehle ich Ihnen, Ihre Recherchen geschickt
anzustellen. Sie werden ahnen, dass eine so kluge Frau
wie Ihre Mutter ihre intimsten Geheimnisse nicht an
einem Ort versteckt hat, der leicht zu finden ist. Wenn
Sie die Beweise für die Stichhaltigkeit meiner Äußerun-
gen entdeckt haben werden – denn ich weiß, dass es Ihr
erster Drang sein wird, mir nicht zu glauben –, müs-
sen Sie sich, wenn die Zeit gekommen ist, aufmachen,
um mich zu treffen, denn ich lebe am anderen Ende der
Welt. Doch zunächst ist es meine Pflicht, Sie nachdenken
zu lassen. Sie haben viel zu tun.
Verzeihen Sie mir auch, dass ich anonym bleiben möchte,
sehen Sie darin bitte keine Feigheit, mein Verhalten ist
nur zu Ihrem Besten.
Ich empfehle Ihnen von ganzem Herzen, mit nieman-
dem über diesen Brief zu sprechen, weder mit Maggie
noch mit Ihrem Vater, und ihn zu vernichten, sobald Sie
ihn gelesen haben. Es hätte für Sie keinerlei Nutzen,
ihn aufzuheben. Glauben Sie an die Aufrichtigkeit mei-
ner Absicht, ich wünsche Ihnen nur das Beste und spreche
Ihnen, wenn auch mit Verspätung, mein Beileid aus.

»Ganz schön clever formuliert dieser Text«, bemerkte ich. »Man kann nicht erkennen, ob der Verfasser ein Mann oder eine Frau ist.«

»Ob Mann oder Frau, es ist auf jeden Fall ein gestörter Geist. Das einzig Vernünftige in diesem Brief ist die Empfehlung, ihn zu vernichten ...«

»Und mit niemandem darüber zu sprechen, vor allem nicht mit dir ...«

»In diesem Fall hast du gut daran getan, den Rat nicht zu befolgen.«

»Und auch nicht mit Dad.«

»An diese Empfehlung hältst du dich besser, denn es kommt nicht infrage, ihn mit einem so unsinnigen Konstrukt zu beunruhigen.«

»Hör auf, mir immer zu sagen, was ich tun soll und was nicht, ich bin hier schließlich die Ältere!«

»Und ein Lebensjahr mehr verleiht dir eine höhere Intelligenz? Wäre das der Fall, wärst du nicht gleich zu mir gerannt, um mir diesen Brief zu zeigen.«

»Ich bin nicht gleich zu dir gerannt, ich habe ihn bereits vorgestern erhalten«, berichtigte ich.

Maggie nahm mir gegenüber Platz. Ich hatte den Brief auf den Tisch gelegt. Sie strich mit den Fingern darüber und prüfte die Qualität des Papiers.

»Du willst doch wohl nicht sagen, dass du auch nur ein Wort von dem Ganzen glaubst?«, fragte sie.

»Keine Ahnung ... aber warum sollte sich jemand die Zeit nehmen, so etwas zu schreiben, wenn es nur Lügen wären?«, antwortete ich.

»Weil es überall Idioten gibt, die zu allem bereit sind, um dich zu kränken.«

»Mich nicht, Maggie. Du wirst mein Leben langweilig finden, aber ich habe keine Feinde.«

»Ein Mann, der deinetwegen gelitten hat?«

»Schön wär's, aber in dieser Hinsicht gibt es leider absolut nichts zu befürchten.«

»Dein Journalist?«

»Er wäre zu einer solchen Hinterhältigkeit nicht fähig. Und außerdem sind wir weiterhin gut befreundet.«

»Und woher kennt der Verfasser dieses Geschreibsels meinen Vornamen?«

»Er weiß noch sehr viel mehr über uns. Wenn er Michel nicht erwähnt hat, dann ...«

Maggie ließ ihr Feuerzeug auf dem Tisch kreiseln.

»... weil er sich sicher war, dass du unseren Bruder nicht durcheinanderbringen würdest. Der anonyme Briefschreiber weiß also über seinen Zustand Bescheid. Ich gebe zu, dass mir das etwas Angst macht«, antwortete sie.

»Was sollen wir jetzt tun?«, wollte ich wissen.

»Nichts, wir machen nichts, die beste Reaktion ist, nicht auf sein Spiel einzugehen. Wir werfen diesen Schund in den Müll, und das Leben geht weiter.«

»Kannst du dir Mum in ihrer Jugend mit einem Riesenvermögen vorstellen? Das ergibt gar keinen Sinn, wir hatten immer Mühe, über die Runden zu kommen. Warum hätten wir uns den Gürtel so eng schnallen sollen, wie es der Fall war, wenn sie reich gewesen wäre?«

»Jetzt übertreib mal nicht, wir haben schließlich nicht im Elend gelebt, es hat uns an nichts gefehlt«, brauste Maggie auf.

»*Dir* hat es an nichts gefehlt, es gibt so vieles, was du gar nicht mitbekommen hast.«

»Ach ja, was denn?«

»Die schwierigen Zeiten gegen Monatsende eben. Glaubst du wirklich, Mum hätte aus lauter Hingabe Privatstunden gegeben, oder Dad hätte zum Vergnügen seine Wochenenden damit verbracht, Manuskripte zu korrigieren?«

»Er arbeitete im Verlag, und Mum unterrichtete, ich dachte, das wäre Teil ihrer Arbeit.«

»Nein, eben nicht, nach achtzehn Uhr war das überhaupt nicht mehr Teil ihrer Arbeit. Und glaubst du vielleicht, wenn sie uns ins Ferienlager geschickt haben, wären sie in der Zwischenzeit in die Karibik abgedampft? Sie haben geschuftet. Mum hat sogar im Krankenhaus vertretungsweise am Empfang gearbeitet.«

»Mum?«, fragte Maggie verblüfft.

»Drei Jahre hintereinander, in den Sommern, als du dreizehn, vierzehn und fünfzehn warst.«

»Und warum hast du Bescheid gewusst und ich nicht?«

»Weil ich ihnen Fragen gestellt habe. Ein Jahr älter zählt eben doch, wie du siehst.«

Maggie schwieg einen Moment.

»Also nein«, fuhr sie dann fort, »die Vorstellung, unsere Mutter hätte einen Batzen Geld versteckt, ist völlig unvorstellbar.«

»Wobei Vermögen nicht unbedingt Geld bedeuten muss.«

»Wenn es kein echtes Vermögen war, warum sollte der anonyme Schreiberling dann behauptet haben, es sei nicht das Ergebnis einer Erbschaft gewesen?«

»Der anonyme Schreiberling empfiehlt uns auch, geschickt vorzugehen. Vielleicht will er uns damit sagen, dass sein Geschreibsel subtiler ist, als es auf den ersten Blick erscheint.«

»Das enthält alles zu viel *vielleicht*. Schmeiß den Brief weg, vergiss am besten, dass du ihn überhaupt bekommen hast.«

»Na klar! Wie ich dich kenne, dauert es höchstens zwei Tage, bis du bei Dad aufkreuzt und sein Haus durchwühlst.«

Maggie griff nach dem Feuerzeug und zündete sich eine Zigarette an. Sie nahm einen tiefen Zug und blies den Rauch in die Luft.

»Okay«, gab sie nach. »Morgen Abend gibt es hier ein Familienessen. Du kochst das Essen, und ich koche Dad weich, nur um ganz sicherzugehen, auch wenn ich davon überzeugt bin, dass es verlorene Zeit ist.«

»Morgen bestellst du Pizza, und wir beide werden Dad befragen, ganz diskret. Michel sollte mit von der Partie sein.«

Kapitel 4

Ray

Oktober 2016, Croydon, Vorort von London

Die Aussicht auf ein Essen mit seinen Kindern gefiel ihm, aber er hätte es schöner gefunden, wenn es bei ihm stattgefunden hätte. Ray war sehr häuslich, und in seinem Alter änderte man sich nicht mehr. Er nahm sein Jackett mit dem Fischgrätmuster aus dem Kleiderschrank. Er würde Michel abholen, das war eine Gelegenheit, mal wieder mit seinem alten Austin zu fahren. Seit Tesco Express fünf Gehminuten entfernt einen kleinen Supermarkt eröffnet hatte, benutzte er ihn nicht mehr zum Einkaufen.

Sein Arzt hatte ihm verordnet, mindestens fünfzehn Minuten pro Tag zu Fuß zu gehen. Das Minimum, um seine Gelenke in Schuss zu halten. Er pfiff auf seine Gelenke, denn seit er Witwer war, wusste er tatsächlich nicht mehr, was er mit seinem Körper anfangen sollte. Dennoch zog er vor dem Spiegel den Bauch ein und fuhr sich mit der Hand durchs Haar, um es nach hinten zu frisieren. Das Altern an sich bereitete ihm kein Problem, jedoch trauerte er dem dichten Haarschopf seiner Jugend nach. Mit all den

Milliarden, die die Regierung für nutzlose Kriege ausgab, hätte man besser etwas erfinden sollen, um den Haarwuchs anzuregen. Könnte er noch einmal dreißig sein, würde er seine Frau davon überzeugen, ihre Talente als Chemikerin in den Dienst der Wissenschaft zu stellen, anstatt zu unterrichten. Sie hätte die Zauberformel gefunden, ein Vermögen gemacht, und sie hätten ihr Alter in Nobelhotels auf der ganzen Welt verbracht.

Doch als er nach seinem Gabardinemantel griff, besann er sich anders. Beim Alleinreisen hätte er seine Witwerschaft als noch viel schlimmer empfunden, und außerdem war er ohnehin ein häuslicher Typ. Es war das erste Mal, dass Maggie ihn zum Abendessen in ihre Wohnung einlud. Vielleicht würde sie ihm ihre bevorstehende Hochzeit ankündigen? Sofort fragte er sich, ob er wohl noch in seinen Smoking passte. Schlimmstenfalls würde er eine Diät machen, vorausgesetzt sie ließe ihm genügend Zeit, zwei oder drei Kilo, höchstens jedoch fünf abzunehmen, man musste ja nichts übertreiben. Er hatte trotz allem seine Figur recht gut gehalten, abgesehen von ein paar Pölsterchen hier oder da, nichts Dramatisches. Maggie war allerdings auch zuzutrauen zu verkünden, die Hochzeit fände am kommenden Wochenende statt, sie war so ungeduldig. Was er ihr wohl zur Hochzeit schenken könnte? Er bemerkte, dass er Tränensäcke bekommen hatte, legte den Zeigefinger unter sein rechtes Auge und fand, er sähe sofort jünger aus. Er könnte sich zwei Tesastreifen unter die Augen kleben, das würde alle zum Lachen bringen. Ray schnitt vor dem Spiegel verschiedene Grimassen und brachte sich selbst damit zum Lachen. Gut gelaunt schnappte er sich seine Kappe, ließ die Autoschlüssel in seiner Handfläche hüpfen und verließ seine Wohnung mit jugendlichem Elan.

Der Austin roch angenehm nach Staub, es war ein sehr eleganter alter Duft, wie ihn nur die Innenräume von Oldtimern verströmen. Sein Nachbar argumentierte, ein A60 Kombi sei kein Oldtimer, das war aber der reine Neid! Wo fand man denn heute noch ein Armaturenbrett aus echtem Palisanderholz, sogar die Uhr war eine Rarität. Er hatte den Wagen aus zweiter Hand gekauft, in welchem Jahr war das noch mal gewesen? Die Zwillinge waren noch nicht geboren. Natürlich waren die Zwillinge noch nicht geboren, schließlich hatte er mit diesem Auto seine Frau am Bahnhof abgeholt, nachdem sie sich wiedergefunden hatten. Unglaublich, wenn man bedachte, dass dieser Wagen sie ihr ganzes Leben begleitet hatte. Wie viele Meilen hatten sie mit diesem Austin zurückgelegt? Zweihundertvierundzwanzigtausendsechshundertdreiundfünfzig bzw. vierundfünfzig, wenn er bei Michel angekommen wäre, also wenn das kein Oldtimer war… Was für ein Dummkopf, dieser Nachbar!

Er konnte nicht zum Beifahrersitz hinüberblicken, ohne zu meinen, seine Frau dort sitzen zu sehen. Er hatte noch das Bild vor Augen, wie sie sich vorbeugte, um ihren Sicherheitsgurt zu schließen. Damit hatte sie immer Probleme gehabt, schimpfte und verdächtigte ihn, ihn kürzer eingestellt zu haben, nur um sie zu ärgern und glauben zu lassen, sie habe zugenommen. Es stimmte, dass er ihr zwei oder drei Mal diesen Streich gespielt hatte, aber nicht öfter. Nun gut, vielleicht etwas öfter, wenn er genau darüber nachdachte. Es wäre gut, wenn man sich in seinem Auto bestatten lassen könnte. Das würde aber erfordern, die Friedhöfe deutlich zu vergrößern, was nicht eben umweltfreundlich war.

Ray parkte vor dem Haus ein, in dem Michel wohnte. Er hupte zwei Mal, und während er wartete, beobachtete er die Fußgänger auf dem Bürgersteig, zwischen dessen Platten Gras wuchs. Niemand sollte über den englischen Regen meckern, kein anderes Land war so grün.

Ein Paar erregte seine Aufmerksamkeit. Der Mann schien einer von denen zu sein, die zum Lachen in den Keller gehen. Wenn es einen lieben Gott gab, hätte dieser Typ dort Witwer sein müssen. Die Welt war wirklich schlecht gemacht. Warum dauerte es immer so lange, bis Michel herauskam? Weil er zuerst überprüfen musste, ob alles an seinem Platz war, ob das Gas abgedreht war, auch wenn er seinen Gasherd schon seit ewigen Zeiten nicht mehr benutzte, ob die Lampen ausgeschaltet waren, außer in seinem Schlafzimmer, wo er immer das Licht anließ, und ob die Kühlschranktür richtig geschlossen war. Die Dichtung war altersschwach geworden. Er würde sie bei Gelegenheit austauschen, wenn Michel in der Arbeit war. Er würde es ihm erst nach erfolgter Reparatur sagen. Da kam er endlich in seinem ewigen Trenchcoat, den er sogar im Sommer trug, und es würde nicht leicht sein, ihn zu einem Wechsel zu bewegen. Es war noch ein weiter Weg, ihn davon zu überzeugen, etwas anderes anzuziehen.

Ray beugte sich hinüber, um ihm die Tür zu öffnen, Michel schlüpfte ins Wageninnere, küsste seinen Vater, legte den Sicherheitsgurt an und schob seine Hände auf die Knie. Als der Wagen anfuhr, starrte er auf die Straße und entspannte sich dann endlich nach der zweiten Kreuzung.

»Ich freue mich, dass wir alle gemeinsam essen, aber es ist merkwürdig, dass wir zu Maggie fahren.«

»Und warum ist das merkwürdig, mein Lieber?«, fragte Ray.

»Maggie kocht nie, deshalb ist das merkwürdig.«

»Wenn ich es richtig verstanden habe, gibt es eine Party, sie bestellt Pizza.«

»Aha, dann ist es weniger merkwürdig, aber dennoch …«, antwortete Michel, während sein Blick einer jungen Frau folgte, die über die Straße ging.

»Nicht schlecht«, sagte Ray mit einem anerkennenden Pfiff.

»Sie ist etwas unproportioniert«, äußerte Michel.

»Machst du Witze, sie ist großartig!«

»Die Durchschnittsgröße einer Person weiblichen Geschlechts liegt 2016 bei fünf Fuß und sechs Zoll, diese Frau ist mindestens sechs Fuß und einen Zoll, also sehr groß.«

»Wenn du meinst, aber in deinem Alter hätte mir diese Art Unproportioniertheit gefallen.«

»Mir gefällt es besser, wenn …«

»… eine Frau etwas kleiner ist!«

»Ja, genau, kleiner.«

»Jedem Topf seinen Deckel, nicht wahr?«

»Vielleicht, aber ich sehe da keinen Zusammenhang.«

»Das ist eine Redensart, Michel. Damit wird ausgedrückt, dass jeder einen anderen Geschmack hat.«

»Ja, das erscheint logisch, sie ist nicht die erste deiner Redensarten, die völlig sinnlos ist, sondern die zweite. Sie stimmt aber mit meinen Feststellungen überein.«

Der Austin fädelte sich auf der breiten Straße in den Verkehr ein. Es begann wieder, leicht zu regnen, der echt englische Sprühregen ließ den Asphalt innerhalb weniger Minuten glänzen.

»Ich glaube, dass deine Schwester uns verkünden wird, dass sie heiratet.«

»Welche? Ich habe zwei.«

»Maggie, glaube ich.«

»Aha, und warum denkst du das?«

»Väterlicher Instinkt, vertrau mir. Und es hat einen bestimmten Grund, warum ich jetzt mit dir darüber spreche. Wenn sie uns das verkündet, sollst du wissen, dass es eine gute Nachricht ist und du daher Freude zeigen solltest.«

»Aha, und warum?«

»Weil deine Schwester traurig wäre, wenn du das nicht machen würdest. Wenn einem die Leute etwas verkünden, was sie glücklich macht, erwarten sie umgekehrt, dass wir ihr Glück teilen.«

»Aha, und warum?«

»Weil das eine Art ist, ihnen zu zeigen, dass wir sie lieben.«

»Verstehe. Und heiraten ist eine gute Nachricht?«

»Diese Frage ist sehr tiefgründig. Im Prinzip, ja.«

»Und wird ihr künftiger Ehemann auch da sein?«

»Vielleicht, das weiß man bei deiner Schwester nie.«

»Bei welcher? Ich habe zwei.«

»Ich weiß, dass du zwei hast, schließlich habe ich sie gemacht, wenn ich dich daran erinnern darf, mit deiner Mutter natürlich.«

»Und Mum, wird sie auch da sein?«

»Nein, deine Mutter wird nicht da sein. Du weißt warum, das habe ich dir mehrfach erklärt.«

»Ja, ich weiß, weil sie gestorben ist.«

»Genau, weil sie gestorben ist.«

Michel schaute aus dem Fenster, bevor er seinem Vater den Kopf zuwandte und ihn anstarrte.

»Und für euch beide war es eine gute Nachricht, als ihr geheiratet habt?«

»Eine großartige Nachricht, mein Lieber. Und wenn ich noch einmal in der Situation wäre, hätte ich sie sogar viel früher geheiratet. Es wird also für Maggie eine gute Nachricht sein. Ich bin sicher, dass wir in unserer Familie ein Talent für glückliche Ehen haben.«

»Aha. Ich werde das morgen in der Universität überprüfen, aber ich glaube nicht, dass es genetisch bedingt ist.«

»Und du, Michel, bist du glücklich?«, fragte Ray mit sanfter Stimme.

»Ja, ich glaube schon … Ich bin jetzt glücklich, dass Maggie heiraten wird, weil ich weiß, dass wir in unserer Familie ein Talent für glückliche Ehen haben, aber ich habe dennoch etwas Angst, ihrem Ehemann zu begegnen.«

»Wovor hast du Angst?«

»Na ja, ich hoffe, dass wir uns gut verstehen werden.«

»Du kennst ihn bereits. Es ist Fred, ein großer Typ und sehr sympathisch, wir waren schon mehrmals in seinem Pub zum Essen. Also ich vermute, dass sie ihn heiraten wird, obwohl man das bei deiner Schwester nie wissen kann.«

»Schade, dass Mum heute Abend nicht kommen kann, wenn ihre Tochter verkündet, dass sie heiraten wird.«

»Welche? Sie hat zwei«, antwortete Ray lächelnd.

Michel überlegte einen Moment, dann lächelte auch er.

Kapitel 5

May

Oktober 1980, Baltimore

Das Motorrad fuhr die Hangstraße hinauf. Jedes Mal, wenn Sally-Anne Gas gab, wirbelte das Hinterrad eine Staubwolke auf. Noch ein paar Kurven, dann würde der Wohnsitz zu sehen sein. May brauchte nicht lange, um in der Ferne den eleganten Gitterzaun zu erahnen, der das Anwesen der Stanfields schützte – schwarz und mit schmiedeeisernen Spitzen. Je näher sie kamen, desto fester schlang May ihre Arme um Sally-Annes Taille, und ihr Griff wurde so fest, dass diese schließlich lächeln musste und gegen den Wind anrief: »Ich habe auch Muffensausen, aber du musst dir sagen, dass dieses Abenteuer dadurch nur aufregender wird.«

Der Motor der Maschine war viel zu laut, als dass der vollständige Satz bis zu May vorgedrungen wäre. Sie hatte nur »Muffensausen« und »aufregend« verstanden, und genau das war es, was sie empfand. Das musste die perfekte Beziehung sein, wenn man mit der geliebten Person im vollkommenen Gleichklang war.

Sally-Anne schaltete zurück, neigte die Maschine für die letzte einhundertachtzig Grad Spitzkehre auf die Seite, dann beschleunigte sie wieder und richtete das Motorrad erneut auf. Sie beherrschte die Triumph mit einer Geschicklichkeit, die jeden Biker vor Neid erblassen ließ. Letzte Gerade, nun war das Haus auf dem Hügel deutlich zu sehen. Mit seiner pompösen Säulenhalle beherrschte es das gesamte Tal. Nur Neureiche und Emporkömmlinge schätzten einen so auffällig zur Schau gestellten Luxus, dabei zählten die Stanfields zu den ältesten Honoratioren der Stadt, an deren Gründung sie sogar beteiligt gewesen waren. Manche erzählten, sie hätten dank der Sklavenarbeiter auf ihren Feldern angefangen, ein Vermögen anzuhäufen, andere hingegen berichteten, sie wären unter den Ersten gewesen, die ihre Sklaven freigelassen hätten, und einige Stanfields hätten dafür sogar mit ihrem Blut bezahlt. Die Geschichte änderte sich je nach Stadtviertel, in dem sie erzählt wurde.

Sally-Anne stellte die Maschine auf dem für die Angestellten reservierten Parkplatz ab. Sie schaltete den Motor aus, nahm ihren Helm ab und wandte sich May zu, die vom Sozius stieg.

»Der Lieferanteneingang ist genau vor dir. Du meldest dich dort und sagst, dass du einen Termin mit ›Miss Verdier‹ hast.«

»Und wenn sie da ist?«

»Dann hätte sie die heilige Gabe der Allgegenwart, denn die Frau, die du zu dem schwarzen Ford da unten gehen siehst, ist Miss Verdier. Ich habe dir ja gesagt, dass sie jeden Tag um elf Uhr Pause macht, ihr schönes Auto besteigt und in die Stadt fährt, um sich massieren zu lassen … na ja, so heißt es offiziell, sie lässt sich nicht nur massieren.«

»Und woher weißt du das?«

»Ich bin ihr in den letzten Wochen oft genug gefolgt, und wenn ich dir sage, dass ich ihr gefolgt bin, dann war ich ihr dabei sehr nah auf den Fersen, also kannst du mir aufs Wort glauben.«

»Du bist aber hoffentlich nicht so weit gegangen …«

»Wir haben jetzt keine Zeit zum Diskutieren, May. Die Verdier ist eine Langsamkommerin, aber sie wird innerhalb von fünfundvierzig Minuten ihren kleinen vormittäglichen Orgasmus gehabt haben, und nachdem sie anschließend im Café nebenan ein BLT-Sandwich gegessen und dazu eine Cola getrunken hat, um sich zu stärken, wird sie hier wieder aufkreuzen. Beeil dich jetzt, du kennst den Plan auswendig, wir haben ihn hundert Mal durchgespielt.«

May blieb vor ihrer Freundin wie angewurzelt stehen. Sally-Anne spürte, dass es ihr an Selbstsicherheit fehlte, also nahm sie sie in die Arme, sagte ihr, sie sei hinreißend, und alles würde gut gehen. Sie würde sie auf dem Parkplatz erwarten.

May überquerte die Straße und meldete sich am Lieferanteneingang. Dort, wo Zeitungen, Essen, Getränke und Blumen angeliefert wurden, so wie alles, was Mrs. Stanfield oder ihr Sohn in der Stadt kauften. Als gut erzogene junge Frau teilte sie dem Butler mit, sie habe einen Gesprächstermin bei Miss Verdier. Wie es Sally-Anne vorhergesehen hatte, stellte ihr der Hausangestellte, beeindruckt von der natürlichen Autorität, den ihr der britische Akzent verlieh, den sie sich angeeignet hatte, keine weiteren Fragen und bat sie herein. Ihm war klar, dass sie zu früh gekommen war, und da es nicht schicklich gewesen wäre, eine Person im Flur warten zu lassen, führte er sie, wie Sally-Anne es ebenfalls vorhergesehen hatte, in einen kleinen Salon im ersten Stock.

Mit zerknirschter Miene forderte er sie auf, in einem Sessel Platz zu nehmen. Miss Verdier sei ausgegangen, nur kurz, wie er hinzufügte, und sie werde sicherlich gleich zurückkommen. Er bot ihr eine Erfrischung an. May dankte ihm, sie hatte keinen Durst. Der Butler zog sich zurück und ließ sie in dem behaglichen kleinen Raum allein, der direkt an das Büro von Mister Stanfields Sekretärin grenzte.

Der Salon war möbliert mit einem runden kleinen Tisch zwischen zwei Velourssesseln, passend zu den Vorhängen, die die Fenster schmückten. Der Parkettboden aus dunkler Eiche war von einem Aubusson-Teppich bedeckt, die Wände zierten Holzvertäfelungen, und von der Decke hing ein kleiner Kristalllüster.

Beim Butler vorzusprechen, die große Treppe zur ersten Etage des Wohnsitzes hinaufzusteigen, über den langen Gang zu gehen, der über der Eingangshalle entlangführte, um hierherzukommen, hatte zehn Minuten gedauert. Sie musste den Ort unbedingt verlassen haben, bevor die nymphomane Sekretärin wieder zur Arbeit erschien. Die Vorstellung, was diese da gerade in einem zweifelhaften Massagesalon im Stadtzentrum trieb, hätte sie amüsieren müssen – sie und Sally-Anne hatten darüber gelacht, während sie ihren Plan durchspielten. Aber nun, da sie das Büro betreten und einen Einbruch begehen musste, der sie *de facto* zu einer Gesetzesbrecherin machte, bekam sie es doch mit der Angst zu tun. Wenn man sie erwischen würde, käme die Polizei, und die würde schnell eins und eins zusammenzählen. Dann wäre es nicht nur ein einfaches Eindringen in ein Haus, dessen man sie beschuldigen würde. Bloß nicht daran denken, nicht jetzt. Ihr Mund war trocken, sie hätte das vom Butler angebotene Glas Wasser annehmen sollen, aber damit hätte sie zu viel Zeit verloren. Aufstehen und zu dieser Tür gehen. Die Klinke herunterdrücken und hineingehen.

Genau das tat sie, mit einer Entschlossenheit, die sie selbst verblüffte. Sie handelte wie ein Roboter, der programmiert war, um eine genau definierte Aufgabe auszuführen.

Sobald sie sich im Zimmer befand, schloss sie die Tür leise hinter sich. Die Wahrscheinlichkeit war groß, dass der Hausherr sich im Nebenzimmer befand und wusste, dass seine Assistentin zu dieser Zeit abwesend war.

Sie verschaffte sich einen Überblick, war erstaunt über das moderne Dekor, das im Kontrast zu dem der anderen Räume des Wohnsitzes stand. Die Reproduktion eines Gemäldes von Miró schmückte die Wand gegenüber von einem Schreibtisch aus hellem Holz. Es war vielleicht gar keine Reproduktion, sondern das Original. Keine Zeit, näher zu treten, um das zu überprüfen. Sie schob den Bürostuhl zur Seite, kniete sich vor die Schreibtischschubladen und zog den in ein Papiertaschentuch gehüllten Dietrich aus ihrer Tasche.

Hundertmal hatte sie an einem Schubladenelement desselben Typs geübt, das Schloss zu knacken, ohne es zu beschädigen. Es war ein Modell mit Plättchenzylinder der Marke Yale, für das ein Bekannter von Sally-Anne ihr einen Halbdiamant-Picklock empfohlen und verkauft hatte. Die Spitze hatte einen weiten Winkel, und er war insgesamt schmal, leicht einzuführen und auch wieder herauszuziehen. Sie vergegenwärtigte sich die Einweisung: Innen nicht herumkratzen, um keine metallischen Feilspäne zu hinterlassen, die den Mechanismus blockieren und die Straftat verraten könnten, den Griff waagerecht zum Schloss halten, den Dietrich langsam in den Zylinder einführen, die Plättchen ertasten, auf jedes einzelne vorsichtigen Druck ausüben, um es anzuheben, ohne es zu beschädigen. Sie spürte, wie sich das erste Plättchen anhob, schob den Dietrich weiter, bis sich auch das zweite Plättchen hob, dann kam das dritte an die Reihe. May hielt den Atem an und drehte langsam den Zylinder auf, sodass sie die Schublade öffnen konnte.

Ein ebenso heikler Teil der Arbeit blieb noch zu erledigen, wenn sie das Schloss wieder verschließen und das Werkzeug entfernen musste. May achtete darauf, es nicht zu bewegen, während sie die Schublade herauszog.

Eine Brille, eine Puderdose, eine Haarbürste, ein Lippenstift, ein Döschen mit Handcreme … wo waren diese verdammten Unterlagen? Sie nahm einen Stapel Papiere heraus, legte sie auf den Schreibtisch und begann, sie systematisch durchzusehen. Endlich tauchte die Gästeliste auf, und May spürte, wie sich ihr Herzschlag beschleunigte, als sie daran dachte, welche Risiken sie auf sich nahm, nur um zwei Namen einzufügen.

»Bleib ruhig, May«, murmelte sie, »du hast es fast geschafft.«

Ein Blick auf die Wanduhr, ihr blieben noch fünfzehn Minuten, um innerhalb der sicheren Zeitspanne zu bleiben. Und wenn Miss Verdier heute früher zum Orgasmus kam?

Denk nicht daran, sie nimmt diesen Weg nicht auf sich, um auf das Vorspiel zu verzichten, wenn sie es eilig hätte, würde sie sich selbst befriedigen.

May betrachtete die Schreibmaschine, die auf dem Schreibtisch thronte, eine klassische *Underwood*. Sie legte das Papier ein, hob den Papierhalter an und betätigte den Walzendrehknopf. Das Blatt wurde um die Walze eingezogen und tauchte vorne wieder auf.

May schickte sich an, die Decknamen zu tippen, die sie einfügen wollte, einen für sich, einen für Sally-Anne, gefolgt von der Adresse des Postfachs, das sie letzte Woche auf der Hauptpost eröffnet hatten. Zweifellos würde die Polizei eines Tages diese Liste genauer studieren, um nach den Schuldigen des Verbrechens zu suchen. Aber diese falschen Namen ohne echten Wohnsitz würden keinerlei Hinweis liefern. Sie tippte den ersten Namen ein, wobei sie darauf achtete, die Tasten vorsichtig anzuschlagen, um das Klappern der Typenhebel auf dem Farbband möglichst leise zu halten. Dann bewegte sie mit äußerster Vorsicht den Schlitten und versuchte, das Klingeln bei der Zeilenschaltung zu verhindern. Das Klingeln ertönte dennoch.

»Miss Verdier? Sind Sie schon zurück?«

Die Stimme war aus dem Nebenzimmer gekommen. May erstarrte, war wie gelähmt. Sie kniete sich hin und kauerte sich unter den Schreibtisch. Schritte näherten sich, die Tür wurde halb geöffnet, und Mister Stanfield streckte, die Hand auf dem Türgriff, den Kopf herein.

»Miss Verdier?«

Das Büro war wie immer aufgeräumt, seine Sekretärin war die Ordnung in Person, und er achtete nicht weiter auf die Schreibmaschine. Zum Glück, denn Miss Verdier wäre niemals fortgegangen und hätte ein Blatt in der Schreibmaschine gelassen.

Er zuckte mit den Schultern und schloss die Tür wieder, wobei er brummelte, er habe wohl geträumt.

Es dauerte mehrere Minuten, bis Mays Hände nicht mehr zitterten. Tatsächlich zitterte sie am ganzen Körper, sie hatte noch nie in ihrem Leben solche Angst gehabt.

Das Ticken der Wanduhr brachte sie zur Vernunft. Bestenfalls blieben ihr noch knapp zehn Minuten. Zehn Minütchen, um den zweiten Namen und die dazugehörige Adresse zu tippen, das Blatt Papier zurückzulegen, den Unterschrank abzusperren, den Dietrich herauszuziehen und das Haus zu verlassen, bevor die Sekretärin zurückkam. May war in Verzug, sie hätte bereits wieder bei Sally-Anne sein sollen, die vor Unruhe sterben musste.

»Konzentrier dich, ruhig Blut, du hast keine Sekunde zu verlieren.«

Eine Taste, eine zweite, eine dritte… Wenn der alte Knacker das Klappern der Schreibmaschine hörte, würde er sich nicht wieder mit einem flüchtigen Blick begnügen.

Fertig, die Walze drehen, das Papier herausnehmen. Es genau wieder dahin legen, wo sie es in dem Stapel gefunden hatte, die Unterlagen zu einem perfekten Stapel zusammenfügen, auf dem Teppich, um kein Geräusch zu verursachen. Den Stapel in die Schublade schieben und diese schließen, den Atem anhalten beim Drehen des Dietrichs, das Schnappen der Plättchen hören, gar nicht so einfach, wenn das Herz bis in die Schläfen schlägt und der Schweiß über die Stirn rinnt… noch einen Millimeter.

Bleib ruhig, May, wenn der Dietrich klemmt, ist alles im Eimer.

Und er hatte sich beim Üben häufig verklemmt.

Endlich hielt sie ihn in ihrer feuchten Hand, steckte ihn ein, schnappte sich im Vorbeigehen das Papiertaschentuch, trocknete sich damit die Handfläche, dann die Stirn. Wenn der Butler sie in Schweiß gebadet weggehen sähe, würde ihm das verdächtig erscheinen.

Sie erreichte den kleinen Salon, zog ihren Mantel zurecht und verließ das Zimmer. Sie lief den langen Gang zurück und betete, niemandem zu begegnen. Die große Treppe tauchte vor ihr auf, sie lief ohne Eile hinunter. Sie musste dem Butler noch mit ruhiger Stimme sagen, sie könne nicht länger warten und käme ein anderes Mal wieder.

Das Glück war ihr gnädig, das Vestibül verlassen. Sie legte die Hand auf die Klinke der Tür des Lieferanteneingangs und öffnete sie. Sally-Anne saß auf ihrem Motorrad und blickte ihr vom Parkplatz aus entgegen. May hatte den Eindruck, ihre Beine würden sie nicht mehr tragen, aber sie ging weiter auf sie zu. Sally-Anne reichte ihr den Helm und bedeutete ihr mit einer Kopfbewegung, auf die Triumph zu steigen. Ein Tritt auf den Kickstarter, und der Motor brummte.

In der ersten Spitzkehre begegneten sie dem schwarzen Ford, der zu dem Anwesen hinauffuhr. Sally-Anne sah das Gesicht von Miss Verdier, sie strahlte und hatte ein befriedigtes Lächeln auf den Lippen. Sally-Anne stellte dasselbe Lächeln zur Schau, aber nicht aus denselben Gründen.

Kapitel 6

Eleanor-Rigby

Oktober 2016, Beckenham

Wir saßen schon seit einer halben Stunde bei Tisch, und noch immer hatte Maggie uns nicht ihre Hochzeit mit Fred, diesem sehr sympathischen hochgewachsenen Kerl, angekündigt, der in Primrose Hill einen Gastro-Pub[1] führte. Michel freute sich gleich doppelt darüber. Erstens, weil er sich sehr über unseren Vater amüsierte, den es kaum auf seinem Platz hielt, der unruhig auf seinem Stuhl hin und her rutschte und seine Pizza praktisch noch nicht angerührt hatte. Wenn Dad nichts aß, musste er gedanklich stark mit etwas beschäftigt sein, und Michel wusste ganz genau, womit. Wenn er aber genau darüber nachdachte – und seit ihrem Gespräch im Auto hatte er eigentlich nichts anderes getan –, dann freute er sich umso mehr über die Nichtankündigung, weil er Fred gar nicht so sympathisch fand. Seine Art, ihn zu behandeln, sein geheucheltes Wohlwollen war ihm unangenehm. Alles deutete an, dass er sich

---

1 In England eine Kneipe mit kulinarischem Angebot

ihm überlegen fühlte. Die Küche seines Pubs war gut, aber weit davon entfernt, ihm so viel Genuss zu bereiten wie die Bücher, die er in der Bibliothek verschlang. Michel kannte praktisch alle Titel und wusste, wo sie hingehörten. Das war insofern nicht außergewöhnlich, als er sie in die Regale einräumte. Michel liebte seine Arbeit. Im Lesesaal herrschte Stille, eine solche Ruhe konnten nur wenige Berufe bieten. Die Leser waren größtenteils recht freundlich, und für sie schnellstmöglich zu finden, was sie suchten, gab ihm das Gefühl, nützlich zu sein. Das Einzige, was ihn ärgerte, war, am Ende des Tages auf den Tischen die zurückgelassenen Bücher zu sehen. Andererseits, wenn die Leser ordentlicher wären, hätte er weniger Arbeit. Logisch.

Bevor man Michel diese Stelle anvertraute, hatte er in einem Labor gearbeitet. Den Job hatte er seinen guten Abschlussnoten an der Universität zu verdanken. Er hatte eine Begabung für Chemie, das Periodensystem der Elemente war für ihn eine selbstverständliche Sprache. Doch sein Ehrgeiz, alle Möglichkeiten auszutesten, setzte aus Sicherheitsgründen seiner kurzen und doch so vielversprechenden Karriere ein Ende. Dad hatte dies als Ungerechtigkeit bezeichnet und die Engstirnigkeit seiner Arbeitgeber kritisiert, aber das hatte nichts genützt. Nachdem Michel sich eine Zeit lang zurückgezogen hatte, fand er seine Lebensfreude durch den Kontakt zu Véra Morton, der Leiterin der Stadtbücherei, wieder. Sie gab ihm eine Chance, und er machte es sich zur Pflicht, sie niemals zu enttäuschen. Die Leichtigkeit, mit der man heutzutage im Internet recherchieren konnte, hatte die Besucherzahlen der Bibliothek sinken lassen, und manchmal verging ein ganzer Tag, ohne dass ein einziger Besucher kam. Michel nutzte diese Zeit, um zu lesen, hauptsächlich chemische Abhandlungen oder Biografien, die eine weitere Leidenschaft waren.

Seit Beginn der Mahlzeit beobachtete ich meinen Vater schweigend. Maggie hingegen hörte nicht auf zu reden, übrigens inhaltsleeres Geplapper, oder zumindest erzählte sie nichts, was es gerechtfertigt hätte, das Rederecht für sich allein zu beanspruchen. Ihre Geschwätzigkeit machte Michel zu schaffen. Ihre Hektik ließ vielleicht eine Ankündigung vermuten, die er gar nicht hören wollte. Als Maggie Dad gegenüber Platz und seine Hand nahm, musste Michel denken, sie tue das, um ihn zu besänftigen. Maggie mochte eigentlich keine Berührungen. Jedes Mal, wenn er sie zur Begrüßung oder zum Abschied in den Arm nahm, beklagte sie sich und beteuerte, sie bekäme keine Luft mehr. Dabei achtete Michel darauf, sie nie zu fest zu drücken. Er hatte daraus geschlossen, dass es eine Strategie war, um ihre Umarmungen zu verkürzen, und wenn sie ihren eigenen Bruder nicht umarmen wollte, bewies das die Stichhaltigkeit seiner Theorie.

Dad, der von dieser zärtlichen Anwandlung ebenfalls überrascht war, hielt den Atem an in der Hoffnung, die große Neuigkeit würde nun nicht länger auf sich warten lassen. Dass Maggie heiraten würde, lag in der Natur der Dinge, aber was er wissen wollte, war, wann.

»Gut, Liebes, genug geplaudert, du bringst mich damit noch um. Wann ist es so weit? In drei Monaten wäre ideal, eines pro Monat ist akzeptabel. Du weißt schon, in meinem Alter verliert man sie nicht mehr so schnell.«

»Wie bitte«, antwortete Maggie, »wovon redest du?«

»Von den Kilos, die ich abnehmen muss, um in meinen Smoking zu passen!«

Ich schaute meine Schwester an, wir waren beide perplex. Michel seufzte und kam allen zu Hilfe.

»Für die Hochzeit. Der Smoking ist für die Hochzeit«, erklärte er.

»Deswegen hast du uns doch hier versammelt«, fügte Dad hinzu. »Und wo ist er überhaupt?«

»Wer?«

»Der sympathische Fred«, antwortete Michel lakonisch.

»Wir warten jetzt noch ein wenig, und wenn es euch in einer halben Stunde nicht besser geht, bringe ich euch beide ins Krankenhaus«, antwortete Maggie.

»Also wirklich, Maggie, ich bitte dich, wenn du so weitermachst, wird man eher dich in die Notaufnahme bringen. Was sind das für Allüren? Aber daran soll es nicht scheitern, ich ziehe einfach meinen Anzug an. Der war immer etwas zu groß, wenn ich also den Bauch einziehe, sollte ich ihn zubekommen. Na gut, er ist dunkelbraun, es gehört sich nicht, zu einem solchen Anlass Dunkelbraun zu tragen, aber außergewöhnliche Umstände erfordern eben außergewöhnliche Maßnahmen … Immerhin sind wir in England, nicht in Las Vegas, wenn man also keine angemessene Frist hat, um sich auf ein solches Ereignis vorzubereiten, dann muss man eben anders klarkommen, Schluss.«

Erneuter Blickwechsel zwischen meiner Schwester und mir. Ich bekam als Erste einen Lachkrampf, und es dauerte nicht lange, bis die ganze Versammlung davon angesteckt war. Außer Dad, aber nur kurz: Es war ihm noch nie gelungen, einem allgemeinen Gelächter zu widerstehen, und so schloss er sich schließlich der restlichen Familie an.

Als Maggie endlich wieder zu Atem kam, trocknete sie sich die Augen und stieß einen tiefen Seufzer aus.

Das unerwartete Eintreffen von Fred hatte zur Folge, dass alle sich erneut vor Lachen krümmten, und Fred konnte den Grund für diese allgemeine Heiterkeit natürlich nicht verstehen.

»Wenn ihr also nicht heiratet, warum gibt es dann dieses Abendessen?«, fragte mein Vater schließlich.

»Denk dir nichts«, rief Maggie sofort in Richtung ihres Freundes, der seinen Mantel auszog.

»Weil ein Familientreffen einfach schön ist«, antwortete ich.

»Das ist ein häufiger Grund«, schaltete Michel sich ein, »und daher absolut logisch. Unter statistischen Gesichtspunkten wohlgemerkt.«

»Das hätte auch bei mir zu Hause stattfinden können«, erwiderte Dad.

»Ja, aber da hätten wir niemals so viel gelacht«, brachte Maggie vor. »Darf ich dich etwas fragen? War Mum reich, als ihr euch kennengelernt habt?«

»Als wir siebzehn waren?«

»Nein, später, als ihr euch wiederbegegnet seid.«

»Weder mit siebzehn noch mit dreißig, niemals übrigens. Sie hatte nicht einmal genug Geld, um am Bahnhof den Bus zu nehmen, weshalb ich sie abgeholt habe, als wir uns wiedertrafen«, fügte er nachdenklich hinzu. »Vielleicht hätte sie mich nicht einmal angerufen, wenn sie mehr als die paar Münzen in der Tasche gehabt hätte, als sie bei Einbruch der Nacht aus dem Zug stieg. Gut, ich glaube, es ist an der Zeit, dass ich euch ein Geständnis mache, Kinder, und du, Fred, da du noch nicht zur Familie gehörst, behältst es bitte für dich.«

»Was für ein Geständnis?«, wollte ich wissen.

»Wenn du still wärst, könnte ich es dir sagen. Wir haben die Umstände, unter denen unsere Geschichte erneut begann, etwas geschönt. Eure Mutter ist nicht wie durch ein Wunder wiederaufgetaucht, außer sich vor Liebe, nachdem sie gemerkt hatte, dass ich der einzige gute Mann war, dem sie je begegnet ist, wie wir es gelegentlich erzählt haben.«

»Wie ihr es *jedes Mal* erzählt habt ...«, warf Michel ein.

»Also gut, jedes Mal. Tatsächlich hatte eure Mutter, als sie nach England zurückkam, keinen Platz, wo sie hätte unterkommen können. Ich war der einzige Mensch, den sie in der Stadt kannte. Sie hat meinen Namen in einer Telefonzelle herausgesucht. Damals gab es noch kein Internet, also fand man die Leute einfach auf diese Weise wieder. Die Donovans sind rar gesät, in Croydon gab es nur zwei. Der andere war siebzig Jahre alt, Junggeselle und kinderlos. Ihr könnt euch meine Überraschung vorstellen, als ich ihre Stimme hörte. Der Winter stand vor der Tür, und es war bereits eisig kalt. Ich erinnere mich an ihre Worte, als wäre es erst gestern gewesen: ›Ray, du hättest jeden erdenklichen Grund, einfach aufzulegen. Aber ich habe nur noch dich und weiß nicht, wo ich hingehen soll.‹ Was kann man einer Frau antworten, die sagt ›Ich habe nur noch dich‹? Ich wusste im selben Augenblick, dass das Schicksal uns aus gutem Grund wieder zusammenführte. Also sprang ich in meinen Austin, ja, schaut mich nicht so an, den, der hier vor der Tür steht und der noch immer fährt, und holte sie ab. Sieht ganz so aus, als hätte das Leben mir recht gegeben, denn fünfunddreißig Jahre später habe ich das Glück, heute Abend eine miserable Pizza in Gesellschaft meiner drei wunderbaren Kinder und meines Nicht-Schwiegersohns zu essen.«

Wir starrten ihn in einem beinahe andächtigen Schweigen an.

Dad räusperte sich und fügte hinzu: »Es ist jetzt vielleicht an der Zeit, dass ich Michel nach Hause bringe.«

»Warum hättest du jeden Grund der Welt gehabt aufzulegen?«, fragte ich.

»Ein anderes Mal, Liebes, wenn es recht ist. Diese Erinnerungen wieder aufleben zu lassen ist etwas anstrengend für mich, und ich möchte den Abend lieber mit unbändigem Gelächter als mit schwarzen Gedanken beschließen.«

»Im ersten Teil eurer Geschichte, als ihr zwischen siebzehn und zwanzig Jahre alt wart, hat sie dich also verlassen?«

»Er hat doch gesagt, ein anderes Mal«, intervenierte Maggie, bevor unser Vater antworten konnte.

»Genau«, fügte Michel an. »Aber es ist sehr viel komplizierter, als es scheint«, fügte er hinzu und hob den Finger.

Michel hat die Angewohnheit, seinen Zeigefinger zu heben, als wollte er damit seine Gedanken bremsen, wenn sie sich in seinem Kopf überschlagen. Nach ein paar Sekunden, in denen jeder den Atem anhielt, sprach er weiter:

»Tatsächlich hat Dad seinem Wunsch Ausdruck verliehen, uns heute Abend nicht noch mehr darüber zu erzählen. Ich denke, dass ›ein anderes Mal‹ darauf schließen lässt, dass er seine Meinung ändern könnte … ein anderes Mal eben.«

»Das hatten wir auch so verstanden, Michel«, äußerte Maggie.

Nachdem ihm die Dinge nun klar zu sein schienen, schob Michel seinen Stuhl zurück, schlüpfte in seinen Trenchcoat, küsste mich, schüttelte Fred schlaff die Hand, nahm Maggie in den Arm und drückte sie fest. Unter außergewöhnlichen Umständen sind außergewöhnliche Mittel erlaubt... und tatsächlich nutzte er es, um ihr Glückwünsche ins Ohr zu murmeln.

»Wozu beglückwünschst du mich?«, flüsterte meine Schwester.

»Dazu, dass du Fred nicht heiratest«, antwortete Michel.

Vater und Sohn wechselten auf dem Rückweg kein einziges Wort, zumindest so lange nicht, bis sie Michels Wohnhaus erreicht hatten. Als Ray sich hinüberbeugte, um ihm die Tür zu öffnen, blickte er ihm fest in die Augen und sagte mit großer Zärtlichkeit: »Du wirst ihnen nichts sagen, nicht wahr? Du verstehst, dass es meine Sache ist, es ihnen eines Tages zu erzählen.«

Michel blickte seinerseits seinen Vater an und antwortete: »Du kannst beruhigt schlafen, Dad, und vor allem ohne schwarze Gedanken... wobei ich nicht glaube, dass es auch bunte gibt, ich werde das jedoch morgen in der Bücherei überprüfen.«

Abschließend küsste er ihn auf die Wange und stieg aus.

Dad wartete, bis sein Sohn das Haus betreten hatte, dann erst fuhr er los.

Kapitel 7

Eleanor-Rigby

Oktober 2016, Beckenham

Ich stand vom Tisch auf, entschlossen, das Pärchen nun allein zu lassen. Fred und Maggie hatten sich seit gut zehn Minuten in die Küche zurückgezogen. Ich ging zu ihnen, um mich zu verabschieden.

Fred, ein Geschirrtuch in der Hand, trocknete Gläser ab. Maggie saß mit übereinandergeschlagenen Beinen auf der Theke, rauchte eine Zigarette und blies den Rauch durch das halb geöffnete Fenster. Sie bot an, mir ein Taxi zu rufen. Von Beckenham bis zu mir hätte es jedoch ein kleines Vermögen gekostet. Ich dankte ihr, zog es aber vor, mit der Bahn zu fahren.

»Ich dachte, du wärst mit Dad gefahren«, sagte sie mit einem Anflug von Böswilligkeit. »Übernachtest du nicht bei ihm?«

»Ich glaube, er wollte heute Abend lieber allein sein, und außerdem muss ich mich dazu zwingen, mein Londoner Leben wieder aufzunehmen.«

»Da hast du wohl recht«, schaltete Fred sich ein und

klatschte beifällig. »Beckenham, Croydon, diese Vororte sind viel zu weit draußen.«

»Oder aber Primrose Hill ist viel zu weit von meinem Vorort entfernt und zu snobistisch«, erwiderte Maggie und warf ihren Zigarettenstummel ins Spülwasser.

»Ich lasse euch weiterturteln«, sagte ich und seufzte, während ich in meinen Mantel schlüpfte.

»Fred wird es ein Vergnügen sein, dich in seinem schönen Auto zum Bahnhof zu fahren. Er könnte dich sogar nach London zurückbringen und in seinem schönen Primrose Hill schlafen.«

Ich schaute meine Schwester mit großen Augen an. Wie schaffte sie es, mit einem so wenig liebenswürdigen Verhalten einen Mann in ihrem Leben zu halten, während ich, die Liebenswürdigkeit in Person, immer solo leben musste. Ein weiteres Rätsel …

»Soll ich dich zum Bahnhof bringen, Elby?«, fragte Fred und legte sein Geschirrtuch zusammen.

Maggie riss es ihm aus den Händen und warf es in den Wäschekorb.

»Kleiner Tipp von der Schwester, nur Michel darf ihren Vornamen verhunzen, sie verabscheut das. Und außerdem brauche ich etwas frische Luft, ich werde sie ein Stück begleiten.«

Maggie ging auf den Flur, zog sich einen Pulli über, fasste mich am Arm und zog mich Richtung Straße.

Die Bürgersteige, die im orangefarbenen Licht der Straßenlaternen glänzten, wurden von einfachen Häusern im viktorianischen Stil gesäumt, die überwiegend eingeschossig waren, nie jedoch mehr als zwei Stockwerke hatten, von Sozialwohnungen in Backsteinhäusern, bei denen der

Putz von den Fassaden bröckelte oder stellenweise auch von Ödland.

An der nächsten Kreuzung wurde das Viertel belebter. Maggie grüßte den syrischen Lebensmittelhändler, dessen Geschäft immer offen hatte. Sein Laden markierte die Grenze zur heller erleuchteten Geschäftsstraße. Ein Waschsalon grenzte an den Laden eines Kebab-Verkäufers, gefolgt von einem indischen Restaurant, in dem nur noch wenige Gäste saßen. Das Schaufenster einer ehemaligen Videothek war mit Brettern vernagelt, an denen überwiegend zerrissene Plakate hingen. Als wir am Gitterzaun eines Parks entlanggingen, wurde es merklich kühler. Bald war die Luft vom Metallgeruch der Gleise und des schmutzigen Schotters erfüllt. Als wir uns dem Bahnhof näherten, seufzte ich erneut.

»Stimmt etwas nicht?«, fragte Maggie.

»Warum bleibst du mit ihm zusammen? Du verbringst deine Zeit doch nur damit, mit dem Schnabel nach ihm zu hacken. Was reizt dich daran?«

»Manchmal frage ich mich, wo du immer deine Ausdrücke hernimmst … Was könnte mich daran reizen, einen Typen auszuhalten, wenn ich nicht mit dem Schnabel nach ihm hacken könnte!«

»Dann bleib ich lieber Single.«

»Genau das scheinst du ja auch zu tun.«

»Volltreffer! Aber du bist echt ein Miststück, mir das zu sagen.«

»Schmeichle mir doch nicht so. Übrigens haben wir mit Dad heute Abend Pech gehabt.«

»Wir haben uns in der Küche nicht groß angestrengt und haben immerhin viel gelacht. Was war bloß in ihn gefahren mit dieser Heiratsgeschichte? Vielleicht wünscht er sich Enkelkinder?«, sagte ich.

Maggie blieb unvermittelt stehen und deutete mit dem Zeigefinger auf meine Brust, bevor sie deklamierte: *Ene, mene Miste, es rappelt in der Kiste, ene, mene Muh, und raus bist du!*

Und sie schloss den Aufzählreim mit der Beteuerung: »Tut mir leid, meine Liebe, das hast du an der Backe. Ich habe absolut keine Lust auf ein Kind.«

»Mit Fred nicht oder generell?«

»Zumindest haben wir die Antwort auf unsere Frage des Abends bekommen, Mum war pleite, als sie Dad wieder getroffen hat.«

»Vielleicht, aber der Abend hat dafür andere Fragen aufgeworfen«, nahm ich den Faden auf.

»Ja, doch letztlich sollten wir nicht zu viel Aufhebens darum machen. Mum hatte mit Dad Schluss gemacht, als sie jung waren, und ist zehn Jahre später reuig zu ihm zurückgekehrt.«

»Ich habe den Eindruck, dass die Wahrheit komplizierter ist.«

»Du solltest auf deine Reisen verzichten und dich dem Investigationsjournalismus in Herzensdingen widmen.«

»Deine Ironie lässt mich kalt. Ich spreche von Dad und Mum, von diesem merkwürdigen Brief, den wir bekommen haben, von den Schattenseiten ihres Lebens, den Lügen, die sie uns aufgetischt haben. Hast du kein Bedürfnis, mehr über deine eigenen Eltern zu erfahren? Du interessierst dich nur für dich!«

»Voll ins Schwarze, aber dann bist du auch ein ganz schönes Miststück, mir das zu sagen.«

»Wie dem auch sei, entgegen deiner Annahme bestätigt die Tatsache, dass Mum keinen Cent in der Tasche hatte, die Behauptungen in dem Brief.«

»Weil alle Leute, die pleite sind, zwangsläufig auf ein Vermögen verzichtet haben?«

»Du warst niemals pleite, weil unsere Eltern immer für dich gesorgt haben.«

»Sollen wir das im Chor singen, Rigby, immer dieselbe Leier, mit der du daherkommst? Maggie, das Nesthäkchen, über deren Wiege sich die wohlwollende Familie stets gebeugt hat. Und wer von uns beiden hat ein Appartement in London, und wer lebt eine Stunde mit dem Zug entfernt in einem Vorort? Wer von uns bereist das ganze Jahr über die Welt, und wer bleibt hier und kümmert sich um Michel und Dad?«

»Ich habe keine Lust auf Streit, Maggie. Ich möchte nur, dass du mir hilfst, klar zu sehen. Dieser Brief wurde uns nicht grundlos geschickt. Selbst wenn das, was darin steht, haltlos ist, muss hinter dem Ganzen ein Motiv stecken. Wer hat uns geschrieben und warum?«

»Wer hat *dir* geschrieben! Ich darf dich daran erinnern, dass du nicht einmal mit mir darüber sprechen solltest.«

»Und wenn der Briefschreiber mich gut genug kennt, um zu wissen, dass ich es dennoch tun würde? Wenn er mich sogar dazu bringen wollte?«

»Da stimme ich dir zu, eine bessere Möglichkeit hätte er nicht finden können, um das zu erreichen. Na gut, ich höre aus deiner Stimme einen kleinen Hilferuf heraus, also einverstanden. Du musst Dad in den nächsten Tagen nur zum Mittagessen in der Nähe von Chelsea einladen. Er wird meckern, jedoch glücklich sein, einen Vorwand zu haben, mit seinem Auto zu fahren. Versuch, ein Lokal in der Nähe eines Parkplatzes zu finden, er will es nie einem Parking Valet anvertrauen. Sag nichts dazu, ich muss jedes Mal lachen, wenn ich daran denke. Ich habe einen Zweitschlüssel und werde ein bisschen bei ihm herumschnüffeln, sobald die Luft rein ist.«

Mir gefiel der Gedanke nicht, meinen Vater so zu manipulieren, aber mangels einer besseren Idee nahm ich den Vorschlag meiner Schwester an.

Der Bahnhof war einsam und verlassen. Um diese Zeit warteten nur wir noch auf einen Zug. Die Anzeigentafel kündigte die unmittelbar bevorstehende Einfahrt des Southeastern in Richtung Orpington an. Ich musste in Bromley in den Zug zur Victoria Station umsteigen und anschließend einen Bus nehmen, von dessen Haltestelle es noch zehn Minuten zu Fuß zu meinem Appartement waren.

»Weißt du, wovon ich gerade träume?«, fragte mich Maggie. »Davon, mit meiner Schwester in diesen Zug zu steigen und bei ihr in London zu übernachten. Ich würde in dein Bett schlüpfen, und wir würden die ganze Nacht über quasseln.«

»Das würde mir auch sehr gut gefallen, aber ... dazu müsstest du solo sein ...«

Der Vorortzug fuhr ein, seine Räder quietschten beim Bremsen. Die Türen öffneten sich, ohne dass jemand ausstieg. Ein langer Pfiff kündete die Abfahrt an.

»Lauf, Rigby, sonst verpasst du ihn noch«, rief Maggie.

Wir tauschten einen verschwörerischen Blick, und ich stieg in den Waggon.

Fred erwartete Maggie in ihrem Bett. Im Fernsehen lief eine alte Episode von *Fawlty Towers*. Der Humor von John Cleese machte ihr Schweigen zunichte, und schließlich lachten sie gemeinsam über die Clownerien eines albernen Lords.

»Wenn du mich schon nicht heiraten willst, könntest du dir dann wenigstens vorstellen, bei mir in Primrose Hill zu leben?«, fragte Fred.

»Nun tu bloß nicht so, du hättest deinen Gesichtsausdruck sehen sollen, als mein Vater von einer Hochzeit gesprochen hat.«

»Du hast ihn ja diesbezüglich schnell beruhigt.«

»Hier wohnen Dad und Michel in der Nähe, in London wäre ich zu weit weg, um auf sie aufzupassen.«

»Dein Bruder ist erwachsen, dein Vater hat sein Leben gelebt. Wann wirst du dich dafür entscheiden, endlich dein Leben zu leben?«

Maggie schnappte sich die Fernbedienung und schaltete den Fernseher aus. Sie zog ihr T-Shirt aus, setzte sich rittlings auf Fred und beobachtete ihn.

»Warum schaust du mich so an?«, fragte er.

»Weil wir seit zwei Jahren zusammen sind und ich manchmal denke, dass ich fast nichts weiß von deinem Leben, deiner Familie, über die du nie sprichst und der du mich noch nie vorgestellt hast. Du weißt praktisch alles über mich und kennst meine Familie. Ich weiß nicht einmal, wo du aufgewachsen bist, wo du studiert hast, falls du studiert hast …«

»Du weißt nichts, weil du mich nie etwas fragst.«

»Das stimmt nicht, du weichst immer aus, wenn ich etwas über deine Vergangenheit wissen will.«

»Du wirst verstehen«, sagte er, während er ihre Brüste küsste, »dass ein Mann andere Gedanken im Kopf haben kann, als dir sein Leben zu erzählen, aber wenn du darauf bestehst, ich wurde vor neununddreißig Jahren in London geboren ...«

Sein Mund wanderte nach unten zu Maggies Bauch ...

»Sag jetzt bloß nichts mehr«, flüsterte sie.

Kapitel 8

Keith

Oktober 1980, Baltimore

Der Mond schien silbrig durch die Dachfenster, das schräg einfallende Licht ließ die Staubflocken in der Luft tanzen. May schlief tief, die Falten des Bettlakens schmiegten sich an die Rundungen ihres Körpers. Sally-Anne, die am Fußende des Betts saß, beobachtete sie und achtete genau auf ihre Atmung. May schlafen zu sehen war in diesem Augenblick das Einzige, was für sie zählte. Als würde nichts anderes auf der Welt noch existieren, als würde das gesamte Universum in diesem Loft eingefangen. Eine Stunde zuvor hatten Visionen aus der Vergangenheit sie aus ihren Träumen gerissen. Vertraute Gesichter, ausdruckslos erstarrt, urteilten über sie. Sie saß auf einem Stuhl mitten auf einem Podest und wurde von ihren vernichtenden Blicken durchbohrt. Ihre Wesensart war die Frucht einer Jugend, in der alles antrainiert worden war, ohne dass sie je unterwiesen worden wäre.

Können sich zwei gebrochene Seelen durch eine Vereinigung heilen, addiert sich der Schmerz zweier Wesen, oder wird der eine vom anderen subtrahiert, fragte sie sich.

»Wie spät ist es?«, brummte May.

»Vier Uhr morgens, vielleicht etwas später.«

»Woran denkst du?«

»An uns.«

»Sind es gute oder schlechte Gedanken?«

»Schlaf weiter.«

»Nicht, solange du mich beobachtest.«

Sally-Anne schlüpfte in ihre Stiefel und griff nach ihrem Blouson, der über der Stuhllehne hing.

»Ich mag es nicht, wenn du nachts mit dem Motorrad fährst.«

»Mach dir keine Sorgen, ich fahre vorsichtig.«

»Das wäre neu. Bleib da, ich mache uns einen Tee«, insistierte May.

Sie stand auf, wickelte sich in das Betttuch und ging durchs Zimmer. Ein Gaskocher, ein paar Teller, einige zusammengewürfelte Gläser und zwei Porzellantassen auf einer Tischplatte auf Böcken dienten als Küche. May stellte den Wasserkocher in die Spüle, nahm den Deckel ab und drehte den Hahn auf. Dann suchte sie die Teedose in einem umfunktionierten Apothekerschrank, stellte sich auf die Zehenspitzen, um zwei Beutel und zwei Stück Zucker aus einem Keramiktöpfchen zu nehmen, entzündete ein Streichholz und regulierte die bläuliche Flamme des Kochers.

»Hilf mir bloß nicht!«

»Ich warte darauf, ob dir das mit einer Hand gelingen wird«, antwortete Sally-Anne, ein schelmisches Lächeln auf den Lippen.

May zuckte mit den Schultern und ließ das Betttuch herabfallen.

»Bist du so nett und legst es wieder aufs Bett, ich schlafe nicht gerne im Staub.«

Sie servierte den Tee, reichte Sally-Anne eine Tasse, nahm sich ihre und kam zurück, um sich im Schneidersitz auf die Matratze zu setzen.

»Die Einladungen sind angekommen«, teilte Sally-Anne ihr schließlich mit.

»Wann?«

»Gestern Nachmittag, ich habe am Postamt gehalten, um die Post abzuholen.«

»Und du hast es nicht für nötig befunden, mich früher darüber zu informieren?«

»Es war ein vergnüglicher Abend, ich hatte Angst, du würdest dann nur noch daran denken.«

»Ich mag diese Typen nicht, mit denen wir ausgegangen sind, ihre billigen politischen Gespräche langweilen mich, diese Art, so zu tun, als wollten sie die Welt verändern, während sie die meiste Zeit damit verbringen, Joints zu rauchen. Also tut mir leid, dich enttäuschen zu müssen, aber ich fand dieses Abendessen nicht sonderlich vergnüglich. Zeigst du sie mir?«

Sally-Anne zog zwei Kuverts aus ihrer Tasche und warf sie lässig aufs Bett. May nahm ihre Einladung aus dem Kuvert. Sie strich mit dem Finger über den Bristolkarton, bewunderte die reliefartig gedruckte Schrift und blieb beim Datum stehen. Der Abend sollte in zwei Wochen stattfinden. Die Frauen würden ihren schönsten Schmuck und extravagante Kostüme tragen, die Männer würden ebenso grotesk gekleidet sein, nur einige alte Griesgrame, die sich dem Spiel verweigerten, würden sich mit einem Smoking und einer einfachen schwarzen Halbmaske begnügen, um ihr Gesicht zu verbergen.

»Ich war in meinem Leben noch nie so aufgeregt bei der Vorstellung, auf einen Maskenball zu gehen«, sagte May und kicherte.

»Du überraschst mich immer wieder. Ich dachte, der Anblick dieser Einladungen würde dir Angst machen.«

»Aber nein, inzwischen nicht mehr. Seit ich auf ihr Anwesen zurückgekehrt bin, habe ich keine Angst mehr. Als wir dort weggefahren sind, ist mir klar geworden, welche Überwindung es mich gekostet hatte, wieder einen Fuß dorthin zu setzen. Und ich habe mir geschworen, nie mehr Angst vor ihnen zu haben.«

»May…«

»Verschwinde oder leg dich endlich zu mir ins Bett, aber entscheide dich.«

Sally-Anne sammelte das Betttuch auf und breitete es über May aus. Sie entkleidete sich rasch und legte sich neben sie, dabei lächelte sie erneut.

»Was gibt es noch?«, fragte May.

»Nichts, ich mag es, wenn du so rachsüchtig bist.«

»Ich möchte, dass du etwas weißt, was nur mich betrifft, aber es ist mir wichtig, dass du es weißt. Ich werde mich niemals lebend fassen lassen.«

»Was erzählst du denn da?«

»Das hast du sehr gut verstanden. Das Leben ist viel zu kurz, um es mit überflüssigen Traurigkeiten zu belasten.«

»May, schau mir in die Augen. Ich glaube, dass du dich da gewaltig täuschst. Nur an Rache zu denken würde ihnen zu viel Bedeutung beimessen. Es geht einfach darum, ihnen das wieder zu nehmen, was sie nicht verdienen.«

Sally-Anne wusste, wovon sie sprach. Es war ihr Milieu, es waren diese Menschen, denen das Leben alles gegeben hatte. Menschen, die sich dank ihrer Stellung dort bedienen konnten, wo andere bitten mussten, die genießen konnten, wo andere hoffen mussten. Diese Clans, deren Mitglieder, ihrer Überlegenheit gewiss, alles gering schätzen, um noch mehr Neid und Bewunderung zu wecken. Zurückzuweisen, um zu verführen und sich begehrenswert zu machen, was konnte heimtückischer sein? Um keine Ähnlichkeit mehr mit ihnen zu haben, hatte sie ihr Leben umgekrempelt, das Stadtviertel gewechselt, ihr Aussehen verändert, hatte sogar ihr schönes Haar geopfert und sich einen jungenhaften Schnitt zugelegt. Der Zeitgeist hatte den Geruch von Freiheit. Sally-Anne hatte aufgehört, Jungs zu küssen, um sich hehreren Zielen zuzuwenden. Ihr Land, das sich damit brüstete, das Land der Freiheiten zu sein, hatte Sklaverei betrieben, auf die die Rassentrennung folgte, und sechzehn Jahre nach der Verkündung des Civil Rights Act, des amerikanischen Bürgerrechtsgesetzes von 1964, hatte sich die Gesinnung kaum weiterentwickelt.

Nach den Schwarzen war es nun an den Frauen, für ihre Rechte einzutreten, und ihr Kampf würde einen langen Atem verlangen. Sally-Anne und May, beide bei einer großen Tageszeitung angestellt, waren dafür das beste Beispiel. Als journalistische Rechercheurinnen hatten sie unter den Frauen, die in diesem Bereich arbeiteten, die Spitze der Hierarchie erreicht. Wenn sie jedoch nur Rechercheurinnen waren und folglich auch als solche bezahlt wurden, warum schrieben sie dann die meisten Artikel, und die arroganten Männer begnügten sich damit, sie durchzulesen und darunter einfach ihren Namen zu setzen? May war die Begabtere von ihnen beiden. Sie hatte ein Talent dafür, unbequeme Themen aufzuspüren. Solche, die Privilegien infrage stellten und die Langsamkeit der Herrschenden bei der Umsetzung von versprochenen Reformen anprangerten.

Vor zwei Monaten hatte sie sich für die Lobbyisten interessiert, die gewisse Senatoren bestachen, um deren Eifer bei der Verabschiedung von Gesetzen gegen Korruption oder Giftstoffe zu bremsen, über die sich die profitorientierte Industrie ohnehin nur mokierte. Oder aber solche gegen den Waffenhandel, der profitabler war als Schulbildung für Kinder aus benachteiligten Familien, gegen eine Reform der Justiz, die den Rechtsbegriff nur noch im Titel trug. In ihrer Freizeit hatte sie beachtliche Nachforschungen angestellt, für die sie sich in eine Stadt begeben hatte, in der ein Bergbauunternehmen ungeniert Blei und Nitrat in den Fluss einleitete und so die Wasservorräte verschmutzte, die aus selbigem gespeist wurden. Die Geschäftsleitung wusste es, der Verwaltungsrat des Unternehmens wusste es, der Bürgermeister wusste es, auch der Gouverneur wusste es, aber alle waren sie Aktionäre des Unternehmens oder standen in irgendeiner Form in dessen Gunst. May hatte sehr viele Beweise für diese Tatsachen, hatte deren Ursachen und Folgen für die öffentliche Gesundheit zusammengetragen, ebenso wie für die eindeutigen Verstöße gegen die Sicherheitsbestimmungen und die allgemeine Korruption, die unter den Notablen der Stadt und des Bundesstaates herrschte. Ihr Chefredakteur hatte sie jedoch, nachdem er den Artikel gelesen hatte, gebeten, sich künftig auf Recherchen zu beschränken, mit denen die Zeitung sie beauftragte. Er hatte ihren Artikel in den Papierkorb geworfen und sie gebeten, ihm einen Kaffee zu bringen und ja nicht den Zucker zu vergessen.

May hatte ihre Tränen zurückgehalten, sie würde sich nicht fügen. Rache war süß, wurde jedoch entgegen dem Sprichwort am besten lauwarm serviert. Kalt war sie uninteressant, hatte Sally-Anne ihr eines Abends zum Trost gesagt. An einem Abend gegen Ende des Frühjahrs, an dem in einem preiswerten italienischen Restaurant das Projekt entstanden war, das den Lauf ihrer beider Leben verändern sollte.

»Wir werden eine investigative Zeitung gründen, bei der es keine Zensur gibt, wo alle Wahrheiten geschrieben werden dürfen«, hatte Sally-Anne in den Raum gerufen.

Und als die Freunde, in deren Gesellschaft sie beim Essen saßen, ihrer Ankündigung keine besondere Aufmerksamkeit schenkten, hatte May, etwas mehr als nur beschwipst, nicht gezögert, auf den Tisch zu klettern, um für die erhoffte Ruhe zu sorgen.

»Die Redaktion wird ausschließlich mit Frauen besetzt sein«, hatte sie hinzugefügt und ihr Glas erhoben. »Für das männliche Geschlecht wird es nur Jobs wie Sekretär, Telefonist oder bestenfalls Dokumentalist geben.«

»Das liefe darauf hinaus, dass wir genau das Übel fortsetzen, das wir bekämpfen wollen«, hatte Sally-Anne ihr entgegengehalten. »Wir sollten die Leute nach ihren Kompetenzen einstellen und nicht nach Geschlecht, Hautfarbe oder Religion.«

»Du hast recht, wir könnten sogar Sammy Davis jr. einen Sitz im Verwaltungsrat anbieten.«

In diesem Restaurant hatten sie, umgeben von einer Gruppe genauso betrunkener Freunde, begonnen, Pläne für ihr Projekt zu schmieden. Als Erstes wurde auf der Papiertischdecke der Redaktionsraum entworfen. Rhonda, die Älteste der Gruppe, von der es hieß, sie sei eine Zeit lang bei den Black Panthers gewesen, arbeitete bei Procter & Gamble als Assistentin der Buchhaltung. Sie bot ihre Erfahrung an und begann, die Grundlagen einer Betriebsberechnung zu erstellen. Sie listete die erforderlichen Arbeitsplätze und eine Gehaltstabelle auf, schätzte die erforderlichen Budgets für Miete, Verbrauchsgüter und Recherchen. Sie versprach, sich schnellstmöglich über die Kosten für Papier, Druck, Vertrieb und die Gewinnspanne zu informieren, die den Händlern einzuräumen war. Es war klar, dass sie als Dank für diese Dienste den Posten der Leiterin der Finanzabteilung erhalten würde.

»Selbst wenn es euch gelingt, das nötige Kapital zusammenzukratzen, was ich bezweifle, wird niemand euer Käseblatt drucken«, äußerte Keith, »und erst recht nicht kaufen. Eine von Frauen herausgegebene Zeitung, die Skandale aufdeckt, ich finde euch sehr optimistisch.«

Keith war ein hochgewachsener Kerl, gebaut wie ein Schrank, mit kantigem Gesicht, einem vorspringenden Kinn und stechend blauen Augen. Sally-Anne fand, er sei ein schöner Mann, und hatte ein paar Wochen mit ihm geflirtet. Um sie in sein Bett zu bekommen, hätte Keith ihr die Sterne vom Himmel geholt. Unter der rauen Schale verbarg sich ein einfühlsamer Liebhaber mit sanften Händen, wie sie es liebte. Aber so gut sie sich im Bett auch verstanden, Sally-Anne wollte sich nicht an einen Mann binden, und schon nach sechs Wochen war sie der Liebesspiele überdrüssig.

Auch May hatte ein Faible für Keith, was Sally-Anne nicht entgangen war. Diese Rivalität hätte ihre Freundschaft bedrohen können, aber bisweilen fragte sie sich, ob sie sich vielleicht nicht sogar von ihm getrennt hatte, um ihn May zu überlassen. »Ich schenke ihn dir«, hatte sie morgens beim Heimkommen verkündet, nachdem sie mit ihm gebrochen hatte. May weigerte sich, ihre Nachfolgerin zu werden, aber Sally-Anne hatte sie ins Gebet genommen. »Greif dort zu, wo der Genuss sich bietet, und vor allem, wenn er sich bietet. Darüber nachdenken kannst du später. Glaube mir, wer das Gegenteil macht, ist nicht nur langweilig, sondern langweilt sich auch«, hatte sie abschließend gesagt und war duschen gegangen. May ihrerseits war zu dem Schluss gekommen, dass man seine Arroganz nicht ablegen konnte, selbst dann nicht, wenn man sich zur Rebellin erklärte.

Von da an widerstand sie jedes Mal, wenn ihre und Keiths Blicke sich trafen, der Verwirrung, die sie empfand, wenn sie an die Liebesspiele dachte, von denen Sally-Anne ihr gelegentlich erzählt hatte. An diesem Abend jedoch wies sie ihn mit einer bissigen Bemerkung in die Schranken.

»Wir werden das nötige Kapital zusammenbekommen, und wenn du dann auf deinem Hintern im Sessel sitzt und unsere Zeitung liest, wird dir die Klugscheißerei noch vergehen.«

Dieser Satz brachte die ganze Runde zum Lachen. Noch nie hatte es jemand gewagt, den Schönling öffentlich zu demütigen. Sally-Anne war besonders verblüfft. Zur allgemeinen Überraschung erhob sich Keith, ging um den

Tisch herum, beugte sich über Mays Schulter und entschuldigte sich bei ihr.

»Du kannst auf mich als einen der ersten Abonnenten zählen.«

Als Tischler hatte Keith ein bescheidenes Einkommen, mit dem er nur das Nötigste bezahlen konnte. Er steckte die Hand in seine Jeanstasche, zog einen Zehn-Dollar-Schein heraus, was 1980 eine Menge Geld war, und legte ihn vor sie. »Für den Kauf einiger Aktien eurer Zeitung«, fügte er hinzu. Unter den verblüfften Blicken der Freundesrunde verließ er das Restaurant. Blicke, die May gleichgültig waren, als sie hinter ihm herlief, die zehn Dollar in der Hand. Auf der Straße rief sie seinen Namen.

»Du glaubst wirklich, damit könntest du Aktionär werden? Das reicht gerade einmal für den Kauf der ersten Ausgaben.«

»Dann betrachte es als Anzahlung für mein Abonnement.«

Keith ging einfach weiter. May schaute ihm nach, bevor sie, entschlossener denn je, ins Restaurant zurückkehrte. Sie würde allen beweisen, wozu sie fähig war. Was noch wichtiger war, sie würde es sich selbst beweisen. Sally-Anne hegte dieselben Absichten, und wenn ihre Motivation auch eine andere war, war ihrer beider Zukunft von nun an eng miteinander verknüpft. Sie mussten noch ausreichend Kapital zusammenbringen, um die Zeitung zum Leben zu erwecken, deren Erscheinen alle Reichen des Landes gerne verhindert hätten. An diesem Abend waren beide meilenweit davon entfernt, sich vorzustellen, dass das Schicksal ihnen die konkrete Umsetzung ihres Projekts erlauben würde, allerdings um den Preis eines Verbrechens.

May verscheuchte die Erinnerung an diese Nacht der Trunkenheit, in der alles begonnen hatte. Sie zog sich das Betttuch über die Schultern und drehte sich um. Sally-Anne legte den Arm um sie und schloss die Augen.

Kapitel 9

Eleanor-Rigby

Oktober 2016, Croydon

Als Maggie den Schlüssel umdrehte, bemerkte sie, dass die Tür nicht abgeschlossen war. Der erstbeste Einbrecher käme hier noch schneller herein als sie. Wie oft hatte sie ihren Vater gebeten, zweimal abzusperren, wenn er wegging. Doch er antwortete ihr jedes Mal, er lebe schon seit einer Ewigkeit hier, und man habe ihm noch nie etwas gestohlen.

Sie hängte ihren Mantel an den Garderobenständer und ging durch den Flur. In der Küche brauchte sie gar nicht zu suchen, denn ihre Mutter hätte niemals etwas in dem Raum versteckt, der ihrem Vater der wichtigste war. Ihr Phlegma signalisierte ihr, dass die Sache nicht einfach werden würde und sie besser daran täte, es gleich aufzugeben – wozu sollte es gut sein, Nachforschungen anzustellen, die völlig sinnlos waren? Sie ließ ihren Gedanken freien Lauf und dachte zuerst an das Schlaf- und Badezimmer oder an den begehbaren Kleiderschrank – dort würde sie mit ihrer Suche beginnen und sicher eine Klappe oder einen doppelten Boden entdecken –, dann daran, dass sie beim

Weggehen die Tür so zurücklassen müsste, wie sie sie vorgefunden hatte, wenn sie nicht wollte, dass ihr Vater den heimlichen Besuch bemerkte. Aber er würde ihr sowieso nur auf die Schulter klopfen und ihr liebenswürdig sagen: »Maggie, du siehst überall nur das Schlechte.«

Und als sich dann tatsächlich eine Hand auf ihre Schulter legte, stieß sie einen Schrei aus und fuhr herum. Dad sah sie mit weit aufgerissenen Augen an.

»Was machst du denn hier, und warum hast du nicht geklingelt?«, fragte er verwundert.

»Ich ...«, stammelte sie.

»Du?«

»Ich dachte, du wärst mit Elby zum Mittagessen.«

»Das dachte ich übrigens auch, aber der Austin war kapriziös und wollte nicht anspringen. Ich werde unter der Motorhaube nachsehen müssen, was da nicht stimmt.«

»Man hätte mir trotzdem Bescheid geben können«, knurrte Maggie.

»Wer, der Austin?«

»Elby.«

»Sollte sie dir sagen, dass mein Auto eine Panne hatte?«, meinte er und lachte herzlich. »Hör auf, dauernd Fehler an deiner Schwester zu suchen, ich mag es nicht, wenn ihr streitet. Seit dreißig Jahren warte ich jetzt schon darauf, dass ihr euch endlich entschließt, erwachsen zu werden. Und du kannst ganz beruhigt sein, ich sage ihr jedes Mal dasselbe, wenn sie ...«

»Wenn sie was?«

»Nichts ...« Dad seufzte. »Und jetzt erklär mir, was du hier machst?«

»Ich ... Ich suche Papiere.«

»Komm, lass uns in der Küche weiterreden, ich wollte mir gerade ein Sandwich machen. Und siehst du, der Tag, der sich so schlecht anließ, wendet sich zum Besseren, denn letztlich esse ich doch mit einer meiner Töchter zu Mittag. Übrigens wäre es mir sehr recht, wenn du deiner Schwester nichts davon sagen würdest, denn sie wäre imstande zu glauben, ich hätte die Autopanne nur vorgetäuscht, um mit dir und nicht mit ihr zu essen, und in diesem Fall… in diesem Fall«, wiederholte Dad und hob die Arme zur Decke, als könnte sie ihm jeden Moment auf den Kopf fallen, »hätten wir das Drama der Woche.«

Er öffnete den Kühlschrank, holte ein paar Zutaten heraus, um so etwas wie eine Mahlzeit zuzubereiten, und bat Maggie, den Tisch zu decken.

»Also, mein Liebes, was ist los? Wenn du etwas Geld brauchst, musst du es mir doch nur sagen. Bist du pleite?«

»Nichts, gar nichts ist los, ich brauchte nur… nur meine Geburtsurkunde.«

Sie fragte sich, wie sie auf diese Lüge gekommen war.

»Aha!«, rief Dad freudestrahlend.

»Was, aha?«, fragte Maggie ruhig.

»Denk doch mal nach, du willst deine Geburtsurkunde holen, und das kann nicht warten. Du hast dir vermutlich ausgerechnet, dass ich das Restaurant, in dem ich mit Elby essen wollte, gegen halb drei verlassen würde, dann hast du überschlagen, wie lange ich in den verdammten Staus festhängen würde. Denn bei all den Milliarden, die unsere Politiker seit Jahrzehnten verschleudern, ist es ihnen auch im einundzwanzigsten Jahrhundert noch nicht gelungen, die Verkehrsprobleme zu lösen! All diese Taugenichtse sollte man entlassen!«

»Dad, du wiederholst dich aber schon ein bisschen.«

»Ich lege nur erneut meinen Standpunkt dar. Aber lenk nicht vom Thema ab. Du hast also daraus geschlossen, dass ich nicht vor vier Uhr zurück sein könnte, was für dich zu spät gewesen wäre, und darum bist du gekommen.«

Maggie, die kein Wort von den Ausführungen unseres Vaters verstand, zog es vor zu schweigen.

»Aha!«, ließ er erneut verlauten.

Sie hatte die Ellbogen auf den Tisch gestützt und verbarg das Gesicht in den Händen.

»Wenn ich mit dir rede, fühle ich mich bisweilen in eine Episode von Monthy Python versetzt«, meinte sie schließlich.

»Na, mein Liebling, wenn du mich damit kränken wolltest, ist daraus nichts geworden, ich fasse es als Kompliment auf. Und wenn du glaubst, ich hätte nicht begriffen, was du suchst, dann tut es mir wirklich leid. Das Rathaus schließt um sechzehn Uhr, nicht wahr?«, sagte Dad und zwinkerte ihr zu.

»Das ist schon möglich, aber was soll ich denn im Rathaus?«

»Also gut, nehmen wir an, du würdest deine Wohnung neu dekorieren wollen, und du wärst so dankbar, das Licht der Welt erblickt zu haben, dass du deine Geburtsurkunde im Wohnzimmer aufhängen möchtest. Das wäre logisch! Aber nun mal Schluss mit den Scherzen, ich gebe zu, es war ungeschickt von mir, deine Hochzeit im Beisein deines Bruders und deiner Schwester zu erwähnen, dafür muss ich mich entschuldigen, aber jetzt sind wir beide allein, und du kannst es mir doch sagen. Denn du hast dich mir immer zuerst anvertraut, nicht wahr?«

»Aber ich habe absolut keine Lust zu heiraten, das kommt mir nicht einmal in den Sinn. Ich schwöre es dir, Dad, schlag dir diese Idee aus dem Kopf.«

Dad betrachtete seine Tochter aufmerksam und stellte den Teller mit den von ihm bereiteten Sandwiches vor sie hin.

»Iss, du siehst schlecht aus.«

Maggie versuchte, nicht zu diskutieren, und biss in das Toastbrot.

Dad ließ sie nicht aus den Augen, doch das Schweigen war ihm unerträglich.

»Warum brauchst du so dringend deine Geburtsurkunde?«

»Meine Bank will meine Daten abgleichen«, erfand sie schnell.

»Hast du einen Kredit beantragt? Siehst du, ich habe mich doch nicht getäuscht, ich verfüge noch über väterlichen Instinkt, wenn es um meine Töchter geht. Warum bist du nicht zu mir gekommen, wenn du Geld brauchst? Die Banken bringen einen mit ihren Zinsen ja um. Wenn es dagegen darum geht, das zu vergüten, was wir ihnen leihen, ist das Geld plötzlich nichts mehr wert, das soll einer verstehen!«

»Leihst du denn der Bank Geld?«, fragte Maggie in der Hoffnung, auf das zu stoßen, was von dem vermeintlichen Vermögen ihrer Mutter übrig war.

Doch ihr Enthusiasmus verflog, als Dad erklärte, es gehe um sein Renten-Sparkonto. Ein paar Tausend Pfund Sterling, die nichts einbrachten, erklärte er seufzend. »Und warum willst du einen Kredit aufnehmen? Hast du Schulden?«

»Vergiss das Ganze, Dad, ich wollte nur einen kleinen

Überziehungskredit aushandeln, das ist alles. Aber du kennst ja das System, für die geringste Kleinigkeit verlangt man Tonnen von Papieren. Hast du übrigens eine Idee, wo Mum ihre aufbewahrt hat?«

»Mehr als eine Idee, denn um den Papierkram in diesem Haus habe stets ich mich gekümmert. Deiner Mutter war das ein Graus. Ich bringe dir alles Nötige.«

»Das brauchst du gar nicht, sag mir einfach, wo sie sind ...«

Der Ton der Türglocke unterbrach das Gespräch. Dad fragte sich, wer das wohl sein könnte, er erwartete niemanden, und der Briefträger kam immer schon morgens. Er öffnete die Tür und sah mich davor stehen.

»Donnerschlag, du bist extra hergekommen?«, fragte er verlegen.

»Wie du siehst. Ich bin bei der Zeitung vorbeigegangen und habe mir ein Auto geliehen. Es ist unglaublich viel Verkehr.«

»Ich weiß. Gerade habe ich es zu deiner Schwester gesagt.«

»Maggie ist hier?«

»Ja, aber glaub bloß nicht, ich hätte die Autopanne erfunden! Stell dir vor«, flüsterte er dann, »sie ist heimlich gekommen, weil sie dachte, ich wäre nicht da, um ...«

»Warum?«, fragte ich aufgeregt.

»Hättest du mich nicht unterbrochen, hätte ich es dir gesagt. Sie sucht nach Papieren, weil sie einen Kredit aufnehmen will. Deine Schwester kann wirklich nicht mit Geld umgehen.«

Maggie erschien auf dem Flur und bedachte mich mit einem vernichtenden Blick.

»Bevor du irgendetwas sagst, was dir hinterher leidtut,

schau erst mal auf dein Handy, ich habe dir zehn Nachrichten hinterlassen.«

Maggie ging zurück in die Küche und griff in ihre Tasche. Der Klingelton des iPhones war ausgeschaltet, doch sie konnte sehen, dass ich sie wiederholt angerufen hatte, um ihr zu sagen, dass die Luft nicht rein war.

»Ich habe auf meinen Austin geschimpft, aber jetzt muss ich ihn wegen dieser doppelten Überraschung doch loben. Fehlt nur noch Michel. Ich sehe mal nach, was ich noch im Kühlschrank habe. Hätte ich das gewusst, wäre ich einkaufen gegangen«, erklärte Dad, der erleichtert war, dass ich ihm kein Täuschungsmanöver unterstellte.

Ich setzte mich an den Tisch und versuchte, Maggie zu befragen, die mir mit einem Blick zu verstehen gab, dass unser Vater keinen Verdacht geschöpft hatte. Als er wegging, griff Maggie erneut nach ihrem Handy, betrachtete das Display und lachte hämisch.

»Ich habe nicht geträumt, Rigby, du hast wirklich dreimal ›Abort Mission‹ geschrieben. Du siehst ja nicht nur Fernsehen, sondern klebst regelrecht an der Mattscheibe.«

Dad kam mit einem Dokument in der Hand zurück.

»Das ist zwar nicht wirklich deine Geburtsurkunde, aber ein Auszug aus dem Stammbaum, den ein mormonischer Notar beglaubigt hat! Damit müsste sich dein Banker zufriedengeben.«

Ich griff vor Maggie nach dem Papier.

»Ach, wie seltsam«, sagte ich.

Dad fummelte an dem Stecker des Wasserkochers und fluchte dabei in seinen Bart.

»Mum und du, ihr habt also erst nach unserer Geburt geheiratet?«

»Gut möglich«, brummte mein Vater.

»Was heißt ›gut möglich‹, hier steht es schwarz auf weiß. Erinnerst du dich nicht mehr an das Datum deiner eigenen Hochzeit?«

»Vorher oder nachher, was ändert das schon! Soweit ich weiß, haben wir uns bis zu ihrem Tod geliebt, und Achtung, ich liebe sie noch immer.«

»Aber ihr habt uns dauernd erzählt, ihr hättet gleich nach eurem Wiedersehen eure Verbindung besiegelt.«

»Unsere Geschichte war etwas komplizierter als das, was wir unseren Kindern als Gutenachtgeschichte erzählen wollten.«

»Inwiefern komplizierter?«

»Nun geht das Verhör wieder los! Ich habe dir doch schon öfter gesagt, Elby, du hättest Karriere als Polizistin machen sollen, nicht als Journalistin«, schimpfte er.

Dad zog an dem Kabel und rollte es um den Wasserkocher.

»Der hat auch das Zeitliche gesegnet. Also wirklich, am Morgen mein Auto und jetzt dieser verdammte Kocher, heute ist wirklich nicht mein Tag.«

Er holte einen Topf aus dem Schrank, füllte ihn mit Wasser und stellte ihn auf den Gasherd.

»Wisst ihr, wie lange es dauert, bis kaltes Wasser kocht?«

Meine Schwester und ich schüttelten den Kopf.

»Ich habe auch nicht die geringste Ahnung, aber bald werden wir es wissen«, meinte er, den Blick auf den Sekundenzeiger der Wanduhr gerichtet.

»Inwiefern komplizierter?«, beharrte ich, was meinem Vater einen weiteren Seufzer entlockte.

»Die ersten Wochen nach ihrer Rückkehr waren nicht

einfach. Sie brauchte Zeit, um sich an ihr neues Leben in einer Stadtrandsiedlung zu gewöhnen, die damals nicht gerade zu den freundlichsten gehörte.«

»Das ›damals‹ kannst du ruhig weglassen«, zischte Maggie.

»Ich glaube nicht, dass dein Beckenham in irgendeiner Form besser ist als mein Vorort, Liebes. Eure Mutter fühlte sich in dieser Wohnung wie eingesperrt, sie hatte noch keine Arbeit gefunden, ich hatte meine festen Zeiten, die nicht zu ändern waren, und sie hatte das Gefühl, sehr allein zu sein. Aber da sie eine Kämpfernatur war, nahm sie ein Fernstudium auf. Sie hat die Prüfung geschafft, zunächst einen Posten als Referendarin bekommen und dann als Lehrerin. Dazu kam ihre Schwangerschaft und eure Geburt, die unser ganzes Glück war, aber ihr habt ja keine Ahnung, wie teuer es ist, Kinder aufzuziehen – ihr werdet es eines Tages selbst erfahren, wie ich hoffe. Kurz, wir hatten nicht genug Geld, um ein Brautkleid, Ringe und das ganze Tamtam zu finanzieren, das mit einer Hochzeit einhergeht. Also haben wir tatsächlich etwas länger gewartet, als wir wollten, bevor wir vor den Altar traten. Ist deine Neugier damit befriedigt?«

»Wie lange hat es nach dem Wiederaufleben eurer Romanze gedauert, bis Mum schwanger wurde?«

»Eine hübsche Formulierung. Eure Mutter verabscheute es, wenn ich unseren ersten Flirt erwähnte. Seither waren zehn Jahre vergangen, sie hatte gelebt, sich verändert und nicht das geringste Mitgefühl für das junge Mädchen, das sie einst gewesen war. Die Vorstellung, dass ich in eben dieses junge Mädchen verliebt gewesen war, machte sie übrigens eher eifersüchtig. Sie verstand nicht, dass ein Mann sich zu zwei so verschiedenen Charakteren hingezogen fühlen konnte. Aber ich, ich durfte mich nicht ändern! Na ja, im Grunde hatte sie nicht ganz unrecht, denn so sehr hatte ich mich auch nicht verändert. Eure Mutter interessierte sich lediglich für die Gegenwart, an die Zukunft dachte sie nur selten, und ihre Vergangenheit existierte nicht mehr. Die beiden Phasen unserer Beziehung waren für sie wie das Alte und das Neue Testament. Zwei Geschichten, die sich nie auf die Ankunft des Messias einigen konnten.«

»Und der Messias in ihrem Leben warst dann du?«, sagte Maggie und lachte.

»Eine Minute zwölf Sekunden«, antwortete Dad ungerührt, während er das siedende Wasser betrachtete.

Er schaltete das Gas aus und brachte den Tee.

»Sag mal, das ging ja ganz schön schnell bei euch, eine Minute und zwölf Sekunden, damit Mum schwanger wurde, das ist echt ein Rekord!«, meinte ich.

Dad gab vorsichtig einen Hauch Milch in seine Tasse und sah dann von einer Tochter zur anderen.

»Ich liebe euch wirklich, daran habt ihr sicher keinen Zweifel. Ich liebe euch beide und natürlich euren Bruder mehr als alles auf der Welt. Aber ihr könnt wirklich die reinsten Nervensägen sein. Wir haben euch sehr schnell bekommen. Nur einige Monate, nachdem wir uns wieder zusammengetan hatten. Willst du wissen, wie viel dein Bruder und du bei der Geburt gewogen habt? Na, du warst dicker als er.«

Maggie lachte lauthals und blies die Backen auf, während sie mich ansah.

»Und du, Maggie, noch dicker als die beiden zusammen.

Aber jetzt bin ich durch eure Fragerei ganz melancholisch geworden. Ich mache einen Spaziergang zum Friedhof, kommt ihr mit?«

Maggie war seit der Beerdigung unserer Mutter nicht mehr am Grab gewesen. Der Anblick des in den Stein gravierten Namens war ihr unerträglich.

»Ach, seid mir nicht böse, aber im Grunde gehe ich lieber allein«, meinte Dad plötzlich.

Ein Vater weiß so etwas.

Er trank seine Tasse aus, stellte sie in die Spüle, drückte jeder von uns einen Kuss auf die Stirn und ließ uns dann allein.

Im Flur hörten wir ihn rufen: »Maggie, vergiss nicht abzuschließen, wenn du gehst.«

Mit einem Lächeln auf den Lippen verließ Dad das Haus.

Kapitel 10

Eleanor-Rigby

Oktober 2016, Croydon

Wir warteten, bis wir sicher waren, dass unser Vater nicht wieder zurückkam, und machten uns dann auf die Suche. Das Bad hatten wir von Anfang an als zu unwahrscheinlich ausgeschlossen. Maggie durchwühlte den begehbaren Kleiderschrank, fand jedoch weder eine Klappe noch einen doppelten Boden. Während ich mich um das Schlafzimmer kümmerte, ging sie in die Küche und sah sich den Familienstammbaum an.

»Komm bloß nicht auf die Idee, mir zu helfen!«, rief ich.

»Soweit ich weiß, hast du mir auch nicht geholfen, bist du noch nicht fertig?«

Enttäuscht ging ich zu ihr.

»Nichts, ich habe sogar die Wände abgeklopft, um zu sehen, ob es irgendwo hohl klingt, aber *nada*.«

»Du hast nichts gefunden, weil es nichts zu finden gibt. Dieser Brief ist ausgemachter Unsinn, es war ja ganz lustig, aber ich schlage vor, dass wir jetzt aufhören.«

»Lass uns versuchen, so zu denken wie Mum. Wenn du

ein nettes Sümmchen verstecken wolltest, wo würdest du es hintun?«

»Warum sollte ich es verstecken, statt es meiner Familie zugutekommen zu lassen?«

»Und wenn es nun kein Geld war, sondern etwas, womit sie nichts anfangen konnte? Wer weiß, vielleicht war sie ja in ihrer Jugend Drogenhändlerin … in den Siebziger- und Achtzigerjahren haben alle irgendwas genommen.«

»Ich sage es doch, Elby, du siehst wirklich zu viel fern, und selbst wenn ich dir damit eine riesige Enttäuschung bereiten sollte, ich glaube, daran hat sich bis heute nicht viel geändert. Wenn du lange genug in London bleibst, fange ich vielleicht auch damit an.«

»Von uns dreien stand sie Michel am nächsten.«

»Ich vermute, diese haltlose Behauptung hat nur den Sinn, mich eifersüchtig zu machen. Du bist einfach erbärmlich.«

»Das ist nicht erbärmlich, sondern die Wahrheit. Und ich sage das, weil Mum ein Geheimnis, das sie nicht mit Dad teilen wollte, sicher Michel anvertraut hätte.«

»Bring ihn bloß nicht mit deinem unglaublichen Starrsinn aus dem Lot.«

»Du hast mir gar nichts zu sagen, und übrigens werde ich ihm jetzt einen Besuch abstatten. Schließlich ist er mein Zwillingsbruder und nicht deiner, verdammt noch mal!«

»Zweieiiger Zwilling!«

Ich verließ die Küche, Maggie schlug die Tür hinter sich zu und holte mich auf der Treppe ein.

Die Bürgersteige waren mit einem Teppich von rotbraunen Blättern bedeckt, die der Wind in einem Oktober, stürmischer als sonst, von den Bäumen gefegt hatte. Ich liebe das Knistern der getrockneten Blattadern unter meinen Sohlen und den Duft des Herbstes, der Regen mit sich bringt. Ich setzte mich ans Steuer des Kombis, den ich mir von einer Kollegin ausgeliehen hatte, wartete, bis Maggie die Beifahrertür geschlossen hatte, und fuhr dann an.

Während der Fahrt schwiegen wir. Nur einmal wies ich Maggie darauf hin, dass sie nicht mitgekommen wäre, wenn sie dem anonymen Brief wirklich jegliche Glaubwürdigkeit abspräche. Sie aber behauptete, mich nur zu begleiten, um ihren Bruder vor dem Wahnsinn zu schützen, der ihre Schwester übermannt hatte.

Ich stellte den Wagen auf dem Parkplatz ab und ging entschlossen zum Empfang. Niemand saß hinter dem Tresen aus lackiertem Kirschbaumholz, der aus einer anderen Zeit zu stammen schien. Das Personal der Stadtbibliothek bestand lediglich aus zwei Vollzeit-Angestellten – der Leiterin Véra Morton und Michel – sowie einer Putzfrau, die zweimal pro Woche die Regale abstaubte.

Véra Morton erkannte Maggie in der Eingangshalle, und ihr Gesicht erhellte sich, als sie auf uns zukam. Véra, die eine wesentlich komplexere Persönlichkeit war, als man auf Anhieb vermutete, hätte hübsch sein können, wenn sie sich nicht so viel Mühe gegeben hätte, unsichtbar zu wirken. Ihre blauen Augen waren hinter einer runden Brille mit von Fingerabdrücken verschmierten Gläsern versteckt, das Haar mit einem Gummiband zurückgebunden und ihre Kleidung unfassbar schlicht: Ihr Rollkragenpullover war zwei Nummern zu groß, der breite Rock aus Cordsamt, und zusammen mit ihren beigefarbenen Schuhen und Strümpfen wirkte das wie eine Uniform.

»Alles in Ordnung?«, fragte sie.

»Alles bestens«, gab ich zurück.

»Da bin ich hocherfreut, ich hatte einen Augenblick lang Angst, Sie wären Überbringerin einer schlechten Nachricht. Sie beehren uns so selten mit Ihrer Anwesenheit.«

Wer drückt sich heutzutage noch so aus?, fragte ich mich, behielt aber meine Gedanken für mich. Und als Maggie erklärte, die beiden Schwestern, die gerade im Viertel spazieren gingen, hätten die Idee gehabt, kurz bei ihrem Bruder vorbeizuschauen, merkte ich, wie Véras Wangen jedes Mal rosig wurden, sobald sie Michels Namen aussprach. Und sogleich vermutete ich eine Gefühlsverwirrung unter Véra Mortons Rollkragenpullover. Zu ihrer Entlastung muss man sagen, dass, wenn man zwei Fische acht Stunden pro Tag in dasselbe Glas setzt, deren einzige Abwechslung der Besuch einer Schulklasse am Mittwoch ist, die Chancen sehr gut stehen, dass jeder der beiden schließlich zu der Überzeugung gelangt, der andere sei das Beste, was die Menschheit zu bieten habe. Von diesen Überlegungen abgesehen, schien es mir durchaus möglich, dass Véra Gefühle für meinen Bruder hegte. Doch die eigentliche Frage war, ob auch Michels Herz für Véra schlug.

Der jungen Leiterin der altersschwachen Einrichtung war es eine Freude, uns in den Lesesaal zu führen, wo Michel, in ein Buch vertieft, allein an einem Tisch saß. Doch sie flüsterte, als wäre der Saal überfüllt. Ich schloss daraus, dass es sich bei Bibliotheken so verhielt wie bei Kirchen. Ob man gläubig war oder nicht, man durfte nur mit gedämpfter Stimme sprechen.

Michel hob, offensichtlich verwundert, seine beiden Schwestern zu sehen, den Kopf, klappte das Buch zu und stellte es an seinen Platz zurück, ehe er zu uns kam.

»Wir waren gerade in der Gegend und haben uns gesagt, wir könnten dich kurz umarmen kommen«, erklärte Maggie.

»Sehr merkwürdig, du umarmst mich nie. Aber nun, ich will dich nicht daran hindern«, antwortete er und streckte die Arme aus.

»Das ist nur so 'ne Redensart«, meinte Maggie. »Sollen wir irgendwo einen Tee trinken gehen? Natürlich nur, wenn du überhaupt wegkannst.«

»Aber sicher, heute sind nicht viele Besucher da. Keine Sorge, Michel, ich schließe die Bibliothek ab.« Véras Wangen waren leicht gerötet.

»Ah, aber ich muss noch einige Bücher aufräumen.«

»Ich bin sicher, dass sie auch auf den Tischen eine angenehme Nacht verbringen werden«, versicherte Véra (die Röte verstärkte sich).

Michel ergriff ihre Hand und schüttelte sie wie einen Staubwischlappen.

»Dann vielen Dank. Ich werde dafür morgen etwas länger arbeiten.«

»Das ist nicht nötig. Ich wünsche Ihnen einen schönen Abend, Michel.« (Dieses Mal wurde sie feuerrot.)

Und da Flüstern an diesem Ort scheinbar vorgeschrieben war, beugte ich mich zu Maggie und raunte ihr etwas zu. Maggie verdrehte die Augen und zog Michel zum Auto.

Wir hielten vor einem Teesalon an. Hinter der verglasten Fensterfront, die mit Plakaten beklebt war, lag das Lokal im Erdgeschoss eines kleinen Gebäudes aus gelbem Ziegelstein, welches aus den 1970er-Jahren stammte und an die industrielle Vergangenheit dieses Vororts erinnerte, der erst spät modernisiert worden war. Da der Service eher als minimalistisch zu bezeichnen war, ging Maggie zur Theke, um drei Earl Grey und ebenso viele Scones zu bestellen. Erst als es ans Bezahlen ging, ließ sie mir großzügig den Vortritt. Wir nahmen auf Plastikstühlen an einem Resopaltisch Platz.

»Ist etwas mit Dad?«, fragte Michel.

Ich beruhigte ihn sofort.

Michel nahm einen Schluck Tee und sah Maggie durchdringend an. »Wirst du Fred heiraten?«

»Aber warum sollte die Tatsache, dass wir dir einen Besuch abstatten, auf ein Drama hinweisen?«, entgegnete sie.

Michel überlegte und fand diese Antwort amüsant, was er durch ein breites Lächeln zum Ausdruck brachte.

»Da ich ausnahmsweise mal etwas länger in London bleibe, hatte ich Lust, dich zu sehen, und habe Maggie gefragt, ob sie mitkommen will«, fügte ich hinzu.

»Hat Mum dir ein Geheimnis anvertraut?«, fragte Maggie ohne Umschweife.

»Das ist eine merkwürdige Frage. Ich habe Mum schon lange nicht mehr gesehen, und du auch nicht.«

»Ich meine vorher.«

»Wenn sie mir ein Geheimnis anvertraut hätte, dürfte ich es dir nicht sagen. Logisch, oder?«

»Ich will ja nicht, dass du mir sagst, worum es geht, ich will nur wissen, ob sie dir eines anvertraut hat.«

»Nein.«

»Da siehst du es!«, rief Maggie an mich gewandt.

»Eines nicht, eher mehrere«, fuhr Michel fort. »Kann ich mir einen Scone nehmen?«

Maggie stellte ihren Teller vor ihn hin.

»Warum dir und nicht uns?«, meinte sie dann.

»Weil sie wusste, dass ich nichts sagen würde.«

»Nicht einmal deinen Schwestern?«

»Vor allem nicht meinen Schwestern. Wenn ihr euch streitet, wärt ihr in der Lage, alles auszuplaudern, auch Dinge, die es gar nicht gibt. Ihr habt viele Vorzüge, nicht aber den, schweigen zu können, wenn ihr wütend seid. Logisch.«

Ich legte die Hand auf Michels Arm und sah ihn voller Zärtlichkeit an. »Aber du weißt, dass sie uns genauso fehlt wie dir.«

»Ich glaube, es gibt kein Instrument, mit dem man das Fehlen messen kann, also schließe ich daraus, dass deine Aussage eine Redensart ist.«

»Nein, Michel, es ist eine Tatsache«, fuhr ich fort. »Sie war ebenso unsere Mutter wie deine.«

»Selbstverständlich, ist ja logisch.«

»Wenn du Dinge weißt, die uns nicht bekannt sind, wäre es ungerecht, sie für dich zu behalten, verstehst du?«, drängte ihn Maggie.

Michel sah mich fragend an, ehe er sich auch meinen Scone nahm. Er tunkte ihn in seinen Tee und verschlang ihn mit zwei Bissen.

»Was hat sie dir gesagt?«, hakte ich nach.

»Nichts.«

»Und das Geheimnis?«

»Sie hat mir keine Worte anvertraut.«

»Was dann?«

»Ich glaube, ich habe nicht das Recht, euch davon zu erzählen.«

»Michel, ich denke auch nicht, dass Mum damit gerechnet hat, so schnell und so plötzlich von uns zu gehen. Ich bin sicher, sie hätte gewollt, dass wir nach ihrem Tod alles teilen, was sie betrifft.«

»Das mag sein, aber ich müsste sie fragen können.«

»Aber da das unmöglich ist, musst du dich auf dein Urteil verlassen, nur auf dein eigenes Urteil.«

Michel trank seine Tasse in einem Zug aus und stellte sie auf die Untertasse. Seine Hand zitterte, und er wiegte mit verlorenem Blick den Kopf hin und her.

Ich streichelte seinen Nacken und stoppte die Krise mit einem einzigen Satz. »Du musst es uns ja nicht sofort sagen, ich bin mir sicher, Mum hätte gewollt, dass du sorgfältig darüber nachdenkst. Und ich weiß, dass sie dir aus diesem Grund vertraut hat. Willst du noch einen Scone?«

»Ich glaube nicht, dass das sehr vernünftig ist, aber warum nicht, da wir ausnahmsweise mal alle drei zusammen sind.«

Ich war entschlossen, nicht aufzustehen, also ging Maggie zum Tresen und bezahlte auch das Gebäck. Sie stellte das Tellerchen vor Michel und setzte sich wieder.

»Reden wir nicht mehr darüber«, sagte sie mit beruhigender Stimme. »Erzähl uns lieber von deinen Arbeitstagen.«

»Sie gleichen sich alle.«

»Dann wähl einen besonderen.«

»Verstehst du dich gut mit der Leiterin?«, unterbrach ich.

Michel hob den Blick. »Ich nehme an, das ist wieder eine Redensart?«

»Nein, nur eine Frage«, erwiderte ich.

»Ja, wir verstehen uns sehr gut, was aber normal ist, da

wir ja nicht taub sind. Glücklicherweise, denn in einer Bibliothek muss man flüstern.«

»Das habe ich bemerkt.«

»Dann weißt du ja, dass wir uns gut verstehen.«

»Ich glaube, sie schätzt dich sehr. Und Maggie, hör auf, mich so anzusehen, ich kann ja wohl schließlich noch mit meinem Bruder reden, ohne dass du jeden Satz überwachst.«

»Wollt ihr euch jetzt streiten?«, fragte Michel.

»Nein, heute nicht«, beruhigte ihn Maggie.

»Was mich an euch fasziniert, ist«, fuhr Michel fort und griff nach einer kleinen Papierserviette, um sich den Mund abzuwischen, »dass das meiste, was ihr euch sagt, keinen Sinn ergibt, aber wenn ihr euch nicht streitet, versteht ihr euch besser als die meisten Menschen, die ich beobachte. Ich schließe daraus, dass auch ihr nicht taub seid. Ich hoffe, damit die eigentliche Frage beantwortet zu haben, die du mir gestellt hast, Elby.«

»Das glaube ich auch. Wenn du eines Tages mal weiblichen Rat brauchst, kannst du auf mich zählen.«

»Nein, du bist nicht mehr oft da, Elby, aber im Gegensatz zu Mum kommst du dennoch von Zeit zu Zeit zurück, das ist beruhigend.«

»Ich glaube, diesmal bleibe ich länger hier.«

»Bis dich deine Zeitung in ein weit entferntes Land schickt, um Giraffen zu beobachten. Warum interessieren dich Menschen, die du gar nicht kennst, mehr als deine Familie?«

Einem anderen Mann als meinem Bruder hätte ich vielleicht die Wahrheit gesagt. Ich war aufgebrochen, die Welt zu entdecken, weil ich mir wünschte, dort jene Hoffnung zu finden, die mir mit zwanzig fehlte. Ich floh vor der Sorge, mein ganzes Leben vorgezeichnet zu sehen, ein Leben, das dem meiner Mutter geglichen hätte, oder jenem, mit dem sich meine Schwester zufriedengab. Ich hatte meine Familie verlassen müssen, um sie noch lieben zu können, denn trotz all der Liebe, die ich erfahren hatte, erstickte ich damals in dem Londoner Vorort.

»Die Verschiedenartigkeit der Menschen hat mich fasziniert«, antwortete ich. »Ich wollte all ihre Facetten erkunden. Verstehst du?«

»Nein, das ist nicht logisch. Da ich nicht so bin wie die anderen, warum habe ich nicht ausgereicht, um dir das zu geben, was du gesucht hast?«

»Du bist nicht anders, Michel. Wir sind Zwillinge, und du bist der Mensch, dem ich mich am nächsten fühle.«

»Wenn ich störe, braucht ihr es nur zu sagen«, unterbrach Maggie mich.

Michel ließ seinen Blick von einer zur anderen wandern. Er atmete tief durch und legte beide Hände auf den Tisch, bereit, sich von einem schweren Geheimnis zu befreien.

»Ich glaube, ich verstehe mich wirklich gut mit Véra«, stieß er hervor.

Kapitel 11

The Independent

Juni bis September 1980, Baltimore

Seit der Ankündigung an jenem feuchtfröhlichen Abend hatten sich May und Sally-Anne mit Leib und Seele dem Aufbau ihrer Zeitung verschrieben. Sie hatten ihr den ganzen Sommer gewidmet und sich nur einen Sonntag am Meer gegönnt.

Aber zunächst mussten sie einen Namen für das Blatt finden. Der erste Vorschlag stammte von May. Die Idee kam ihr, als sie im Fernsehen in einer Wiederholung von *The Untouchables*[2] Robert Stack in der Rolle als Eliot Ness sah. Die Serie, die inzwischen zwar etwas altmodisch wirkte, wurde zu später Stunde regelmäßig vom Sender ABC ausgestrahlt.

Sally glaubte zunächst an einen Scherz. Mays Vorschlag war von lächerlicher Überheblichkeit, ganz zu schweigen von dem zweifelhaften Wortspiel, an dem sich die Männer erfreuen würden. Eine von Frauen geleitete Zeitschrift konnte nicht *Die Unberührbaren* heißen.

---

2 *Die Unbestechlichen*, US-Fernsehserie 1959–1963

An einem besonders heißen Julinachmittag bewunderte Sally-Anne Keiths muskulösen Körper der gekommen war, um ihnen zu helfen. Sie hatte in einer verlassenen Lagerhalle an den Docks ein Loft ausgemacht, das ihrer Meinung nach nur einen neuen Anstrich brauchte, um zu seinem alten Glanz zurückzufinden.

Doch nach eingehender Untersuchung der Örtlichkeiten versicherte Keith uns das Gegenteil und wunderte sich ein wenig über die geringen finanziellen Mittel, die ihnen zur Realisierung ihres Projekts zur Verfügung standen. Dabei mangelte es Sally-Annes Familie wirklich nicht an Geld.

Was er nicht wusste, war, dass sich hinter Sally-Annes verführerischen Allüren ein unbestreitbar aufrichtiger Charakter verbarg. Sie hatte nicht erst als Jugendliche begriffen, dass sie anders war. Mit Keith und May verband sie eine Kindheitserinnerung. Gegenüber einem ihrer Lehrer hatte sie behauptet, bei ihrer Geburt müsse es mit Sicherheit zu einer Verwechslung gekommen sein, da sie so wenig Gemeinsamkeiten mit ihrem Vater und noch weniger mit ihrer Mutter hätte. Der Lehrer hatte die junge Rebellin zurechtgewiesen, da sie sich anmaßte, über ihre Eltern zu richten, die häufig als Vorbilder für Erfolg angeführt wurden. Doch der einzige Erfolg, den sie ihnen zugestand, war, dass sie es verstanden hatten, ihr Erbe zu erhalten, indes nur um den Preis von Lügen und Zugeständnissen.

Dank dieser Erinnerung war es Keith gelungen, die beiden Mädchen zu versöhnen. Sie waren niemandem etwas schuldig, und ihre Zeitung sollte den Namen *Independent* tragen.

»Das ist ja alles schön und gut, ohne Geld wird das jedoch eine Heidenarbeit werden!«, rief Keith. »Die Fensterrahmen sind durch das Salz morsch geworden, und das Parkett hat viele Löcher, durch die man fast die Hand schieben kann. Die Heizung zu reparieren ist eine schier unüberwindliche Aufgabe, und es gibt seit einer halben Ewigkeit keinen Strom mehr in dem Gebäude.«

»Ich kenne nur zwei Typen von Männern«, entgegnete Sally-Anne, »diejenigen, die Probleme haben, und diejenigen, die sie lösen.«

Sally-Anne hatte gelernt, ihre Aufrichtigkeit zurückzustellen, sobald es notwendig war, und Männer waren für sie oft nur ein notwendiges Übel. Doch Keith tappte so direkt in die primitive Falle, dass May ihm fast zu Hilfe geeilt wäre. Letztlich tat sie nichts dergleichen, und er stürzte sich mit Feuereifer in die Renovierung des Lofts.

Keith hatte nicht gerade eine leichte Kindheit gehabt, doch sie hatte ihn gelehrt, zu improvisieren und mit dem zurechtzukommen, was da war. Am ersten Sonntag, an dem er zum Arbeiten kam, mühte er sich ab, den Hauptleitungsschutzschalter anzuzapfen, was ihm in der Nacht nach einer gefährlichen Kletteraktion zum Transformator gelang, der sich an einem Strommast vor dem Fenster befand. Die Aktion hatte den ganzen Tag gedauert, aber es gab wieder Strom.

An den folgenden Tagen eilte er nach der Arbeit zum Loft, wo er auch alle kommenden Wochenenden verbrachte. In der ersten Woche wurden die Bauarbeiten für ihn zu einer Herausforderung. Er machte sich daran, das Parkett instand zu setzen, damit eines Tages die Büros eingerichtet werden könnten, reparierte die Fensterrahmen mit Holzabfällen, die er an seinem Arbeitsplatz mitgehen ließ und mit seinem Lieferwagen herbrachte. Das blieb nicht unbemerkt, und wäre er nicht ein so guter Zimmermann gewesen, hätte ihn sein Chef vermutlich entlassen. Doch am Ende dieser Woche musste er sich angesichts des Ausmaßes der Renovierung eingestehen, dass er es allein niemals schaffen würde. Und es gelang ihm – gegen einige Essenseinladungen in der Stadt, die die beiden Mädchen bezahlten –, mehrere Freunde zu mobilisieren, die im Baugewerbe tätig waren. Installateure, Maurer, Maler und Schlosser kamen und kümmerten sich um die Heizung, die Rohre, die gusseisernen Heizkörper, die entlüftet werden mussten, und um den Rost, der an allen Metallteilen nagte. May und Sally-Anne sahen nicht untätig zu. Sie schliffen, schraubten, strichen, wenn sie nicht damit beschäftigt waren, Essen und Getränke an Keith' Truppe zu verteilen.

Die Stimmung war scheinbar heiter, doch zwischen den dreien fand eine subtile Verführungsarie statt. Die eine war auf diesem Gebiet Expertin, die andere aufrichtig, und der dritte verstand rein gar nichts davon.

May fand Keith faszinierend. Sie beobachtete sein Tun und seine Gesten, stets darauf bedacht, sich in dem Moment, in dem er Hilfe brauchte, in seiner Nähe zu befinden. Wenn sie ein paar Worte wechselten, während er die Latten des Parketts festhämmerte und sie neben ihm schliff, stellte sie fest, dass die Gespräche mit ihm ebenso interessant waren wie sein Äußeres. Doch der Blick von Keith wanderte immer wieder zu Sally-Anne, die absichtlich Distanz hielt. May verdächtigte ihn schließlich sogar, ihnen nur zu helfen, um Sally-Anne zurückzuerobern, und behielt ihre eigenen Gefühle für sich.

Zur Monatsmitte nahm das Spiel eine andere Wendung. Keith hatte Sally-Anne durchschaut und lud May zum Abendessen in ein indisches Restaurant an der Cold Spring Lane ein. Sie war überrascht, dass er einen so exotischen Geschmack hatte. Am Ende des Abends wollte er zum Loft zurück, um eine zweite Schicht Lack auf die Haustür aufzubringen.

»Dann kann sie über Nacht trocknen, und ich kann mich morgen um etwas anderes kümmern«, erklärte er.

May dankte ihm noch einmal für all die Mühe, die er sich ihretwegen machte, und Keith fragte sich, als er seinen Schlüssel nahm, ob das »ihretwegen« im Singular oder im Plural gemeint war. Sie stiegen in seinen Pick-up.

»Willst du Musik hören?«, fragte Keith.

Als May das Radio einschaltete, nutzte sie die Gelegenheit, um ihren Rocksaum höher zu schieben. Ihre milchweiße Haut mit den Sommersprossen leuchtete jedes Mal auf, wenn das Licht einer Straßenlaterne auf die Windschutzscheibe fiel. Keith warf mehrmals den Blick darauf, bevor er schließlich seine Hand ausstreckte. Eine Hitzewelle durchfuhr Mays Körper.

Unten auf der Treppe forderte er sie auf vorzugehen. Während Keith die hundertzwanzig Stufen der steilen Stiege erklomm, spürte er, wie sein Verlangen wuchs.

Sie öffnete die Tür zum Loft und rief nach Sally-Anne in der Hoffnung, sie sei, wie so oft, ausgegangen und befände sich in Gesellschaft junger Männer, die sie mit Blicken verschlangen, und junger Frauen, die sie entweder bewunderten oder hassten.

Keith suchte keine Vorwände mehr und trat auf May zu. Sie wich lächelnd bis zum Fenster zurück. Er folgte ihr, strich ihr durchs Haar und küsste sie. Dieser Kuss, auf den sie seit Wochen wartete, war zärtlicher, als sie vermutet hatte. Keith' Nacken roch nach Holz und Terpentin, sie biss in seine geschickten Finger, die ihr Gesicht streichelten, und erschauderte. Keith knöpfte ihre Bluse auf, umschlang ihre Taille und küsste ihre Brüste, während sie den Reißverschluss seiner Jeans öffnete. Dann war er in ihr, und sie spürte seine Kraft.

Doch May täuschte sich. Von der Straße aus beobachtete Sally-Anne, die auf ihrem Motorrad saß, ihren nackten Rücken, der an die Scheibe gepresst war, verfolgte ihre Zuckungen und die Bewegungen ihrer Lenden bei jedem Stoß von Keith. Sally-Anne kannte die Lust, die ihre Freundin empfand. Auch sie hatte Keith in sich aufgenommen und den salzigen Geschmack seiner Haut gekostet.

»Lass dich nur in den siebten Himmel transportieren, meine Schöne, du hast es verdient. Ich überlasse ihn dir, aber ich werde ihn mir jedes Mal ausleihen, wenn mir danach ist.«

Ohne ihren Helm aufzusetzen, fuhr sie mit wehendem Haar durch den Nachtwind, um Zuflucht bei der Wärme eines anderen zu suchen.

Mitte August war der größte Teil der Arbeiten abgeschlossen. Sally-Anne hatte »ihre Wette gewonnen«, und das Loft hatte zwar nicht seine ursprüngliche Pracht, wohl aber einen »verdammt guten Look« erlangt. Das waren Keith' Worte, als die Mädchen ihn umarmten und mit Küssen bedeckten, um ihm zu danken.

Sie hatten sich im Zuge der Renovierung ein Schlafzimmer eingerichtet.

Alles war gut, was ihnen half, das wenige Geld zu sparen,

das ihnen blieb. Denn auch wenn Keith und seine Freunde so viel wie möglich vorhandenes Material recycelt benutzt hatten, war doch ein erheblicher Teil ihrer Ersparnisse draufgegangen.

Am Ende des Monats gingen sie, auf der Suche nach gebrauchtem Mobiliar und Maschinen, zu verschiedenen Auktionshäusern. May fand einen Posten von sechs Schreibmaschinen, die eine Versicherungsgesellschaft abstieß, da sie auf IBM-Kugelkopf-Modelle umgerüstet hatte. Sally-Anne ließ bei einem Trödler ihren unvergleichlichen Charme spielen und erstand für einen Apfel und ein Ei eine Kopiermaschine Marke Roneo, zwei Tonbandgeräte, einen Leuchttisch fürs Fotostudio, sechs Stühle und ein Plüschsofa. Ein Apfel und ein Ei, das war auch in etwa alles, was ihnen Anfang September noch blieb.

Es war einer jener Sonntage, an denen May früh aufgebrochen war, um zur Messe zu gehen. Sie hatte alles abgelegt, aber nicht ihren Glauben. Doch als sie die Kirche betrat, fühlte sie sich schuldig. May suchte hier weder Gott noch Vergebung, sondern nur das Recht, sich für eine Stunde vor der Welt geschützt zu fühlen. Sie verzichtete darauf zu beten, denn das wäre ein Affront gegen all jene gewesen, die sich hier versammelt hatten. Sie betrachtete die Gemeindemitglieder, versuchte, sich das Leben der heilen Familien vorzustellen, beobachtete die Kinder, die gähnend ihre Litaneien rezitierten, und unterschied jene Paare, die sich liebten, von denen, die nur noch zusammenlebten. May berauschte sich an ihrer Freiheit, doch diese Freiheit ging mit Ängsten einher, und das Schlimmste war die Einsamkeit.

Sally-Anne war spät von einer karitativen Veranstaltung

heimgekommen, bei der sie sich tödlich gelangweilt hatte. Sie hatte nur teilgenommen, um einen jungen Unternehmer davon zu überzeugen, in den *Independent* zu investieren. Doch der junge Mann war nicht attraktiv genug gewesen, als dass das professionelle Terrain, auf das sie ihn geführt hatte, in tieferen Tälern hätte münden können.

Er hörte ihr nur höflich zu. Wie konnte man Geld mit einer Zeitung verdienen, die nicht überregional erschien? Seit das Fernsehen den Löwenanteil der Werbebudgets für sich verbuchen konnte, waren selbst die großen Tageszeitungen kaum noch rentabel. Diese Tendenz nahm zu, und er fragte sich, ob die Tage der Presse nicht gar gezählt waren. Auch unter Aufbietung all ihrer Intelligenz gelang es Sally-Anne nicht, ihn zu überzeugen, da ihr Gesprächspartner keine ausreichenden Profitchancen für eine Investition sah. Sally-Anne sprach von einer anderen Art des Profits, das Land brauche Zeitungen, die von jeder Form der Macht und vor allem vom Kapital unabhängig waren. Aus Höflichkeit sicherte er ihr zu, er sei zu neuen Gesprächen bereit, wenn der *Independent* das erste Jahr überstanden hätte. Sally-Anne kam wütend mitten in der Nacht heim, und die Tatsache, dass May und Keith in ihrem Bett schliefen, verbesserte ihre Laune nicht im Geringsten. Beinahe hätte sie sich zu ihnen gelegt, entschied sich dann aber doch für das Plüschsofa.

Sie wachte auf, als May früh das Loft verließ. Keith schlief den Schlaf der Gerechten. Von der Zimmertür aus beobachtete sie seinen auf der Matratze ausgestreckten Körper und den sich regelmäßig hebenden Brustkorb. Selbst in diesem Zustand der Ruhe ging Kraft von ihm aus. Seine Haut war ein Kunstwerk, die Brustbehaarung eine

Einladung zur Lust. Sie bückte sich, hob sein Baumwollhemd auf, das am Boden lag, und sog den Duft ein. May würde erst in zwei Stunden zurückkommen, so viel verlangte sie gar nicht. Sie zog ihr T-Shirt und ihren Slip aus und legte sich auf ihn.

Die Natur hat ihre Geheimnisse und der Mann morgendliche Gelüste, die er nicht kontrollieren kann. Keith widerstand ihren liebkosenden Lippen, die über seinen Bauch glitten, nicht lange.

Nachdem sie ihre Lust geteilt hatten, erhob sich Sally-Anne und sammelte ihre Unterwäsche ein. Keith kam zu ihr unter die Dusche. Als sie sich anzogen, verständigten sie sich darauf, dass dieses Beisammensein nie geschehen war.

Acht Tage später geschah das Wunder. Rhonda, die Buchhaltergehilfin, die von einem Job als Finanzchefin träumte – was einer Besteigung des Olymps mit Flipflops gleichkam, wenn man Anfang der Achtzigerjahre als Frau in einer multinationalen Firma angestellt war –, hatte eine rigorose Betriebskalkulation aufgestellt mit Budgets, die bis hin zur letzten Heftklammer durchgerechnet waren. Außerdem hatte sie die Werbeeinnahmen und das Rechnungswesen für die beiden ersten Betriebsjahre der Zeitung beziffert und alles zusammen in einer eindrucksvollen Plastikmappe abgeheftet. Ihr Mann, der eine Zweigstelle der Corporate Bank of Baltimore leitete, erwartete sie bereits.

Mister Clark war ein kleiner Mann mit sprühendem Blick und einem liebenswürdigen Lächeln. Ein Mann, dem seine Herzlichkeit einen gewissen Charme verlieh, obgleich er bei der Verteilung von Attraktivität leer ausgegangen war. Er war seit fünfzehn Jahren mit Rhonda verheiratet. Böse Zungen würden behaupten, Mister Clark hätte sich nicht erlauben können, die Seriosität des Finanzierungsplans anzuzweifeln, den ihm Sally-Anne präsentierte, wenn er nicht für eine geraume Zeit auf der Couch nächtigen wollte.

»Erlauben Sie mir eine Frage«, sagte er und nahm seine Brille ab, die ihm auf die Nasenspitze gerutscht war. »Sollte unsere Bank Ihr Geldgeber werden, würden Sie nie einen Artikel veröffentlichen, der ihren Interessen schaden würde, nicht wahr?«

May wollte das Wort ergreifen, wurde aber von einem Tritt ans Schienbein unterbrochen, den ihr ihre Partnerin versetzte.

»Erlauben Sie mir eine andere Frage, bevor ich die Ihre beantworte«, erklärte diese. »Die Bank, die uns bei der Finanzierung unseres Projekts unterstützen würde, ist selbstverständlich ein Unternehmen, dessen Rechtschaffenheit über jeden Verdacht erhaben ist, nicht wahr?«

»Das versteht sich von selbst«, antwortete Mister Clark. »Und da wir uns Ehrlichkeit erlauben, möchte ich Ihnen sagen, dass ich Ihren Mut bewundere, seit eine gewisse Person, die ich hier nicht namentlich erwähnen kann, mir von Ihrem Plan erzählt hat, und das tut sie jeden Abend. Ich muss feststellen, sie hat nicht übertrieben.«

Er öffnete eine Schublade, zog ein Formular heraus und schob es über den Tisch.

»Nun, ich habe keine Zweifel, dass dieser Kreditantrag in kürzester Zeit ausgefüllt sein wird. Kommen Sie wieder, sobald das geschehen ist. Dann lege ich Ihre Akte der Kreditkommission vor. Eine reine Formalität, dafür werde ich mich einsetzen. Wir gewähren Ihnen ein Darlehen von fünfundzwanzigtausend Dollar, das innerhalb von zwei Jahren getilgt werden muss. Und ich hoffe, dass Sie, sollte Ihre Zeitung innerhalb dieses Zeitraums den von Ihnen erwarteten Erfolg erzielen, Ihr Geld bei uns anlegen werden.«

Mister Clark begleitete sie zur Tür seines Büros und reichte ihnen die Hand, um sich zu verabschieden, doch Sally-Anne und May waren so glücklich, dass sie ihn, um sich zu bedanken, jede auf eine Wange küssten.

Als sie die Bank verließen, jubilierten sie.

»Wir werden unsere Zeitung wirklich gründen«, rief Sally-Anne, die es noch gar nicht fassen konnte. »Jetzt glaube ich, dass wir es schaffen.«

»Fünfundzwanzigtausend Dollar, stell dir nur vor, das ist ein Vermögen! Wir können zwei Sekretärinnen, eine Telexbeauftragte, vielleicht sogar eine Empfangsdame und mit Sicherheit eine Grafikerin einstellen, dazu eine Journalistin für Politik und eine für Kultur sowie ein oder zwei Reporterinnen …«

»Nur Frauen? Ich dachte, bei uns gäbe es keine Diskriminierung …«

»Ich weiß, ich weiß, aber nun hör dir doch mal diese beflügelnden Worte an: ›Mein kleiner Frank, jetzt holen Sie mir doch endlich die Akte, um die ich Sie gebeten habe‹« – sie tat so, als würde sie einen Telefonhörer abheben. »John, seien Sie so nett und bringen Sie mir einen Kaffee«, mit einer Geste deutete sie an, dass sie auflegte und ihren Assistenten musterte. »Ihre Hose gefällt mir sehr, Robert, sie macht einen knackigen Hintern.«

»Ich muss zugeben, das ist sehr amüsant.«

Böse Zungen hätten behaupten können, wäre Mister Clark nicht Rhondas Mann gewesen, hätte er ihnen den Kredit nie bewilligt, aber sie täuschten sich. Der Leiter der Corporate Bank of Baltimore wusste ganz genau, mit wem er es zu tun hatte. Sally-Annes Eltern würden nie Schulden in einem Unternehmen hinterlassen, dessen Aktionäre sie waren.

Böse Zungen hätten jenem Mister Clark zuflüstern können, es sei ein Fehler, sich so schnell und rückhaltlos zu engagieren, und den beiden Mädchen, sich zu früh zu freuen.

Wenige Tage später rief ein leitender Angestellter der Bank Hanna Stanfield, Sally-Annes Mutter, an, um sie über die Natur des Antrags zu informieren, der demnächst der Kreditkommission vorgelegt werden würde.

Kapitel 12

George-Harrison

Oktober 2016, Eastern Townships, Quebec

Ich heiße George-Harrison Collins. Jenen, die sich über meinen Vornamen lustig machen, antworte ich, man habe mich in der Schule zur Genüge lächerlich gemacht, als dass ich nicht um die Namensgleichheit wisse. Das Seltsamste ist, dass wir zu Hause kaum die Beatles hörten, da meine Mutter eher ein Rolling-Stones-Fan war. Sie hat mir nie sagen wollen, warum sie ausgerechnet diesen Namen für mich gewählt hat. Und das ist nicht das einzige Geheimnis, das ich nicht enthüllen konnte.

Ich wurde in Magog geboren und verbringe mein Leben seit nunmehr fünfunddreißig Jahren in den Eastern Townships von Quebec. Die Landschaft ist wundervoll, die Winter sind lang und rau, doch am Ende dieses Tunnels erhellt das Licht einen Frühling, in dem alles neu erblüht, dann folgen die heißen Sommer, die die Wälder rot erglühen und die Seen funkeln lassen.

Khalil Gibran schrieb, das Gedächtnis sei ein Herbstblatt, das im Wind murmelt, ehe es verschwindet (*But memory is an autumn leaf that murmers a while in the wind and then is heard no more.*) Meine Mutter hat mir die schönsten Erinnerungen geschenkt, doch die ihren schwanden im Herbst ihres Lebens.

Als ich zwanzig war, drängte sie mich ständig fortzugehen. »Diese Provinz ist zu klein für dich, sieh dir die Welt an«, befahl sie mir. Doch ich gehorchte ihr nicht. Ich hätte nirgendwo anders als hier leben können. Die kanadischen Wälder sind meine Welt. Sie haben im Überfluss Ahornbestände. Und ich bin Schreiner.

Als ihr Kopf noch klar und ihr Humor bissig war, schimpfte sie mich jedes Mal, wenn sie mich in meinen Pick-up steigen sah, einen jungen Alten.

Ich verbringe die meiste Zeit in meiner Werkstatt. Mit Holz zu arbeiten ist für jene, die gerne Materialien verarbeiten, etwas Magisches. Als ich die Abenteuer des Pinocchio las, beschloss ich, Tischler zu werden. Meister Geppetto brachte mich zum Nachdenken, denn wenn er mit bloßen Händen einen Sohn hatte erschaffen können, wären meine vielleicht in der Lage, den Vater zu erschaffen, den ich nie gekannt hatte. Am Ende meiner Kindheit hörte ich zwar auf, an Märchen zu glauben, doch ich glaubte weiter an die Magie meines Berufs. Ich stelle Gegenstände her, die zum Leben der Menschen gehören, Tische, an denen Familien zu Abend essen und Erinnerungen entstehen, Betten, in denen sich die Eltern lieben, und solche, in denen die Kinder träumen, Regale, in die sie ihre Bücher stellen. Ich kann mir nicht vorstellen, etwas anderes zu tun.

An einem Oktobermorgen arbeitete ich gerade an der Platte einer Kommode, die mir Sorgen bereitete. Der Baumstamm, aus dem ich mein Holz gewonnen hatte, war

nicht trocken genug gewesen, und jetzt bekamen die Bretter Risse. Zum x-ten Mal setzte ich wütend den Stemm-
beitel an, als der Briefträger mich bei meiner Arbeit unterbrach, und ich empfing ihn recht kühl. Er kam eigentlich
nur zu mir, um mir Rechnungen zu bringen oder Briefe
von Behörden, die einem das Leben schwer machen. Doch
an jenem Tag reichte er mir einen Umschlag mit handge-
schriebener Adresse. Die Schrift war schön. Unmöglich zu
erkennen, ob die Buchstaben aus der Feder einer Frau oder
eines Mannes stammten. Ich öffnete ihn und setzte mich,
um die Nachricht zu lesen.

Lieber George,
Sie werden mir diese Namenskürzung sicher verzeihen.
Zusammengesetzte Vornamen sind für meinen Geschmack
zu lang, Ihrer ist übrigens bezaubernd, aber das ist nicht
Gegenstand dieses Briefs.
Ich kann mir vorstellen, wie schwer es ist, seine Mutter
jeden Tag ein wenig mehr zu verlieren, obwohl sie noch
da ist.
Es ist nun einmal so, dass wir von unseren Eltern immer
nur das wissen, was sie uns erzählen wollen, was wir
sehen sollen, und wir vergessen – so ist nun einmal der
Lauf der Dinge –, dass sie auch vor unserer Geburt
schon ein Leben gehabt haben. Ich will damit sagen, dass
unsere Eltern ein Leben nur für sich gehabt, die Qualen
und die Lügen der Jugend gekannt haben. Auch sie muss-
ten ihre Ketten sprengen, mussten sich frei machen. Die
Frage ist nur: wie?
Hat Ihre Mutter Ihnen beispielsweise die Wahrheit über
Ihren Vater gesagt, dem Sie nie begegnet sind?

Wer war er? Unter welchen Umständen hat sie ihn ken-
nengelernt? Und warum hat er Sie beide verlassen? So
viele Fragen, auf die Antworten zu finden Ihre Sache
ist, wenn es Sie denn interessiert. Und sollte dies der Fall
sein, empfehle ich Ihnen, Ihre Recherchen geschickt anzu-
stellen. Sie werden ahnen, dass eine so kluge Frau wie
Ihre Mutter ihre intimsten Geheimnisse nicht an einem
Ort versteckt hat, der leicht zu finden ist. Wenn Sie die
Beweise für die Stichhaltigkeit meiner Äußerungen ent-
deckt haben werden – denn ich weiß, dass es Ihr erster
Drang sein wird, mir nicht zu glauben –, müssen Sie
sich aufmachen, um mich zu treffen.
Wenn die Zeit gekommen ist. Doch zunächst ist es meine
Pflicht, Sie nachdenken zu lassen. Sie haben viel zu tun.
Verzeihen Sie mir auch, dass ich anonym bleiben möchte,
sehen Sie darin bitte keine Feigheit, mein Verhalten ist
nur zu Ihrem Besten.
Ich empfehle Ihnen von ganzem Herzen, mit nieman-
dem über diesen Brief zu sprechen, und ihn zu vernich-
ten, sobald Sie ihn gelesen haben. Es hätte für Sie keiner-
lei Nutzen, ihn aufzuheben.
Glauben Sie an die Aufrichtigkeit meiner Absicht, ich
wünsche Ihnen nur das Beste und sende Ihnen meine
besten Grüße.

Ich knüllte das Blatt zusammen und warf es durch meine
Werkstatt. Wer hatte mir das schreiben können? Aus welchem Grund? Wer wusste um den Gesundheitszustand
meiner Mutter? So viele Fragen, die ich mir immer wieder stellte, ohne eine Antwort zu finden. Ich konnte mich
nicht mehr konzentrieren. Das aber ist, wenn man mit

Säge, Hobel oder Stechbeitel umgeht, ein folgenschwerer Fehler. Also legte ich mein Werkzeug beiseite, schlüpfte in meinen Blouson und sprang in den Pick-up.

Zwei Autostunden später stehe ich vor der Tür des Pflegeheims, in dem meine Mutter seit zwei Jahren untergebracht ist. Ein eleganter Bau auf einem kleinen Hügel inmitten eines großen Parks. Die Fassade war von Efeu überwuchert, dessen breite Blätter ihr Lebendigkeit verleihen, denn wenn der Wind sie bewegt, hat man den Eindruck, sie sei in Bewegung.

Das Personal ist sehr aufmerksam. Die Menschen, die hier leben, leiden alle unter derselben Krankheit, doch sie äußert sich bei jedem anders. Monsieur Gauthier, Mutters Zimmernachbar, liest seit fünf Jahren Seite 201 ein und desselben Buchs, das er stets mit sich herumträgt. Jeden Tag lacht er über dieselben Passagen und beginnt die Seite mit dem Ausruf »Das ist großartig, es ist so lustig!« von vorn.

Madame Lapique legt eine Patience, die nie aufgeht, sie breitet die Karten vor sich aus und betrachtet sie. Bisweilen berührt sie eine von ihnen mit zitternder Hand und murmelt unverständliche Worte, lächelt und verzichtet darauf, sie umzudrehen. Dann berührt sie mit zitternder Hand eine andere, murmelt erneut unverständliche Worte, lächelt und verzichtet darauf, sie umzudrehen.

In der Senioren-Residenz sind siebenundsechzig Menschen untergebracht. Ein Bataillon von Phantomen, die wie ganz normale Zeitgenossen aussehen, Gestalten, die das Leben aber schon verlassen hat, ohne dass sie es bemerken.

Meine Mutter war früher eigensinnig und ständig verliebt. Ihre Droge war die Liebe, und sie konsumierte sie in übertriebenem Maße. Wie oft war ich, wenn ich aus der Schule kam, verlegenen Männern begegnet, die mir freundschaftlich auf die Schulter klopften und mich fragten, wie es mir gehe.

Mir ging es wie einem Jungen, der verliebt war in seine Mutter und der diese Männer alle verachtete. Sie würden noch am selben Abend, schlimmstenfalls am nächsten Tag, gehen, mich aber würde sie nie verlassen.

Ich weiß nicht, was an jenem Tag mit mir los war. Der anonyme Brief hatte einen Zorn wachgerufen, der lange in meinem Inneren vergraben gewesen war, schon so lange, dass ich seine Existenz fast vergessen hatte. Ist es möglich, dass man sich plötzlich über jede Vernunft hinwegsetzt? Ganz so, als existierte der Alltag nicht mehr, und die Krankheit würde mir zuliebe brav verschwinden, sodass Monsieur Gauthier endlich Seite 202 vorläse und sie schrecklich fände, Madame Lapique den Herzkönig umdrehte und Mutter noch eine meiner Fragen beantworten könnte.

Als sie mich sah, lächelte sie, das ist das einzig Ermutigende, was sie mir noch bieten kann. Das Thema, das ich ansprechen wollte, war tabu. An meinem zehnten Geburtstag hatte ich ihr Geschenk verweigert und einen furchtbaren Wutausbruch bekommen, damit sie mir endlich sagte, wer mein Vater war, ob er sich wirklich vor meiner Geburt wie ein Dieb aus dem Staub gemacht hatte, und warum er mich nicht wollte. Doch meine Mutter bekam einen noch schlimmeren Wutausbruch und schwor mir, sollte ich ihr noch einmal diese Frage stellen, würde sie lange Zeit nicht mehr mit mir sprechen.

Das Gewitter dauerte eine ganze Woche an, während

der wir kein Wort miteinander wechselten, doch als wir am nächsten Sonntag den Gemischtwarenladen verließen, umarmte sie mich plötzlich überschwänglich.

»Ich verzeihe dir«, erklärte sie mit einem Seufzer.

Nur sie war in der Lage zu solcher Unverfrorenheit, zu einer so bodenlosen Frechheit, mir ihre Verzeihung zu gewähren, wo sie doch die eigentlich Schuldige war. Schuldig, ein Geheimnis zu wahren, für das ich den Preis zahlen musste. Bis zu meinem achtzehnten Lebensjahr unternahm ich noch einige weitere Vorstöße, die stets zu demselben Ergebnis führten. Wenn sie sich nicht gerade aufregte, verließ sie weinend das Zimmer und klagte, ich wolle ihr, trotz aller Opfer, die sie für mich brachte, immer wieder beweisen, dass sie mir nicht reiche.

Mit achtzehn beschloss ich also aufzugeben. Es war, wie es war, und das musste mir als Antwort genügen. Hätte mein Vater mich kennenlernen wollen, hätte er an unsere Tür geklopft.

Ich weiß nicht, was an jenem Tag in mich gefahren war, aber ich sah ihr direkt in die Augen und legte los.

»Warum ist er gegangen? Bin ich ihm zumindest einmal unter all den Männern begegnet, die dich gevögelt haben, während ich die Schulbank drückte?«

Später machte ich mir heftige Vorwürfe, so mit ihr gesprochen zu haben. Ich hatte mich zwar oft mit meiner Mutter gestritten, mich aber ihr gegenüber nie respektlos verhalten. Hätte ich das gewagt, solange sie noch klar im Kopf war, hätte ich gewaltig eins auf den Deckel bekommen. Aber es wäre mir ohnehin nie in den Sinn gekommen.

»Es fängt bald an zu schneien«, antwortete sie und sah

zu, wie die Krankenschwester Madame Lapiques Karten zusammenräumte und dann ihren Rollstuhl über die Allee schob.

»Weißt du, sie haben unsere Spaziergänge verkürzt, also wird es bald schneien. Was machst du an Weihnachten?«

»Wir haben erst Oktober, Weihnachten ist in zwei Monaten, und ich verbringe es mit dir.«

»Nein!«, protestierte sie, »ich verabscheue Truthahn, wir werden den Frühling feiern, du gehst mit mir in das Restaurant, das ich so gerne mag, ich erinnere mich nicht an den Namen, aber du weißt schon, das am Fluss.«

Der Fluss, von dem sie sprach, war ein See, und das Restaurant ein Kiosk, an dem es Croissants und Pastrami-Sandwiches gab. Ich nickte. Selbst wenn ich wütend war, führte es zu nichts, ihr zu widersprechen. Sie sah auf das Pflaster an meiner Hand. Ich hatte mir vor zwei Tagen in den Daumen geschnitten, nichts Ernstes.

»Hast du dich verletzt?«

»Nicht weiter schlimm«, antwortete ich.

»Arbeitest du heute nicht?«

Meine Mutter lebt im Grenzbereich der Logik. Manchmal ist sie, solange es nur um Banalitäten geht, zu einer Art Gespräch fähig. Dann schweift ihr Geist ohne Vorwarnung ab, und sie redet Unsinn.

»Ist Mélanie nicht mitgekommen?«

Mélanie und ich sind seit zwei Jahren getrennt. Mein abgeschiedenes Leben hatte sie zunächst betört, mit der Zeit aber gelangweilt. Nach fünf gemeinsamen Jahren, mehreren Trennungen und ebenso vielen Versöhnungen, hatte sie ihre Sachen gepackt und war verschwunden. Sie hatte nur einen Zettel auf dem Küchentisch zurückgelassen: »Du bist ein Bär, der im tiefen Wald lebt.« Frauen sind in der Lage, mit einem einzigen Satz das auszudrücken, wozu ein Mann einen langen Vortrag gebraucht hätte.

»Ich glaube, du musst mir einen Regenschirm schenken«, fuhr meine Mutter fort und hob den Blick zum Himmel.

Auf einer Bank in der Nähe brach Monsieur Gauthier in Gelächter aus.

»Wie der mir auf die Nerven geht! Ich habe ihm sein Buch geklaut und nichts Lustiges darin entdeckt. Ich habe es ihm übrigens zurückgegeben. Die Krankenschwester hat mir versprochen, er würde noch dieses Jahr sterben. Bin froh, ihn loszuwerden!«

»Ich glaube nicht, dass die Krankenschwester dir so etwas versprochen hat.«

»Ich sage es dir doch! Du kannst ja Mélanie fragen. Wo ist sie überhaupt?«

Es würde bald dunkel werden. Ich kam mir lächerlich vor, weil ich hergekommen war und sie wegen einer Sache aus dem Konzept gebracht hatte, die von vornherein aussichtslos war. Für den Heimweg würde ich zwei Stunden brauchen, und ich musste vor dem Wochenende eine Kommode liefern. Ich fasste Mutter beim Arm und führte sie zurück in den Speisesaal des Heims. Auf dem Gang begegneten wir einer Krankenschwester, die mich mitleidig ansah. Was hatte so ein hübsches Mädchen in diesem Sterbeheim verloren? Ihre Brüste zeichneten sich stolz unter ihrem Kittel ab, und ich konnte nicht umhin, mich zu fragen, was sie wohl abends ihrem Liebhaber von ihrem Tag erzählen könnte. Kurz stellte ich mir vor, ich wäre dieser Mann, der sich neben sie legte. Wie wohl ihre Küsse schmeckten?

»Wenn Mélanie dich so sehen würde! Außerdem verlierst du deine Zeit«, raunte meine Mutter mir zu, »die da ist frigide. Frag mich nicht, woher ich das weiß, ich weiß es eben, Schluss.«

Mutter war zwar nicht mehr bei klarem Verstand, hatte sich aber dennoch die Manie bewahrt, immer recht zu haben. *Basta!* Ihr Lieblingsausdruck.

Sie setzte sich an den Tisch, schielte auf ihren Teller und gab mir mit einer hochmütigen Geste zu verstehen, ich könne gehen. Ich beugte mich herab, um sie zu küssen. Sie streckte mir die Wange entgegen. Ihre Sommersprossen waren verschwunden, und an ihre Stelle waren Altersflecken getreten.

Es war ein Oktoberabend, der Tag hatte merkwürdig begonnen und endete mit einer schockierenden Enthüllung. Meine Mutter hielt mich mit unvermuteter Kraft zurück. Sie näherte die Lippen meinem Ohr und flüsterte: »Er ist nicht gegangen, er hat es nie gewusst.«

Ich spürte, wie mein Herz schneller schlug, noch schneller als an jenem Tag, als meine Hand auf der Werkbank abrutschte und nur wenige Millimeter vor der Kreissäge innehielt.

Ich wollte mir einreden, sie wäre in ihren Wahnzustand zurückverfallen, doch dem war nicht so.

»Was hat er nicht gewusst?«

»Dass es dich gibt.«

Ich versenkte meinen Blick in den ihren und hielt noch immer den Atem an, während ich darauf wartete, dass sie fortfuhr.

»Geh jetzt, es wird bald schneien.«

Monsieur Gauthier begann zu lachen. Mutter hob die

Augen zum Himmel. Sie betrachtete die Decke mit eben-
solchem Entzücken wie den Sternenhimmel in einer Som-
mernacht.

Mein Entschluss stand fest, ich wusste noch nicht wie,
aber ich würde meinen Vater finden.

Kapitel 13

Eleanor-Rigby

Oktober 2016, Croydon

Während Maggie entschieden hatte, sich nicht mehr um den anonymen Brief zu kümmern, war ich entschlossener denn je, dessen Sinn zu verstehen. Ich lag auf dem Bett und las ihn mir leise vor, wobei ich mich gelegentlich an den Verfasser wandte, als wäre er im Zimmer.

Sie war eine bemerkenswerte Frau und von großer Intelligenz, die sie zum Besten wie zum Schlechtesten befähigte, Sie haben jedoch nur das Beste gekannt… Was meinst du mit *zum Schlechtesten befähigt?*

In meinem Notizbuch notierte ich: *Das Schlechteste hat vor meiner Geburt stattgefunden.*

Während ich auf meinem Stift herumkaute, wurde ich von einem seltsamen Gefühl ergriffen. Ich hatte nicht die geringste Ahnung, wie Mums Leben vor meiner Geburt ausgesehen hatte. Von Mum und Dad hatte ich kleine Geschichten über ihren ersten Flirt gehört, abweichende Versionen über die Umstände, die zur Trennung geführt hatten, und dass meine Mutter sich Jahre später wieder bei

Dad gemeldet habe, aber über das, was sie in der Zwischenzeit gemacht hatte, wusste ich überhaupt nichts. Gedankenverloren legte ich den Brief aufs Bett. Mit vierunddreißig Jahren die Mutter zu verlieren ist früh, aber zu spät, als dass ich sie besser hätte kennenlernen können, wenn ich mich nur darum bemüht hätte. Welche Entschuldigung hatte ich dafür, nichts über das Mädchen oder die junge Frau, die sie gewesen war, in Erfahrung gebracht, nur so wenig nachgefragt zu haben? Hatten wir im selben Alter dieselben Dinge empfunden? Was hatten wir über das Alltägliche hinaus an Gemeinsamkeiten? Wenn man gesagt bekommt, man habe die Augen seiner Mutter, ihre Mimik und ihr Temperament, bedeutet dies nicht zwangsläufig, dass man ihr gleicht. Bevor ich diesen Brief bekam, hatte ich an unserer Verbundenheit nie gezweifelt. Wohin ich auch reiste, mir war es immer gelungen, sie anzurufen, und seit dem Weihnachtsfest, an dem ich ihr einen Laptop geschenkt hatte, verging keine Woche, in der wir nicht mittels Skype miteinander kommuniziert und uns gesehen hätten. Aber worüber haben wir uns unterhalten? Was wusste ich noch von unseren Gesprächen? Mum stellte Fragen über mein Leben und meine Reisen, die mich aufregten, weil sie nur zu oft von ihrer Sorge um mich geprägt waren. Entsprechend ausweichend, häufig flüchtig waren meine Antworten, und es war so typisch englisch, wenn wir wertvolle Zeit damit verloren, über das Wetter zu plaudern.

Ich musste wieder daran denken, wie mich Michel, während er in der nüchternen Teestube seine Scones aß, fragte, warum mich Menschen, die ich gar nicht kannte, mehr interessierten als meine Familie. Seine Frage war wie ein Schlag in die Magengrube gewesen.

Verdammt, Elby, wie konntest du deine eigene Mutter so wenig beachten? Aus Taktgefühl, aus Angst, aus Feigheit oder Nachlässigkeit? Weil du nicht eine Sekunde vermutet hast, die Zeit mit ihr könnte so plötzlich vorbei sein? Weil du dir Vertraulichkeiten für später aufheben wolltest? Aber später ist für dich gestern gewesen.

Ich spürte, wie mir Tränen in die Augen stiegen, dabei bin ich nicht nah am Wasser gebaut, ganz ehrlich. Zumindest nicht so sehr.

Ich habe nur das Beste von dir gekannt, und da muss so ein anonymer Dreckskerl meine Neugier wecken, indem er das Schlechteste erwähnt, damit ich mich endlich für dich interessiere? Wolltest du deswegen deine Geheimnisse für dich behalten? Wegen des Egoismus deiner Tochter? Vor meinen Freundinnen prahlte ich damit, du seist meine beste Freundin, ich machte sie eifersüchtig, wenn ich ihnen erzählte, ich könne dir alles sagen, dir alles anvertrauen, aber du, du konntest mir nichts sagen, weil ich nie bei dir angeklopft habe, damit du dich mir offenbarst, weil ich wollte, dass jeder unserer gemeinsamen Momente nur für mich reserviert war. Wie oft hast du mich morgens zur Schule gebracht, wie oft hast du mich abends abgeholt, an wie vielen Nachmittagen habe ich aus meinem Zimmer gehört, wie du dich im Haus um alles Nötige kümmertest, so viele Gelegenheiten, mich für dich zu interessieren. Ich war so stolz darauf, in meine Bücher vertieft zu sein, dass ich nie das Lebensbuch meiner Mutter aufgeschlagen habe, und nun bleibt es für immer verschlossen.

Die Tür öffnete sich. Ich hob den Kopf, mein Vater sah mich an.

»Du bist da? Ich dachte, du wärst in deinem Appartement in London.«

»Nein, ich hatte Lust … ich weiß nicht, worauf.«

Dad setzte sich ans Bettende.

»Auf etwas Trost vielleicht? Was stimmt nicht?«

»Nichts, alles in Ordnung, glaub mir.«

»Und deine geröteten Augen? Macht dich ein Mann unglücklich?«

»Ein was?«, wiederholte ich, zaghaft lächelnd.

»Du weißt, dass auch ich lange Single gewesen bin. Ich erinnere mich an diese Zeit als die schrecklichste meines Lebens. Ich hatte immer Angst vor dem Alleinsein.«

»Wie geht es dir dann heute damit?«

»Ich bin Witwer, nicht allein. Das ist absolut nicht dasselbe. Und außerdem habe ich meine Kinder.«

»Besuchen Maggie und Michel dich oft, wenn ich nicht da bin?«

»Du bist ja nur selten da. Jeden Donnerstag esse ich mit deinem Bruder zu Abend, Maggie besucht mich zwei bis drei Mal die Woche, nie sehr lange, sie hat immer viel zu tun, wobei ich nicht weiß, was eigentlich, aber um deine Frage zu beantworten, selbst wenn du weit weg bist, bist du bei mir. Ich muss nur an deine Mutter oder einen von euch denken, und schon löst sich mein Alleinsein in Luft auf.«

»Das glaube ich dir nicht.«

»Du hast recht, ich habe gelogen. Gut, sagst du mir jetzt, was los ist?«

»Was hat Mum gemacht, ehe sie nach England zurückgekommen ist? Wo war sie?«

»Ach … und ich dachte schon, du wärst hier, weil dir dein Vater so schrecklich fehlt«, sagte Dad mit schelmischem Blick. »Ich weiß nicht viel darüber, Liebes. Sie hat über diese Zeit nicht gern gesprochen. Du kennst sicher dieses Sprichwort, das übrigens genauso idiotisch ist wie alle anderen auch, wonach der Apfel nicht weit vom Stamm fällt? Nun, es ist gar nicht mal so dumm, was euch beide betrifft. Genau wie ihre Tochter hatte sie begonnen, im Journalismus Karriere zu machen.«

Ich riss die Augen weit auf. Mum war Chemielehrerin gewesen, ich sah da keinen Zusammenhang zum Journalismus und wies ihn darauf hin.

»Als Studentin war deine Mutter hervorragend in Chemie. Dann hat sie diesem Fach den Rücken gekehrt – übrigens zur selben Zeit, in der sie sich von mir abwandte –, um Journalistin zu werden. Frag mich nicht, warum oder wie, ich habe das nie richtig verstanden. Als sie zurückkam und mit deinem Bruder und dir schwanger wurde, war uns klar, dass mein Gehalt nicht reichen würde. Einige Wochen lang hat sie eine Stelle in ihrem Kompetenzbereich gesucht, doch je mehr sich ihr Bauch rundete, desto schneller fielen die Türen zu. Bestenfalls bot man ihr zu einem Hungerlohn einen Job als Sekretärin in einer Redaktion an. Das machte sie unglaublich wütend. Eine Frau, noch dazu schwanger, konnte nicht darauf hoffen, einen wichtigen Posten zu ergattern. Wut war für ihre beiden Babys nicht sehr gut. Als sie endlich einsah, dass es Zeit war, sich zu beruhigen, wandte sie sich wieder ihren früheren Vorlieben zu, zu denen übrigens auch ich gehörte«, fügte er mit einem Augenzwinkern hinzu. »Während sie sich darauf vorbereitete, euch zur Welt zu bringen, belegte sie Fernkurse, aber das wusstest du bereits, und wie durch ein Wunder gelang es ihr, die Prüfungen zu bestehen. Sobald ihr abgestillt wart, wurde sie Aushilfslehrerin, dann Referendarin und schließlich fest angestellt. Deine Mutter liebte Kinder, sie konnte nie genug von ihnen um sich haben. Ich wäre gern mein Leben lang zehn Jahre alt geblieben, dann hätte sie mich den ganzen Tag verhätschelt.«

Dad verstummte und fuhr mir mit der Hand durchs Haar. Das ist ein Tick von ihm, der immer dann zum Vorschein kommt, wenn er unserer Unterhaltung etwas Tiefgang beimisst.

»Elby, ich habe dir schon hundert Mal gesagt, du sollst nicht traurig sein, wenn du an sie denkst. Erinnere dich an die schönen Momente, die ihr gemeinsam verbracht habt, an die Liebe, die sie dir entgegengebracht hat, an euer gutes Einvernehmen, auf das ich, wie ich gestehen muss, bisweilen eifersüchtig war. Das alles kann dir ihr Tod niemals nehmen …«

Noch bevor er seinen Satz ganz zu Ende sprechen konnte, schmiegte ich mich in seine Arme und schluchzte. Weil ich überhaupt nicht nah am Wasser gebaut bin, ganz klar.

»Schön, offenbar ist es mir hervorragend gelungen, dich zu trösten, aber gib mir eine zweite Chance. Ich weiß ein Heilmittel gegen diese Art von Kummer. Also komm«, sagte er und nahm meine Hand. »Der Austin ist repariert, lass uns in der Stadt eine Eisbecher-Orgie feiern. Stell dir nur vor, in Croydon hat ein Ben & Jerry's eröffnet, wenn das keine gute Neuigkeit ist! Und nachdem deine Schwester nun doch nicht heiratet, müssen wir uns nicht mehr zurückhalten!«

»Was für eine Zeitung war das?«, fragte ich ihn, während ich die Rückseite meines Löffels abschleckte, von dem die Schokolade tropfte.

»Ich habe keine Lust, darüber zu sprechen«, antwortete Dad, den Blick fest auf seinen Eisbecher gerichtet.

»Warum nicht?«

»Weil ich dich nicht auf dumme Gedanken bringen will.«

»Wenn du glaubst, dich damit aus der Affäre ziehen zu können, kennst du deine Tochter wirklich schlecht.«

»Elby, ich warne dich, wenn du deinem Bruder oder deiner Schwester auch nur ein Wort davon erzählst, haben wir beide echt Krach.«

»Wenn du mich Elby nennst, muss es ernst sein.«

»Ihre Zeitung hieß *Independent*.«

Ich sah meinen Vater zweifelnd an und fragte mich, ob er sich über mich lustig machte, einfach nur aus Spaß daran zu sehen, wie weit er gehen konnte.

»Der *Independent*? Die Tageszeitung, für die die größten Namen des Journalismus gearbeitet haben? In welchem Bereich? Kultur, Wirtschaft, nein, warte … für die Rubrik Wissenschaft!«, äußerte ich mit einem Hauch von Ironie.

»Gesellschaft.«

»Aber wir sprechen schon über meine Mutter?«

»Sie interessierte sich brennend für Politik und schrieb bemerkenswerte Leitartikel. Schau mich nicht so spöttisch an, das ist die reine Wahrheit.«

»Eine schöne Lektion in Bescheidenheit für mich, die nur Reiseberichte und bestenfalls touristische Empfehlungen verfasst.«

»Ach komm, jetzt fang nicht damit an! Alle Ressorts

sind gleich wichtig. Du nimmst deine Leser mit auf eine Reise in Gegenden, die sie sonst nie besuchen würden, du vermittelst Träume, und jeder deiner Artikel ist ein Aufruf zu Toleranz, was in der heutigen Zeit eine Seltenheit ist. Deine Arbeit ist wichtig, wenn du daran zweifelst, wirf einen Blick auf das vulgäre Geschreibsel in der *Daily Mail*. Also mach dich bitte nicht kleiner, als du bist.«

»Du wolltest mir doch wohl soeben nicht sagen, dass du stolz auf mich bist?«

»Zweifelst du etwa daran?«

»Du sprichst nie über meine Arbeit.«

»Ich spreche nie über deine Arbeit, weil... weil deine verflixte Arbeit dich von mir entfernt. Möchtest du noch ein Eis?«

»Mit tausend Kalorien pro Löffel ist dein Antidepressivum von beängstigender Wirksamkeit. Aber ich glaube nicht, dass es sehr vernünftig wäre«, sagte ich und fuhr mit dem Finger über den Rand meines Bechers, um ja kein Restchen Schokolade zurückzulassen.

»Wer spricht denn davon, vernünftig zu sein? Bist du bereit, ein Risiko einzugehen? Der Banana Fudge ist nämlich echt eine Sünde wert!«

Papa kam mit zwei riesigen Gläsern zurück, durch deren Wände man Bananenscheiben erkennen konnte, die von einer Eiscreme umhüllt und mit flüssigem Karamell überzogen waren.

»Hast du eine SMS erhalten?«, fragte er mich, als er mich hektisch auf der Tastatur meines Smartphones tippen sah.

»Nein, ich suche die Artikel von Mum, aber ich finde keinen einzigen. Das verstehe ich nicht, alle großen Zeitungen haben ihre Archive digitalisiert, und vom *Independent* gibt es inzwischen nur noch eine digitale Ausgabe.«

Mein Vater räusperte sich. »Du wirst auf dieser Seite keinen einzigen Artikel von deiner Mutter finden.«

»Hat sie die Artikel nicht unter ihrem Namen geschrieben?«

»Doch, aber nicht in diesem *Independent*. Den, den ich meine, gab es vorher und …«

»Es gab noch einen anderen *Independent*?«

»Eine Wochenzeitung, und sie erschien auch nicht sehr lange. Deine Mutter hatte sie mit einer Gruppe von Freunden gegründet, die ebenso verrückt waren wie sie.«

»Mum hat ihre eigene Zeitung gegründet?«, wiederholte ich empört. »Und ihr seid nie auf die Idee gekommen, uns davon zu erzählen, nicht einmal mir, die Journalistin geworden ist?«

»Nein«, antwortete mein Vater, »auf diese Idee sind wir nicht gekommen. Und was macht das schon? Das ist doch nicht schlimm.«

»Nicht schlimm? Aber so war es ja immer bei uns, nie war irgendetwas schlimm, nicht mal, als ich mir das Bein gebrochen habe, war das schlimm. Ich hätte beim Sturz vom Dach tot sein können, aber ich höre euch noch sagen: ›Keine Sorge, Elby, alles halb so schlimm!‹«

»Du warst sechs Jahre alt, wäre es dir lieber gewesen, ich hätte dir fest in die Augen geschaut und gesagt, man müsse vielleicht dein Bein amputieren?«

»Da siehst du es, du findest immer noch eine Möglichkeit, alles ins Lächerliche zu ziehen. Warum habt ihr mir das verheimlicht?«

»Weil ich befürchtet habe, dass es dich auf dumme Ge-

danken bringen könnte. Wegen dieses idiotischen Sprich-
worts, das ich eben bereits erwähnt habe, und weil du dich
so sehr bemüht hast, deine Mutter zu überraschen. Wenn
wir dir erzählt hätten, dass sie eine Wochenzeitung mit-
gegründet hat, wie weit wärst du wohl gegangen, um sie
zu beeindrucken? Reporterin in einem Krisengebiet. Oder
hättest du, um es besser zu machen als sie, ebenfalls eine
Zeitung gegründet?«

»Das ist schließlich kein Verbrechen…«

»Doch! Dieses verdammte Käseblatt hat sie zugrunde
gerichtet, finanziell und moralisch. Kannst du den Traum
deines Lebens mit einem Wert beziffern? So, und jetzt ist
Schluss mit dem Thema, oder ich nehme einen dritten
Eisbecher, und du wirst mich in die Notaufnahme bringen müssen.«

»Wenn du schon einmal dramatisierst, dann lass es mich
bitte auch genießen.«

»Ich dramatisiere nicht, ich habe ein bisschen Diabetes.«

»Seit wann hast du Diabetes?«

»Ein bisschen, habe ich gesagt.«

Dad tat so, als zählte er es an seinen Fingern ab, bevor
er mir mit schelmischer Miene antwortete: »Seit zwanzig
Jahren.«

Wutentbrannt nahm ich den Kopf zwischen die Hände.

»Meine Güte, unser Zuhause ist ja das reinste Haus der
Geheimnisse.«

»Also komm, Elby, jetzt übertreib mal nicht. Hätte ich
meine Arztberichte in der Küche aufhängen sollen? Was
glaubst du, warum deine Mutter mit mir geschimpft hat,
wenn ich mich einer Keksdose auch nur genähert habe?«

Ich untersagte ihm, einen weiteren Eisbecher zu bestellen, und bat ihn unter dem Vorwand, ich müsse unbedingt zurück nach London, um zu arbeiten, mich am Bahnhof abzusetzen. Ich lüge nicht gerne, schon gar nicht meinem Vater gegenüber.

Sobald ich im Zug saß, rief ich eine Dokumentalistin der Zeitschrift an und bat sie um einen sehr großen Gefallen.

Kapitel 14

Eleanor-Rigby

Oktober 2016, London

Ich war in mein Appartement zurückgekehrt. Nun saß ich im Schneidersitz am Fußende des Betts und schaute mir eine Episode von *Absolutely Fabulous* an, während ich die dritte Chipstüte öffnete.

Diese Serie ist nicht nur absoluter Kult, sondern geradezu gemeinnützig.

Für eine Frau beispielsweise, die an einem Freitagabend zu Hause Trübsal bläst und sich Vorwürfe macht, weil sie eine Flasche Wein fragwürdiger Herkunft geöffnet hat, den sie allein trinken wird, einen Wein, den ihr jemand zu einer Zeit mitgebracht hatte, als sie noch Freunde zum Abendessen einlud.

Für eine Frau, die es vor dem Spiegel im Badezimmer nicht verstehen kann, warum sie Single ist, und ihre Meinung dann ändert, sobald sie lange genug vor diesem teuflischen Spiegel gestanden hat.

Für diese Frau und auch für andere sind Patsy und Edina zwei wichtige Heldinnen. In diesem Moment, weil sich die beiden in eine noch schlimmere Lage bringen, als es ihre eigene je sein könnte, und am nächsten Tag, weil ihr Brummschädel sie daran erinnert, dass ihr Leben keine Episode aus einer TV-Serie ist.

Saffron stritt sich mit ihrer Mutter, was mich sofort an meine Streitereien mit meiner Mutter erinnerte. Ihre Großmutter kam ins Zimmer, um die Situation zu beruhigen. Ich habe meine Großeltern nicht gekannt und würde sie auch nie kennenlernen, weil Mum in einem Waisenhaus aufgewachsen war. Ein weiterer Punkt, bei dem ich im Dunkeln tappte, das mir mit einem Mal noch undurchdringlicher erschien. Schnell griff ich nach meiner Tasche und nahm den Brief heraus.

Wir wissen von unseren Eltern nur das, was sie uns sagen wollen ...

Mum hatte uns nichts sagen wollen.

Mein Blick blieb an der Briefmarke hängen. Ich hätte eine miserable Detektivin abgegeben; wieso war mir das nicht schon vorher aufgefallen? Zwar zeigte die Briefmarke ein Bild von Königin Elisabeth II., die Farbe aber war eine andere als bei den englischen Briefmarken. Es genügte jedoch, sie etwas genauer zu betrachten, um direkt unter dem lächelnden Gesicht unserer Queen das Wort »Canada« zu bemerken, zwar winzig klein gedruckt, aber wie hatte mir dieses Detail entgehen können? Abgestempelt worden war der Brief in Montreal. Wer konnte dieser anonyme Schreiber sein, der mir aus Nordamerika schrieb?

Ich war mit meinen Fragen noch nicht am Ende.

Als ich am nächsten Tag eine Zeitschrift durchblätterte, während ich meiner Wäsche zusah, die in der Trommel einer Waschmaschine tanzte, bekam ich einen Anruf von meiner Freundin, der Dokumentalistin. Sie hatte in England keine Spur von einer Wochenzeitung mit dem Namen *The Independent* gefunden. Ich bat sie umgehend, ihre Recherchen auf die andere Seite des Atlantiks auszudehnen.

Eine Stunde später öffnete ich in der Eingangshalle meines Wohnhauses meinen Briefkasten. Unter den Werbeprospekten erkannte ich sofort die Schönschrift. Ein Nachbar, der auch gerade seine Post holte, wunderte sich, mich so blass werden zu sehen.

Hektisch stieg ich die Treppen zu meinem Appartement hinauf, wo ich den Umschlag aufriss.

Auf dem Blatt eines Notizblocks stand:

22. Oktober, 19 Uhr, Sailor's Café, Baltimore

Heute war der 19. Oktober. Ich muss völlig durcheinander gewesen sein, denn ich stopfte zunächst meinen Kulturbeutel und meine zerknitterten Sachen in die Reisetasche und suchte erst danach im Internet nach einem Flug. Der Kauf des Tickets wurde verweigert, weil mein Bankkonto nicht ausreichend gedeckt war. Mit klopfendem Herzen rief ich Maggie an, um sie zu bitten, mir die Reisekosten vorzustrecken.

»Ich habe Dad nicht ganz belogen, als ich ihm gesagt habe, ich würde versuchen, bei der Bank einen höheren Überziehungskredit für mein Konto auszuhandeln«, sagte sie.

Ich kenne die Fehler meiner Schwester wirklich auswendig, aber sie ist kein Geizkragen, sie sagte die Wahrheit.

»Wofür brauchst du zweitausend Pfund?«, fragte sie mich. »Steckst du in Schwierigkeiten?«

Ich erzählte ihr von der Post, die ich wenige Stunden zuvor erhalten hatte. Sie wusch mir den Kopf und bezeichnete mich als völlig verrückt. Was wäre, wenn ich es ganz einfach mit einem Verrückten zu tun hätte, der mich, einmal vor Ort, vergewaltigen und meine Leiche dann ins Meer werfen würde? Sicher hätte er sich deswegen abends mit mir in einem Café verabredet, das noch dazu den Namen Café der Seeleute trug. Es mangelt Maggie nicht an Fantasie, sich Geschichten auszumalen, die leider nie besonders erfreulich sind. Ich antwortete ihr, wenn ein Triebtäter auf Beute aus sei, könne er diese wahrscheinlich eher in seiner näheren Umgebung finden, das wäre einfacher, als sie über das Meer anreisen zu lassen. Logisch, würde Michel sagen.

»Ganz im Gegenteil«, ereiferte sich Maggie, »wem würde dort dein Verschwinden auffallen?«

»Das Treffen findet nicht tief am Grund eines *Bayou* in Louisiana statt«, wandte ich ein. »Wir sprechen von Baltimore!«

Maggie schwieg einen Moment. Sie kannte mich gut genug, um nicht an meiner Entschlossenheit zu zweifeln.

»Hast du mal daran gedacht, deine Zeitung anzurufen und sie um einen Vorschuss zu bitten? Reisen gehören schließlich zu deinem Beruf, oder bin ich blöd geworden?«

Die Blöde war ich, ich hatte nicht einmal daran gedacht. Ich legte einfach auf, um meinen Chefredakteur anzurufen. Während das Telefon bei ihm klingelte, erfand ich ein Thema. Die Zeitschrift hatte seit ewigen Zeiten nichts über Baltimore gebracht, die Stadt folgte einem rasanten

Erneuerungsprozess, es gab dort einen der größten Häfen an der amerikanischen Ostküste, die renommierte Johns Hopkins University (ich betete meinen Text in Echtzeit herunter, während ich auf dem Bildschirm meines Mac scrollte, *danke Wikipedia*, und das Reginald F. Lewis Museum, wie ich noch hinzufügte, Herzstück der afroamerikanischen Geschichte.

»Hm«, murmelte mein Chefredakteur alles andere als überzeugt. »Baltimore ist nicht besonders sexy.«

»Aber ja doch, die Stadt ist sexy und wird einfach nur verkannt. Niemand spricht über sie.«

»Mag sein. Dürfte ich wissen, warum du plötzlich über sie sprechen willst?«

»Um diese Ungerechtigkeit wiedergutzumachen.«

Unten auf meinem Bildschirm entdeckte ich eine segensreiche Information, einen letzten Trumpf. Mein Boss verehrte Edgar Allan Poe über die Maßen. Ich dankte dem herausragenden Schriftsteller, in Baltimore gestorben zu sein, er würde der rote Faden meines Artikels sein, für den ich einen hochtrabenden Titel erfand: »Baltimore oder die letzten Tage im Leben von Edgar Allan Poe«.

Mein Chefredakteur prustete vor Lachen. Ich konnte es ihm nicht verdenken.

»Beschäftige dich lieber mit dem wirtschaftlichen Wiederaufschwung der Stadt, sie hat eine lange Tradition. Erzähle etwas über die Anziehungskraft, die sie auf Studenten ausübt. Nutze deinen Aufenthalt, um der Bevölkerung auf den Puls zu fühlen, es sind nur noch wenige Wochen bis zu den Wahlen, und ich bin nicht wirklich überzeugt davon, dass Trump tatsächlich die in den Umfragen vorhergesagte Niederlage erleben wird. Ich genehmige dir eine Woche vor Ort. Die Buchhaltung wird morgen das Geld anweisen. Und bring mir trotzdem ein schönes Foto von Poes Grabstein mit, man weiß ja nie.«

Normalerweise springe ich wortwörtlich vor Freude in die Luft, wenn es mir gelingt, meine Redaktion davon zu überzeugen, mich an Orte meiner Wahl zu entsenden. An diesem Abend war es nicht so. Zu unbekannten Zielen aufzubrechen war der Kern meines Berufs, aber ich spürte, dass diese Reise mich zu Entdeckungen anderer Art führen würde. Und dieses eine Mal fehlte es mir an Mut.

Ich konnte England nicht verlassen, ohne mich von meiner Familie zu verabschieden. Ich wusste, dass Maggie mich wieder eine Verrückte nennen und alles daransetzen würde, mich von dieser Reise abzuhalten. Ich ahnte, dass Dad traurig wäre, wo ich ihm doch versprochen hatte, länger in London zu bleiben. Wer mir jedoch am meisten Sorgen machte, war Michel. Ich rief ihn als Ersten an und fragte ihn, ob ich ihn trotz der späten Stunde noch besuchen dürfte.

»Du willst zu mir kommen?«

Und da ich nichts darauf sagte, begriff er.

»Wann fährst du?«

»Morgen, mein Flug geht am frühen Nachmittag.«

»Bleibst du lange weg?«

»Nein, versprochen, eine Woche, vielleicht zehn Tage.«

»Hast du Hunger? Ich kann in den Lebensmittelladen gehen und uns etwas zum Abendessen holen.«

»Das ist eine gute Idee, es ist lange her, dass wir beide uns mal allein gesehen haben.«

Als ich auflegte, wandte Michel sich zu Véra um und

kündigte ihr meinen Besuch an. Doch das gestand er mir erst viel später.

»Wärst du mir sehr böse, wenn ich das Essen, das du für uns gekocht hast, mit meiner Schwester teile?«

»Nein, im Gegenteil, ich bin nur noch nicht darauf vorbereitet, dass sie es erfährt ...«

Während die spontanen Worte meines Bruders seine Gedanken nicht verrieten, erledigte dies sein Blick. Véra verstand. Sie griff nach ihrem Mantel, warf einen Blick auf den Tisch, den sie gedeckt hatte, ging zurück, um die Weingläser wegzunehmen und wieder in den Schrank zu stellen. Michel hätte niemals daran gedacht, sie herauszuholen. Dann ging sie.

Meine Überraschung war groß, als ich bei ihm ankam. Michel öffnete mir die Tür, er trug eine Schürze. Wortlos führte er mich ins Esszimmer. Ich hätte nicht gedacht, dass er sich für mich derart ins Zeug legen würde. Er verschwand in die Küche und kehrte mit einem Schmortopf zurück, den er auf einen Untersetzer stellte. Ich hob den Deckel und schnupperte.

»Seit wann kannst du kochen?«

»Wenn ich mich nicht täusche, ist es das erste Mal, dass du mich vor einer Abreise besuchst. Also ich meine, so überstürzt. Ich habe seit deinem Anruf daher viel nachgedacht und glaube, dass irgendetwas nicht in Ordnung ist, du nicht am Telefon mit mir darüber sprechen wolltest und deshalb hergekommen bist. Logisch.«

»Eine logische Argumentation kann aber auch falsch sein. Vor allem bei einer so komplizierten Schwester wie deiner.«

»Ja, das kann sein. Dennoch…«

»Dennoch«, nahm ich seine Äußerung auf, »alles ist gut, ich hatte einfach Lust auf deine Gesellschaft.«

Michel starrte auf die Hängelampe über unseren Köpfen und atmete tief ein.

»Also, du willst nicht, dass Dad und Maggie hören, was du mir sagen wirst. Logisch.«

»Ich schlage dir vor, für heute Abend einmal deine Logik zu vergessen, denn nichts ist mehr logisch. Aber ich möchte nicht, dass dich das durcheinanderbringt. Ich bin gekommen, um dir ein Geheimnis anzuvertrauen. Du hattest nicht ganz unrecht, ich reise eigentlich nicht für die Zeitung, auch wenn ich mich ihrer bedient habe, um die Reise zu finanzieren, was zugegebenermaßen nicht sehr korrekt ist. Ich werde aber trotzdem einen Artikel schreiben, also, ich werde es zumindest versuchen.«

»Was du da sagst, ergibt überhaupt keinen Sinn. Wohin reist du also letztlich nicht für deine Zeitung?«

»Nach Baltimore.«

»Cecilius Calvert, Lord Baltimore, war der erste Gouverneur der Provinz Maryland. Wusstest du, dass eine Küstenstadt im Südwesten Irlands ebenfalls seinen Namen trägt? Du solltest dorthin fahren, das ist nicht so weit.«

»Nein, das war mir nicht bekannt, aber wie machst du es nur, all diese Dinge zu wissen?«

»Ich lese.«

»Also ich hätte dich eher fragen müssen, wie du es schaffst, dir all diese Dinge zu merken.«

»Wie sollte ich sie vergessen, wenn ich sie gelesen habe?«

»Die meisten Menschen vergessen es, aber du bist eben nicht wie die meisten Menschen.«

»Ist das gut?«

»Ja, das sage ich dir jedes Mal, wenn du mir diese Frage stellst.«

Michel servierte mir einen Hähnchenflügel, der in dem Schmortopf langsam kalt wurde. Er selbst nahm einen Hähnchenschenkel und blickte mir tief in die Augen.

»Ich begebe mich auf Mums Spuren«, gestand ich ihm.

»Das ist genial, aber ich fürchte, du vergeudest deine Zeit. Ich glaube nicht, dass sie in Baltimore ist. Niemand weiß, wo die Toten sind. Sicher nicht im Himmel, das hat weder Hand noch Fuß. Ich denke eher an eine Parallelwelt. Hast du schon mal was von der Theorie der Parallelwelten gehört?«

Bevor Michel sich an eine endlose Erklärung machen konnte, legte ich eine Hand auf seinen Unterarm, damit er mir zuhörte.

»Das ist so eine Redensart. Ich mache mich auf die Suche nach ihrer Vergangenheit.«

»Warum, hat sie sie verloren?«

»Sie hat uns darüber in die Irre geführt. Wir wissen so wenig über die junge Frau, die sie gewesen ist.«

»Das liegt wahrscheinlich daran, dass sie es so wollte. Ich glaube nicht, dass es eine gute Idee ist, sich ihrem Wunsch zu widersetzen.«

»Sie fehlt mir genauso wie dir, aber ich bin eine Frau, und ich muss wissen, wer meine Mutter war, um endlich erwachsen zu werden oder um zumindest zu verstehen, wer ich bin.«

»Du bist meine Zwillingsschwester. Und welchen Zusammenhang gibt es da mit Baltimore?«

»Jemand hat sich dort mit mir verabredet.«

»Jemand, der sie kannte?«

»Das vermute ich.«

»Und du, kennst du diesen Jemand?«

»Nein, ich weiß nicht, wer es ist.«

Ich erzählte Michel von dem Brief, ohne ihm von dem genauen Inhalt zu berichten, ich wollte ihn nicht beunruhigen. Er ist so empfindsam. Also erfand ich einige nette Details. Verschönte das Drumherum – eine Kunst, in der ich es in meinem Beruf zur Meisterschaft gebracht habe.

»Wenn ich dich also richtig verstehe«, sagte er und hob den Zeigefinger, »wirst du dich in eine weit entfernte Stadt begeben, um jemanden zu treffen, den du nicht kennst, der dir aber, wie du sagst, Dinge erzählen wird, die du über unsere Mutter nicht weißt, und dadurch wirst du herausfinden, wer du bist... Meine Psychotherapeutin hat schon oft gesagt, sie würde dich sehr gern eines Tages kennenlernen.«

Der trockene Humor meines Bruders überraschte mich immer wieder. Einen Moment lang schwieg er, und ich sah, dass er mit ernster Miene aufstand.

»Mum hat in Baltimore gearbeitet«, sagte er, während er unsere Teller in die Küche trug.

Ich erhob mich ebenfalls, um ihm zu folgen. Er war bereits dabei, das Geschirr zu spülen.

»Woher weißt du das?«

»Weil sie mir erzählt hat, sie habe dort die schönsten Jahre ihres Lebens verbracht.«

»Sehr nett uns gegenüber!«

»Darauf habe ich sie auch aufmerksam gemacht, aber sie hat mich gleich darauf hingewiesen, dass dies vor unserer Geburt war.«

»Michel, ich flehe dich an, erzähl mir alles, was Mum dir anvertraut hat.«

»Sie liebte dort jemanden«, antwortete er lakonisch und reichte mir ein Geschirrtuch. »Sie hat mir das nicht gesagt, aber die wenigen Male, die sie diese Stadt erwähnte, schien sie unglücklich zu sein. Da sie vor unserer Geburt dort jedoch die schönsten Jahre ihres Lebens verbracht hatte, war das nicht logisch. Daraus habe ich geschlossen, dass sie eine Art Wehmut verspürte, und in allen Büchern, die ich gelesen habe, beruht ein solcher Widerspruch immer auf einer Liebesgeschichte. Logisch.«

»Hat sie jemals einen Namen erwähnt?«

»Sie hat nie richtig darüber gesprochen. Wenn du mir zugehört hättest, hättest du mir diese Frage nicht stellen müssen.«

Michel räumte das Geschirr ein und legte seine Schürze ab.

»Ich muss jetzt schlafen gehen, sonst bin ich morgen müde und arbeite nicht gut. Sag Dad nichts davon. Ich habe dir ein Geheimnis anvertraut, weil du mir ebenfalls eines anvertraut hast. Es war nur gerecht, das zu tun. Und alles andere sind lediglich Vermutungen, auch wenn ich nicht daran zweifle, aber auf jeden Fall würde es ihm Kummer bereiten. Männer leiden immer, wenn sie erfahren, dass ihre Frau vor ihnen einen anderen geliebt hat, besonders dann, wenn sie es geheim hält. So steht es zumindest mehrheitlich in den Büchern, und ich denke nicht, dass die Schriftsteller mehrheitlich so viel Fantasie haben.«

Er wiegte nervös den Kopf, und ich verzichtete auf den Versuch, mehr in Erfahrung zu bringen. Er gähnte, um mir zu zeigen, dass er sich wirklich wünschte, ich ginge. Ich insistierte nicht. Michel holte meinen Mantel, es dauerte ein wenig, bis er wiederkam, ruhiger, wie mir schien, und ihn mir über die Schultern legte, während er mich fragend anschaute, um zu sehen, ob er mich küssen könne. Ich nahm ihn in die Arme und drückte ihn zärtlich.

Ich versprach ihm, aus Baltimore anzurufen. Ich würde ihm die Stadt beschreiben und berichten, was ich über Mum in Erfahrung gebracht hätte. Das war eine schamlose Lüge, denn ich hatte nicht die geringste Ahnung, wie ich dort vorgehen sollte. All meine Hoffnungen ruhten auf der Verabredung mit dem anonymen Briefeschreiber. Das heißt also, sie waren äußerst gering.

Am nächsten Morgen rief ich Dad an, um ihn um einen Gefallen zu bitten: Er sollte Maggie darüber informieren, dass ich hätte verreisen müssen.

»Du bist ganz schön dreist!«

Ich muss gestehen, dass mich die Feigheit gelegentlich genial werden lässt. Ich ahnte, dass er traurig lächelte, während er dies sagte. Auch er wollte wissen, wohin ich flog und ob ich lange wegbleiben würde. So viele Fragen, an deren Beantwortung ich mich bei jeder meiner Reisen gewöhnt hatte. Ich küsste ihn durchs Telefon, wobei ich mich dafür entschuldigte, nicht vorbeikommen zu können, um dies persönlich zu tun, aber mein Flieger würde bald starten, und ich müsste noch bei der Zeitung vorbei, um mein Ticket zu holen. Eine weitere Lüge. Flugtickets waren schon lange so virtuell wie die Post. Aber ich hatte nicht den Mut, seinem Blick standzuhalten und eine weitere Geschichte erfinden zu müssen, wenn er mich nach den Gründen für diese überstürzte Abreise fragen würde.

Auf dem Weg nach Heathrow rief ich dennoch bei

Maggie an und drohte ihr, sofort wieder aufzulegen, sollte sie mir den geringsten Vorwurf machen, aber ich versprach ihr, sie über meine Entdeckungen auf dem Laufenden zu halten.

Der Verkehr war wie immer schleppend. Wenige Kilometer vor dem Flughafen wurde er so dicht, dass ich mich schließlich fragte, ob ich meinen Flieger verpassen würde. Und das wäre auch fast passiert.

Ich sprang aus dem Taxi, durchquerte im Laufschritt die Eingangshalle des Terminals, rannte die Stufen der Rolltreppe hinauf, bat die Passagiere vor mir inständig, mich vorzulassen, und kam bei den Kontrollen an, als auf der Anzeigentafel neben meiner Flugnummer in Rot der Satz »Letzter Aufruf« blinkte.

Als ich meine Manteltaschen leerte und meine Schlüssel und mein iPhone auf das Förderband der Sicherheitsschleuse legte, entdeckte ich ein altes abgenutztes Ledertäschchen. Ich hatte es noch nie gesehen und wusste nicht, wie es dorthin gekommen war. Ich war viel zu schnell gelaufen, als dass ein gewissenloser Passagier es in meine Tasche hätte schieben können. Aber ich hatte keine Zeit, darüber nachzudenken. Ich zog meine Schuhe aus und überholte alle anderen, um durch die Sicherheitsschleuse zu kommen. Sobald ich meine Sachen zurückbekommen hatte, rannte ich keuchend weiter und rief der Stewardess, die sich anschickte, die Tür zu schließen, zu, auf mich zu warten. Während ich ihr meine Bordkarte reichte, lächelte ich sie entschuldigend an und raste wie eine Furie den Gang entlang. Nachdem ich meine Tasche in den spärlichen Platz gestopft hatte, der im Gepäckfach noch frei war, ließ ich mich auf meinen Sitz plumpsen.

Die Gangway wurde schon weggerollt, ich legte den Sicherheitsgurt an und das geheimnisvolle Täschchen auf meine Knie. Es enthielt einen Brief auf vergilbtem Papier und eine kleine Nachricht, die Michel mir geschrieben hatte.

Elby,
dieses Täschchen gehörte Mum, ursprünglich enthielt es eine Halskette. Ich habe sie herausgenommen, um diesen alten Brief hineinzupacken. Er befand sich in einem Holzkästchen, das ihr ebenfalls gehörte. Du wirst Dir denken können, dass das Kästchen zu groß war, um es Dir in Deine Manteltasche zu stecken. Als sie die Wohnung frisch gestrichen haben, hat Mum mir das Kästchen anvertraut, damit Dad es nicht findet. In der Kiste sind noch viele weitere Briefe, dies ist der erste aus dem Stapel. Ich habe die Briefe nie gelesen, das hatte ich ihr versprochen. Du hast nichts versprochen, also kannst Du tun, was Du für richtig hältst. Wenn Du zurückkommst und nicht gefunden hast, wonach Du gesucht hast, gebe ich Dir auch die anderen Briefe. Sei vorsichtig, Du wirst mir fehlen, das schreibe ich Dir, weil ich es Dir aus einem mir unbekannten Grund nie sagen kann, wenn Du vor mir stehst, aber Du fehlst mir immer.
Dein Bruder

Ich legte die Nachricht, die mir Michel geschrieben hatte, beiseite und betrachtete den Brief. Auch er war in Montreal aufgegeben worden.

Kapitel 15

May

September 1980, Baltimore

May hatte den Abend damit zugebracht, die Lebensläufe und die dazugehörigen Bewerbungsschreiben zu lesen. Um die Aufmerksamkeit nicht auf ein Projekt zu lenken, das sie möglichst lange geheim halten wollte, waren die Stellenangebote, die das Interesse von Journalisten, Redaktionssekretären, Dokumentalisten oder Layoutern wecken sollten, in verschiedenen Medien geschaltet worden.

Sie hatte sich geärgert, weil Sally-Anne auch nach Mitternacht noch nicht zu Hause war. Als sie vom Fenster aus sah, wie Keith sie um drei Uhr morgens vor dem Loft absetzte, geriet sie außer sich. Während sie arbeitete, hatten die beiden sich vergnügt.

Als Sally-Anne ins Schlafzimmer kam, tat May so, als würde sie schon schlafen, und drehte sich wortlos um, als Sally-Anne sie fragte, was sie habe.

Am Morgen herrschte weiterhin Schweigen. May fuhr fort, die Post durchzugehen, und nahm keine Notiz von Sally-Anne, die ihr dennoch Frühstück gemacht hatte.

»Ich bitte dich, May, ich bin hier doch die Tochter aus gutem Hause, und du führst dich auf wie eine Spießerin. Ich liebe dich mehr als alles andere auf der Welt, aber ich liebe auch Männer. Macht mich das verdammenswert? Keith ist ein großartiges Muskelpaket und seltsamerweise auch von unendlicher Zärtlichkeit, und darauf können weder du noch ich verzichten. Was macht es schon, dass wir ihn uns teilen? Wenn ausnahmsweise die Frauen mal der Ausschweifung frönen. Glaubst du vielleicht, dass er sich daran stört? Außerdem, wer in unserer Altersgruppe ist heute noch monogam?«

»Ich!«

»Wirklich?«

Opfer ihrer eigenen Widersprüche, senkte May den Blick.

»Und erzähl mir nicht, dass du in ihn verliebt bist, das würde ich dir nicht glauben«, fuhr Sally-Anne fort. »Sag mir lieber, dass er dich zum Orgasmus bringt…«

»Halt den Mund, Sally, ich habe keine Lust, mir dein unmoralisches Gerede anzuhören. Ich bin keine Heilige, ich passe mich den Sitten unserer Zeit an, aber ich vertrete sie nicht wirklich, und von uns beiden bin ich die Fortschrittlichere, weil ich noch an die große Liebe glauben will.«

»Aber doch bitte nicht mit Keith? Er ist ein guter Liebhaber, er achtet darauf, dass seine Partnerin Spaß hat, und ich gebe zu, das kommt nicht so häufig vor. Genau das gefällt dir an ihm und Schluss, um deinen Lieblingsausdruck aufzunehmen. Wie wäre es, wenn wir diesen Streit beenden, der die Mühe nicht wert ist, und zusammen mittagessen gehen? Ich lade dich ins Sailor's Café ein. Das ist eine

Austernbar, die am Hafen neu eröffnet hat. Die Austern kommen dort jeden Morgen frisch aus Maine an und sind einfach köstlich.«

»Seid ihr dort gestern zum Essen gewesen?«

Sally-Anne runzelte die Stirn und verzog das Gesicht.

»Mist, ich habe ganz vergessen, dass ich mit meinem Bruder verabredet bin. Wenn du mich noch liebst, hilf mir und begleite mich. Nichts langweilt mich mehr als seine Gesellschaft.«

»Warum gehst du dann mit ihm zum Essen?«

»Er hat um ein Treffen mit mir gebeten.«

»Ich lasse mich gerne von dir in der Stadt absetzen, aber zu deinem Tête-à-Tête kannst du allein gehen.«

Es war nach 13 Uhr, als die beiden sich auf die Triumph setzten. May hatte sich ein wenig geschminkt, worüber Sally-Anne sich amüsierte. Sie hatte in der Stadt nicht angehalten, sondern war in rasendem Tempo bis zum Golf-Clubhaus von Baltimore gefahren.

Der Parking Valet bewunderte die schnittige Maschine ebenso wie die Fahrerin und die Sozia. Der Portier grüßte Sally-Anne mit einer gewissen Ehrerbietung, die May nicht entging. Ein Oberkellner begleitete sie zu ihrem Platz, May war von der Opulenz der Örtlichkeit fasziniert. Porträts von Männern der High Society in Goldrahmen zierten die Wände des Gangs, der zum Speisesaal führte.

Die Stanfields hatten dort ganzjährig einen reservierten Tisch. Edward las Zeitung, während er auf seine Schwester wartete.

»Du wirst wohl nie pünktlich sein«, sagte er.

»Trotzdem guten Tag«, gab sie zurück.

Edward blickte auf und bemerkte May, die hinter ihr stand.

»Willst du mir deine Freundin nicht vorstellen?«

»Sie kann sich selbst vorstellen, sie kann sprechen und weiß sich sehr gut auszudrücken«, erwiderte Sally-Anne.

Edward erhob sich von seinem Stuhl und küsste May zur Begrüßung galant die Hand. May fragte sich, ob sie darüber lachen sollte, begnügte sich aber stattdessen mit einem Lächeln. Diese feinen Manieren standen in Kontrast zu dem groben Empfang, den dieser Mann seiner Schwester bereitet hatte, aber seine Galanterie rührte sie dennoch.

»Ich lass euch allein«, sagte sie verlegen.

»Keinesfalls«, bat Edward, »bitte bleiben Sie. Mit etwas Glück wird dieses Mittagessen dank Ihrer Anwesenheit nicht in einem Schlagabtausch enden«, antwortete er und erwiderte das Lächeln.

»Versteht ihr euch so schlecht?«, fragte May, während sie sich in den Sessel setzte, den Edward ihr angeboten hatte.

»Wie Hund und Katz«, bemerkte Sally-Anne.

»Ihr seid zwei verwöhnte Kinder. Ihr solltet euer Glück zu schätzen wissen. Ich hätte gern so einen Bruder gehabt.«

»Aber nicht diesen, glaub mir!«

»Du kannst mit deinen Gehässigkeiten fortfahren, aber dann wird sich deine Freundin nicht wohlfühlen. Also«, fuhr Edward in heiterem Tonfall fort, »was verbindet euch beide? Ich habe noch nie von Ihnen gehört.«

»Hast du im Zusammenhang mit mir überhaupt je etwas gehört?«, fragte Sally-Anne. »Erzähl mir bloß nicht, dass mein Schicksal zu Hause Thema ist.«

»Da täuschst du dich, meine liebe Schwester. Und wenn

du dich von Zeit zu Zeit herablassen würdest, deine Eltern zu besuchen, könntest du das selbst feststellen.«

»Ich kann mich beherrschen und glaube dir kein Wort.«
May hüstelte in ihre Hand.

»Wir sind Partnerinnen«, sagte sie.

Bevor sie weitersprechen konnte, erhielt sie unter dem Tisch einen Fußtritt von Sally-Anne.

»Partnerinnen?«, wiederholte Edward.

»So eine Redensart, wir arbeiten nämlich in derselben Abteilung«, nahm Sally-Anne den Faden auf.

»Immer noch bei der *Sun*?«, fragte Edward erstaunt.

»Wo sollte ich denn sonst arbeiten?«

»Nirgends, um genau zu sein. Man hatte mir erzählt, du hättest Anfang des Sommers gekündigt.«

»Nun, dann hat man Ihnen irgendeinen Unsinn erzählt«, schaltete May sich ein. »Ihre Schwester wird in der Redaktion sehr geschätzt. Und es ist nicht ausgeschlossen, dass sie bald zur Journalistin aufsteigt.«

»Na so was! Entschuldigen Sie, dass ich den falschen Quellen auf den Leim gegangen bin. Ich bin beeindruckt. Und was machen Sie bei der *Sun*?«

Das Essen wurde ein langer Austausch von Fragen und Antworten zwischen May und Edward, die sich auf diese Weise kennenlernten. Sally-Anne nahm keinen Anstoß daran. Wenigstens lenkte diese Unterhaltung ihren Bruder ab, was ihr das Lügen ersparte. Sie ließ sich nichts vormachen. Diese vierteljährlichen Mittagessen, die er ihr auferlegte, hatten keinen anderen Zweck, als ihre Familie zu informieren. Edward war ein mieser kleiner Spion im Dienste ihrer Mutter, die zu stolz war, um ihre Tochter selbst über das in ihren Augen dekadente Leben auszufragen, das sie führte.

Zum Beweis hielt sich Hanna, die im Club Stammgast war, wie durch Zufall nie dann dort auf, wenn Sally-Anne zum Mittagessen antanzen musste.

Während ein Kellner ihr Kaffee einschenkte, fragte Edward May, ob sie gern ins Theater ginge. Das Ensemble, das in New York einen phänomenalen Erfolg mit einem Theaterstück von Harold Pinter gehabt hatte, würde am nächsten Tag in Baltimore gastieren. *Betrayal* sei ein echtes Meisterwerk, das man unter keinen Umständen versäumen dürfe, beteuerte er. Ein Freund habe ihm zwei Karten für ausgezeichnete Plätze geschenkt, und er brauche eine Begleiterin.

»Bist du nicht mehr mit dieser hinreißenden Blondine liiert?«, fragte Sally-Anne in unschuldigem Tonfall. »Wie heißt sie noch gleich? Du weißt schon, wen ich meine, die Tochter der Zimmers.«

»Jennifer und ich haben beschlossen, uns eine Auszeit zu nehmen, um Klarheit zu gewinnen«, antwortete Edward völlig ernsthaft. »Das ging alles etwas zu schnell.«

»Ärgerlich, das wird unserer Mutter nicht gefallen haben. So eine gute Partie.«

»Es reicht, Sally-Anne, du wirst ausfallend.«

Edward ließ sich die Rechnung bringen, unterschrieb sie, damit sie auf die Sammelrechnung der Familie gesetzt würde, und erhob sich.

»Morgen um neunzehn Uhr in der Eingangshalle des großen Theaters. Ich erwarte Sie neben dem Einlass. Ich rechne mit Ihnen«, sagte er, während er May erneut die Hand küsste.

Er drückte seiner Schwester einen Kuss auf die Wange und ging.

Sally-Anne machte dem Ober ein Zeichen und bestellte zwei Cognac.

»Geh nicht hin!«, riet sie May, während sie die bernsteinfarbene Flüssigkeit im Glas kreisen ließ.

»Wie viele Jahre werde ich deiner Meinung nach brauchen, um mir eine Eintrittskarte für ein Stück von Harold Pinter leisten zu können?«

»Das weiß ich nicht, aber das Stück wird seinen Namen zu Recht tragen.«

»Jetzt mach nicht so viel Aufhebens darum, es ist nur ein Abend.«

»Unterschätze ihn nicht, er wird dich verführen. Das ist sein Lieblingssport, und er glänzt darin. Ich kenne andere, die besser gewappnet waren als du und doch auf dem Feld der Ehre gefallen sind.«

»Aber wer spricht denn von Ehre?«, entgegnete May und versetzte ihr einen Rippenstoß.

Am nächsten Tag, als May sich fertig machte, betrat Sally-Anne mit einer Zigarette zwischen den Lippen das Badezimmer. Sie setzte sich auf den Rand der Badewanne und musterte sie lange.

»Was ziehst du für ein Gesicht! Versprochen, ich komme sofort nach Ende der Vorstellung nach Hause.«

»Das bezweifle ich, aber ich habe dich gewarnt. Sprich mit Edward wenigstens nicht über unser Projekt.«

»Die Botschaft habe ich gestern schon verstanden, danke für den Fußtritt. Was ist eigentlich zwischen dir und deinem Bruder vorgefallen? Du sprichst nie von ihm. Ich hätte seine Existenz beinahe vergessen, warum …«

»Weil die Mitglieder meiner Familie Hochstapler sind,

bei den Stanfields ist alles nur Lug und Trug. Meine Mutter regiert den Clan, mein Vater ist schwach.«

»Du gehst zu weit, Sally, dein Vater ist ein Kriegsheld.«

»Ich wüsste nicht, dass ich dir das jemals erzählt habe.«

»Du nicht, aber man hat es mir zugetragen.«

»Wer?«

»Das weiß ich nicht mehr … Also gut«, seufzte May, »als wir miteinander intim geworden sind, habe ich hier und dort einige Informationen eingeholt. Nimm mir das nicht übel, das ist eine Berufskrankheit, außerdem beweist es mein Interesse für dich. Auf jeden Fall habe ich nie etwas Schlechtes über deine Eltern gehört und schon gar nicht über deinen Vater, dessen Erfolg allgemein Bewunderung hervorruft.«

»Er ist nicht der Mann, für den du ihn hältst, und dieser Erfolg ist der meiner Mutter, nicht seiner. Aber um welchen Preis!«

»Wovon sprichst du?«

»Wir sind noch nicht so intim, dass ich dir das verraten könnte«, antwortete Sally-Anne schlagfertig.

May richtete sich in der Wanne auf, nahm Sally-Annes Hand, legte sie auf ihre nackten Brüste und küsste sie.

»Und sind wir so intim genug?«

Sally-Anne wehrte sie vorsichtig ab.

»Bruder und Schwester am selben Abend, das wäre geschmacklos.«

Sie trat aus dem Badezimmer, schnappte sich ihren Blouson und verließ das Loft.

Sally-Anne hatte sich nicht getäuscht.

Der Abend wurde unterhaltsam und bezaubernd. Die

Vorstellung hatte alle Erwartungen erfüllt, das Stück war erschütternd, die Schauspieler waren bemerkenswert. Weit entfernt von einer Posse über die Eskapaden einer außerehelichen Affäre brachte der Text die Zuschauer zum tiefen Nachdenken über die Bedeutung des Unausgesprochenen. Die Dialoge trafen May direkt ins Herz, sie konnte nicht umhin, darin einen Widerhall des Lotterlebens zu erkennen, das sie seit mehreren Monaten führte. Wer jedoch war in ihrer Dreiecksgeschichte die Betrogene, wenn Keith der Liebhaber war? Sally-Anne oder sie?

Diese Überlegung machte ihr plötzlich Lust, einen Anschein von Normalität zu leben, einen Abend in Gesellschaft eines Mannes zu verbringen, dessen Konversation ihr gefiel, weil er nicht urteilte, weil sein Anzug von einer Eleganz zeugte, die nichts mit der Gewöhnlichkeit derer zu tun hatte, mit denen sie sonst Kontakt hatte. Weil er ihr eine Zigarette anbot, statt sie, wie ihre Kumpel, von ihr zu schnorren. Weil er, so albern das scheinen mochte, ein schönes Feuerzeug hatte. Weil ihr seine Geste gefallen hatte, als er ihr Feuer gab, weil er sie gefragt hatte, wo sie gerne mit ihm zu Abend essen würde, anstatt für sie zu entscheiden. Und sie hatte seltsamerweise das Sailor's Café ausgesucht, weil sie trotz allem Sally-Anne liebte.

Mit seinen Dielen, den Tischen und Stühlen aus unbehandeltem Holz und den Kellnern mit ihren Fischerschürzen hatte das Sailor's Café nichts mit den Restaurants gemein, in denen Edward üblicherweise verkehrte. Zum größten Vergnügen seines Gastes arrangierte er sich damit. Er war nur etwas zu steif, um seine Austern anders als mit einer Gabel zu essen.

May nahm eine volle Austernschale und führte sie an Edwards Mund.

»Schlürfen Sie sie einfach«, sagte sie lächelnd. »Sie werden sehen, wie gut es schmeckt, wenn man sie mit ihrem Meerwasser genießt.«

»Ich muss gestehen«, räumte Edward anschließend ein, »dass sie so wesentlich besser schmecken.«

»Und jetzt trinken Sie diesen Weißwein, die Geschmacksverbindung ist einfach göttlich.«

»Wie haben Sie dieses Lokal entdeckt?«, wollte Edward wissen.

»Ich wohne nicht weit von hier.«

»So verbringen Sie also Ihre Abende … Wie ich Sie beneide.«

»Worum kann ein Mann wie Sie ein Mädchen wie mich beneiden?«

»Darum, so zu leben«, sagte er und ließ seinen Blick durch den Raum schweifen. »Um diese Freiheit, hier ist alles so einfach und so fröhlich.«

»Verbringen Sie Ihre Abende in Sterbeheimen?«, fragte May.

»Sie können sich gerne lustig machen, Sie sind gar nicht so weit von der Wahrheit entfernt. Die Restaurants, in denen ich abends esse, sind düster, die Gäste, die dort verkehren, sehr steif.«

»So wie Sie?«

Edward musterte sie.

»Ja, so wie ich«, antwortete er ruhig. »Darf ich Sie etwas fragen?«

»Nur zu, dann werden wir sehen.«

»Wollen Sie mir helfen, mich zu ändern?«

Dieses Mal war es May, die ihn aufmerksam musterte, zuerst gerührt, dann zweifelnd, bevor sie zu lachen begann.

»Machen Sie sich über mich lustig?«

»Sally-Anne hatte mich vor Ihnen gewarnt, aber Sie sind noch gefährlicher als angenommen.«

»Meine Schwester hat unumstößliche Meinungen. Ich werde Ihnen etwas gestehen, vorausgesetzt, Sie versprechen mir, es ihr nicht zu sagen.«

»Ich würde zur Bestätigung gerne auf den Boden spucken, aber ich fürchte, das würde Sie in Verlegenheit bringen.«

»Dass wir uns so schlecht vertragen, ist allein meine Schuld, ich beneide sie ebenso sehr, wie ich sie bewundere. Sie ist viel mutiger als ich, sie hat es verstanden, sich zu befreien.«

»Sally-Anne hat nicht nur gute Eigenschaften.«

»Und ich habe viele Fehler.«

»Sie haben in zwei Sätzen vier Mal *ich* gesagt.«

»Das gehört auch dazu. Verstehen Sie jetzt, wie sehr ich Sie brauche?«

»Und was könnte ich tun, um einem Mann zu helfen, der so unglücklich aussieht?«

»Ich kann nicht unglücklich sein, denn ich habe keine Ahnung, was Glück ist.«

Nicht einmal der perfideste Verführer wäre in der Lage, ein solches Geständnis zu erfinden. Das Helfersyndrom, das tief in May schlummerte, ließ sie schließlich ihren letzten Widerstand überwinden. Sie machte mit Edward einen Spaziergang am Kai, und am Ende der Mole küssten sie sich.

Nein, Sally-Anne hatte sich nicht verschätzt, als sie sagte: »Die Mitglieder meiner Familie sind Hochstapler, bei den Stanfields ist alles Lug und Trug.«

Kapitel 16

Robert Stanfield

März 1944, Flugplatz Hawkinge in der Grafschaft Kent

Die Sterne funkelten. Die Nacht würde gerade hell genug sein, um auf Sicht fliegen zu können, und der schwache Schein des zunehmenden Mondes würde den schwarzen Rumpf der Lysander über den feindlichen Linien nicht verraten. Robert Stanfield, der hinten im Zweisitzer saß, überprüfte seine Gurte. Der Sternmotor stotterte anfangs, dann lief er rund, und auch das Propellergeräusch wurde allmählich gleichmäßig. Ein Mechaniker entfernte die Bremskeile, und die Maschine holperte über die Piste.

Während der Luftbrücke waren die Soldaten, die 1940 an der Schlacht von Dünkirchen beteiligt waren, in ständigem Pendelverkehr auf die Basis der Royal Air Force evakuiert worden. Seit die 91. Staffel nach Westhampnett umgezogen war, diente der Flugplatz nur noch als Auftankstation für Maschinen, die Langstreckenflüge über Frankreich unternahmen.

Special Agent Stanfield war zwei Monate zuvor nach einer riskanten Überquerung des Großen Teichs in England gelandet. Deutsche U-Boote waren im Atlantik wie stählerne Haie unterwegs, bereit, jede Beute, die sie durch ihre Periskope sichteten, mit Torpedos zu beschießen.

Seit seiner Ankunft auf englischem Boden hatte Robert seine Französischkenntnisse perfektioniert. Die letzten sechzig Tage hatte er damit zugebracht, sich akribisch auf seine Mission vorzubereiten, sich Topografie und Geografie der Zone einzuprägen, in der man ihn absetzen würde, die Namen der Dörfer zu lernen, die Schlüsselsätze, die ihm die Türen öffnen würden, die Identität derer, denen er vertrauen konnte, und derer, vor denen er sich in Acht nehmen musste. Während all dieser Wochen hatten seine Vorgesetzten seine Fähigkeiten getestet.

Bei Einbruch der Dunkelheit holte ein Offizier ihn in seinem Zimmer ab. Robert hatte sein Gepäck genommen, seine falschen Papiere, einen Revolver und eine Karte der Region von Montauban.

Der Flug würde die Lysander an die Grenze ihrer Reichweite führen. In drei Flugstunden würde sie die vorgesehenen neunhundert Kilometer zurücklegen, vorausgesetzt, das Wetter änderte sich unterwegs nicht.

Robert war nicht rekrutiert worden, um Krieg zu führen, sondern um diesen vorzubereiten. Die Alliierten organisierten ihre Landung unter höchster Geheimhaltung. Eine Voraussetzung für den Sieg war die Versorgung mit Waffen und Munition derer, die sich dem Kampf anschlossen, wenn die alliierten Truppen ins Landesinnere vordringen würden. Seit Monaten warfen die Engländer regelmäßig Waffen und Munition in Kisten ab, die von Mitgliedern der Résistance eingesammelt und in Sicherheit gebracht wurden.

Stanfield war ein Verbindungsagent. Seine Aufgabe bestand darin, den Leiter der Résistance zu treffen und von ihm Informationen über den Standort dieser Depots zu erhalten, um sie dann zu kartografieren. Einen Monat nach seiner Einschleusung würde eine Lysander ihn wieder abholen und nach England zurückbringen.

Sein Schicksal hatte sich an einem Winterabend 1943 bei einem Galadiner in Washington entschieden, an dem seine Eltern ebenso wie die Reichen Amerikas teilnahmen, um finanziell zu den Kriegsanstrengungen beizutragen. Die Stanfields versuchten, in diesem illustren Kreis eine gute Figur zu machen. Ihr Vermögen war der Spielsucht zum Opfer gefallen, von der Roberts Vater seit Langem besessen war. Sie lebten jedoch weiterhin auf großem Fuß, was den Schuldenberg nur noch ansteigen ließ. Mit seinen gerade mal zweiundzwanzig Jahren ließ sich Robert weder über den tatsächlichen Zustand der Familienfinanzen noch über die Fehler seines Vaters, zu dem er ein distanziertes Verhältnis hatte, hinwegtäuschen. Der junge Mann träumte davon, seiner Familie eines Tages wieder zu Macht und Vermögen zu verhelfen.

An ihrem Tisch saß neben weiteren Gästen ein reserviert wirkender Mann mit ausgemergelten Gesichtszügen und zurückweichendem Haaransatz. Eine zerbrechliche Gestalt. Edward Wood, Graf von Halifax, war Botschafter des Vereinigten Königreichs, und da Churchill und Roosevelt gerne direkt miteinander kommunizierten, hatten sich seine Aufgaben entsprechend reduziert. Seit Beginn des Essens hatte er Robert nicht aus den Augen gelassen, nicht einmal während der Rede, mit der dieses Galadiner eröffnet worden war. Alles war prachtvoll, der Saal, das Geschirr, die Garderobe der Damen, das reichlich servierte Essen, selbst die Rede war großartig gewesen, und dennoch hatte Wood nur Augen für den jungen Stanfield. Es gab einen Grund für die Faszination, die Robert auf den Botschafter ausübte. Ein Jahr zuvor hatte er seinen gleichaltrigen Sohn im Krieg verloren.

»Ich spreche nicht von einem finanziellen Beitrag, ich möchte mich persönlich einbringen«, flüsterte Robert seinem älteren Tischnachbarn zu.

»Dann verpflichten Sie sich doch einfach. So machen das die jungen Leute Ihres Alters, wenn ich mich nicht täusche«, antwortete Wood.

»Nicht, wenn sie so einflussreiche Eltern haben. Ich wurde aufgrund eines unklaren medizinischen Befunds ausgemustert. Ich weiß genau, dass mein Vater dahintersteckt.«

»Wenn er wirklich so viel Einfluss hatte, sollten Sie ihn dafür nicht tadeln. Ich bin sicher, er hat es nur aus Angst getan, Sie zu verlieren. Wie soll man es ertragen, seine Kinder in die Schlacht ziehen zu sehen?«

»Macht man ihnen das Leben nicht schwerer, wenn man sie zur Feigheit verurteilt?«

»Sie haben das Ungestüm Ihres Alters, das ist löblich, aber haben Sie auch nur die geringste Vorstellung davon, was Krieg tatsächlich bedeutet? Ich habe mich dem Krieg mit aller Kraft widersetzt, ich hegte sehr große Hoffnung, habe mich sogar mit Hitler getroffen.«

»Persönlich?«

»Wenn man dieses Individuum als Person bezeichnen kann, ja. Ich wäre beinahe die Ursache für einen größeren diplomatischen Zwischenfall geworden, als ich ihm auf der Freitreppe des Hauses, in dem er mich empfangen wollte, meinen Mantel reichte, weil ich ihn für einen Butler hielt«, fügte der Graf feixend hinzu.

Wood war ein schwer fassbarer und widersprüchlicher Charakter. Er sah im Rassismus und im Nationalismus zwei natürliche, nicht unbedingt amoralische Kräfte. In seiner Zeit als Gouverneur Ihrer Majestät in Indien hatte er alle Mitglieder des Kongresses festnehmen lassen und Gandhi inhaftiert. Obgleich er bigott, ultrakonservativ und ein fanatischer Anhänger Chamberlains war, hatte er schließlich dennoch jeden Kompromiss mit dem Dritten Reich abgelehnt und den Posten des Premierministers nicht angenommen, da er Churchill für kompetenter hielt, das Land in Kriegszeiten zu leiten.

»Sollten Sie dieses Gespräch vertraulich fortsetzen wollen, besuchen Sie mich doch in meinem Büro. Ich werde sehen, was ich für Sie tun kann«, sagte er am Ende des Diners zu dem jungen Stanfield.

Einige Tage später begab sich Robert nach Washington. Der Botschafter empfing ihn und vertraute ihn einem seiner Freunde an, der für den Geheimdienst arbeitete.

Am Heiligen Abend sah Robert an Bord eines Frachters, wie die Lichter des Hafens von Baltimore allmählich kleiner wurden.

Beim Überfliegen der Region Limousin geriet die Lysander in heftige Windböen. Der Pilot hatte Mühe, sie auf Kurs zu halten. Die Tragflächen der Maschine würden dem Unwetter, das sich in der Wolkenschicht gebildet hatte, nicht mehr lange standhalten. Aber tiefer zu gehen würde sie anderen Gefahren aussetzen. Stanfield bekam es mit der Angst zu tun, seine Hände umklammerten die Sicherheitsgurte so fest, dass die Knöchel weiß hervortraten, sein Magen hob sich bei jedem Luftloch. Die Tragflächen wurden stark beansprucht und schienen jeden Moment abreißen zu wollen. Der Pilot hatte keine andere Wahl mehr, als sein Glück in niedrigerer Höhe zu versuchen. Die Lysander sank auf tausend Fuß hinunter. Dichter Regen fiel. Die Nadel der Tankanzeige war am Anschlag. Plötzlich stotterte der Motor und setzte aus. Dreihundert Meter über dem Boden musste der Pilot sich in Sekundenschnelle entscheiden, wo die Maschine im Gleitflug aufsetzen sollte. Er wählte einen Weg am Waldrand, drehte ab und drückte den Steuerknüppel, um einen Strömungsabriss zu verhindern. Die Räder berührten den aufgeweichten Boden, in den sie sich schnell eingruben. Der Propeller drehte sich noch und brach, als die Maschine Bodenkontakt hatte, wodurch sich das Heck plötzlich hob. Stanfield spürte, wie er zuerst nach vorne geschleudert und dann in seinen Sitz gepresst wurde, als die Maschine flach auf dem Rücken zu liegen kam. Die Verglasung des Cockpits zerbarst beim Aufprall. Der Pilot war sofort tot. Mit einer Verletzung im Gesicht und durch die Gurte verursachten Blutergüssen kam Stanfield wie durch ein Wunder davon. Das wenige Benzin, das der Tank unter seinem Sitz noch enthalten hatte, rieselte jedoch über ihn.

Bei sintflutartigem Regen gelang es ihm, aus dem Wrack zu klettern und sich bis zum Unterholz zu schleppen, bevor er das Bewusstsein verlor.

Am nächsten Tag entdeckten Bauern das Wrack der Lysander. Sie begruben die sterblichen Überreste des Piloten, setzten das Flugzeug in Brand und organisierten eine Suchaktion, um den anderen Flugpassagier zu finden.

Robert Stanfield wurde bewusstlos am Fuß eines Baums entdeckt und zu einem Bauernhof gebracht, wo er wieder zu sich kam. Ein Landarzt erschien und versorgte seine Wunden. In der folgenden Nacht führte man ihn an einen sicheren Ort, zu einer Jagdhütte im Wald, wo die Résistance ein Waffenlager eingerichtet hatte. In dem unterirdischen Raum, der unter dieser Hütte gegraben worden war, machte Stanfield die Bekanntschaft der Goldsteins. Sam und seine Tochter versteckten sich hier seit sechs Monaten. Hanna war sechzehn Jahre alt, rothaarig, hatte schneeweiße Haut, überwältigende blaue Augen, einen draufgängerischen Blick und war von atemberaubender Schönheit.

Kapitel 17

George-Harrison

Oktober 2016, Eastern Townships, Quebec

Die Kommode war in Decken eingepackt. Ich hatte sie auf meinen Pick-up geladen und die Füße mit Gurten gesichert, damit sie während des Transports nicht litt. Magog ist eine pittoreske Kleinstadt nördlich des Lake Memphremagog. Hier kennt jeder jeden. Das Leben ist angenehm, sein Rhythmus wird von den Jahreszeiten bestimmt. Der Sommer bringt einen Touristenstrom, der dafür sorgt, dass die Händler für den Rest des Jahres von den Einnahmen leben können. Der See ist eine lang gestreckte Wasserfläche, die im Süden die amerikanische Grenze überquert. Zu den Hochzeiten der Prohibition herrschte hier nachts reger Bootsverkehr!

Pierre Tremblay ist mein treuester Kunde. Er ist Besitzer eines Antiquitätengeschäfts. Bauernmöbel sind seine Spezialität. Durch den wohlbedachten Einsatz eines Stechbeitels und geeigneter Säuren und Lacke sowie massive Wärmeeinwirkung kann man eine Kommode innerhalb eines Tages um hundert Jahre altern lassen.

Wenn seine Kunden ihn fragen, ob dieses oder jenes Möbelstück antik sei, antwortet Pierre immer »Anfang des Jahrhunderts«, ohne je zu präzisieren, welches Jahrhundert er denn meint.

Er betrachtete meine Kommode und klopfte mir auf die Schulter, wobei er mich mit seinem üblichen »George-Harrison, du bist der Beste« bedachte, ohne jedoch »Fälscher« hinzuzufügen, wofür ich ihm dankbar war. Als ich eines Tages zum Essen im Restaurant La Mère Denise war und hörte, wie sie das antike Eckmöbel rühmte, das den Speisesaal ziert, war mir das sehr unangenehm. Denn sie hatte es bei Pierre gekauft, und ich hatte es angefertigt.

Pierre ist ein echter Lebenskünstler und schwört Stein und Bein, dass alle von seinen kleinen Tricksereien profitieren, er natürlich, aber auch seine Kunden. »Ich verkaufe einen Traum, und der Traum ist alterslos«, sagt er jedes Mal, wenn ich mich dagegen sträube, seine Aufträge auszuführen. Er kennt mich seit jeher. Als kleiner Junge kam ich auf dem Rückweg von der Schule an seinem Laden vorbei. Ich glaube, er hatte sich in meine Mutter verguckt, denn er ließ keine Gelegenheit aus, um ihr Komplimente über ihre Kleidung oder ihre Frisur zu machen, und seine Frau zog ein finsteres Gesicht, wenn sie uns in der Stadt begegnete. Als ich Schreiner wurde, war er der Erste, der mir vertraute und mir beim Berufsstart half, und dafür werde ich ihm ewig dankbar sein.

»Was ziehst du für ein Gesicht?«, fragte er, als er mich sah.

»Daran ist deine Kommode schuld, sie hat mich mehrere Nächte wach gehalten.«

»Lügner! Hast du Streit mit deiner Blondine?«

»Schön wär's, aber seit Mélanie gegangen ist, bin ich einsam und verlassen.«

»Trauere ihr nicht nach, sie war nicht das Gelbe vom Ei. Also sind es die Geschäfte. Hast du eine Flaute? Dieses Jahr läuft es nicht sehr gut. Wenn du Arbeit brauchst, kann ich einen Tisch und ein paar Stühle bei dir bestellen, die kann ich bestimmt vor Ende des Winters noch verkaufen. Nein, warte! Wie wäre es, wenn du mir einen oder zwei alte Schlitten anfertigst, aber wirklich sehr alte? Ich habe einige Zeichnungen aus dem letzten Jahrhundert gefunden. Das wäre der Knüller für Weihnachten.«

Ich beugte mich über das Buch, das Pierre eilig aus einer Schreibtischschublade gezogen hatte. Die Schlitten, die er mir zeigte, stammten aus dem neunzehnten Jahrhundert. Ihr Nachbau wäre nicht so einfach, wie Pierre es gerne gehört hätte. Ich würde das Buch mitnehmen und versprach ihm, mir die Zeichnungen genauer anzusehen.

»Du weißt, dass ich dich kenne, seit du ein Dreikäsehoch warst. Also hör auf, dummes Zeug zu reden, und erzähl mir, was los ist.«

Ich drehte mich auf der Türschwelle um. Ich konnte ihn einfach nicht anlügen.

»Ich habe einen komischen Brief bekommen, Pierre.«

»Deinem Gesicht nach zu urteilen, hielt sich seine Komik aber wohl in Grenzen. Komm, lass uns zum Essen gehen, dann können wir uns in Ruhe unterhalten.«

Als wir bei Denise am Tisch saßen, faltete ich den Brief auseinander und gab ihn Pierre zu lesen.

»Wer ist dieser Schnüffler?«

»Ich habe keine Ahnung, wie du selbst feststellen kannst, ist der Brief nicht unterschrieben.«

»Aber er hat dich auf dumme Gedanken gebracht.«

»Ich habe genug von den unausgesprochenen Dingen. Ich will endlich wissen, wer mein Vater ist.«

»Glaubst du nicht, er wäre irgendwann mal aufgetaucht, wenn er dich wirklich hätte kennenlernen wollen?«

»Vielleicht ist das nicht so einfach gewesen. Ich habe meine Mutter besucht.«

»Ich frage erst gar nicht, ob es ihr besser geht.«

»Sie lebt, bis auf wenige klare Momente, in ihrer eigenen Welt, es ist nicht leicht mit ihr. Aber sie hat mir etwas gestanden, das mir nicht mehr aus dem Sinn geht.«

Ich wiederholte Pierre die Worte meiner Mutter.

»Und sie war bei klarem Verstand, als sie dir das gesagt hat?«

»Ich glaube, ja.«

Pierre sah mich an und holte tief Luft.

»Ich werde eins auf die Finger bekommen, wenn meine Frau erfährt, dass ich dir davon erzählt habe, aber ich muss dir etwas anvertrauen, was mich schon lange belastet. Als deine Mutter nach Magog kam, war sie schwanger. Mit dir. Es war nicht leicht für sie, sich ihren Platz zu erobern. Sie war nicht von hier, und damals war eine Frau, die ohne Vater ein Kind aufzog, nicht so üblich wie heute, um es einmal so zu sagen. Sie war schön, und die Leute verdächtigten sie, auf Liebesabenteuer aus zu sein. Also zumindest alle Frauen, die eifersüchtig auf sie waren. Aber sie war beherzt, immer liebenswürdig und hat es verstanden, von Monat zu Monat mehr Wertschätzung zu gewinnen.

Du hattest einen großen Anteil daran. Die Leute sahen,

dass sie dich so erzog, wie es sich gehört. Du warst immer höflich, was nicht auf alle Knirpse zutraf, die auf den Straßen unterwegs waren. Als du beinahe ein Jahr alt warst, kreuzte ein hochgewachsener Typ in der Stadt auf. Er fragte überall herum, wo er deine Mutter finden könne. Er sah nicht böse aus mit seinen Segelohren. Irgendjemand hat es ihm schließlich gesagt, und er ging zu ihr. Als ich das hörte, bin ich losgestürzt, um sicherzugehen, dass er euch nichts antut. Meine Frau sagte, ich solle mich gefälligst um meine Angelegenheiten kümmern, aber ich hörte nicht auf sie. Als ich bei euch ankam, spähte ich durchs Fenster. Deine Mutter und er redeten miteinander. Alles war ruhig, also kehrte ich nach einer Weile nach Hause zurück. Auch er ist am Morgen wieder gegangen. Er ist weggefahren und wurde niemals mehr gesehen. Ein Mann legt nicht so viele Kilometer zurück, um einen netten Abend zu verbringen und gleich wieder abzuhauen. Das ergibt keinen Sinn. Er muss einen ernsthaften Grund gehabt haben, diesen weiten Weg auf sich zu nehmen. Bei euch zu Hause gab es nichts Wertvolles, nur einige Möbel, die ich deiner Mutter verkauft hatte, billiges Geschirr und einen Ölschinken an der Wand. Da muss man nicht Sherlock Holmes sein, um zu verstehen, was ihn interessiert haben wird. Sie und du. Also ich erzähle dir das, weil ich mich, wie du siehst, immer gefragt habe, ob er nicht gekommen war, um dich zu finden.«

»Woher weißt du, dass er von weit her kam?«

»Wegen seines Nummernschilds. Ich erinnere mich nicht mehr an die Nummer, ich hatte sie in meinem Kassenbuch notiert und könnte sie vielleicht wiederfinden, aber das Auto war in Maryland zugelassen, daran erinnere ich mich noch. Ich würde dir gerne mehr darüber erzählen, aber das ist alles, was ich weiß.«

»Wie war dieser Mann?«

»Ein großer Bursche mit einem sympathischen Gesicht. Ich habe ihn nur durchs Fenster gesehen. Er war in deine Mutter verknallt, da bin ich mir sicher. Er sah völlig übermüdet aus. Irgendwann wollte er nach oben gehen, doch sie versperrte ihm den Weg zur Treppe. Ich war drauf und dran hineinzugehen, falls ... Aber er hatte Manieren und kehrte zu seinem Stuhl zurück. Von da an habe ich nur noch seine Schultern und seine Schuhe gesehen.«

»Glaubst du, du könntest diese Nummer wiederfinden?«

»Ich werde mein Bestes versuchen, aber es ist immerhin vierunddreißig Jahre her ... auf jeden Fall glaube ich nicht, dass es viel nützen wird. Doch man weiß ja nie.«

Ich lud Pierre zum Essen ein. Auf der Außentreppe des Restaurants entschuldigte er sich, mir das nicht früher anvertraut zu haben. Er hätte mit mir darüber sprechen sollen, als meine Mutter noch bei Verstand war. Ich versprach, ihm sein Buch zurückzugeben, sobald ich Entwürfe für die Schlitten gezeichnet hätte.

Beim Heimkommen fand ich unter meiner Tür einen Brief. Die Schönschrift war mir vertraut.

Auf dem Blatt eines Notizblocks stand geschrieben:

22. Oktober, 19 Uhr, Sailor's Café, Baltimore.

In einer Stunde wäre der 21.

Kapitel 18

Robert Stanfield

April 1944, unweit von Montauban

Robert wartete noch immer darauf, dem regionalen Leiter der Résistance vorgestellt zu werden. Jeden Tag brachten die Partisanen eine neue Entschuldigung vor: Die Vorbereitung einer Mission hindere ihn am Kommen, und man wolle wegen feindlicher Bewegungen kein unnötiges Risiko eingehen, er sei anderweitig beschäftigt, außerdem beanspruchten andere Verbindungsoffiziere seine Aufmerksamkeit.

In London hatte Robert schon die mangelnde Zusammenarbeit zwischen dem französischen und englischen Geheimdienst beobachten können. Die Anweisungen der einen Seite widersprachen oft den Befehlen der anderen. Der Versuch zu verstehen, wer vor Ort wem auf der anderen Seite des Ärmelkanals verbunden war, kam dem Entknoten eines unentwirrbaren Knäuels gleich. Und seit er in Frankreich war, erwies sich seine Mission als überaus schwierig. An einem Abend führte man ihn durch die Wälder, um ihm eine Kiste mit Sten-Maschinenpistolen zu zeigen, an einem anderen stellte man ihm französische Widerstandskämpfer vor: drei Bauern, die sich zwei Sten Guns teilten. Robert war weit entfernt von der Bestandsaufnahme, die sich seine Vorgesetzten erhofften, und fragte sich schließlich, was er hier eigentlich zu suchen hatte. Zwei Wochen waren verstrichen, und es war ihm gerade mal gelungen, drei armselige Kreuze auf der Karte zu vermerken. Nur eins davon markierte ein richtiges Depot, über dem er vom ersten Tag an schlief, denn die Waffen waren in einem Tunnel gelagert, der vom Keller des Jagdsitzes aus gegraben worden war.

Nur in Goldsteins Gesellschaft vermochte er seine Langeweile zu vertreiben. Sam war ein kultivierter und faszinierender Mann, doch seine Tochter weigerte sich hartnäckig, das Wort an ihn zu richten. Nach einer Weile wurden Robert und Sam unzertrennlich, sie verbrachten ihre Nachmittage mit Gesprächen über ihre Vergangenheit und darüber, was ihnen die Zukunft wohl bringen würde. Hannas Vater gab sich optimistisch, nicht aus Überzeugung, sondern um des Gemützustands seiner Tochter willen. Jeden Abend sendete Radio London verschlüsselte Nachrichten, die die Bevölkerung über die unmittelbar bevorstehende Landung der Alliierten informierten und versicherten, bald herrsche wieder Frieden.

Robert war der Erste von beiden, der sich anvertraute. Er erzählte Sam von seiner Familie, von der Art, wie er sich gegen ihren Willen als Soldat verpflichtet hatte, ohne sich von ihnen zu verabschieden.

Eines Tages versuchte Robert, ein Gespräch mit Hanna zu beginnen, doch diese saß auf ihrem Stuhl und las, ohne ihm zu antworten. Sam machte ihm ein diskretes Zeichen, mit ihm nach draußen zu gehen, um eine Zigarette zu rauchen, und Robert folgte ihm. Sie setzten sich auf den Baumstamm, an dem sie sich für gewöhnlich trafen, und Sam erzählte.

»Hanna hat nichts gegen Sie, sie ist nur in ihrem Schweigen eingeschlossen. Ich muss Ihnen erklären, warum, nicht weil ich Ihnen das schuldig bin, sondern weil ich mit jemandem darüber sprechen muss, sonst werde ich noch wahnsinnig. Wir hatten falsche Papiere. Ich habe ein Vermögen dafür bezahlt. Im Dorf wusste niemand, dass wir Juden sind. Wir galten als Lyoner, die die Stadt verlassen hatten. Wir lebten nicht zurückgezogener als unsere Nachbarn. Ich wiederholte Hanna stets, das beste Mittel, sich unauffällig zu verhalten, sei, sich allen zu zeigen.

Bis eines Tages Widerstandskämpfer ein Postbüro überfielen und eine andere Gruppe die Zugschienen demontierte. Ein feindlicher, von zwei Wagen eskortierter Konvoi kam in unmittelbarer Nähe des Orts der Sabotage vorbei. Die Widerstandskämpfer, die sich hinter der Böschung verschanzt hatten, warfen Granaten, und alle Soldaten wurden getötet. Die beiden Aktionen waren nicht koordiniert, aber sie ereigneten sich am selben Tag, und die deutsche Kommandantur beschloss sofort blutige Repressalien. Sie fanden am nächsten Tag statt. Ein SS-Trupp, verstärkt von der Miliz, marschierte ins Dorf ein. Sie nahmen Passanten fest, einige wurden sofort erschossen, andere auf dem Schulhof hingerichtet. Meine Frau war zum benachbarten Bauernhof gegangen, um Eier zu holen. Sie wurde zusammen mit zehn anderen an einem Telegrafenmast erhängt. Hanna und ich hatten uns in der Wohnung versteckt. Als die Deutschen abgezogen waren, erlaubte uns die Miliz, die Leichen zu holen, ja, diese Dreckskerle halfen uns sogar dabei, sie von ihrem Galgen abzunehmen. Wir haben Hannas Mutter begraben. Die Widerstandskämpfer befürchteten weitere Repressalien. Bei Einbruch der Dunkelheit holten sie uns ab, und seither leben wir hier.«

Sam zitterte am ganzen Körper.

»Erzählen Sie mir von Baltimore«, sagte er nach einem längeren Schweigen und zündete sich eine Zigarette an. »Ich kenne die Stadt nicht. In den Dreißigerjahren sind wir oft nach New York gereist. Hanna war fasziniert vom Empire State Building, sie war drei, als wir zur Eröffnung eingeladen waren.«

»Unglaublich!«, rief Robert aus. »Auch ich habe meine Eltern am Tag der Eröffnung begleitet, ich war gerade zehn geworden, und wir hätten uns begegnen können. Was führte Sie nach New York? Sind Sie im Immobiliengeschäft tätig?«

»Nein, ich bin Kunsthändler, das heißt, ich war es. Die großen amerikanischen Sammler gehörten zu meinem Kundenkreis«, antwortete Sam mit einem Anflug von Stolz. »Die Wirtschaftskrise des Jahres 1929 hatte meine Geschäfte zwar beeinträchtigt, doch ich hatte das Glück, die Galerie Findlay zu beliefern, ebenso wie die Wildensteins und auch die Familie Perl. Bei meiner letzten Reise im Sommer 1937 habe ich Mister Rothschild ein Bild von Monet verkauft. Das geschah durch Wildensteins Vermittlung, und es gelang mir, ihm einen Hopper abzukaufen, der mich ein Vermögen gekostet hat. Ich war verrückt nach diesem Gemälde, sobald ich es zum ersten Mal gesehen hatte. Es zeigt eine junge Frau, die auf einem Stuhl sitzt und aus dem Fenster blickt. Sie sieht Hanna so ähnlich. Als ich es kaufte, schwor ich mir, es nie zu veräußern. Zu gegebener Zeit wollte ich es meiner Tochter schenken, die es ihren Kindern vererben würde. Es sollte für immer in unserer Familie bleiben. Dieser Hopper ist meine Ewigkeit. Wenn ich bedenke, wie glücklich ich war, als ich es mit nach Frankreich brachte. Welch ein Dummkopf ich doch war! Hätte ich geahnt, was uns bevorstand, wären wir alle in New York geblieben.«

»Sie waren also ein reicher Kunsthändler?«

»Das war ich in der Tat.«

»Was ist aus den Bildern geworden? Waren sie bei Kriegsausbruch noch in Ihrem Besitz?«

»Darüber sprechen wir ein andermal. Hanna bleibt nicht gerne lang allein.«

Die Wochen vergingen. Schließlich gelang es Robert, sich einen Platz in der Brigade zu verschaffen. Bisweilen stieg er abends aufs Fahrrad und fuhr über Land, um eine Nachricht zu überbringen. Eines Nachts fehlte ein Widerstandskämpfer, und er setzte sich an seiner Stelle ans Steuer und transportierte zwei Kisten mit Granaten. In einer anderen Nacht schloss er sich einem Trupp an, der unbekanntes Terrain erkunden sollte. Zwei Flugzeuge setzten einen Engländer und einen Amerikaner ab. Als er seinem Landsmann die Hand schüttelte, überkam ihn Heimweh, doch sie hatten kaum Zeit, mehr als ein paar Worte zu wechseln. Der Neuankömmling wurde sofort von Männern abgeholt, die Robert noch nie gesehen hatte, und er erfuhr nie, mit welcher Mission der andere betraut war.

Doch abgesehen von diesen kleineren Aktionen hielt er

sich die meiste Zeit in der Nähe des Jagdsitzes auf. Jeden Abend ließ er sich auf dem Baumstamm nieder, und Sam gesellte sich zu ihm. Der Kunsthändler bot ihm eine Zigarette an und fragte ihn, an welchen Aktionen er teilgenommen habe. Sam fühlte sich verpflichtet gegenüber dem jungen Amerikaner, der sich so weit von seiner Heimat entfernt für einen Kampf einsetzte, der nicht der seine war.

Zwischen den beiden entstand eine Freundschaft. Robert fand bei Sam das offene Ohr, das sein Vater nie für ihn gehabt hatte.

»Wartet in Baltimore jemand auf Sie?«, fragte Sam ihn eines Tages.

Robert verstand sofort, worauf der Kunsthändler hinauswollte.

»Na, Sie gefallen den Frauen doch bestimmt!«

»Ich bin kein Don Juan, Sam. Ich war nie ein großer Verführer, und so viele hatte ich auch noch nicht.«

»Sprechen wir über die aktuelle. Haben Sie ein Foto?«

Robert zückte seine Brieftasche, wobei sein Ausweis herausfiel. Sam hob ihn auf.

»Robert *Marchand*, nicht schlecht. Aber bei Ihrem Akzent würde ich Ihnen raten, im Fall einer Kontrolle unter keinen Umständen Ihre Papiere zu zeigen, geben Sie lieber vor, taubstumm zu sein.«

»Ist er so schlimm?«

»Noch schlimmer. Zeigen Sie mir jetzt das Foto?«

Robert nahm seinen Ausweis wieder an sich und reichte ihm die Aufnahme.

»Sie ist wirklich sehr hübsch, wie heißt sie denn?«

»Keine Ahnung, ich habe das Bild auf der Schiffsüberfahrt auf dem Gang gefunden und in meine Brieftasche gesteckt. Ich weiß gar nicht, warum ich das getan habe. Die Vorstellung, zu Hause würde eine Frau auf mich warten, gefiel mir einfach. Das ist wirklich sehr klischeehaft, nicht wahr?«

Sam betrachtete das lächelnde Gesicht auf der Fotografie.

»Was halten Sie von Lucy Tolliver, zweiundzwanzig Jahre, freiwillige Krankenschwester bei der Armee, Vater Elektriker, Mutter Hausfrau, sie das einzige Kind...«

»Ich glaube, was die Klischees angeht, schlagen Sie mich um Längen.«

»Entwickeln Sie keine Gefühle für dieses Gesicht, denn die wären nicht ohne Bedeutung. Kein Betrug ist unbedeutend, vor allem dann nicht, wenn man sich selbst betrügt. Als Schüler erfand ich, um mich für die Strenge meiner Eltern zu rächen, einen besten Freund. Ihm war natürlich in seiner Familie alles erlaubt. Er durfte am Tisch reden, im Bett spätabends lesen und sogar seine Hausaufgaben machen, wann er wollte. Um meine Mutter noch etwas mehr zu ärgern, machte ich ihn zu einem Katholiken, der natürlich nicht den Einschränkungen des Sabbats unterlag. Kurz, Max durfte alles, was mir verboten war. Und dank dieser Freiheiten gelang ihm alles. Für mein Scheitern schien mir die häusliche Autorität der einzige Grund. Meine Mutter ließ sich nicht lange hinters Licht führen, doch sie hinderte mich nicht daran, mich weiter in meine Lüge zu verstricken. Und ein ganzes Schuljahr lang nahm der imaginäre Freund immer mehr Gestalt an. Meine Mutter fragte mich regelmäßig nach ihm. Als ich ihm eines Tages eine dicke Angina angedichtet hatte, packte sie Honigbonbons in meinen Schulranzen. Manchmal gab sie mir ein zweites Pausenbrot für Max mit. Als ich mich ein anderes Mal erneut über ich weiß nicht mehr was beklagte und erklärte, bei Max' Eltern sei alles viel besser, verlangte meine Mutter, ich solle ihn doch zum Mittagessen einladen. Sie höre nun schon so lange von ihm, also sei es normal, dass sie den besten Freund ihres Sohnes, den genialen Max, kennenlernen wolle.

»Und was haben Sie gemacht?«

»Max wurde von einer Straßenbahn überfahren.«

»Ganz schön dreist«, meinte Robert.

»Ich gebe Ihnen recht, aber ich wusste nicht, was ich sonst hätte machen sollen, um mich aus der Klemme zu befreien. Doch das Albernste ist, dass ich an jenem Tag wirklich einen Freund verloren hatte, um den ich monatelang trauerte. Und während dieser Zeit empfand ich eine große innere Leere. Noch heute denke ich bisweilen an ihn. Man kann sich nie ganz von einer Lüge befreien, wenn man irgendwann selbst an sie glaubt. Aber es ist schon spät, lassen Sie uns unser Gespräch morgen fortsetzen.«

»Sam, morgen bin ich nicht da, ich nehme an einer Mission teil, es wird wohl endlich ernst.«

»Worum geht es?«

»Das darf ich Ihnen nicht sagen, aber sollte ich nicht zurückkommen, würde ich Sie um einen Gefallen bitten.«

»Nein, Sie bitten mich um keinen Gefallen, und Sie kommen heil und gesund zurück.«

»Bitte, Sam, wenn mir irgendetwas zustößt, möchte ich unbedingt in meiner Heimat begraben werden.«

»Und wie sollte ich das möglich machen?«, erregte sich der Kunsthändler.

»Ich bin sicher, wenn wieder Frieden herrscht, werden Sie einen Weg finden.«

»Und wenn ich diesen Frieden gar nicht erlebe?«

»Dann sind Sie von Ihrem Versprechen entbunden.«

»Noch habe ich keines gegeben.«

»Oh doch, das sehe ich in Ihren Augen.«

»Warten Sie mal kurz, meinen Sie etwa, ich würde im Gegenzug nichts dafür verlangen? Sie haben noch nie mit Sam Goldstein verhandelt, mein Junge! Wenn mir etwas zustößt, nehmen Sie Hanna mit nach Baltimore. Und werfen Sie mir jetzt bloß nicht vor, ich wäre ein harter Geschäftsmann, denn diese Abmachung ist ganz zu Ihren Gunsten. Sich mit meiner Tochter einzuschiffen ist um einiges angenehmer, als Ihren Sarg zum Begleiter zu haben.«

Die beiden Männer schüttelten sich kräftig die Hand.

Robert kehrte heil und gesund von der Mission zurück. Der Mai 1944 verging, doch es kam keine Lysander, um ihn abzuholen.

In den ersten Junitagen fanden vermehrt Aktionen statt. Auf sich selbst gestellt, setzte sich Robert noch engagierter für die Sache der Widerstandskämpfer ein.

Als die Landung der Alliierten sich ankündigte, traten immer mehr Widerständler aus dem Schatten. Überall tauchten bewaffnete Männer auf, bereit, den Feind anzugreifen. Doch die Küste der Normandie war weit vom Süden entfernt, ebenso wie die vorrückenden Alliierten, die den von Sam erhofften Frieden bringen sollten. Die Deutschen waren in Bedrängnis, und die Repressalien verstärkten sich. Die fanatischsten Milizen glaubten noch

an die bestehende Ordnung und jagten die Widerstandskämpfer mit doppelter Energie.

Eines Nachts hätte eine ihrer Patrouillen um ein Haar
den Jagdsitz entdeckt. Sam und Hanna versteckten sich
im Keller, während die bewaffneten Partisanen sich an den
Fenstern postierten.

Sam flehte Robert an, ihm zu helfen, und zog ihn mit ins
Untergeschoss. Etwa zwanzig Kisten waren an einer Wand
aufgestapelt, um den Zugang zu dem Tunnel zu verbergen,
in dem Waffen und Munition gelagert waren. Robert half
Sam, sie beiseitezuräumen. Als die Öffnung groß genug
war, nahm der Kunsthändler seine Tochter bei der Hand
und befahl ihr hineinzukriechen. Der Unterschlupf war
etwa zehn Meter tief, also ausreichend groß, um Hanna
Schutz zu gewähren.

»Nicht ohne dich! Ich verstecke mich nicht ohne dich
da drin«, flehte sie.

»Diskutier nicht und tu, was ich dir sage, Hanna. Du
weißt, welche Verantwortung du hast.«

Sam küsste seine Tochter und machte sich daran, die
Kisten wieder aufzustapeln. Es war das erste Mal, dass
Robert Hannas Stimme hörte, und er konnte es nicht fas-
sen.

»Wollen Sie weiter da herumstehen, oder helfen Sie
mir?«

»Gehen Sie mit Ihrer Tochter in den Tunnel, ich mache
zu.«

»Das kommt nicht infrage, nicht diesmal, ich vegetiere
schon zu lange wie ein verängstigtes Tier dahin. Wenn die,
die uns das Leben gerettet haben, kämpfen, dann kämpfe
ich an ihrer Seite.«

Sobald die Kisten aufgetürmt waren, gingen Sam und Robert ins Erdgeschoss. Jeder von ihnen postierte sich mit einer Sten in der Hand an einem Fenster.

»Können Sie damit umgehen?«, fragte Robert.

»Ich bin ja kein Dummkopf, ich vermute, man muss den Abzug betätigen.«

»Wenn Sie es am Magazin festhalten, gerät der Lauf aus der Richtung, und Sie schießen an die Decke«, antwortete ein Widerstandskämpfer von einem benachbarten Fenster aus. »Halten Sie die Waffe gut fest, eine Salve ist schnell ausgelöst.«

Die Milizen lagen auf der Lauer. Man hörte, wie sie im Wald näher kamen. Die Partisanen hielten die Luft an, sie waren fest entschlossen, das Feuer zu eröffnen, doch der Feind kehrte um, bevor er das Ende des Weges erreicht hatte.

Nachdem die Gefahr gebannt war, befreiten die beiden Männer Hanna aus ihrem Versteck. Sobald sie draußen war, ging sie in ihr Zimmer. Sam bat seinen amerikanischen Freund, bei ihm im Keller zu bleiben. Er zog ihn in den halbdunklen Tunnel und ließ sein Feuerzeug aufflammen.

»Als ich gesehen habe, wie die Widerstandskämpfer gegraben haben, kam mir die Idee«, flüsterte Sam. »Ganz hinten haben sie ihre Waffenkisten versteckt, aber hier hinter der Bohle«, erklärte er und schob die Hand unter einen der Balken, die das Gewölbe trugen, »hier ist mein Versteck.«

Er bewegte die Bohle weit genug zur Seite, sodass ein tiefes Loch in der Wand zu sehen war. Im Inneren glänzte im Schein des Feuerzeugs ein Metallrohr.

»Ich habe sie in diesem Zylinder in Sicherheit gebracht.

Was auch immer aus uns werden mag, es kommt nicht infrage, dass sie den Nazis in die Hände fallen.«

Neugierig beobachtete Robert, wie Sam die Bohle wieder an ihren Platz zog.

»Manet, Cézanne, Delacroix, Fragonard, Renoir, Ingres, Degas, Corot, Rembrandt und vor allem mein Hopper, die zehn schönsten Gemälde meiner Sammlung, die Früchte meiner Arbeit, unschätzbare Meisterwerke, die, wie ich hoffe, Hannas Zukunft absichern werden.«

»Wissen die Widerstandskämpfer Bescheid?«

»Nein, aber Sie jetzt. Vergessen Sie nicht unsere Abmachung.«

Kapitel 19

Eleanor-Rigby

Oktober 2016 auf dem Weg nach Baltimore

Die Maschine überflog Schottland. Durch das Fenster sah ich die vom Meer zerklüftete Küste, dann verschwand sie unter der Tragfläche. Seit dem Abflug umklammerte ich das Täschchen auf meinem Schoß mit beiden Händen, als wäre es eine wertvolle Reliquie. Das Leder war rissig und die Schlaufe beschädigt. Ich hatte es so lange betrachtet, dass ich mir das Offensichtliche eingestehen musste: Ich hatte Angst, den Brief zu lesen, der sich darin befand. Ich dachte an Michel und daran, wie schwer es für ihn gewesen sein musste, eine kleine Nachricht zu verfassen und diese zusammen mit dem Täschchen in meinen Mantel zu schieben, ohne mir etwas davon zu sagen. Die Tatsache, dass er ein wenig von seiner unglaublichen Geradlinigkeit abgewichen war, ließ mich vermuten, dass es ihm besser ging. Eine verrückte Vorstellung: Der Bruder nähert sich der Normalität, weil er zu einer Heimlichkeit beziehungsweise zu einer Lüge imstande war.

Der Umschlag verströmte den Duft meiner Mutter. Wie

lange hatte sie ihn bei sich getragen? Ich schloss die Augen und stellte mir vor, wie sie ihn öffnete, um – ganz so, wie ich jetzt – die Worte zu entdecken, die er enthielt.

Meine Liebste,
allem voran möchte ich Dir sagen, dass dies mein letz-
ter Brief sein wird. Du darfst nicht glauben, ich hätte die
Lust daran verloren, Dir zu schreiben, dieses alljährliche
Rendezvous war für mich eine Flucht aus einer Einsam-
keit, die nur mit der zu vergleichen ist, die Du selbst durch-
machst.
Können zwei Leben wegen eines kurzen Augenblicks der
Unvernunft, so dramatisch er auch gewesen sein mag,
derart zerstört werden? Glaubst Du, dass sich eine solche
Fatalität wie ein Fluch auf die nächste Generation über-
trägt?
Wenn Du jetzt denkst, ich würde fantasieren, muss ich
Dir diesbezüglich Scharfsinn zugestehen. Ich verliere den
Kopf, meine Liebe. Das Urteil fiel gestern im Sprech-
zimmer des Arztes, der mit mitleidiger Miene die MRT-
Ergebnisse meines Gehirns studierte und meinem Blick
auswich. Ein ausgemachter Idiot, der mir nicht sagen
kann, wie lange ich mich noch daran erinnern werde,
wer er ist. Das Albernste an der Sache ist, dass ich an
dieser Krankheit nicht einmal sterben werde, ich werde
nur vergessen, und ich weiß nicht, ob das ein Segen
oder ein Fluch ist. Wie immer gebe ich mich stolz, aber
ich habe furchtbare Angst. Was auch geschehen mag, ich
möchte, dass Du mich so in Erinnerung behältst, wie Du
mich gekannt hast und nicht als eine alte Verrückte, die
Dir Unsinn schreibt. Darum hast Du jetzt die letzten

Zeilen von mir vor Dir, die ich nun an Dich richte.
Doch ehe mein Gedächtnis erlischt, kommen mir so viele
Erinnerungen. Unsere Ausflüge auf dem Motorrad,
unsere wilden Tage und Abende, unsere Zeitung und das
Loft, in dem ich die glücklichste Zeit meiner Jugend ver-
bracht habe. Gott weiß, wie sehr ich Dich geliebt habe.
Du bist die Einzige, die ich immer geliebt habe. Hätten
wir unser Leben Seite an Seite geführt, hätte ich Dich
vielleicht eines Tages verabscheut, wie das bei so vielen
Paaren der Fall ist, denen die Zeit nichts erspart hat.
Das haben wir allein unserem Schicksal zu verdanken.
Du hast beschlossen, einen Strich unter die Vergangenheit zu ziehen, und ich habe das immer respektiert. Aber
auch Du wirst eines Tages sterben. Und ich denke an das,
was wir gestohlen haben. Ich bitte Dich inständig, lass
diesen wertvollen Schatz nicht irgendwo im Vergessenen
schlummern. Überwinde Dich und bring ihn ans Licht,
gib ihn denen zurück, denen er zusteht, Du weißt, dass
Sam es so gewollt hätte.

Es ist an der Zeit, den Toten zu vergeben, meine Liebste.
Groll zu hegen bringt jetzt nichts mehr. Die Rache hat
uns so viel gekostet.

Morgen gehe ich in ein Heim, das ich nie mehr verlassen
werde. Ich hätte die Freiheit, die mir noch bleibt, etwas
auskosten können, aber ich will nicht das Leben meines
Sohnes ruinieren. Und damit er sich nicht schuldig fühlt,
gebe ich mich etwas verrückter, als ich es wirklich bin.
Das ist ein geringes Opfer, verglichen mit dem, was ich
ihm abverlangt habe.

Wir haben so viel Leid verursacht. Niemals hätte ich
gedacht, dass Liebe derart grausam sein kann. Und den-

noch liebe ich Dich und habe Dich immer geliebt.
Denk von Zeit zu Zeit an mich, nicht an die, die die-
sen Brief unterzeichnet, sondern an die junge Frau, mit
der Du Deine Träume geteilt hast. Denn wir haben
geträumt, und das Unmögliche war in greifbarer Nähe.
Deine unbestechliche und treuste Verbündete,
May

Ich las den Brief noch einmal. Die ersten Teile eines seltsa-men Puzzles erschienen vor meinen Augen. Mum war also an der Gründung einer Wochenzeitung beteiligt gewesen, aber nicht in England.

Wer war die Frau, die ihr schrieb und sie »meine Liebste« nannte? Warum hatte Mum sie nie erwähnt? Unter wel-cher Einsamkeit hatte sie leiden müssen, und warum hatte Mum ihr Leben verpfuscht? Welchen Schatz erwähnte sie da, und wer war Sam? Von welchem Leid sprach sie, was war das für ein Drama, und auf welche Rache spielte sie an? Welchen Toten musste man vergeben, und vor allem, was musste man ihnen vergeben?

Wo auch immer die Unbekannte heute sein mochte, ich nahm mir fest vor, sie zu finden, und egoistischer-weise hoffte ich, dass ihre Krankheit inzwischen nicht zu weit fortgeschritten wäre. Ich drehte hastig den Umschlag um und schwor mir, künftig mehr auf die Briefmarken zu achten. Sie war identisch mit der des anonymen Briefs. Für einen Moment wünschte ich, sie hätte mir in ihrem Wahn anonym geschrieben, doch die Handschrift war eine andere.

Der Brief war drei Jahre zuvor aufgegeben worden. Sollte ihr Erinnerungsvermögen inzwischen völlig nachgelassen haben, müsste das ihres Sohnes noch intakt sein. Übrigens, welches Opfer hatte sie ihm abverlangt? War ihm, so wie mir, die Vergangenheit seiner Mutter verheimlicht worden? Wie mochte er aussehen? Wie alt war er?

Ich sah auf meine Uhr und verging fast vor Ungeduld, endlich in Baltimore zu landen, doch es blieben noch sechs Flugstunden.

Der Einwanderungsbeamte fragte mich nach dem Grund meines Aufenthalts. Ich zeigte meinen Presseausweis und erklärte, ich sei mit der Absicht gekommen, seiner Stadt in der angesehenen Zeitschrift, die mich beschäftigte, Ehre zu erweisen. Der Beamte, der aus Charleston stammte und vor zwei Jahren hierher versetzt worden war, fand, Baltimore habe nichts Sensationelles. Trotzdem stempelte er meinen Pass ab und wünschte mir viel Glück.

Eine Stunde später stellte ich meinen Koffer in einem kleinen billigen Hotel, zwei Straßen vom Sailor's Café entfernt, ab. In Croydon war es jetzt schon zu spät, um meinen Bruder anzurufen, aber ich musste dringend die anderen Briefe, von denen er gesprochen hatte, in die Finger bekommen. Vielleicht würde ich in ihnen einige Antworten auf die vielen Fragen finden, die mich daran gehindert hatten, während der Reise zu schlafen. Einstweilen beschloss ich, einen Spaziergang am Hafen zu machen.

Als ich am Sailor's Café vorbeikam, presste ich mein Gesicht an die Scheibe, um hineinzuschauen. Ich war erst am nächsten Tag verabredet, doch ich fühlte mich wie eine Spionin, die gekommen war, um die Örtlichkeiten zu inspizieren, ehe sie zur Tat schritt.

Das Lokal wirkte, gelinde gesagt, altmodisch. Boden und

Tische waren aus unbehandeltem Holz, die Wände mit gerahmten alten Fotos geschmückt, über dem Tresen, der die Küche vom Gastraum trennte, hing eine große Tafel, auf der die Speisekarte zu lesen war: *Austern und Schalentiere mit der jeweiligen Tagessoße.*

Die Kundschaft war moderner, zum größten Teil junge Städter, die an langen Tischen saßen. Ich beschloss hineinzugehen, denn ich hatte seit dem Abflug in London fast nichts gegessen, und mein Magen rebellierte. Die Bedienung wies mir einen Tisch mit Blick auf die Wand zu.

In allen Ländern, die ich besucht habe, konnte ich feststellen, dass man in den Restaurants keine Gäste mag, die allein speisen. Darum auch die Wand ... Ich hob den Kopf, um mir die Fotos anzusehen, die von einer anderen Zeit zeugten. Sie zeigten junge Menschen von damals, dem Alter, das ich heute habe. Fröhlich stießen sie bei einer Feier miteinander an, und alle wirkten glücklich und trunken von einer Freiheit, um die ich sie beneidete.

Und aus reinem Neid beschloss ich, sie mit ihrer altmodischen Kleidung lächerlich zu finden. Die Jungs trugen vorwiegend Schlaghosen, die ihnen eine alberne Silhouette verlieh, und die Frisuren der Mädchen waren nicht besser. Zu ihrer Zeit war es offenbar nicht nötig, sich modern zu kleiden. Jeder hielt ein Glas in der einen Hand, eine Zigarette in der anderen, und angesichts ihrer ausgelassenen Mienen bezweifelte ich, dass es sich nur um Tabak handelte. Mein Blick wanderte von einem Rahmen zum nächsten und hielt plötzlich bei einer Fotografie inne. Ich erhob mich, um sie aus der Nähe zu betrachten. Zwei Frauen hielten sich im Arm. Das Gesicht der einen war mir zwar fremd, das der anderen dagegen war mir seltsam vertraut.

Mein Herz klopfte zum Zerspringen, ich hatte noch nie das Gesicht meiner Mutter im Alter von dreißig Jahren gesehen.

Kapitel 20

Sally-Anne

September 1980, Baltimore

Das Fest war in vollem Gang. Sally-Anne lief mit einer Magnum-Champagnerflasche durch das Sailor's Café und schenkte allen nach. Von der Theke aus zwinkerte May ihr zu und warf eine Kusshand in ihre Richtung, ehe sie durch das Lokal zu ihr ging.

»Mach mal etwas langsam mit dem Champagner, dieser Abend kostet uns ein Vermögen«, riet May ihr.

»Die Bank hat uns den Kredit bewilligt, also können wir heute Abend ruhig ein bisschen verschwenderisch sein.«

Sie hatten die Wochenzeitung eintragen lassen und beim Besitzer des Lofts erreicht, dass der Mietvertrag auf ihre Pressegesellschaft ausgestellt wurde. Und sie hatten ein gutes Team engagiert, das sich heute Abend traf, um die Taufe des *Independent* zu feiern. Die Grafikerin Joanne hatte einen Schriftzug entworfen, der sie begeisterte. Die Schriftart Caslon würde dem Namen ihrer Zeitung einen Hauch von Internationalität verleihen.

Die erste Nummer sollte in einem Monat erscheinen,

also hätte May genügend Zeit, die Untersuchung, die ihr früherer Chef abgelehnt hatte, zu aktualisieren.

Sally-Anne hatte einen anderen Skandal im Blick, die Geschichte eines Betrugs, durch den es einer angesehenen Familie gelungen war, direkt nach dem Krieg ihr Vermögen wiederherzustellen. Als sie ihr Glas an die Lippen führte, genoss sie dieses Gefühl der Rache, das seit elf Jahren in ihr reifte. Am Ende des Abends waren sie zu betrunken, um mit dem Motorrad heimzufahren. Also brachte Keith sie nach Hause.

Am übernächsten Tag um acht Uhr morgens fand sich das gesamte Personal im Loft ein. Erste Redaktionskonferenz. Jeder setzte sich an seinen Schreibtisch, und Keith bewunderte seine Arbeit, ehe er in seine Werkstatt fuhr.

Alle schlugen ihre Ideen vor, die May auf eine große, gut sichtbare Tafel schrieb.

In der Stadt ging ein Gerücht um. Beamte sollten Schmiergelder kassiert haben, um dem Tiefbauunternehmen eines Nachbarstaats einen Auftrag zuzuschustern. Sally-Anne wollte sich nicht auf Gerüchte verlassen. Man konnte über den Fall nur dann berichten, wenn es konkrete Beweise gab. Der *Independent* sollte kein Skandalblatt sein, sondern eine seriöse Zeitung mit ethischen Grundsätzen.

Ein anderer Mitarbeiter schlug vor, einen Artikel über die ungerecht verteilten Erziehungsbudgets zu schreiben. Die Einrichtungen in den sozial schwachen Vierteln wurden jedes Jahr stärker beschnitten, während das Budget der Viertel, in denen Weiße lebten, ständig wuchs.

»Das ist kein wirklicher Knüller«, meinte Sally-Anne.

»Es ist allgemein bekannt, aber den Wahlberechtigten anscheinend völlig egal.«

»Ja, aber nicht denen, die darunter leiden«, erwiderte May. »Das Wahlkampfthema des Bürgermeisters ist die Sicherheit der Bürger. Er verspricht, der Gewalttätigkeit, die die Stadt zerfrisst, ein Ende zu setzen, dabei ist er der Erste, der wahre Gettos schafft.«

»Dann lasst uns das Thema lieber unter diesem Blickwinkel angehen. Wir müssen die Inkohärenz seiner Politik und die damit verbundenen Folgen anprangern.«

Das Thema wurde in den Inhalt der ersten Ausgabe aufgenommen. Die Versammlung endete kurz vor Mittag, und es blieb noch viel zu tun, um die Seiten der Zeitung zu füllen. Sally-Anne stieg auf ihr Motorrad und fuhr zur Bank. Am Ende der Woche müsste sie die ersten Gehälter zahlen.

Der Schalterbeamte suchte im Scheckheft-Depot, fand aber keines auf den Namen *Independent*. Sally-Anne wollte den Leiter der Filiale sprechen, doch der Angestellte erklärte ihr, er sei in einer Besprechung. Sie ignorierte seine Bemerkung, drang zu den Büros vor und klopfte an die Tür von Mister Clark.

Rhondas Ehemann hatte seine Herzlichkeit verloren und erklärte kleinlaut, es gäbe ein Problem.

»Was denn für eins?«, wollte Sally-Anne wissen.

»Es tut mir wirklich leid. Ich versichere Ihnen, dass ich mein Bestes getan habe, aber die Kommission hat Ihren Kreditantrag abgelehnt.«

»Wir sprechen aber doch von dem Geld, das Sie mir zugesagt haben!«

»Ich kann so etwas nicht allein entscheiden. Wir haben Verwaltungsmitglieder …«

»Sehen Sie mir in die Augen und bestätigen Sie mir, dass meine Familie keine Anteile an Ihrer Bank hat, denn sollte dies der Fall sein, verlieren Sie einen wichtigen Kunden.«

Mister Clark bedeutete Sally-Anne, sie solle die Tür schließen, und bat sie, auf dem Stuhl ihm gegenüber Platz zu nehmen.

»Ich verlasse mich auf Ihre Diskretion, denn andernfalls riskiere ich meine Stelle. Und wäre meine Frau Ihrem Projekt nicht so sehr verbunden, bliebe mir keine andere Wahl, als zu schweigen. Aber meine Frau wird ohnehin erfahren, dass Ihr Kredit nicht bewilligt wurde, und wenn ich heute Abend zu Hause essen will, werde ich ihr sagen müssen, warum. Und Sie wird es Ihnen weitererzählen, also kann ich es auch gleich selbst tun. Die Kommissionsmitglieder würden um keinen Preis Ihre Frau Mutter verärgern wollen.«

Sally-Anne richtete sich auf und sah ihn mit großen Augen an.

»Sie wollen doch nicht andeuten, sie habe sich eingemischt, damit ich nicht die nötigen Mittel bekomme, um meine Zeitung zu gründen? Wer sollte ihr davon erzählt haben?«

»Ich war es nicht, da können Sie sicher sein. Aber es wäre möglich, dass es dasselbe Verwaltungsmitglied war, das sich bei der Versammlung für die Ablehnung Ihres Antrags eingesetzt hat.«

»Und das Bankgeheimnis? Es gibt offensichtlich keine ethischen Grundsätze in dieser verdammten Bank!«

»Ich bitte Sie, schreien Sie nicht. Es tut mir wirklich leid. Aber letztlich kennen Sie ja Ihre Mutter besser als ich. Weder Sie noch ich sind in der Lage, es mit ihr aufzunehmen.«

»Sie vielleicht nicht, aber ich schwöre Ihnen, dass ich noch nicht mein letztes Wort gesprochen habe.«

Sally-Anne erhob sich und verließ das Büro, ohne sich von Mister Clark zu verabschieden.

Auf der Straße lief sie direkt zu ihrem Motorrad. Ihr wurde übel, und sie musste warten, bis die Krämpfe sich gelegt hatten, bevor sie auf ihr Motorrad steigen und losfahren konnte.

Fünfzehn Minuten später hielt sie auf dem Parkplatz vor dem Country Club, eilte im Laufschritt durch das Gebäude und betrat den Speisesaal.

Hanna Stanfield aß mit zwei Freundinnen zu Mittag. Sally-Anne ging zu ihrem Tisch und warf ihr einen vernichtenden Blick zu.

»Sag deinen beiden Papageien, sie sollen woanders plappern, wir haben zu reden, und zwar sofort.«

Hanna Stanfield seufzte mit bedauernder Miene.

»Bitte entschuldigen Sie meine Tochter. Sie hat die Pubertät noch immer nicht überwunden, und Unverschämtheit zählt zu den Waffen ihrer Form der Rebellion.«

Die beiden Frauen erhoben sich und verabschiedeten sich zurückhaltend und verständnisvoll. Ironie war in diesem Fall besser, als einen Skandal zu provozieren.

Der Oberkellner, der Sally-Anne nachgeeilt war, geleitete die Damen zu einem anderen Tisch. Dieser Zwischenfall, der die Blicke aller auf sich zog, war ihm offensichtlich peinlich.

»Also setz dich«, befahl ihr Hanna, »aber ich bitte dich, einen anderen Ton anzuschlagen, sonst gehe ich.«

»Wie hast du so etwas tun können? Reicht dir mein Exil nicht?«

»Immer gleich große Worte! Wir haben dir eine Erziehung angedeihen lassen, und was hast du daraus gemacht? Jetzt, wo du davon sprichst, fällt mir ein, dass wir bei deiner Rückkehr eine Abmachung getroffen haben, damit wir alle in Frieden und ohne Aufhebens leben können. Das war die Bedingung dafür, dass dein Vater und ich dir helfen. Wenn du gegen sie verstößt, dann beklag dich nicht über die Konsequenzen.«

»Inwiefern habt ihr mir geholfen? Indem ihr mich geschickt von der Familie fernhaltet?«

»Glaubst du denn etwa, du hättest die Stelle bei der *Sun* deiner schönen Augen wegen bekommen? Als du aus London zurückkamst, hattest du nicht einmal ein Diplom in der Tasche. Das gnädige Fräulein hat acht Jahre ihrer Jugend damit vertan, sich auf Kosten seiner Eltern zu amüsieren. Und was hast du seither geleistet, außer in diesem vulgären Aufzug auf deinem Motorrad durch die Stadt zu fahren oder dich nachts herumzutreiben? Ganz zu schweigen von den Gerüchten, die mir über deinen Umgang zu Ohren kommen. Wenn du dich wenigstens etwas diskreter verhalten würdest. Dein Bruder hat mir erzählt, dass du die Unverfrorenheit hattest, sie mit hierher in den Club zu bringen!«

»Sie heißt May, falls du von seiner letzten Eroberung sprichst.«

»Seiner oder deiner? Und zu deiner Information, ich war entzückt, dass er sie dir weggeschnappt hat. Denn du musst zugeben, wenn ich dich gebeten hätte, dieser unschicklichen Beziehung ein Ende zu setzen, hättest du, wie immer, nicht reagiert.«

»Ich glaube dir nicht, wenn du mir jetzt damit sagen willst, Edward habe auf Anweisung gehandelt, er kann doch nicht derart…«

»…verantwortungsvoll sein, im Gegensatz zu seiner Schwester? Soll denn unser guter Ruf ewig unter deinem Benehmen leiden? Und jetzt willst du uns mit einem Skandalblatt in Verbindung bringen… du bist ja verrückt!«

»Und du hältst die Leute für Marionetten, deren Fäden du nach Lust und Laune ziehen kannst.«

»Die Leute machen, was sie wollen.«

»Gibt es in dir noch einen Rest der Frau, die du in meinem Alter warst, oder ist alles nur noch Verbitterung und Groll?«

»In deinem Alter war ich eine Überlebende und habe den Ruhm meines Vaters und seines Erbes wiederhergestellt. Und was hast du getan? Was hast du vollbracht, das dir das Recht geben würde, über mich zu richten? Hast du irgendjemandem in deiner Nähe Gutes getan? Du hast nur Leid und Verzweiflung gesät.«

»Du irrst dich, ich liebe, und ich werde geliebt, und zwar für das, was ich bin, und nicht für das, was ich darstellen will.«

»Wen liebst du? Einen Ehemann? Kinder, die du großgezogen hast? Eine Familie, die du gegründet hast? Liebst du irgendjemanden oder -etwas, das sich nicht um dich dreht? Du hast tatsächlich keinerlei moralische Werte.«

»Ich bitte dich, hör auf, von Moral zu reden, denn dein ganzes Leben beruht schließlich auf einer Lüge. Wie kannst du es wagen, von meinem Großvater zu sprechen? Ich bin die einzige Blutsverwandte, die sein Andenken nicht verraten hat.«

Hanna lachte laut auf.

»Du bist meilenweit von der Wahrheit entfernt, Sally-Anne. Du bist nicht wie wir, du wolltest es nie sein, und du warst es nie. Ich bin nicht deine Feindin, zumindest solange du dich nicht mir gegenüber wie eine verhältst. Aber erwarte nicht von mir, dass ich dich das zerstören lasse, was ich ein Leben lang aufgebaut habe.«

Hanna öffnete ihre Tasche und zog einen Stift und ein Scheckheft heraus.

»Wenn du Geld willst, brauchst du es dir nicht bei der Bank zu leihen«, erklärte sie und schrieb einen Scheck aus.

Sie trennte ihn aus dem Heft und reichte ihn ihrer Tochter.

»Und wage es ja nicht, es für deine widerwärtige Zeitung auszugeben, das wäre vergebene Liebesmüh, denn sie wird nie das Licht der Welt erblicken. Ich weiß, was du planst, aber sei ausnahmsweise einmal nicht so egoistisch. Wenn du auf deinem Vorhaben beharrst, dann tust du nicht den Honoratioren der Stadt unrecht, sondern unseren Kunden. Du wolltest fünfundzwanzigtausend Dollar, hier ist die Hälfte, das reicht bei Weitem aus. Und jetzt lass uns in Frieden. Du solltest das Land verlassen, das wäre wirklich eine gute Idee. Sieh dir die Welt an, eine lange Reise wird dir die Augen öffnen und guttun. Wenn du willst, kannst du auch nach London zurückgehen, aber misch dich nicht in unsere Angelegenheiten. Dein Vater und ich bereiten eine wichtige Versteigerung vor, die in zwei Monaten stattfindet, der Erlös wird der Finanzierung seiner Kampagne dienen. Denn solltest du, nachdem du dich so wenig für unser Leben interessierst, nicht informiert sein: Die Freunde deines Vaters drängen ihn, für das Amt des Gouverneurs zu kandidieren. Ich rechne auf deine Diskretion, bis er es öffentlich bekannt gibt, und ich will nicht, dass du uns bis dahin Ärger bereitest, ich hoffe, ich habe mich klar genug ausgedrückt.«

Sally-Anne griff nach dem Scheck und steckte ihn in die Tasche ihres Blousons.

»Und kauf dir bitte als Erstes anständige Kleidung.«

Sally-Anne schob ihren Stuhl zurück.

»Was würde mein Großvater wohl denken, wenn er dich heute so sähe? Ich stelle dir noch einmal die Frage: Was ist dir von der jungen Frau geblieben, die du in meinem Alter warst? Sag mir, dass sie eines Tages wieder aufwachen wird, dass man nicht sein ganzes Leben lang mit diesen Lügen existieren kann.«

Kapitel 21

George Harrison

Oktober 2016, Baltimore

Ich war die ganze Nacht über im strömenden Regen gefahren und völlig erschöpft in Baltimore angekommen. Ich stieg in einem Hotel in der Nähe des Hafens ab. Von meinem Fenster aus betrachtete ich die kleine Gasse und fragte mich beunruhigt, was das für den Abend vorgesehene Treffen wohl bringen würde. Ich nutzte den Vormittag, um ein paar Stunden zu schlafen.

Am frühen Nachmittag lief ich durch die Straßen der Stadt. Ich hätte mir gewünscht, jemanden zu haben, dem ich ein Souvenir hätte mitbringen können. Manchmal kam es noch vor, dass Mélanie mir fehlte, und das war heute der Fall, ich hatte viel zu viel an sie gedacht ... bis ich ins Hotel zurückkam.

Eine junge Frau fragte an der Rezeption nach ihrem Schlüssel, und ihre leicht raue Stimme erregte meine Aufmerksamkeit. Ihr englischer Akzent war nicht ohne Charme. Während ich wartete, bis ich an die Reihe kam, widmete ich mich einem der kleinen Ratespiele, die ich so sehr liebe. Sie war Ausländerin, was führte sie nach Balti-more? Die Stadt ist keine Touristenattraktion, schon gar nicht im Oktober. Also befand sie sich sicher aus berufli-chen Gründen hier. Besuchte sie einen der Kongresse, die in der Stadt abgehalten wurden? Das Convention Cen-ter lag in der Nähe, aber wenn dem so wäre, dann hätte sie bestimmt eines der Hotels für Geschäftsleute gewählt. Wollte sie hier ihre Familie besuchen?

»Normal, dass Sie ein Besetztzeichen haben«, erklärte ihr die Rezeptionistin. »Sie müssen die 9 vorwählen, um ein Freizeichen zu bekommen, und die 011 fürs Ausland.«

Sie reiste allein und wollte wahrscheinlich ihrem Mann erzählen, wie es war, oder besser ihrem Freund, denn sie trug keinen Ehering. Sie erkundigte sich nach dem Preis einer Taxifahrt zur Johns Hopkins University. Bingo! Sie war wahrscheinlich Dozentin – ich wettete, für englische Lite-ratur – und wohnte hier, bis ihre Dienstwohnung frei war.

Plötzlich drehte sie sich um und sah mich durchdrin-gend an.

»Tut mir leid, ich bin in einer Minute fertig.«

»Ich bitte Sie, ich habe Zeit«, antwortete ich.

»Beobachten Sie mich darum? Falls Sie es nicht bemerkt haben sollten: Hinter der Rezeption befindet sich ein Spie-gel, und Sie sind nicht unsichtbar.«

»Nun muss ich mich entschuldigen, seien Sie mir nicht böse, das ist eine alte Manie, es bereitet mir Freude zu er-raten, was die Leute im Leben so machen.«

»Und was mache ich?«

»Sie unterrichten englische Literatur und haben eine Stelle an der Universität von Baltimore bekommen.«

»Irrtum auf der ganzen Linie. Eleanor-Rigby, Reporterin bei der Zeitschrift *National Geographic*«, erklärte sie und streckte mir die Hand entgegen.

»George-Harrison.«

»Sehr witzig. Zumindest sind Sie schlagfertig.«

»Ich verstehe nicht.«

»Eleanor-Rigby... George-Harrison... verstehen Sie noch immer nicht?«

»Nein, zumindest nicht, was daran witzig sein soll.«

»Ich bin der Titel eines Beatles-Songs, und Sie sind der Gitarrist.«

»Ich kenne diesen Song nicht, ich bin kein großer Fan, meine Mutter übrigens auch nicht, sie war verrückt nach den Stones.«

»Da haben Sie Glück gehabt. Also, freut mich, Ihre Bekanntschaft gemacht zu haben, George-Harrison. Meine Mutter wäre ohnmächtig geworden, aber ich habe zu tun.«

Und mit diesen Worten ging sie.

Unter dem belustigten Blick der Rezeptionistin, die unserer Unterhaltung zugehört hatte, nahm ich meinen Schlüssel und stieg gut gelaunt – was schon lange nicht mehr vorgekommen war – die Treppe zu meinem Zimmer hinauf.

Eleanor-Rigby

Auch ich konnte seinem Spielchen frönen, meine Taxifahrt ließ mir fünfzehn Minuten Zeit dazu.

Was führte ihn in die Stadt? Mit seiner Jeans, seinen alten Lederstiefeln und seinem zu großen Pullover hatte er nicht gerade den Look eines Geschäftsmanns, und unser Hotel schien auch nicht für diese Klientel geeignet. Vielleicht ein Musiker? George-Harrison, aber nein ... Er hätte den Vornamen gewechselt. Man stelle sich vor, ein moderner Maler, der Rembrandt hieße ... Oder aber er hatte sich auf der ganzen Linie über mich lustig gemacht. Damit hätte er zumindest Humor bewiesen. Ein Maler also? Aber welcher Maler würde seine Bilder in Baltimore ausstellen? Außerdem gab es keine Farbspuren auf seiner Kleidung. Für einen Regisseur sah er nicht gequält genug aus. Aber warum wollte ich eigentlich unbedingt, dass er ein Künstler war?

Wäre er Journalist, hätte er reagiert, als ich mich ihm vorgestellt hatte. Reporterin, ich muss zugeben, dass ich da etwas übertrieben habe. Ja, aber ich hatte Lust, ihn zu beeindrucken. Warum eigentlich? Oder aber er war nur gekommen, um seine Mutter zu besuchen, schließlich hatte er sie erwähnt. Aber trotzdem wusste ich noch immer nicht, welchen Beruf er hatte. Warum sollte ich das Geheimnis auch lüften? Aus Freude, ihn verblüffen zu können, falls ich ihm noch einmal in der Hotelhalle begegnen sollte? Okay, doch warum wollte ich ihn verblüffen? Und warum nicht!

Ich ging ins Sekretariat der Universität, nahm einige Broschüren mit und machte ein paar Fotos, die meinen Artikel illustrieren sollten. Und da das Wetter schön war, begab ich mich ins Stadtzentrum, um noch einige andere Aufnahmen zu machen. Besser gleich mit der Arbeit vorankommen, die ich abliefern musste, um meine Reise zu rechtfertigen.

Als ich ins Hotel zurückkam, war ich nervös. Wie sollte ich die Person, mit der ich verabredet war, erkennen? Vorausgesetzt, es war wirklich eine Verabredung und nicht eine Fortsetzung der Schnitzeljagd, auf die ich mich eingelassen hatte.

Wer weiß, ob mich der Verfasser des anonymen Briefs nicht hatte hierherkommen lassen, damit ich die Fotografie meiner Mutter entdeckte, um mir so die Stichhaltigkeit seiner Behauptungen zu beweisen? Aber warum hatte er mir in diesem Fall eine genaue Uhrzeit vorgegeben? Und warum war er dann so weit gegangen, einen Tisch genau unter diesem Foto zu reservieren? Um sicherzugehen, dass ich es nicht übersehe? Er hätte sich damit begnügen können, mir eine Kopie zu schicken … auch wenn ich zugeben muss, dass es wesentlich effektvoller gewesen war, es selbst zu entdecken.

Ich war es leid, mir ständig dieselben Fragen zu stellen,

auch wenn eine kleine Stimme in meinem Inneren mir zuflüsterte, dass ich nur Angst hatte.

Ich beschloss, etwas früher ins Sailor's Café zu gehen, dann könnte ich beobachten, wer zum Zeitpunkt der Verabredung die Tür öffnen würde.

Als ich eintrat, erklärte ich der Kellnerin, wir seien zu zweit.

»Haben Sie reserviert?«

Wie jedes Mal, wenn man mir in einem halb leeren Restaurant diese Frage stellt, unterdrückte ich ein Lächeln.

»Nein, nicht dass ich wüsste«, antwortete ich vorsichtig.

»Ihr Name?«

»Eleanor-Rigby.«

»Für Sie ist ein Tisch reserviert.«

Das ließ mir das Blut in den Adern gefrieren.

Sie warf einen Blick in ihr Buch und führte mich zu meinem Tisch. Ich zog einen anderen mit Blick auf die Tür vor. Zumindest würde ich die Pläne dessen durchkreuzen, der seit einiger Zeit mein Leben etwas zu sehr bestimmte. So musste ich nur noch beobachten, wer in Kürze den für mich bestimmten Platz einnehmen würde. Dann würde ich entscheiden, wie ich mich verhalten wollte.

Ich setzte mich und bestellte einen Pimm's No 1. Wo auch immer auf der Welt ich mich befinde, ich bin und bleibe Engländerin.

Um 18 Uhr 55 betrat ein Paar das Restaurant. Es musste sich um ein erstes Rendezvous handeln, denn beide schienen verunsichert. Um 18 Uhr 57 nahmen zwei junge Frauen, die nicht weiter verdächtig wirkten, an der Theke Platz. Doch um 19 Uhr kam niemand ... Um 19 Uhr 10 erschien außer Atem der Mann, dem ich in der Hotelhalle begegnet war, bei der Kellnerin. Diesmal war er wesentlich eleganter gekleidet. Er schob den Hemdzipfel in den Hosenbund, zupfte sein Jackett zurecht und fuhr sich mit der Hand durch das wirre Haar. Er hatte mich nicht bemerkt.

Seltsamerweise fand ich seine Anwesenheit beruhigend. Vermutlich, weil ich ein vertrautes Gesicht in dieser fremden Umgebung sah. Ich folgte ihm mit dem Blick und bedauerte, keine Zeitung mitgebracht zu haben, dann hätte ich ihn besser beobachten können ... was völlig lächerlich gewesen wäre. Maggie würde mir jetzt wieder vorwerfen, ich würde zu viel fernsehen. Doch die Bedienung führte ihn zu dem Tisch, der für mich reserviert gewesen war. Und die kleine Stimme befahl mir, gut nachzudenken, ehe ich handelte.

Für mich gab es nur zwei Lösungen. Die wahrscheinlichere: Er war der anonyme Briefschreiber. Das würde auch erklären, warum er in meinem Hotel wohnte, und es machte ihn zu einem hervorragenden Schauspieler, denn in der Hotelhalle hatte er absolut nicht den Eindruck erweckt, mich zu kennen. Auf die Idee hätte ich bei meinem Ratespiel im Taxi auch kommen können. Oder, so fuhr die kleine Stimme fort, er hatte beschlossen, in dem einzigen Restaurant, das im Viertel dieses Namens würdig war, zu Abend zu essen, und man hatte ihn dort platziert, weil der Tisch frei war. Wenn der anonyme Schreiber dann einträfe, würde die Bedienung ihn an meinen Tisch führen. Ich war außerstande zu sagen, welche der beiden Möglichkeiten mich mehr beunruhigte.

Ich beobachtete ihn zehn Minuten lang, während derer er nicht aufhörte, seufzend auf seine Uhr zu sehen, ohne auch nur einen Blick auf die Speisekarte zu werfen. Also erwartete er jemanden, und dieser Jemand war ich!

Plötzlich erhob er sich und kam auf mich zu.

»Diesmal ist kein Spiegel nötig, Sie überwachen mich, seit ich hereingekommen bin«, erklärte er.

Statt einer Antwort brummte ich ein vages »hm … hm«.

»Erwarten Sie jemanden?«, fragte er mich.

Ich schwieg.

»Das sollte keine Falle sein«, erklärte er belustigt.

»Alles hängt von den Umständen ab«, antwortete ich vorsichtig.

»Ah!«, fuhr er fort, und sein Lächeln erstarb, »ich verstehe.«

»Was verstehen Sie?«

»Man hat Sie versetzt.«

»Und Sie, auf wen warten Sie?«

»Ich weiß es nicht. Ich befürchte, man hat nicht auf mich gewartet«, erklärte er und sah erneut auf seine Uhr.

Er kratzte sich die Stirn. Das tun Männer oft, wenn sie etwas beschäftigt. Ich hingegen wickele eine Haarsträhne um den Finger. Jeder so, wie er meint, ich will da nicht urteilen.

»Wegen dieser Verabredung bin ich die ganze Nacht durchgefahren, dann aber auf meinem Bett eingenickt und zu spät gekommen«, erklärte er mit einem Seufzer.

»Rufen Sie sie an und entschuldigen Sie sich.«

»Das würde ich ja tun, aber ich weiß nicht, wen ich anrufen soll.«

»Verstehe.«

»Was verstehen Sie?«

»Zu einem Blind Date zu spät zu kommen ist nicht sehr clever. Aber keine Sorge, Sie waren der Erste, ich warte hier schon seit einer halben Stunde, und keine einzige unbegleitete Frau hat das Lokal betreten, es sei denn, Sie würden immer gleich ein Doppelpack nehmen, in diesem Fall sitzen sie an der Theke. Entschuldigen Sie, das war ein Scherz und nicht sehr nett von mir. Ihr Flirt ist noch nicht eingetroffen, also hat sie sich verspätet... oder Sie versetzt.«

»Nachdem ich nicht der Einzige bin, der versetzt wurde, darf ich mich zu Ihnen setzen und noch ein wenig in Ihrer Gesellschaft warten?«

Ich sah auf meine Uhr, es war 19 Uhr 30.

»Ja, ich denke, Sie können sich setzen.«

Er schien ebenso verunsichert wie ich. Er winkte die Kellnerin heran und wollte von mir wissen, was ich trank.

»Einen Pimm's.«

»Ist der gut?«

»Ja, aber etwas süß.«

»Dann nehme ich ein Bier, und Sie?«

»Dasselbe.«

»Auch ein Bier?«

»Nein, einen Pimm's.«

»Was führt Sie nach Baltimore?«

»Stellen Sie mir eine etwas originellere Frage, deren Antwort Sie nicht bereits kennen.«

»Sie machen mir Komplimente über meine Schlagfertigkeit, aber nun haben Sie gewonnen.«

»Ich habe gewonnen, weil Sie nicht wirklich George-Harrison heißen? Sagen Sie mir jetzt wenigstens, dass Sie Schauspieler sind.«

Er hatte ein schönes Lachen, ein Pluspunkt für ihn.

»Schauspieler? Nicht wirklich. Sie haben sich doch wohl nicht mein Lieblingsspiel zu eigen gemacht?«

»Vielleicht.«

»Und was haben Sie sich für mich vorgestellt?«

»Dass Sie Maler, Musiker und Regisseur sind.«

»Das ist viel für einen einzigen Mann. Aber Sie haben sich geirrt, ich bin Möbelschreiner. Und ich heiße wirklich George-Harrison. Das scheint Sie zu enttäuschen.«

»Nein, das heißt, wenn Sie wirklich George-Harrison heißen, dann haben Sie nicht den Humor, den ich mir erhofft hatte.«

»Danke für das Kompliment.«

»So war das nicht gemeint.«

»Geben Sie mir noch eine Chance?«

»Die haben Sie schon vertan. Sie hatten eine Verabredung mit Ihrem Flirt, und jetzt flirten Sie mit mir. Sehe ich so aus, als wäre ich ein Plan B?«

»Wer sagt Ihnen denn, dass ich eine Verabredung mit einem Flirt hatte?«

»Ein Punkt für Sie.«

»Ich schlage Ihnen vor, dieses kleine Spielchen zu beenden, sobald wir Gleichstand erreicht haben. Und zu Ihrer Information, ich flirte nicht mit Ihnen. Aber nachdem die Vornamen so große Bedeutung zu haben scheinen, wie heißt der, der Sie versetzt hat? Zwei Plan Bs können sich so etwas anvertrauen.«

»Unentschieden.«

»Also noch mal von vorn. Was führt Sie nach Baltimore?«

»Ein Artikel für meine Zeitung. Und Sie?«

»Mein Vater.«

»Waren Sie mit ihm verabredet?«

»Das habe ich gehofft.«

»Das ist nicht nett. Ein Vater sollte seinen Sohn nicht versetzen. Meiner würde das nie tun. Aber Ihrer hat sich vielleicht nur verspätet?«

»Seit fünfunddreißig Jahren ... ich glaube, das kann man nicht mehr als Verspätung bezeichnen.«

»Ach ... das tut mir wirklich leid.«

»Warum das? Ist ja nicht Ihre Schuld.«

»Nein, aber es tut mir trotzdem leid. Ich habe letztes Jahr meine Mutter verloren und weiß um die Leere, die ein fehlender Elternteil hinterlässt.«

»Reden wir über etwas anderes. Das Leben ist zu kurz, um sich mit unnützer Trauer zu belasten.«

»Hübsch gesagt.«

»Das ist ein Ausdruck meiner Mutter. Aber nun haben wir genug über mich geredet. Was werden Sie über Baltimore schreiben?«

Das ist der Augenblick der Wahrheit, Elby, vertraust du ihm, oder nicht?

»Ihre Lippen haben sich bewegt, aber ich habe nichts gehört.«

»Sie haben gesagt, Sie wären die Nacht durchgefahren, woher kommen Sie?«

»Aus Magog, das ist eine kleine Stadt in den Eastern Townships, etwa hundert Kilometer von Montreal entfernt.«

»Ich weiß, wo Magog liegt«, antwortete ich kurz angebunden.

»Natürlich, Ihre Zeitschrift ... Sie sind sicher schon überall in der Welt herumgekommen«, fuhr er fort, ohne zu bemerken, wie sehr sich meine Miene verschlossen hatte. »Es ist eine wundervolle Gegend, nicht wahr? Ich weiß nicht, zu welcher Jahreszeit Sie bei uns waren, aber jede zeigt eine so unterschiedliche Landschaft, dass man den Eindruck hat, an mehreren Orten zu leben.«

»Aber alle in Kanada!«

Er sah mich an, als wäre ich völlig verrückt geworden.

»Ja«, stammelte er, »sicher.«

»Und funktioniert die kanadische Post gut?«

»Ähm... Ich nehme es an, zumindest bekomme ich meine Rechnungen.«

»Und die Briefe, die Sie verschicken?«

»Entschuldigen Sie bitte, aber ich verstehe nicht...«

»Ich versuche zu begreifen, was hier gespielt wird. Und es wäre an der Zeit, dass Sie es mir erklären.«

»Habe ich etwas gesagt, was Sie verletzt hat? Ich möchte Sie nicht stören, ich gehe an meinen Tisch zurück.«

Entweder war er der beste Schauspieler der Welt, oder er war der geborene Manipulator.

»Gute Idee. Setzen wir uns beide an diesen Tisch, ich möchte Ihnen etwas zeigen.«

Ich erhob mich, ohne ihm Zeit zum Überlegen zu lassen, und nahm den Platz ein, auf dem er zuvor gesessen hatte.

»Ihre Geschichte über die Abwesenheit Ihres Vaters hat mich sehr gerührt«, fuhr ich fort. »Man müsste ein Herz aus Stein haben, um gleichgültig zu bleiben, noch mehr aber, um so etwas zu erfinden. Und jetzt heben Sie den Blick, sehen Sie sich die Fotos genau an und sagen Sie mir, dass unsere Begegnung im Hotel und hier im Restaurant kein Zufall ist. Die, die Sie da sehen, ist meine Mutter!«

Er hob den Blick und wurde blass. Ohne ein Wort zu sagen, näherte er sich der Aufnahme.

»Also!«, beharrte ich und hob die Stimme.

»Und die daneben«, murmelte er, »ist meine Mutter ...«

Er wandte sich um und musterte mich beunruhigt und misstrauisch.

»Wer sind Sie? Was wollen Sie von mir?«

»Das wollte ich Sie auch gerade fragen.«

Er griff in seine Jackentasche, zog einen Umschlag heraus und legte ihn vor mich hin. Ich erkannte auf Anhieb die Schrift.

»Ich weiß nicht, was Sie mir vorwerfen, aber lesen Sie ihn, ich habe ihn gestern bekommen. Lesen Sie, dann wissen Sie, warum ich die ganze Nacht durchgefahren bin.«

Mit angehaltenem Atem entfaltete ich den Brief. Als ich fertig war, zog ich meinen aus der Tasche und reichte ihm das Kuvert. Seine Miene war ebenso ratlos wie die meine, als er die Schrift sah, und noch ratloser, nachdem er ihn gelesen hatte.

Wir musterten uns schweigend, bis die Kellnerin kam und uns fragte, ob wir zusammen essen würden und ob wir uns endlich für einen Tisch entschieden hätten.

»Wann haben Sie den Brief bekommen?«, fragte er mich.

»Dieser kam vor etwa zehn Tagen, ein anderer, in dem ich hierherbestellt wurde, eine Woche später.«

»Mit ein paar Tagen Unterschied, genau wie bei mir.«

»Ich weiß nicht, wer Sie sind, George-Harrison.«

»Aber ich weiß jetzt, wer Sie sind, Eleanor-Rigby, auch wenn meine Mutter Sie nicht so nannte, wenn sie von Ihnen sprach.«

»Ihre Mutter hat von mir gesprochen?«

»Nein, nicht von Ihnen speziell, aber von Ihrer Familie. Jedes Mal, wenn sie mir etwas vorwarf, sagte sie: ›Meine englische Freundin hat Kinder, die nie so mit ihrer Mutter reden würden‹ oder die sich bei Tisch anständig benehmen, die ihr Zimmer aufräumen, die nicht diskutieren, wenn ihnen ihre Mutter etwas befiehlt, oder aber, die fleißig in der Schule sind... kurz, alles, was ich in meiner Kindheit falsch machte, machten Sie richtig.«

»Aber Ihre Mutter kannte uns gar nicht.«

»Wer hat uns hier einen so üblen Streich gespielt und warum?«

»Wer beweist mir, dass Sie es nicht waren?«

»Ich könnte Sie genauso verdächtigen.«

»Eine Frage des Standpunkts«, entgegnete ich. »Aber Sie können nicht wissen, was in meinem Kopf vorgeht und umgekehrt, wir haben jeder unsere Gründe, dem anderen zu misstrauen.«

»Ich glaube, man hat uns hier zusammengeführt, damit wir das Gegenteil tun.«

»Erklären Sie sich.«

»Unsere Mütter haben sich gekannt, ich habe Ihnen schon gesagt, dass ich oft von der Ihren gehört habe.«

»Ich nicht.«

»Schade, aber darum geht es nicht. Dieses Foto zeigt, dass sie sich sehr gut verstanden haben, ihr verschwörerischer Blick kann niemanden täuschen, und unser anonymer Briefeschreiber wollte sicher, dass wir das gemeinsam entdecken.«

»Damit wir uns vertrauen sollen? Sie sind etwas schnell, aber angenommen, dem wäre so, mit welchem Ziel denn?«

»Ich vermute, um Zeit zu gewinnen.«

»Dass Sie zu einer so unlogischen Vermutung imstande sind, spricht für Ihre Unschuld.«

»Vielleicht spricht es für meine Intelligenz«, erwiderte er.

»Und für Ihre Bescheidenheit.«

»Irgendjemand manipuliert uns, mit welchem Ziel, weiß ich nicht. Aber wenn wir unsere Anstrengungen vereinen, haben wir bessere Chancen, ihn zu enttarnen.«

»Und damit soll er nicht gerechnet haben?«

»Doch, sicher, und er hat sich entschieden, das Risiko einzugehen.«

»Warum *er* und nicht *sie?*«

»Genau, diese Frage könnte ich mir stellen.«

»Ich dachte, wir sollten uns vertrauen. Und ich habe sie gestellt …«

»Was für Ihre Aufrichtigkeit spricht, außer, Sie wären noch durchtriebener …«

»Als Sie?«

Wir musterten uns eine lange Weile, bis ein Kellner kam, und uns fragte, ob wir bestellen wollten. George-Harrison entschied sich für eine Lobster Roll, und nachdem ich den Blick nicht von seinem abzuwenden vermochte, nahm ich dasselbe – auch wenn das der Beweis für einen furchtbaren Mangel an Eigenständigkeit war.

Kapitel 22

May

Oktober 1980, Baltimore

Schon dreimal hatte sie versucht, Edward zu erreichen. Sie hatten wieder einen wunderbaren Abend miteinander verbracht. Auch wenn es Sally-Anne missfallen würde, May war im Begriff, sich zu verlieben, und seine Feinfühligkeit ihr gegenüber bewies, dass sie beide etwas füreinander empfanden. Sie hatte ihn in eine neue Welt eingeführt, und er begann, Gefallen daran zu finden. Verkehrte Welt! Es war wie in *Pygmalion,* nur umgekehrt: Sie, das mittellose Mädchen, war in ihrem Stück sein Lehrer, er, der Wohlhabende, ihr Schüler.

Es war ihr egal, wenn Sally-Anne deshalb sauer auf sie wäre. Die war sowieso seit einigen Tagen auf alle Welt sauer. Auf der Redaktionskonferenz hatte sie den Mitarbeitern eine Abfuhr erteilt, jedes vorgeschlagene Projekt abgelehnt und mit allen Streit gesucht. Das hatte zu einem vorzeitigen Abbruch der Besprechung geführt.

Worüber beklagte sie sich eigentlich? Sally-Anne hatte doch Keith gewollt, und nun hatte sie ihn sogar ganz für sich allein. Doch May ließ sich nicht täuschen, im Grunde ertrug Sally es nicht, dass ihr Bruder sich in sie verliebt hatte und ihr alle möglichen Aufmerksamkeiten erwies, während er sich um seine eigene Schwester nicht kümmerte. Und sie sah keinen Anlass, sich deshalb schuldig zu fühlen. Nicht sie hatte versucht, ihn zu verführen, sondern er hatte ihr den Hof gemacht. Und Sally hatte sich gewaltig geirrt mit ihrer Vorhersage, er würde sich ihrer wie eines Paars alter Socken entledigen, wenn er erst einmal bekommen hätte, was er wollte. Am Abend ihres ersten Kusses hatte er sich wie ein Gentleman benommen und sich damit begnügt, sie nach Hause zu begleiten. Zwei Tage später hatte er sie in ein elegantes Restaurant eingeladen.

»Jetzt bin ich an der Reihe«, hatte er gesagt, als sie an dem mit Silberbesteck gedeckten Tisch Platz nahm.

Am nächsten Tag waren sie einkaufen gegangen, Edward hatte ihr einen bezaubernden Seidenschal geschenkt und sie ihm eine lederne Brieftasche.

»Ich trage sie an meinem Herzen«, hatte er erklärt, als er sie in die Innentasche seines Jacketts schob.

Letztes Wochenende war er mit ihr auf die Insel Kent gefahren. Sie hatten eine Suite in einem auf den Dünen gelegenen Landsitz genommen und sich die ganze Zeit über geliebt. Noch kein Mann hatte sie so gut behandelt und verwöhnt, und sie bedauerte es, dieses neue Glück nicht mit ihrer Freundin teilen zu können. Sie hätte ihr infantilen Egoismus vorwerfen können, doch May war großherzig und verstand. Sally-Anne war einfach nur eifersüchtig. Das würde nicht andauern, denn diese aufkeimende Liebe war weder unsinnig noch egoistisch. Sie würde die beiden miteinander versöhnen. Bruder und Schwester sollten sich verstehen. Sie, die sich so sehr einen Bruder gewünscht hatte, konnte sich das nicht anders vorstellen.

Um Edwards Vertrauen zu gewinnen, musste sie den ersten Schritt tun. Als sie Arm in Arm am Strand spazieren gingen, erzählte sie ihm von der Zeitung.

»Das ist im Moment nur ein Plan«, log sie, »aber bei der *Sun* haben wir keine berufliche Perspektive. Chauvinisten diktieren uns, was wir zu tun haben, weil sie glauben, Frauen wären nur zum Recherchieren und Kaffeekochen gut.«

Edward schien erstaunt und fragte sie, welche Ausrichtung der *Independent* haben solle. Sie erklärte es ihm in groben Zügen, und er beglückwünschte sie und lobte ihren Mut, sich für den Kampf um die Wahrheit zu engagieren. Doch er bat sie inständig, vorsichtig zu sein. Korruption, Machtmissbrauch und parteiische Politik anzuklagen war nicht ungefährlich. Wer sich dem verschrieb, würde früher oder später den Zorn der Mächtigen auf sich ziehen.

»Ich bin unter ihnen aufgewachsen, und ich weiß, wozu sie fähig sind«, warnte er sie.

Edward hatte gute Kontakte, und May dachte, wenn sie es geschickt anstellte, könnte er ihr nützlich sein. Er hatte eindeutige Vorzüge, aber auch eine Schwäche, die er mit vielen Männern teilte: Er machte sich gern wichtig. Es würde ausreichen, ihm im richtigen Moment die richtigen Fragen zu stellen.

»Ich hoffe nur, dass du dich nicht von meiner Schwester manipulieren lässt. Es würde mich nicht wundern, wenn sie hinter einem solchen Unterfangen steckt.«

»Was ist mit euch beiden nur los?«, fragte May.

»Sie wirft mir vor, nicht für sie Partei zu ergreifen. Schon seit ihrer Jugend hegt sie eine grenzenlose Feindseligkeit gegen unsere Eltern, und ich finde ihr Verhalten ebenso ungerecht wie unerträglich. Ich muss zugeben, Mutter ist nicht immer einfach. Sie ist manchmal sogar sehr hart, aber sie hat in ihrer Jugend so viel durchmachen müssen. Auch auf die Gefahr hin, dass du mich altmodisch findest, ich bewundere meine Eltern. Und das nicht nur, weil sie bemerkenswert erfolgreich waren. Sie haben beide furchtbare Prüfungen erlitten. Meine Mutter wurde nicht mit einem silbernen Löffel im Mund geboren. Als sie in Amerika ankam, war sie Vollwaise und besaß nichts mehr. Meine Großeltern mütterlicherseits habe ich nicht gekannt, sie wurden von den Nazis ermordet. Sie verdankt ihre Rettung nur ihrem Mut und dem Heldenmut meines Vaters. Also kann ich nicht hinnehmen, dass Sally-Anne über sie urteilt, wie sie es tut. Ich habe stets versucht, zwischen ihnen zu vermitteln und Sally-Anne zu schützen, zumeist vor sich selbst, vor ihren Exzessen und Wutausbrüchen, aber sie hat immer nur getan, was sie wollte, und so habe ich es schließlich aufgegeben.«

»Aber sie liebt dich von ganzem Herzen«, wandte May ein.

»Erlaube mir, das zu bezweifeln.«

»Jedes Mal, wenn sie von ihrem Bruder spricht, ist ihre Stimme voller Bewunderung.«

»Du bist großherzig, aber ich glaube dir nicht. Sally-Anne ist eine Egoistin, die sich nur für sich selbst interessiert. Der Hass gegen ihre eigene Familie hat sie bissig und verbittert gemacht.«

»Das würdest du nicht behaupten, wenn du sie wirklich

kennen würdest. Wenn du mich als großherzig bezeichnest, dann ist deine Schwester es hundertmal mehr. Sie denkt stets an die anderen, im Gegensatz zu ihrer Mutter ist sie in eine reiche Familie hineingeboren und hätte sich mit diesem bequemen Leben zufriedengeben können. Aber das hat sie nicht getan. Ja, Sally-Anne ist eine Aufrührerin, aber ihr Anliegen ist nobel, denn sie erträgt keine Ungerechtigkeit.«

»Du sprichst von ihr, als wärst du in sie verliebt.«

»Ich bitte dich, Edward, jetzt tu nicht so unschuldig.«

»Gut, ich habe die Nachricht verstanden. Ich darf meine Schwester dir gegenüber nicht kritisieren, wenn ich nicht gebissen werden will.«

May umarmte Edward und zog ihn zu dem Landsitz.

»Lass uns zurückgehen«, sagte sie, »ich habe Durst und möchte mich berauschen. Ich mag Sonntage nicht, und ich wünschte, dieses Wochenende würde nie zu Ende gehen.«

»Es kommen ja noch andere.«

»Vielleicht, aber wir wollen nichts überstürzen, ich habe gehört, was du über … wie heißt sie noch? Ach ja, über die Tochter der Zimmers gesagt hast. Ich kenne sie zwar nicht, aber ich möchte nicht, dass unsere Geschichte so endet. Ach, übrigens, denkst du manchmal noch an sie?«

»Glaubst du, ich würde auf diesen sehr weiblichen Trick hereinfallen? Wenn ich Nein sage, wirst du mich als Rüpel bezeichnen, und wenn ich Ja sage, dann wäre ich wirklich ein Rüpel. Aber du hast recht, lass uns das genießen, was das Leben uns bietet, ohne uns weitere Fragen zu stellen. Vor allem nicht über unsere emotionale Vergangenheit. Obwohl ich von deiner sowieso gar nichts weiß.«

»Weil es da nichts zu wissen gibt.«

Sie kehrten auf den Landsitz zurück und setzten sich in den Rauchsalon, wo im Kamin ein Feuer knisterte. May bestellte ein Glas Champagner, Edward zog einen Bourbon vor.

Als die Sonne sank, gingen sie in ihr Zimmer und packten ihre Koffer. Während May ihre Sachen einräumte, ließ sie ihren Blick durch den Raum schweifen. Das große Himmelbett, in dem sie die Nacht verbracht hatte, die seidenen Wandteppiche, die sie am frühen Morgen bewundert hatte, als Edward noch schlief, die schweren Vorhänge vor den Fenstern, die sie geöffnet hatte, als man ihnen das Frühstück servierte, der Perserteppich, über den sie barfuß gelaufen war – all dieser Luxus, an den sie nicht gewöhnt war, faszinierte sie. Sie wandte sich zu Edward um, der sorgfältig seine Hemden zusammenlegte.

»Können wir nicht bis morgen bleiben? Ich habe keine Lust, heute Abend ins Loft zurückzukehren.«

»Ich muss morgen früh arbeiten, aber warum schläfst du nicht bei mir, wir kommen ja sowieso spät zurück.«

»Im Haus deiner Eltern?«

»Es ist ein großes Anwesen, in dem ich meine eigenen Räume habe. Keine Sorge, wir werden ihnen nicht begegnen.«

»Und morgen?«

»Wir nehmen den Dienstboteneingang, du brauchst keine Angst zu haben.«

Der Aston Martin fuhr in zügigem Tempo dahin. Das Innere roch nach Leder, May lauschte dem Schnurren des Motors.

»Bitte versprich mir etwas.«

»Sag mir zuerst was, ich halte mein Wort und mache keine leichtfertigen Versprechungen.«

»Ich möchte, dass ihr euch versöhnt.«

»Meine Schwester und ich? Wir verstehen uns zwar nicht gut, aber wir sind nicht zerstritten.«

»Deine Schwester und ihr, die Stanfields. Du bist der Einzige, der den Frieden wiederherstellen kann, denn weder sie noch deine Mutter werden den ersten Schritt tun.«

Edward ging vom Gas und sah May lächelnd an.

»Ich kann dir nicht versprechen, dass es mir gelingt, wohl aber, dass ich mein Bestes tun werde.«

May beugte sich zu ihm, küsste ihn und wies ihn an, den Blick nur noch auf die Straße zu richten. Sie ließ die Scheibe herunter, um die frische Luft zu genießen. Ihr Haar flatterte im Wind. Sie war glücklich.

Kapitel 23

Eleanor-Rigby

Oktober 2016, Baltimore

Wir hatten uns auf dem Flur eine gute Nacht gewünscht, jeder vor seiner Zimmertür. Auf meinem Bett ausgestreckt, musste ich nur die Augen schließen, um Maggies Blick vor mir zu sehen und sie sagen zu hören: *Na, meine Liebe, und was machst du jetzt?*

Da ich nicht in der Lage war, ihr zu antworten, wählte ich die Flucht nach vorn. Die 9, gefolgt von 011, hatte mir die Rezeptionistin gesagt, als wäre ich noch nie gereist.

»Du weißt schon, wie spät es hier ist!«, maulte meine Schwester mit krächzender Stimme.

»Ich konnte nicht länger warten. Entschuldige, dass ich euch aufgeweckt habe.«

»Fred ist in Primrose geblieben«, antwortete sie ausgiebig gähnend. »Er hatte gestern viele Gäste und hat erst so spät schließen können, dass er nicht mehr gekommen ist.«

»Umso besser für ihn, es ist ja gut, wenn sein Restaurant erfolgreich ist.«

»Ja, es ist fantastisch, allein zu schlafen, wenn mein

Freund außer sich vor Freude ist, weil sein Lokal boomt, und ihn ganz für mich allein zu haben, wenn seine Geschäfte nicht laufen und er ein langes Gesicht zieht. Sag mir, was in meinem Leben falsch läuft! Aber du rufst mich nicht morgens um fünf Uhr an, damit ich dir von Fred erzähle.«

Ich konnte nicht das Gegenteil behaupten, ich holte sie aus dem Bett, um mit ihr über unsere Familie zu sprechen, über den Brief, den Michel mir anvertraut hatte, das Foto an der Wand im Sailor's Café, über die Frau, in deren Begleitung Mum sich vor fünfunddreißig Jahren befunden hatte, und vor allem, vor allem anderen, über die Bekanntschaft, die ich gemacht und über das, was ich im Lauf des Abends erfahren hatte. Und dieses eine Mal hörte Maggie mir zu, ohne mich zu unterbrechen.

»Wie ist er?«

»Sag bloß nicht, dass dies die erste Frage ist, die dir einfällt.«

»Nein, aber das soll dich nicht daran hindern, mir zu antworten.«

Ich beschrieb ihr andeutungsweise den Mann, mit dem ich den Abend verbracht hatte.

»Du findest ihn also gar nicht schlecht, und er heißt tatsächlich George-Harrison?«

»Ich habe ihn nicht gebeten, mir seinen Führerschein zu zeigen, aber ich glaube ihm.«

»Denkst du, dass sein Vorname ein Zufall ist, wenn unsere Mütter sich so gut gekannt haben?«

»Er ist ungefähr so alt wie ich, also kann es da durchaus einen Zusammenhang geben.«

»Das erscheint mir in der Tat wahrscheinlich. Falls es

dir entgangen sein sollte, nannte sie unsere Mutter ›mein Liebling‹. Gleichzeitig gesteht sie, den Kopf zu verlieren, das eine erklärt vielleicht das andere… Es fällt mir wirklich schwer, mir vorzustellen, dass Mum Motorradtouren unternommen hat. Erinnerst du dich, wie sie im Austin ihren Sicherheitsgurt angelegt hat? Mal ehrlich, kannst du sie dir als Bikerin vorstellen?«

»Das hat mich, ehrlich gesagt, an diesem Abend nicht am meisten beschäftigt. Ich habe eher Probleme damit, sie mir als Diebin vorzustellen, und ich würde vor allem gerne wissen, was die beiden gestohlen haben und um welches dramatische Ereignis es sich handelt.«

»Das bestätigt die Anschuldigungen in dem anonymen Brief.«

»Der gesamte Inhalt bekommt dadurch einen Sinn. Die Schattenbereiche in Mums Vergangenheit, ihre zumindest merkwürdige Beziehung zu der Mutter von George-Harrison, das Vermögen, das sie nicht geerbt hat, und der *Independent*.«

»Wer ist dieser Unabhängige?«

»So hieß die Zeitung, die Mum zusammen mit May gegründet hatte. Dad kann dir das genauer erklären.«

»Wir sprechen aber schon von unserer Mutter?«

»Ich habe genauso reagiert wie du jetzt, als ich davon erfuhr.«

»Weiß dein George-Harrison, worum es sich bei diesem wertvollen Schatz handelt?«

»Nein, er hat von dessen Existenz erst erfahren, als ich ihm den Brief gegeben habe, den seine Mutter geschrieben hat. Und es gibt weitere Schreiben, Mum und sie haben einen Briefwechsel geführt.«

»Und wenn er dich von Anfang an manipuliert hat? Eure Begegnung beruht auf einer verflixten Reihe von Zufällen. Wenn er nun der anonyme Schreiber wäre?«

»Warum sollte er sich so viel Mühe machen?«

»Um die Puzzleteile zusammenzusetzen! Du sprichst von einem Briefwechsel, er muss also die Briefe besitzen, die Mum geschrieben hat, und braucht von uns die Briefe seiner Mutter. Hat uns der anonyme Schreiberling nicht dazu aufgefordert, die Beweise für seine Behauptungen zu suchen? Das ist der Trick!«

»Ich schwöre dir, dass es ihm die Sprache verschlagen hat, als er das Foto im Sailor's Café gesehen hat, und außerdem hat er ebenfalls einen anonymen Brief erhalten.«

»Den er sehr gut selbst geschrieben haben könnte. Und warum war er angesichts dieses Fotos so erstaunt, wenn er von der Korrespondenz mit unserer Mutter wusste?«

»Er wusste es ja nicht, Michel hat mir davon erzählt. Sag ihm bitte nichts, Maggie. Ich habe ihm versprochen, nichts zu sagen. Ich habe ihn zehn Mal angerufen, seit ich in Baltimore bin, damit er mir die anderen Briefe schickt.«

»Gibt es noch weitere Geheimnisse, die mir in dieser Familie vorenthalten werden? Dad vertraut dir an, Mum habe in Baltimore eine Zeitung gegründet, Michel erzählt dir von der Existenz eines Briefs, von dem er mir gegenüber nie etwas erwähnt hat … Bin ich eine Aussätzige oder was?«

»Dad hatte keinerlei Lust, mir davon zu erzählen. Wir haben zusammen Eis gegessen, und während unserer Unterhaltung hat er sich verplappert.«

»Wenn du jetzt sagst, er ist mit dir zu Ben & Jerry's gegangen, lege ich auf.«

»Was Michel betrifft, so habe ich am Vorabend meiner Abreise bei ihm vorbeigeschaut und weiß nicht, warum er mir diesen Brief in die Manteltasche geschmuggelt hat.«

»Du hast am Tag vor deiner Abreise Michel besucht, während du mir nur Grüße über Dad hast ausrichten lassen, großartig. Wenn ich so unwichtig bin, weiß ich wirklich nicht, wie ich dir helfen könnte.«

»Das hast du bereits, indem du mir geraten hast, gegenüber George-Harrison auf der Hut zu bleiben.«

»Und zwar sehr. Wenn unsere Mütter tatsächlich irgendwo einen Schatz versteckt haben, zähle ich auf dich, dass du ihn vor ihm findest. Mein Banker hat es übrigens abgelehnt, meinen Überziehungskredit zu erhöhen.«

»Du könntest arbeiten, das ist auch eine Möglichkeit, sich den Lebensunterhalt zu verdienen.«

»Ich werde weiterstudieren, ich kann nicht alles machen.«

»Mit fünfunddreißig Jahren?«

»Ich bin vierunddreißig, rutsch mir doch den Buckel runter. Wirst du ihn wiedersehen?«

»Wir haben uns für morgen zum Frühstück verabredet.«

»Elby, verlieb dich bloß nicht in diesen Kerl!«

»Erstens ist er überhaupt nicht mein Typ, und zweitens vertraue ich ihm noch nicht.«

»Erstens glaube ich dir das nicht, und zweitens vertraust du jedem. Ich sage dir daher noch mal, verknall dich nicht in ihn, zumindest nicht, bevor sich diese ganze Geschichte aufgeklärt hat.«

Maggie trug mir auf, sie jeden Tag anzurufen und auf dem Laufenden zu halten. Sie versprach, mich bei Michel nicht zu verpetzen, und legte auf. Irgendwann schlief ich endlich ein, aber erst spät in der Nacht.

Ich traf George-Harrison am Morgen in der Hotelhalle. Der Speisesaal war düster, daher nahm er mich in seinem Pick-up zum Frühstücken in der Stadt mit.

»Was für eine Art Schreiner sind Sie?«, fragte ich ihn, um das Eis zu brechen.

»Ich glaube nicht, dass es viele verschiedene Arten gibt.«

»Doch, es gibt welche, die Häuser bauen, welche, die Möbel herstellen und welche, die...«

»Den Ersten nennt man Zimmermann... Ich habe vielleicht einfach nur keinen Vater.«

»Wo ist da der Zusammenhang?«

»Es gibt keinen, aber ich habe die ganze Nacht über den Brief meiner Mutter nachgedacht. Wenn sie Ihre Mutter ›Mein Liebling‹ genannt hat, dann war vielleicht ein anonymer Samenspender mit im Spiel, und das besagte Drama wäre ich.«

»Drama, das bezweifle ich, aber dass Sie einen Hang zur Dramatik haben, stimmt. Und auch wenn Sie nicht unangenehm anzuschauen sind, wäre die Formulierung, der Schatz müsse ans Licht gebracht werden, doch etwas...«

Ich hätte danach nicht laut loslachen dürfen, damit hatte ich ihn gekränkt. Der Wagen hielt an einer roten Ampel, George-Harrison drehte sich mit ernster Miene zu mir um.

»Irritiert es Sie gar nicht, sich vorzustellen, dass unsere Mütter sich geliebt haben könnten?«

»Was Sie irritiert, sind nicht die Gefühle, die sie vielleicht füreinander gehegt haben, und das wissen Sie genau. Es gelingt Ihnen nur nicht, das Wort auszusprechen, das ihre Beziehung beschreiben würde. Und wenn Sie das so sehr stört, vergessen Sie nicht, dass Ihre Mutter zu dem Zeitpunkt, als sie das geschrieben hat...«

»…nicht mehr ganz bei Verstand war?«

»Sie haben die Manie, meine Sätze zu beenden. Dass sie ein gewisses Alter hatte und das entsprechende Vokabular. Liebe oder Freundschaft, was macht das schon aus? Denken wir Ihren Gedankengang jetzt einmal zu Ende, dann werde ich Ihnen beweisen, dass er nicht stichhaltig ist. Nehmen wir einmal an, unsere Mütter wären ineinander verliebt gewesen, sie beschließen, ein Kind aufzuziehen, suchen sich einen anonymen Samenspender, oder auch nicht, und zu dem Zeitpunkt, als Ihre Mutter schwanger wurde, sollte meine sie verlassen haben?«

»Und warum sollte das nicht stichhaltig sein?«

»Fahren Sie weiter! Hören Sie nicht das Gehupe? Ich weiß, dass Männer Probleme damit haben, mehrere Dinge gleichzeitig zu tun, aber Sie sollten mir zuhören und gleichzeitig fahren können. Sogar meinem Vater gelingt das, und er ist überaus zerstreut.«

Der Pick-up fuhr einige Meter und parkte dann am Straßenrand.

»Wie alt sind Sie?«, fragte ich ihn.

»Fünfunddreißig.«

»Ihr Geburtsdatum?«

»4. Juli 1981.«

»Gut, dann ist Ihre Argumentation nicht stichhaltig, denn meine Mutter war bereits nach England zurückgekehrt, bevor Ihre schwanger wurde.«

»Unfähig, zwei Dinge gleichzeitig zu machen? Wirklich? Haben Sie noch weitere Vorurteile Männern gegenüber?«

»Wie mir scheint, mussten Sie das Auto parken, und haben sogar den Motor abgestellt.«

»Weil wir vor dem Lokal stehen, wohin ich Sie zum

Frühstücken mitnehmen wollte, ein Kaffee wird Ihnen sicher sehr guttun.«

George-Harrison bestellte Eier Benedict, Speck, Toast und einen großen Orangensaft, ohne überhaupt in die Karte geschaut zu haben. Und ich hätte nicht sagen können, warum mir das so gut gefiel. Ich begnügte mich mit einer Tasse Tee, er konnte das alles unmöglich aufessen, ich würde ihm einen Toast stibitzen.

»Da ich also nicht das von meiner Mutter erwähnte Drama bin«, nahm er den Faden mit einem verstohlenen Lächeln wieder auf, »wovon könnte sie dann gesprochen haben? Hat Ihre Mutter jemals erwähnt…«

»Sie hat nie über diese Phase ihres Lebens gesprochen, und wir haben ihr keine Fragen gestellt. Aus Zartgefühl, sie war Waise, und wir wussten nur, dass ihre Vergangenheit schmerzlich gewesen war. Das heißt, eigentlich nicht aus Zartgefühl, sondern eher aus Angst.«

»Wovor?«

»Davor, den Vorhang zu einer Bühne zu heben, die wir ganz für uns allein haben wollten.«

»Was für eine Bühne?«

»Die Bühne, auf der man aufwächst. Und Sie, was wissen Sie über die Vergangenheit Ihrer Mutter?«

»Sie wurde in Oklahoma geboren, ihr Vater war Mechaniker, ihre Mum Hausfrau. Mein Großvater war ein schroffer Mann, der mit Gesten der Zuneigung geizte. Mum hat mir erzählt, er habe sie nie in den Arm nehmen oder küssen wollen unter dem Vorwand, er habe ölverschmierte Hände und wolle sie nicht schmutzig machen. Das Leben in Oklahoma war noch härter als er, und ich glaube, zu der damaligen Zeit konnten Eltern ihre Gefühle nicht ausdrücken. Sie hat sich sehr jung aus dem Staub gemacht. Sie kam nach New York, den Kopf voll mit dem Lesestoff, der sie in ihrer Jugend beschäftigt hatte. Sie fand eine Stelle als Sekretärin in einem Verlag. Abends belegte sie Journalismus-Kurse an der New York University. Sie hat sich bei allen Zeitungen an der Ostküste beworben und einen Job als Dokumentalistin erhalten. Als sie mich bekam, hat sie die Vereinigten Staaten verlassen und sich in Montreal niedergelassen.«

»Wussten Sie, dass sie in den 1970er-Jahren in Baltimore gelebt hat?«

»Nein, das wusste ich nicht. Sie hat immer nur von New York gesprochen. Aber sobald ich mich für die Zeit interessierte, in der sie mit mir schwanger war, verschloss sie sich wie eine Auster, und wir haben gestritten. Was wollen Sie hier finden?«

»Keine Ahnung, ich bin aus einem plötzlichen Impuls heraus hierhergereist.«

»Interessiert Sie dieser Schatz?«

»Ich war schon an Bord des Flugzeugs, als ich von seiner Existenz erfahren habe. Ich weiß, dass es schwer zu glauben ist, aber ich habe den Brief Ihrer Mutter in meiner Manteltasche gefunden, als ich die Sicherheitskontrollen passierte.«

»Dann sollten Sie umkehren, denn der anonyme Schreiber, wie Sie ihn nennen, muss sich in England befinden, wenn er Ihnen so nahe kommen konnte.«

»Und Sie, wonach suchen Sie?«

»Nach meinem Vater, das habe ich Ihnen doch bereits gesagt.«

»Wo befindet sich die Korrespondenz meiner Mutter?«

»Ich weiß es nicht und auch nicht, ob sie noch existiert. Könnten Sie mir bitte die Briefe meiner Mutter zurückgeben?«

»Ich habe keine Ahnung, wo sie sind, ob es sie noch gibt, und ich weiß auch nicht, was wir nun tun sollen.«

Es folgte ein langes Schweigen. Jeder starrte vor sich hin. George-Harrison bat mich, kurz auf ihn zu warten, und verschwand. Durch das Schaufenster sah ich ihn die Tür seines Pick-ups öffnen. Hätte er nicht seinen Blouson zurückgelassen, hätte ich vermutet, er würde mich einfach sitzen lassen, aber er kam zurück, nahm mir gegenüber Platz und legte das Foto auf den Tisch, das wir im Sailor's Café entdeckt hatten.

»Der Eigentümer des Restaurants kennt nicht die Geschichte der Fotos, die an seinen Wänden hängen. Sie hingen schon dort, als er das Lokal übernommen hat. Nur die Küche ist nicht von damals, abgesehen von einem Neuanstrich ist der Speisesaal noch im ursprünglichen Zustand.«

»Da sind wir ja weit gekommen.«

George-Harrison legte zwei weitere Fotos vor mich hin.

»Sie wurden am selben Abend aufgenommen, und auf diesen hier erkennt man deutlich die Gesichter von zwei weiteren Personen.«

»Wie haben Sie es geschafft, die zu klauen, ich habe nichts davon mitgekriegt.«

»Wo denken Sie hin! Ich bin gestern Abend noch mal dorthin zurück. Ich weiß nicht, wie es Ihnen ging, aber ich konnte nicht schlafen. Der Wirt war gerade dabei, das Restaurant zu schließen, ich habe ihm erklärt, dass auf diesem Foto meine Mutter zu sehen ist.«

»Und er hat es von der Wand genommen und Ihnen einfach so geschenkt und die beiden anderen noch als Zugabe, einfach so, wegen Ihrer schönen Augen?«

»Danke für das Kompliment. Ich habe ihm zwanzig Dollar angeboten, es hat ihm nichts ausgemacht, sich von den Fotos zu trennen. Er wird diesen Winter den Speisesaal ohnehin renovieren. Wie hieß noch mal die Zeitung?«, wollte er wissen.

»*The Independent.*«

»Damit haben wir vielleicht eine erste Fährte. Wenn dieses Blatt in Baltimore herausgegeben wurde, müssten wir ja irgendwo eine Spur finden.«

»Ich habe bereits im Internet recherchiert. Es gibt nicht das Geringste zu diesem Thema.«

»Es muss aber doch einen Ort geben, wo man die Zeitungen archiviert hat, die damals herausgegeben wurden. Sie als Reporterin müssten das doch wissen.«

Sofort dachte ich an Michel.

»Die Stadtbibliothek! Wenn es noch ein Exemplar gibt, dann werden wir es dort finden. Das Impressum dürfte eine wahre Fundgrube an Informationen sein.«

»Inwiefern?«

»Weil auf dieser Seite die Namen der wichtigsten Mitarbeiter einer Zeitung aufgeführt sind.«

Wir stiegen wieder in seinen Pick-up, und George-Harrison wartete darauf, dass ich ihm eine Richtung nannte.

»400 Cathedral Street«, sagte ich, nachdem ich mein iPhone konsultiert hatte.

»Darf ich erfahren, woher plötzlich Ihre gute Laune kommt?«

»Die Bibliothek, zu der wir fahren, besitzt eine Sammlung von Originalausgaben, eine Schenkung der Familie von Edgar Allan Poe.«

»Und das ist eine gute Nachricht?«

»Für Sie nicht, aber für mich, ja. Jetzt fahren Sie schon!«

Wir meldeten uns am Empfang. Die Dame dort hatte nicht die geringste Ahnung, wie sie uns durch dieses riesige Labyrinth von Büchern und Dokumenten weiterhelfen sollte. Ich schaute auf meine Armbanduhr, in Croydon war es jetzt fünfzehn Uhr, und ich kannte jemanden, der mir würde helfen können.

Wie immer an ihrem Platz hob Véra sofort ab. Sie freute sich, meine Stimme zuhören, und bot an, Michel zu holen. Aber ich wollte sie sprechen. Sie fühlte sich geschmeichelt, als ich sie fragte, wie die Archive einer ähnlichen Einrichtung wie der ihren funktionierten, wenn auch einer etwas größeren, wie ich ihr gestand. Und wie man dort ein Exemplar einer Tageszeitung finden könne, die in den 1970er-Jahren erschienen war.

»In der Abteilung Mikrofiches«, antwortete sie. »So wurden damals Zeitungen archiviert.«

Wäre sie hier bei mir gewesen, hätte ich sie umarmt.

»Sind Sie sicher, dass ich Michel nicht rufen soll, er wäre glücklich, Sie zu sprechen. Er kommt gerade vorbei, legen Sie nicht auf.«

Ich hörte Gemurmel… Mein Bruder nahm das Telefon.

»Du hast dich nicht bei mir gemeldet, aber ich wusste, dass du gut angekommen bist. Ich habe die Nachrichten verfolgt, und seit deiner Abreise ist kein Flugzeug abgestürzt.«

»Das ist auch eine Möglichkeit, um zu überprüfen, dass

ich noch lebe«, antwortete ich ihm. »Ich habe mehrmals versucht, dich zu erreichen, aber du hast nie abgenommen.«

»Logisch, Handys sind hier verboten. Und zu Hause schalte ich es aus.«

Ich wollte mich mit meinem Bruder ohne Zuhörer unterhalten und entfernte mich daher weit genug von George-Harrison, sodass er mein Gespräch nicht mithören konnte.

»Michel, ich habe den Brief gelesen, der an Mum adressiert war.«

»Ich will nicht, dass du mir davon erzählst, das war unsere Abmachung.«

»Und ich will diese Abmachung auch respektieren, aber du hast von einer Kiste gesprochen, in der sich noch weitere Briefe befinden.«

»Insgesamt dreißig.«

»Wenn du sie mir nicht vorlesen willst, könntest du sie mir dann hierherschicken?«

»Nein, Mum hat mir aufgetragen, sie immer bei mir zu behalten.«

»Meine Güte, Michel, Mum ist tot, und ich brauche diese Briefe.«

»Warum?«

»Du hast mir vorgeworfen, dass ich mich für andere, aber nicht für meine Familie interessiere. Ich bin dabei, das zu ändern.«

Ich hörte seinen stoßweisen Atem. Ich war schuld daran, dass mein Bruder in eine tiefe Verunsicherung geriet. Sein Gehirn braucht die Logik, sie ist für ihn unverzichtbar, um eine Entscheidung treffen zu können. Bei der Entwicklung seiner Gedanken darf nichts irrational sein, und was ich von ihm erbat, stürzte ihn in einen tiefen Konflikt. Er musste entweder seine Mutter verraten oder es seiner Schwester erlauben, etwas in seinen Augen Ungerechtes zu korrigieren.

Ich war entsetzt bei dem Gedanken, weit entfernt von ihm eine dieser Krisen auszulösen, bei denen er zu zittern begann, stöhnte und seinen Kopf zwischen die Hände nahm. Ich hatte kein Recht, das zu tun, noch dazu an seinem Arbeitsplatz und obendrein vor der einzigen Frau, mit der er sich gut verstand, um es mit seinen Worten zu sagen. Ich wollte einen Rückzieher machen, mich entschuldigen, so weit gegangen zu sein, aber es war zu spät; Véra hatte den Hörer wieder an sich genommen.

»Sie nehmen es mir hoffentlich nicht übel, Ihr Gespräch zu unterbrechen, aber Michel muss im großen Saal einige Bücher für mich holen.«

Sie legte mehr Feingefühl und Grips an den Tag als ich, und ich fühlte mich beschämt. Ich dankte ihr und entschuldigte mich.

»Seien Sie beruhigt, alles wird gut«, sagte sie leise. »Wenn ich Ihnen irgendwie helfen kann, würde mich das sehr freuen, haben Sie also bitte keine Scheu.«

Ich konnte sie nicht bitten, sich bei meinem Bruder dafür einzusetzen, dass er mir die Briefe schickte, noch weniger, dass sie mir diese vorlas. Ich überlegte, diese schmutzige Aufgabe Maggie anzuvertrauen, aber wie konnte ich vorgehen, ohne dass Michel erfuhr, dass ich ihn verraten hatte?

Ich legte auf und ging zu George-Harrison zurück. Er wartete in der Eingangshalle auf mich.

»Können wir Zutritt zum Saal mit den Mikrofiches bekommen?«, fragte ich die Dame am Empfang.

»Dafür müssen Sie eine berufliche Qualifikation nach-
weisen, die Ihnen Zutritt verschafft. Sind Sie Lehrerin,
Hochschuldozentin oder Wissenschaftlerin?«

Ich reichte ihr meinen Presseausweis und hoffte, er
würde genügen. Sie studierte ihn zweifelnd. George-Harrison machte ihr ein Kompliment über ihre Kleidung und
fragte sie mit einer unglaublichen Dreistigkeit, ob sie nach
Dienstschluss mit ihm ein Gläschen trinken gehen würde.

»Gehören Sie nicht zusammen?«, fragte sie errötend.

»Aber nein«, erwiderte George-Harrison.

Beinahe verlegen griff sie nach einem Couponheft, trennte
zwei Passierscheine heraus und reichte sie uns.

»Der Raum, den Sie suchen, befindet sich im Untergeschoss, nehmen Sie die Treppe hinten im Saal und machen
Sie keinen Lärm. Geben Sie diese Tickets der Person, die
für die Abteilung zuständig ist.«

Wir durchquerten die Bibliothek. Im Gegensatz zu der
in Croydon war diese hier riesig, und die modernen Einrichtungen hätten Véra vor Neid erblassen lassen und meinen Bruder wahrscheinlich arbeitslos gemacht. Die meisten Stühle waren besetzt, von einfachen Lesern, Studenten
und Wissenschaftlern, die auf den Bildschirmen der Terminals, die auf den Tischen standen, nach Informationen suchten. Die Tastaturen klapperten, es klang wie eine
Armee kleiner Nagetiere.

Man setzte uns vor ein Gerät aus einer anderen Zeit.
Sein schwarzer Bildschirm ragte über einer transparenten
Platte auf. Ich hatte solche Betrachtungsgeräte bereits in
alten Filmen gesehen, aber noch nie in echt. Der für die
Archive zuständige Angestellte durchsuchte ein Register,
dann ein weiteres und ein drittes, bevor er mit einer Zello-

phanhülle mit acht Bildern zurückkam, die so klein waren, dass sie in die Handfläche gepasst hätten.

»Die Zeitung hatte offenbar keinen großen Erfolg, es erschien lediglich eine Ausgabe«, erklärte mir der Angestellte.

Er legte die Hülle auf die Platte des Geräts und schaltete es ein. Vor meinen Augen erschien die schöne Typografie des *Independent*. Die Ausgabe stammte vom 15. Oktober 1980, und ich hielt den Atem an, während ich die acht Blätter durchsah.

Die Wochenzeitung begann ihre Kolumnen mit einem Bericht über die Wahlkampagne, die gerade in vollem Gange war. Seit mehreren Wochen lieferten sich der amtierende Präsident und sein Herausforderer Wortgefechte von noch nie dagewesener verbaler Heftigkeit. Reagan machte sich über die pazifistische Sichtweise von Carter lustig, und Carter beschuldigte Reagan, ein gefährlicher Rechtsextremer zu sein, dessen Reden Hass und Rassismus schürten. Der Slogan des kalifornischen Gouverneurs »America is back« / »Let's make America great again«, die Versprechungen gegenüber dem Militärkonsortium, die Absicht, den einzelnen Staaten die Macht zurückzugeben, die Washington missbräuchlich an sich gerissen hatte, sollten den Republikanern die Mehrheit im Weißen Haus und im Kongress verschaffen, was seit dreißig Jahren nicht mehr der Fall gewesen war.

»Wenn dieses Rezept auch heute noch funktioniert, steuern wir direkt auf einen Sieg Trumps zu«, murrte ich.

»Er hat überhaupt keine Chance, der Typ ist nicht glaubwürdig«, korrigierte mich George-Harrison.

Ich fuhr fort, die Seiten zu überfliegen. Ein polemischer Artikel folgte auf den nächsten. Einer befasste sich mit den

Konsequenzen der Kürzung der Sozialhilfe, durch die das Elend in einem Land explodieren würde, in dem dreißig Prozent der Bevölkerung unter der Armutsschwelle lebten. Ein anderer prangerte das Verhalten der US Air Force an, nachdem ein Dorf durch die Explosion eines Marschflugkörpers in einem Silo verseucht worden war. Ein dritter Artikel berichtete über die Festnahme einer Journalistin, die sich geweigert hatte, ihre Informationsquellen in einem elterlichen Sorgerechtsstreit zu nennen. Die letzte Seite widmete sich der Kultur, *Evita* war das Musical des Jahres, Coppola stellte in New York einen Film von Godard vor, Ken Follett stand auf Platz eins der Bestsellerliste, und Elizabeth Taylor würde mit siebenundvierzig Jahren erstmals auf einer Bühne am Broadway auftreten.

Am Ende meiner Lektüre hatte ich jedoch kein Impressum gefunden. Ich ging die Dokumente noch einmal rückwärts durch, überprüfte die Nummerierung der Seiten, um sicherzugehen, dass keine fehlte. Es gab kein Impressum. Diejenigen, die diese Zeitung geschrieben hatten, hatten ihre Namen nicht preisgeben wollen. Die Artikel waren lediglich mit Initialen unterzeichnet.

»Wie lautet Ihr Familienname?«

»Collins«, antwortete George-Harrison.

»Dann«, sagte ich, während ich auf den Bildschirm deutete, »wurde dieser Artikel über eine Fabrik, die einen Fluss und die benachbarten Trinkwasserspeicher vergiftet hat, wahrscheinlich von Ihrer Mutter geschrieben.«

George kam an den Bildschirm und las die Initialen *MC*.

»Ich sehe keinen Artikel, der von meiner Mutter verfasst worden wäre. Es sei denn, sie hatte so viel Humor, diesen Artikel über die schlechten Erfahrungen mit einer Honoratioren-Familie in ihrer Funktion als Chefredakteurin mit ›Son Altesse Sérénissime‹ zu signieren …«

»Vielleicht war sie gar keine Journalistin? Man kann auch eine Klinik leiten, ohne Arzt zu sein.«

»Vielleicht«, antwortete ich, obwohl ich es besser wusste.

Ich fotografierte jede Seite mit meinem iPhone. Ich wollte die Zeitung, die meine Mutter gegründet hatte, in aller Ruhe aufmerksam in meinem Zimmer lesen können. Es war merkwürdig, ich spürte ihre Anwesenheit, als wäre sie gekommen, um mir ihre Zustimmung zur Fortsetzung meiner Nachforschungen zu erteilen.

»Und was machen wir jetzt?«, fragte George-Harrison.

»Das weiß ich noch nicht, aber wir haben jetzt den Beweis, dass der *Independent* tatsächlich existiert hat. Wir müssen darin nach dem kleinsten Hinweis suchen, der uns zu einer Person führt, die die beiden Frauen gekannt hat, zum Beispiel zu einem Mitarbeiter der Zeitung.«

»Wenn aber doch kein Artikel signiert ist, wie können wir dann feststellen, von wem er stammt?«

Mir schoss eine verrückte Idee durch den Kopf, und von solchen Ideen hatte ich viele, also riskierte ich mit einer weiteren nicht viel. Wenn man die Seiten vom *Independent* überflog, wurde seine programmatische Ausrichtung schnell klar. Es handelte sich um eine Zeitung engagierter Enthüllungsjournalisten.

Ich wandte mich wieder dem Bibliotheksangestellten zu, wobei ich bemerkte, dass die Arbeit im Untergeschoss ihm denselben bleichen Teint verpasst hatte wie seinen Mikrofiches, und bat ihn, mir die Ausgaben der *Baltimore Sun* zu bringen, die zwischen dem 12. und 19. Oktober 1980 erschienen waren.

»Was haben Sie vor?«, fragte mich George-Harrison.

»Kennen Sie die Redensart ›Wenn du in Rom bist, mach es wie die Römer‹?«

Ich konnte keinen Artikel schreiben, ohne mich an die Orte zu begeben, die ich beschreiben sollte. Ich versetzte mich in die Haut der Journalisten vom *Independent*. Wohin waren sie gegangen, um ihre Informationen zu sammeln, wenn nicht zu den Honoratioren der damaligen Zeit: Politikern, Mitgliedern der gehobenen Gesellschaft, Professoren. Und worauf waren all diese herausragenden Persönlichkeiten versessen? Auf offizielle Zeremonien und gesellschaftliche Veranstaltungen. Die Artikel und Fotos der Gesellschaftsrubriken, die in dieser Zeit in der *Baltimore Sun* erschienen waren, würden mir vielleicht Gesichter liefern und mit etwas Glück auch die Identität derer, die sich bei solchen Veranstaltungen unter die Gäste gemischt hatten, um anschließend ihre Artikel zu schreiben. An ihrer Stelle hätte ich es nicht anders gemacht.

Kapitel 24

Michel und Véra

Oktober 2016, Croydon

Véra öffnete die Kühlschranktür. Jedes Ding war an seinem Platz. Das Gemüse im Gemüsefach, Milchprodukte auf dem oberen Einlegeboden, das Filet auf dem mittleren. Sie seufzte, während sie sich in der Glasscheibe der Mikrowelle betrachtete, nahm ihre Brille ab, löste ihren Pferdeschwanz und verließ die Küche. Im Wohnzimmer deckte Michel den Couchtisch vor dem Fernseher.

»Stimmt irgendwas nicht?«, fragte er.

Véra setzte sich auf die Armlehne des Sessels und seufzte erneut.

»Was soll dieser Brief, wenn du die anderen behältst?«

»Ich will ihr helfen, ohne Verrat.«

»Und warum jetzt? Ich weiß genau, dass du einen Hintergedanken hast, wenn du so handelst. Du überlässt niemals etwas dem Zufall.«

»Weil ich nie einen Beweis dafür gefunden habe, dass es einen Zufall gibt. Ich wollte nicht, dass sie auf ihre Nachforschungen verzichtet. Ich bin mir sicher, dass Maggie versucht hat, sie davon abzubringen. Auch wenn Elby das Gegenteil behauptet, hat unsere kleine Schwester Einfluss auf sie.«

»Wäre es nicht einfacher gewesen, ihr alles zu sagen?«

»Das wäre nicht logisch. Angenommen, ich würde eine Möglichkeit finden, mich aus meinem Versprechen zu lösen, und das ist eine so… gewagte Annahme, dass ich mich allein schon deswegen daran halten müsste, doch lassen wir diese Zweifel einmal dahingestellt… Alles, was ich ihr erzählen würde, wäre nicht objektiv.«

»Ich sehe nicht, warum«, wandte Véra ein.

»Wenn ich eine Biografie lese und über bestimmte Fakten stolpere, suche ich nach weiteren Quellen, um sie zu überprüfen. Auf diese Weise kann ich mir die Geschichte aneignen. Wenn mir jedoch jemand dieselbe Geschichte mit seinen Worten, seinem jeweiligen Tonfall und den Gefühlen, die er damit verbindet, erzählt, interpretiert er sie an meiner Stelle, und seine Darlegung kann noch so richtig sein, es ist doch seine Geschichte. Elby muss ihre Wahrheit finden, nicht meine. Ich will ihr alle Chancen lassen, sie selbst zu entdecken. Und außerdem braucht man Zeit, um so etwas zu akzeptieren. Wenn sie den Eindruck hat, die Dinge selbst zu steuern, hat sie bessere Möglichkeiten dazu.«

»Glaubst du das wirklich?«

»Es ist nicht einfach zu erkennen, dass man immer belogen wurde.«

»Aber du, du hast verziehen.«

»Nein, ich habe es akzeptiert, das ist nicht dasselbe.«

Kapitel 25

Eleanor-Rigby

Oktober 2016, Baltimore

Wir hatten den Tag in der Bibliothek verbracht, ich hatte diesen Umstand genutzt, um ein Werk mit den Faksimiles der Dokumente zu kaufen, die die Familie von Edgar Allan Poe der Bibliothek geschenkt hatte. Mein Chefredakteur würde überglücklich sein.

George-Harrison hatte mir geholfen, die Kolumnen der *Baltimore Sun* eingehend zu studieren. Wir lauerten beide auf den geringsten Hinweis, der unsere Ermittlungen voranbringen könnte.

Ein Artikel lobte die Politik des Bürgermeisters, man verdankte ihm das Projekt des Wiederaufschwungs der Docks, die er in ein Erholungsgebiet verwandeln wollte, um mehr Touristen anzulocken, den Bau einer neuen Kongresshalle, die wenige Monate zuvor ihre Pforten geöffnet hatte, um Geschäftsleute anzuziehen. Und am 21. würde dort eine Diskussion der beiden Kandidaten für die Präsidentschaftswahl stattfinden. Die *Sun* berichtete über den Streit zwischen dem Bürgermeister und dem Eigentümer des Fußballvereins der Baltimore Colts, der wütend über die wenigen finanziellen Mittel war, die dem deutlich überalterten Stadion zugebilligt worden waren. Letzterer drohte damit, mit seinem Verein in eine andere Stadt zu wechseln. Am 17. war in der Altstadt ein Feuer ausgebrochen, das eine Schule und einen Teil der Kirche der Presbyterianer zerstört hatte.

Ich las die Kulturseiten und amüsierte mich über die Fotos von einem Konzert der Who – mein Vater nannte sie immer die »Sub-Beatles«. Baltimore entwickelte sich zu einer wichtigen Szene der Musikrichtungen Punk, Hardrock und Metal. Ich hätte gerne in dieser Zeit hier gelebt, alles hier schien nach Freiheit zu riechen.

»Warten Sie«, sagte ich plötzlich zu George-Harrison, »gehen Sie noch einmal zurück.«

George-Harrison drehte das Lesegerät zurück, ich ließ ihn bei einem halbseitigen Foto anhalten. Man sah kostümierte Menschen anlässlich eines Maskenballs. Die Bildunterschrift hatte meine Aufmerksamkeit erregt.

»Ein herrlicher Abend, um die Verlobung von Edward Stanfield zu feiern.«

»Stanfield«, sagte ich, wobei ich auf den Bildschirm deutete, »dieser Name ist im *Independent* auch schon aufgetaucht.«

»Ja, ich erinnere mich, aber ich weiß nicht mehr, worum es ging«, antwortete er und gähnte verstohlen.

Der Angestellte war gegangen, ohne uns zu sagen, wohin er die Archivausgabe des *Independent* geräumt hatte. Ich hatte die Seiten fotografiert und würde sie abends in meinem Zimmer erneut lesen.

George-Harrison rieb sich die Augen, ebenso müde wie

ich, nachdem wir so lange auf den Bildschirm gestarrt hatten.

Während unseres Abendessens in einem Bistro am Hafen beantwortete er die Fragen, die ich ihm über sein Leben stellte. Er erzählte von seiner Werkstatt, verriet mir, dass er geschickt darin war, Möbel künstlich altern zu lassen, was ihn, egal, wie er es nannte, zu einem Fälscher machte, aber über seine Mutter hielt er sich sehr zurück.

Mehrmals fragte ich mich, ob er nicht doch mit mir flirtete. Er sog nicht nur meine Worte auf, lächelte bei meiner geringsten humorvollen Bemerkung, sondern gestand mir, meine Familie so lustig zu finden, dass er sie gerne eines Tages kennenlernen würde … Eine derartige Bemerkung ist nie ohne Hintergedanken … Er vergeudete seine Zeit. Erstens war er als Mann nicht mein Typ, und zweitens war ich fest entschlossen, Maggies Rat zu folgen.

Das Ende des Abends gab mir recht.

George-Harrison

Meine Stimmung war an einem Tiefpunkt angelangt, und ich hatte keine Lust mehr, sie von ihrer Familie erzählen zu hören. Ich hatte das Pech gehabt, ihr aus Höflichkeit einige Fragen stellen zu müssen, denn sie selbst hatte mir auch welche gestellt, und bei ihren Vorurteilen gegenüber dem männlichen Geschlecht hätte sie mich sonst beschuldigt, der lebende Beweis für die Egozentrik der Männerwelt zu sein. Besser wäre es gewesen, mir darüber keine Gedanken zu machen, und noch besser, einfach zu schweigen, denn sie war nicht zu bremsen. Ich erhielt einen detaillierten Bericht über das Leben ihres Vaters, seinen Diabetes, seine Begeisterung für die Beatles, sein altes Auto, über das Leben ihrer Schwester und deren Freund Fred, die sich ständig stritten, und über ihren Bruder, den Bibliothekar, den sie verdächtigte, eine heimliche Beziehung mit einer Arbeitskollegin zu unterhalten. Ich hatte bereits den Tag damit vergeudet, ihr beim Lesen alter Zeitungen zuzusehen – und mit welchem Ergebnis?

»Langweile ich Sie auch nicht mit meinen Geschichten?«, fragte sie schließlich beunruhigt.

»Aber nein, keineswegs, im Gegenteil«, antwortete ich höflich. »Ich hätte sehr gern eine so lebendige Familie wie die Ihre kennengelernt. Sie verleihen sie nicht vielleicht einmal?«

»Ich weiß, dass ich schwatzhaft bin, aber sie fehlt mir einfach.«

»Nur zu, fahren Sie fort, solange Sie wollen.«

»Wenn Sie eines Tages nach England kommen, stelle ich sie Ihnen vor.«

War sie dabei, mit mir zu flirten? Eine derartige Bemerkung ist nie ohne Hintergedanken.

»Warum nicht«, antwortete ich. »Wer weiß, wohin uns diese Nachforschungen noch führen werden?«

»Nach Kanada vielleicht, immerhin wurden die anonymen Briefe dort aufgegeben.«

»Die ersten schon, aber der zweite, den ich erhalten habe, kam aus Baltimore.«

»Warum hat sich der Schreiber nur so viel Mühe gemacht? Er hätte sie sehr gut alle vom selben Ort aus verschicken können.«

»Um die Spuren zu verwischen. Oder ganz einfach, weil auch er reist.«

»Glauben Sie, er ist jetzt gerade in Baltimore? Diese Vorstellung hat etwas Furchteinflößendes, finden Sie nicht?«

»Solange wir seine Absichten nicht kennen, wüsste ich nicht, warum wir uns fürchten sollten, und wovor?«

»Davor, seine Absichten nicht zu kennen.«

Ein Punkt für sie.

»Er wollte uns zusammenbringen, und das ist ihm gelungen«, fuhr ich fort.

»Er wollte, dass wir erfahren, dass unsere Mütter sich

kannten, und auch das ist ihm gelungen. Er wollte ebenfalls, dass Sie sich auf die Suche nach Ihrem Vater machen,
was ihm ebenfalls gelungen ist«, gab sie schlagfertig zurück.

»Nein, das wollte ich immer schon.«

»Tut mir leid, Ihnen zu widersprechen, aber es war sein
Brief, der Sie zum Handeln bewogen hat. Doch wir lassen
das wirklich Wichtige außer Acht. Wozu das alles?«

»Fragen Sie mich das wirklich, oder kennen Sie die Antwort bereits?«

Sie beugte sich über den Tisch und blickte mir tief in die
Augen. Kein Zweifel, sie flirtete. Seit Mélanie gegangen
war, war ich Single, ich habe nie die Unverfrorenheit eines
Verführers besessen, aber ich muss gestehen, es verwirrte
mich, dass eine Frau die Initiative ergriff.

»Geld«, äußerte sie trocken. »Er will, dass wir das Geld
finden, das die beiden gestohlen haben.«

»Wer sagt Ihnen, dass es sich um Geld gehandelt hat?«

»Fragen Sie mich das wirklich, oder kennen Sie die Antwort bereits?«

»Warum sollte ich die Antwort kennen?«

»Genau das frage ich Sie!«

»Misstrauen Sie mir immer noch?«

»Mal ehrlich, ist Ihnen nie der Gedanke gekommen, ich
könnte Ihnen diesen anonymen Brief geschrieben haben?«

»Mein Geist ist für einen solchen Gedanken nicht verrückt genug. Ich gehe schlafen, und wenn Sie mich morgen
früh noch immer im Verdacht haben, ein Mistkerl zu sein,
werden wir uns trennen müssen. Dann wird jeder für sich
Nachforschungen anstellen.«

»Sehr gute Idee«, antwortete sie und erhob sich noch
vor mir.

Offenbar flirtete sie keineswegs. Ich beglich die Rechnung und ließ sie stehen.

Zurück in meinem Zimmer, ging ich ins Bett, enttäuscht, müde und gereizt. Nach einer durchschlafenen Nacht würde ich sicher klarer sehen. Auch in diesem Punkt irrte ich mich.

Eleanor-Rigby

Ein Flegel, und ohne den geringsten Humor. Er hat mich stehen lassen wie einen alten Schuh. Gut, immerhin hat er die Rechnung bezahlt, das hatte Stil... und ich habe ihm zugegebenermaßen ziemlich zugesetzt. Dennoch war ich fuchsteufelswild. Maggie hätte gesagt, er hätte sich nicht aus dem Staub gemacht wie ein Dieb, wenn er sich nichts vorzuwerfen gehabt hätte. Im Übrigen bewies sein kleines »Geschäftsmodell« mit den Möbeln, dass er nicht die Ehrlichkeit in Person war. Es sei denn, das Gegenteil traf zu: Er war gegangen, weil ich ihn beleidigt hatte, und wenn ich ihn beleidigt hatte, dann war er unschuldig.

Ich ging ins Hotel zurück in der Hoffnung, einen klareren Gedanken fassen zu können. Im Schneidersitz auf meinem Bett schaltete ich den Laptop ein, nachdem ich mir die in der Bibliothek aufgenommenen Fotos als E-Mail geschickt hatte. Ich machte mich daran, den *Independent* erneut zu lesen, als mir einfiel, einen Namen auf einem Stück Papier notiert zu haben. Ich fand ihn in meiner Manteltasche und vertiefte mich in die Lektüre des Artikels, die diesem Namen gewidmet war.

Der Stanfield-Clan, an dessen Spitze Hanna, die Ehefrau von Robert Stanfield, steht, gehört zu den mächtigsten Familien in Baltimore.

Robert Stanfield, Held des Zweiten Weltkriegs, verdankt es seiner Frau, heute einer der bekanntesten Kunsthändler des Landes zu sein.

In wenigen Tagen wird unter ihrer beider Schirmherrschaft eine bemerkenswerte Versteigerung stattfinden, bei der Käufern aus aller Welt ein Fragonard (Schätzpreis 300 000 Dollar), ein de la Tour (Schätzpreis 600 000 Dollar), ein Degas (Schätzpreis 450 000 Dollar) und ein Vermeer (Schätzpreis 1 000 000 Dollar) angeboten werden.

Robert Stanfield lernt Hanna 1944 in Frankreich kennen.

Stanfield, der zusammen mit der Frau, die er zwei Jahre später heiraten wird, an Bord eines Schiffs in sein Heimatland zurückkehrt, wo er zuvor bei seinem Vater in Ungnade gefallen war, lässt sich mit seiner Frau in New York nieder.

1948 eröffnet die Galerie Hanna Goldstein an der Madison Avenue. Da der Familie Stanfield damals zahlreiche Gläubiger auf den Fersen sind, veräußert das junge Paar unter dem Mädchennamen Hannas eine Bildersammlung, die sie geerbt hat, und kann sich so auf dem Kunstmarkt etablieren. Hanna Goldstein ist dieses Milieu nicht fremd. Ihr Vater, ein Opfer der Nationalsozialisten, war zwischen den Weltkriegen ein reicher und angesehener Händler, zu dessen Kunden unter anderem die Rockefellers und Wildensteins gehören. Die Galerie Hanna Goldstein floriert schon bald. 1950 kehren Robert und seine Frau nach Baltimore zurück, nachdem sie die Schulden beglichen haben, die Robert Stanfields Eltern – bei einem Autounfall auf tragische Weise ums Leben gekommen – hinterließen. Hanna kauft von den Banken die Hypotheken des Familienbesitzes zurück, dessen Führung sie anschließend übernimmt.

1951 eröffnet die Galerie eine Filiale in Washington, 1952 eine weitere in Boston.

Die Umsätze steigen, und die Stanfields häufen ein beträchtliches Vermögen an.

Die Kunsthändler Stanfield sind zudem Immobilienmagnaten geworden. Sie haben in großem Umfang zum Bau unseres Golfplatzes beigetragen, ein Flügel des Städtischen Krankenhauses trägt den Namen von Sam Goldstein zum Dank für die Spende, die seine Tochter anlässlich der Modernisierung getätigt hat. Die Familie ist an einem umfangreichen Renovierungsprogramm für die Docks beteiligt, das von der Gemeindeverwaltung gewünscht wurde. Sie sind bekanntlich auch an der Errichtung der neuen Kongresshalle beteiligt, dem ganzen Stolz der Stadt.

Aber wenn wir auf ihre Geschichte zurückblicken, so interessiert die Leser unserer Zeitung nicht das Privatleben dieser Menschen, sondern eher die Frage, ob ihr großes Ansehen tatsächlich gerechtfertigt ist, wo sie gerade anstreben, sich um das Amt des Gouverneurs zu bewerben. Was es beispielsweise mit Robert Stanfields Heldenhaftigkeit auf sich hat, dessen Verdienste vom Verteidigungsministerium nie ausgezeichnet wurden, oder unter welchen Umständen Hanna die Bilder ihres Vaters geerbt hat.

Wie sind so wertvolle Kunstwerke in die Vereinig-
ten Staaten gelangt? Wo waren sie während der dunk-
len Kriegsjahre gelagert? Wie konnte die Sammlung von
Sam Goldstein den Nazis entgehen, deren systematischer
Diebstahl jüdischen Eigentums wohlbekannt ist? Wer
hat diese Gemälde versteckt? Wer diente als Mittelsper-
son? Wie hat Hanna Stanfield sie sich wieder angeeig-
net? So viele wohlgehütete Geheimnisse einer Familie,
die danach strebt, ihren Einfluss von der Stadt auf den
gesamten Bundesstaat auszudehnen.
S.A.S.

Ich wusste nicht, welcher Name sich hinter dieser Abkürzung verbarg, aber ich war berufserfahren genug, um keinen Zweifel daran zu haben, dass es die Absicht des Autors
gewesen war, Schaden anzurichten. Heutzutage erregten
solche unterschwelligen Anschuldigungen kaum Aufsehen,
doch ich vermutete, dass dies zu Beginn der 1980er-Jahre
anders gewesen sein dürfte. Bei meiner Internetrecher-
che gelang es mir, Zugriff auf einen Kurzbericht eines Ar-
chivs zu bekommen. Robert Stanfield hatte seine Kandidatur zu den amerikanischen Gouverneurs-Wahlen am
Tag nach dem schrecklichen Unglück zurückgezogen, das
seine Familie getroffen hatte. Mehr sagte der Bericht dazu
nicht. Ich notierte mir, dass ich mehr über dieses Unglück
herausfinden wollte.

Kapitel 26

Robert Stanfield

Juni 1944

Die Sonne war noch nicht aufgegangen, doch die Dunkelheit der Nacht verlor sich nach und nach. Die beiden Maquisards – französische Widerstandskämpfer –, die Wache schoben, kämpften gegen den Schlaf an. Im Wald war alles ruhig, rund um den Jagdsitz befand sich keine Menschenseele.

Das Anwesen war zwar nicht sehr groß, aber ausreichend komfortabel. Im Erdgeschoss befand sich ein Wohnraum, darin, neben dem steinernen Kamin, ein Bereich, der als Küche diente, und eine Falltür im Boden, die in den Keller führte. Rechts ging eine Tür zum Zimmer von Sam und seiner Tochter, links eine zu dem Raum, in dem Robert wohnte. Im Obergeschoss, in dem zum Schlafsaal umfunktionierten Speicher, schnarchten fünf Partisanen. Es war fünf Uhr morgens, Robert stand von seinem Bett auf, rasierte sich rasch vor dem kleinen Küchenspiegel und packte sein Marschgepäck zusammen.

»Lass deinen Revolver hier«, sagte Titon, der Italiener.

»Wenn wir kontrolliert werden, durchsuchen sie uns, wir müssen wie Bauern aus der Gegend wirken.«

»Mit eurem Akzent nimmt euch kein Mensch den Bauern aus der Gegend ab«, feixte Maurice. »Wenn ihr kontrolliert werdet, soll er seine Papiere zeigen und den Mund halten.«

»Beeilt euch«, mischte sich ein dritter Genosse ein, »die Fabriktore öffnen um sechs. Ihr geht gleichzeitig mit den Arbeitern rein, das ist die einzige Möglichkeit, nicht aufzufallen.«

Titon und Robert sollten sich in die Munitionsfabrik einschmuggeln.

»Meldet euch in der Werkstatt, sagt dem Chef, dass die Tauben heute Morgen aufgestiegen sind. Er wird euch dann einen ›Proviantbeutel‹ geben, der alles Nötige enthält.«

»Und dann?«, fragte Titon.

»Dann mischt ihr euch unter die anderen und platziert die Sprengsätze unauffällig unter den Montagebändern.«

Die Sprengsätze bestanden aus Teilstücken gestohlener Regenrinnen. Jede Seite war mit einem Stöpsel verschlossen, es gab ein Loch, um eine Zündschnur durchzulassen, die mit kommerziellen Sprengstoffstäben verbunden war, organisiert von einigen sympathisierenden Minenarbeitern, die in den Steinbrüchen arbeiteten.

»Mittags gehen die Arbeiter zu einer Pause in den Hof hinaus. Ihr zündet die Lunten an, rechnet eine Sekunde pro glimmenden Zentimeter, zwei Minuten insgesamt, um zu verschwinden. Wenn es knallt, nutzt ihr die allgemeine überstürzte Panik und bringt euch in Sicherheit.«

In der Feuerstelle des Kamins hing ein Kessel über der noch warmen Glut. Robert und Titon nahmen sich eine

Schüssel Suppe. Sie mussten etwas essen, denn sie würden erst nachts wieder zum Jagdsitz zurückkehren.

Die Goldsteins kamen aus ihrem Zimmer. Sam drückte Robert die Hand. Schließlich nahm er ihn in die Arme, um ihm ins Ohr zu flüstern: »Seien Sie vorsichtig, ich habe keine Lust, mein Versprechen halten zu müssen.«

An die Tür gelehnt, eingehüllt in ihr Schweigen, beobachtete Hanna die beiden. Robert machte ihr ein kleines Handzeichen, nahm sein Marschgepäck und verließ mit Titon den Jagdsitz.

Sie liefen den Weg durch den Wald hinunter und schwangen sich auf ein Tandem, das sie am Fuß eines Baums am Wegrand erwartete.

Titon saß vorn, Robert hinten. Er fragte ihn, ob da etwas liefe zwischen der kleinen Jüdin und ihm. Niemandem entging, wie sie ihn anschaute.

»Sie ist wohl noch ein bisschen jung«, antwortete Robert.

»*Il cuore pien di dibolesses*«, sagte Titon und seufzte.

»Das verstehe ich nicht.«

»Das ist unser Dialekt aus Treviso und bedeutet, es ist sehr schade, dass dieses Kind so viel Traurigkeit in seinem Herzen hat. Aber warum bist eigentlich du als Amerikaner gekommen, um so weit weg von deiner Heimat zu kämpfen?«, fragte Titon.

»Keine Ahnung, ich glaube aus Rebellion gegen meinen Vater. Ich hatte das Herz voller romantischer Ideale.«

»Dann bist du ein echter Dummkopf. Der Krieg hat nichts Romantisches.«

»Du bist auch gekommen, um weit weg von deiner Heimat zu kämpfen.«

»Ich bin hier geboren, meine Eltern kamen 1925 hierher.

Aber für die Franzosen werde ich immer ein Fremder bleiben. Sie schätzen uns nicht sonderlich. Ich fand sie immer komisch, unsere Eltern haben uns oft ans Herz gedrückt, aber die Franzosen umarmen ihre Kinder nie. Als ich klein war, dachte ich deshalb, sie würden sie nicht lieben, aber tatsächlich wissen sie nicht, wie sie ihre Gefühle ausdrücken sollen.«

»Wenn sie so viele Fehler haben, warum schlägst du dich dann für sie?«

»Ich kämpfe gegen die Faschisten, egal, wo sie sind, und wenn dich ein anderer Genosse nach den Gründen für dein Engagement fragt, antworte ihm dasselbe, das ist besser für dich.«

Nach zehn Kilometern wurden sie von Gendarmen angehalten, die an einer Kreuzung postiert waren.

Titon und Robert zeigten ihre Papiere vor. Wie vereinbart, sprach nur Titon. Sie waren Arbeiter und auf dem Weg in die Munitionsfabrik. Er flehte den Brigadier an, sie passieren zu lassen, wenn sie zu spät kämen, würden sie einen Mordsärger mit ihrem Vorarbeiter bekommen.

Einer der Gendarmen näherte sich Robert und fragte ihn, ob es ihm die Sprache verschlagen habe.

»Er ist taubstumm«, antwortete Titon an seiner Stelle.

Der Brigadier befahl ihnen abzusteigen. Er rempelte Robert an, und der Fluch, den dieser daraufhin ausstieß, verriet seine Herkunft.

Mit zwei gegen vier war es eine ungleiche Partie, die jedoch nicht unbedingt verloren sein musste. Titon stürzte sich auf den Brigadier und versetzte ihm einen Kinnhaken, der ihn in die Knie gehen ließ. Robert griff einen anderen Gendarmen an und konnte ihn zu Boden drücken. Der

Dritte verpasste ihm einen Fußtritt in die Rippen, der ihm den Atem nahm, einen weiteren ins Gesicht und einen Absatzkick gegen das Kinn, der ihn benommen machte. Der Italiener warf sich auf den Gendarmen und versetzte ihm einen Aufwärtshaken mitten ins Gesicht, aber der vierte Gendarm zog seine Waffe und gab drei Schüsse ab.

Titon war sofort tot. Die Gendarmen schleiften die Leiche an den Straßenrand, wobei sie eine lange Blutspur auf der Straße hinterließen. Robert wurden Handschellen angelegt, und man warf ihn hinten in einen Kleintransporter.

Im Kommissariat zog man ihn aus, bevor er, nackt wie ein Wurm, auf einen Stuhl gefesselt wurde. Drei Milizionäre befanden sich im Raum. Eine Frau, die gefoltert worden war, krümmte sich, am Boden zusammengekauert, vor Schmerz. Robert hatte noch nie gesehen, welches Leid Gewalt hervorbringen kann, er war noch nie mit seinem Unrat, dem Geruch von Blut, vermischt mit dem von Urin, konfrontiert gewesen. Ein Milizionär verpasste ihm so heftige Ohrfeigen, dass sein Stuhl umstürzte. Seine beiden Helfershelfer stellten ihn wieder auf, und der Milizionär begann von vorn. Dieses Hin und Her dauerte eine Stunde, ohne dass man ihm eine einzige Frage gestellt hätte. Robert wurde zwei Mal ohnmächtig, und beide Male holte man ihn zurück, indem man ihm einen Eimer Eiswasser über den Körper schüttete.

Dann stieß man ihn in einen Kerker. Auf dem Gang lag gekrümmt ein Mann auf einem Strohsack, Oberkörper und Beine waren von Wunden bedeckt. Robert betrachtete ihn lange.

Der Milizionär schrie: »Kennt ihr euch?«

Mit einem verstohlenen Blick gab der Widerstandskämpfer Robert zu verstehen, er solle ihn nicht erkennen.

Mittags führte man ihn wieder in die Folterkammer
und verprügelte ihn. Es hagelte Schläge. Ein Polizist kam
herein, er befahl den Milizionären, sofort aufzuhören und
den Raum zu verlassen.

»Inspektor Vallier, ich bedauere die Behandlung, die
Ihnen hier zuteilgeworden ist. Wir dachten, Sie seien
Engländer, aber Sie sind Amerikaner, nicht wahr? Ich
habe nichts gegen Ihre Landsleute, im Gegenteil. Gary
Cooper, John Wayne, das sind alles klasse Typen. Meine
Frau schwärmt für Fred Astaire. Ich finde ihn etwas un-
männlich, aber ich muss gestehen, dass er gut mit seinen
Beinen umgehen kann.«

Und Vallier ließ sich zu einer kleinen Steppnummer
hinreißen, um die Atmosphäre zu entspannen.

»Ich bin etwas neugierig, Berufskrankheit. Daher frage
ich mich, was ein Amerikaner wohl im Schilde führen
kann, der in Gesellschaft eines Terroristen auf einem Tandem fährt. Und bevor Sie antworten, lassen Sie mich Ihnen
die beiden Vermutungen mitteilen, die mir durch den Kopf
gingen. Die eine ist, dass er sie als Anhalter mitgenommen hat und Sie nicht wussten, zu welcher Höllenbrut dieser Verräter gehörte. Die andere ist, dass Sie ihn begleitet
haben. Es dürfte klar sein, dass beide Vermutungen unterschiedliche Konsequenzen haben. Lassen Sie mich noch
kurz nachdenken, bevor ich mich entscheide... Wenn er
Sie mitgenommen hat, fragt man sich, warum er allein auf
einem Tandem gefahren ist. Sie sehen, das passt nicht, und
das ist ärgerlich. Denn wenn meine Vorgesetzten sich dieselbe Frage stellen sollten, wüsste ich nicht, wie ich Sie

aus ihren Fängen befreien sollte. Bevor sie vom Mittagessen zurückkommen, werde ich Ihnen daher ein kleines
Geheimnis verraten. Das Kommissariat kann man durch
zwei Türen verlassen. Eine führt zu einem kleinen Hof,
dort wird man Sie erschießen. Unsere Gerichte sind bereits damit überlastet, die französischen Terroristen zu
verurteilen, und überhaupt hätte ein Amerikaner, der sich
ihnen auf unserem Grund und Boden anschließt, ohnehin kein Anrecht auf einen Prozess. Ausländische Agenten werden kurzerhand erschossen. Nun ist es an Ihnen,
gut zu überlegen, was Sie mir sagen werden. Sie sind jung,
Sie haben das Leben noch vor sich, es wäre wirklich be-
dauerlich, wenn es jetzt schon zu Ende ginge. Ach, bin ich
dumm, ich vergaß, Ihnen über die zweite Tür zu berichten. Stellen wir uns einmal vor, dass Sie mir einige Namen
sowie den Ort nennen, wo Sie sich mit Ihren Schicksals-
genossen versteckt hielten, dann wäre es mir ein Vergnügen, Ihnen die Handschellen abzunehmen und Sie zurück
auf die Straße zu bringen. Ich würde Ihre Papiere als echt
betrachten, und der junge Robert Marchand könnte nach
Hause zurückkehren. Denken Sie nur, wie glücklich Ihre
Eltern wären, Sie wiederzusehen, vielleicht haben Sie ja
auch eine hübsche Verlobte?«

Inspektor Vallier wandte sich der Wanduhr zu.

»Hören Sie dieses Ticken«, säuselte er und hielt die
Hand an sein Ohr. »Meine Vorgesetzten werden gleich
zurückkommen. Die Gendarmen haben Ihnen aufgelau-
ert, an jeder Kreuzung dieser Straße waren Patrouillen postiert. Wir wissen, dass Sie sich irgendwo im Wald verstecken. Seit Wochen wird er von Milizionären durchkämmt,
um Sie aufzuspüren, mit oder ohne Ihre Hilfe ist es also

nur eine Frage von Tagen, bis man Sie aufspürt. Zu sterben, um das Unvermeidliche hinauszuzögern – was für eine Dummheit, was für ein vergeudetes Leben! Vertrauen Sie sich mir jedoch an, retten Sie damit das Leben Ihrer Freunde. Wenn wir wissen, wo sich ihr Unterschlupf befindet, wird die Festnahme gewaltlos erfolgen. Umzingelt werden sie sich ergeben. Wenn die Milizionäre sie hingegen bei einer Patrouille aufspüren, wird es einen Schusswechsel und Blutvergießen geben, und das Ergebnis wäre in beiden Fällen dasselbe. Stellen Sie Ihre Intelligenz unter Beweis, retten Sie Ihre eigene Haut und die Ihrer Kameraden. Rufen Sie mich, sobald Sie Ihre Entscheidung getroffen haben. Es bleibt Ihnen dafür allerhöchstens eine Viertelstunde.«

Kapitel 27

Eleanor-Rigby

Oktober 2016, Baltimore

Als George-Harrison morgens im Frühstücksraum erschien, erzählte ich ihm von den Stanfields. Ich hatte einen Teil der Nacht damit zugebracht, nach ihren Spuren in der Stadt zu suchen, allerdings ohne etwas gefunden zu haben – nicht einmal die Adresse besagter Villa. Eingedenk der Art, wie Mum meinen Vater in Croydon aufgespürt hatte, war ich im Hotel zur Rezeption gegangen, um nach einem Telefonbuch zu fragen. Der Concierge sah mich an, als wäre ich eine Außerirdische.

Sobald George-Harrison seinen Kaffee getrunken hatte, fragte ich ihn, ob er bereit sei, mich zum Rathaus zu begleiten.

»Erst wenn Sie vor mir niederknien und um meine Hand anhalten«, antwortete er belustigt.

Ich verzog das Gesicht zu einem gequälten Lächeln und versicherte ihm, wenn er sich anstrengte, würde ich bei seinem nächsten Scherz versuchen zu lachen. Im Rathaus angelangt, teilten wir uns die Arbeit auf. Ich würde in den

Personenstandsbüchern überprüfen, ob Hanna und Robert Stanfield noch lebten, während er beim Katasteramt Nachforschungen zum Standort ihres Hauses anstellen sollte.

»Na ja, wenn sie tot sind, finden wir sie zwangsläufig auf dem Friedhof.«

»Ich befürchte, wenn Sie weiterhin so lustig sind, kommen wir nicht weit...«

An der 100th North Holiday Street erhob sich ein Gebäude im Historismus-Stil, das mit seinem von einer Kuppel überragten Mansardendach eine perfekte Neuauflage der Barockkunst war. Während meiner Reisen in den USA hatte ich verschiedene offizielle Bauten ähnlicher Architektur besichtigt. Doch als wir eintraten, verloren wir uns in einem wahren Labyrinth. Jeder für sich, klopften wir an einer Tür nach der anderen, doch keine war die richtige. Nachdem wir uns drei Mal unter der Rotunde begegnet waren – einem runden Platz, von dem aus verschiedene Gänge zu den einzelnen Flügeln führten –, beschlossen wir, gemeinsam weiterzusuchen. Als wir über einen Flur im zweiten Stock irrten und gerade wieder umkehren wollten, war angesichts unserer verzweifelten Gesichter eine Frau so nett, uns zu helfen.

Sie schien sich hier gut auszukennen. Sie trat zum Geländer und deutete auf einen Gang im ersten Stockwerk.

»Richtung Süden«, rief sie. »Am Ende des Flurs biegen Sie nach rechts ab, dann nach links, und Sie sind am Ziel.«

»Und wo genau sind wir dann?«, fragte George-Harrison.

»Na, beim Standesamt. Aber beeilen Sie sich, es schließt um zwölf.«

»Und wie kommen wir zur Treppe?«

»Da müssen Sie sich nördlich halten«, meinte sie und wandte sich um. »Gehen Sie die Stufen herunter und dann in die entgegengesetzte Richtung. Umrunden Sie die Rotunde und dann geradeaus.«

»Und zum Katasteramt?«, fragte ich.

»Haben Sie zufällig schon einmal von einer in Baltimore alteingesessenen Familie namens Stanfield gehört?«, unterbrach mich George-Harrison.

Die Frau hob eine Augenbraue und bat uns, ihr zu folgen. Wir gingen die Treppe hinunter und befanden uns an unserem Ausgangspunkt in der Mitte der Rotunde. In der Außenmauer befanden sich sechs Kuppeln, und in jeder von ihnen erhob sich eine Statue. Die Frau deutete auf eine aus Alabaster, die einen Mann im Gehrock und mit Zylinder darstellte, dessen Hand auf dem Knauf eines Spazierstocks ruhte.

»Frederick Stanfield, 1842 bis 1924«, verkündete sie belustigt. »Wenn Sie nach ihm suchen, können Sie sich den Besuch beim Standesamt sparen. Er war einer der Stadtgründer und als Architekt an der Errichtung dieses schönen Gebäudes beteiligt. Die ersten Pläne wurden direkt vor dem Ausbruch des Bürgerkriegs eingereicht, der Bau begann 1867 und wurde acht Jahre später beendet. Und zwar für die Kleinigkeit von damals acht Millionen Dollar. Ein wahres Vermögen. Um sich vorzustellen, was diese Summe heute ausmachen würde, muss man sie mit Hundert multiplizieren. Ein Viertel davon würde reichen, um mein gesamtes Budget zu finanzieren.«

»Verzeihen Sie meine Neugier«, sagte ich, »aber wer sind Sie?«

»Stephanie Rawlings-Blake«, erwiderte die Bürgermeisterin von Baltimore, »ich freue mich, Sie hier willkommen zu heißen. Aber halten Sie mich bitte nicht für gebildeter, als ich es bin, ich laufe den lieben langen Tag an diesen Statuen vorbei.«

Wir bedankten uns herzlich, und bevor wir uns verabschiedeten, fragte ich sie, ob die Stanfields noch immer in Baltimore lebten.

»Ich habe keine Ahnung«, antwortete sie, »aber ich kenne jemanden, der Ihnen da weiterhelfen kann.«

Sie griff nach ihrem Handy, fragte, ob ich etwas zu schreiben hätte, und gab mir eine Telefonnummer.

»Professor Shylock ist unser wandelndes Gedächtnis, er kennt die Geschichte von Baltimore wie kein Zweiter und unterrichtet an der Johns Hopkins University. Er ist sehr beschäftigt, aber richten Sie ihm einen schönen Gruß von mir aus, ich bin sicher, dass er Ihnen dann weiterhilft. Er wird mir auch diesen Gefallen tun, denn er schreibt schließlich schon all diese öden Reden, die ich bei den verschiedenen Eröffnungen halten muss. Aber das dürfen Sie ihm natürlich nicht sagen. Jetzt muss ich mich verabschieden, ich habe einen Termin mit einem Mitglied des Gemeinderats.«

Sie verschwand ebenso diskret, wie sie aufgetaucht war.

»Bedanken Sie sich bloß nicht«, brummte George-Harrison.

»Wofür sollte ich mich bei Ihnen bedanken?«

»Für meine Geistesgegenwart, die Bürgermeisterin zu befragen und uns damit einen weiteren verlorenen Tag zu ersparen.«

»Ach, wussten Sie denn etwa, dass sie die Bürgermeisterin ist? Was ich mir von Ihnen alles anhören muss! Und zu

Ihrer Information, darf ich Sie darauf hinweisen, dass wir nie von der Existenz der Stanfields erfahren hätten, wenn wir nicht in die Bibliothek gegangen wären.«

»Erstens sind Sie unglaublich bösgläubig, zweitens darf ich Sie zu Ihrer Information darauf hinweisen, dass sich noch niemand bei einem Dankeschön die Zunge abgebissen hat, und drittens, was sollen wir mit Ihren Stanfields anfangen?«

»Hätten Sie mir heute Morgen zugehört, würden Sie jetzt nicht diese Frage stellen. Hanna und Robert Stanfield waren bekannte Kunstsammler, aber gleichzeitig auch in die Immobiliengeschäfte dieser Stadt verwickelt, der sie auch viel gestiftet haben. Der einzige Ort, an dem wir Informationen über sie gefunden haben, waren der *Independent* und die *Sun*. Eine Kurzmeldung, der zu entnehmen war, Robert Stanfield habe auf seine Kandidatur für das Amt des Gouverneurs verzichtet. Mister Stanfield hat sich aufgrund eines privaten Unglücks in seiner Familie zurückgezogen, aber nirgendwo steht ein Wort darüber, worum es sich handelt. In der Politik ist Schweigen das, was man am teuersten bezahlt. Das ist ein eindeutiger Hinweis auf ihre Machtstellung.«

»Okay, die Stanfields waren sehr einflussreich, aber inwiefern betrifft uns das?«

»In ihrem Brief hat Ihre Mutter ein Drama erwähnt, lesen Sie die einzelnen Punkte noch einmal und sagen Sie mir dann, dass Ihnen das nicht verdächtig vorkommt. Aber falls Sie eine bessere Fährte haben, höre ich Ihnen gerne zu.«

George-Harrison wedelte ungeduldig mit den Schlüsseln seines Pick-ups.

»Also auf zur Johns Hopkins University. Sie können Professor Shmolek von unterwegs aus anrufen.«

»Shylock! Und wenn Sie zugeben würden, dass ich eine gute Journalistin bin, würden Sie sich auch nicht gleich die Zunge abbeißen!«

Der Professor empfing uns im Lauf des Nachmittags. Die Empfehlung der Bürgermeisterin gewährte uns mühelos Zutritt zu seinem Büro. Seine Sekretärin hatte gleich auflegen wollen, doch George-Harrison, der mir das Handy abgenommen hatte, war es gelungen, einen Termin zu bekommen.

Am Ende seiner Vorlesung sammelte Shylock seine Unterlagen ein, und die wenigen anwesenden Studenten verließen lautlos das Audimax. Er kratzte sich am Hals, stieg vom Podium und verzog das Gesicht. Das weiße Haar bedeckte den Hinterkopf, der graue Bart war dicht und sein Anzug alterslos. Trotz allem war er ein eleganter betagter Herr. Als wir uns vorstellten, wirkte seine Miene eher verzweifelt, er nahm seine Brille ab und machte eine weit ausholende Bewegung, um uns zu bedeuten, wir sollten ihm folgen.

In seinem Büro, das nach Wachs und Staub roch, angekommen, deutete er auf zwei freie Sessel und nahm in seinem Platz. Dann öffnete er eine Schreibtischschublade, zog ein Röhrchen mit Schmerztabletten heraus und schluckte zwei.

»Dieser verdammte Ischias«, brummte er. »Wenn Sie gekommen sind, um sich einen Ratschlag für Ihre weitere berufliche Orientierung zu holen, dann kann ich Ihnen gleich einen geben: Sterben Sie besser, bevor Sie alt werden!«

»Das ist sehr freundlich von Ihnen, aber leider sind wir nicht mehr in dem Alter, in dem man studiert«, antwortete George-Harrison.

»Das mag für Sie gelten!«, warf ich ein.

Shylock setzte seine Brille auf und sah von einen zum anderen.

»Hm, ganz unrecht hat er nicht«, stellte er fest und rieb sich das Kinn. »Wenn Sie also nicht gekommen sind, um den Professor zu belästigen, was kann ich dann für Sie tun?«

»Uns über die Stanfields informieren.«

»Verstehe«, meinte er und straffte sich, wobei er eine furchtbare Grimasse zog. »Das kleinste Detail der Geschichte bedeutet für den Historiker die meiste Arbeit. Und diese beginnt mit Büchern. Das wiederhole ich meinen Studenten ständig. Wenn Sie sich für das Leben von Frederick Stanfield interessieren, dann gehen Sie in die Bibliothek, statt mir meine Zeit zu stehlen.«

»Hanna und Robert, die beiden letzten der Linie. Über sie möchten wir mehr erfahren, haben aber nichts dazu gefunden. Wir haben mehr als genug im Internet gesucht, ich habe sogar einen großen Teil der letzten Nacht damit verbracht.«

»Hervorragend! Mir gegenüber sitzt eine angehende bedeutende Historikerin. Sie hat einen Teil ihrer Nacht damit verbracht, in der Enzyklopädie des Blödsinns zu recherchieren! Wie dumm Sie doch sein können! Jeder dahergelaufene Trottel schreibt beliebigen Unsinn in Ihrer atmosphärischen Rumpelkammer. Jeder Idiot legt dort seine Prosa ab und veröffentlicht, was ihm gerade durch den Kopf geht und jeglichen Wahrheitsgehalts entbehrt, und dann wundert man sich über die Lügen und Unwahrheiten, die Ihr Netz überschwemmen. Versuchen Sie es! Behaupten Sie morgen einfach mal, George Washington sei ein herausragender Tangotänzer gewesen, und hundert Trottel werden diese Information auch auf ihrem Account veröffentlichen. Bald werden wir Google fragen, um welche Uhrzeit wir pinkeln gehen sollen, um Prostatakrebs vorzubeugen. Aber gut, jemand, dem ich verpflichtet bin, hat Sie empfohlen, also bin auch ich Ihnen verpflichtet, lassen Sie uns versuchen, möglichst wenig Zeit zu verlieren. Was möchten Sie über die Stanfields wissen?«

»Was aus ihnen geworden ist.«

»Nun, wie alle in einem bestimmten Alter sind sie verstorben. Das wird auch Ihnen passieren.«

»Schon lange?«, schaltete sich George-Harrison ein.

»Robert Stanfield ist Ende der 1980er-Jahre gestorben, das genaue Jahr weiß ich nicht, seine Frau etwas später. Man hat seinen Wagen in den Docks gefunden. Der Schmerz hat ihn zu dieser Verzweiflungstat getrieben, es war Selbstmord, daran besteht kein Zweifel.«

»Haben Sie das im Internet gelesen, oder haben Sie einen stichhaltigen Beweis dafür?«, fragte George-Harrison.

Für seine Schlagfertigkeit gegenüber diesem übellaunigen Meckerfritzen stieg er in meiner Wertschätzung um zehn Punkte.

Shylock hob den Kopf und sah ihn streng an. »Na, sagen Sie mal, Sie sind ganz schön unverschämt, mir gegenüber einen solchen Ton anzuschlagen.«

»Dabei ist die Luft dünn geworden, seit wir Ihr Büro betreten haben«, fuhr mein Begleiter fort.

Zehn Extrapunkte!

»Stimmt, ich habe Sie nicht mit ausgesuchter Höflichkeit empfangen, aber an dem Tag, an dem Sie so sehr unter Ihrer Hüfte leiden wie ich jetzt, werden wir ja sehen, wie Ihre Laune ist. Nein, ich habe keinen stichhaltigen Beweis, und niemand hat den Kongress von Philadelphia im Jahr 1774 gefilmt, und doch wissen wir, was die Gründerväter dort geleistet haben. Die Geschichte wird anhand von Schlussfolgerungen, dem Abgleich von Fakten und den Aussagen von Zeitzeugen geschrieben. Und um auf seine Ehefrau zurückzukommen, die Sie interessiert, so hat sie, soweit ich weiß, eines Morgens das Personal einbestellt, die Gehälter bezahlt und ihr Haus verlassen, ohne je zurückzukehren. Glauben Sie, jemand in ihrer Position hätte sich als Anhalterin auf eine Reise durch das Land gemacht?«

»Welches Drama oder welches Unglück ist der Familie Stanfield denn widerfahren?«, fragte ich.

»Sie können von Dramen, also im Plural sprechen. Da wäre zunächst der Zweite Weltkrieg mit seinen Traumata, später das Verschwinden ihrer ältesten Tochter, dann das von Edward, mit dem die Dynastie der Stanfields endet. Wie viele Mütter liebte Hanna ihren Sohn hingebungsvoll. Er war ihr Ein und Alles. Der Glanz der Stanfields erlosch innerhalb weniger Monate. Hinter vorgehaltener Hand wurden Anschuldigungen hinsichtlich des Diebstahls gemunkelt, dem sie zum Opfer gefallen waren – es war die Rede von Versicherungsbetrug. Und bezüglich Edwards Unfall, der sich wenige Wochen nach seiner Hochzeit ereignete, ging das Gerücht um, es sei eben kein Unfall gewesen. Und es hieß, der Katalog der im letzten Moment abgesagten Versteigerung sei künstlich aufgeblasen worden. Das ist ziemlich viel Gerede für eine Provinzstadt.

Die Stanfields führten einen aufwendigen Lebensstil, und plötzlich wollten die Leute ihres Standes nichts mehr mit ihnen zu tun haben. Ihr Vermögen schwand, und ich bin sicher, dass Hanna Stanfield den Tod der Einsamkeit und Entehrung vorzog. Innerhalb kürzester Zeit hatte sie alles verloren – ihre Familie und ihren Besitz. Robert war als Erster an einem Herzinfarkt gestorben, doch böse Zungen behaupteten, sie habe ihn vergiftet. Eine wahre Schande, wenn man bedenkt, dass er seinen letzten Atemzug in den Armen seiner Geliebten tat.«

»Warum hat die Presse nichts darüber geschrieben?«

»Ich wiederhole es noch einmal, Baltimore ist eine Provinzstadt. Misses Stanfield hatte Feinde, aber auch einflussreiche Freunde. Ich vermute, die örtlichen Chefredakteure hatten die Würde, sie nicht noch mehr zu quälen. Zu ihren Glanzzeiten haben sie sie sehr hofiert.«

»Was hätten sie schreiben können?«, fragte ich.

»Seit der Zeit, von der ich spreche, sind über dreißig Jahre vergangen. Warum interessieren Sie sich für die Stanfields?«

»Das ist eine lange Story«, sagte ich und seufzte. »Sie haben gesagt, die Geschichte würde anhand von Schlussfolgerungen, dem Abgleich von Fakten und den Aussagen von Zeitzeugen geschrieben, also versuche ich, solche Vergleiche zu finden.«

Shylock sah aus dem Fenster. Den Blick auf die Straße gerichtet, schien er abwesend, so als wäre er in eine noch nicht so weit zurückliegende Vergangenheit abgetaucht.

»Ich bin den beiden wiederholt bei gesellschaftlichen Anlässen begegnet, ein Universitätsprofessor, der Karriere machen will, muss sich von Zeit zu Zeit zeigen. Aber ich habe sie nur einmal privat getroffen. Ich beabsichtigte, eine gesammelte Biografie aller Gründerväter von Baltimore zu schreiben. Aber ich habe das Werk nie vollendet. Robert war der einzige Nachfahre von Frederick Stanfield. Also nahm ich Kontakt zu ihm auf, und er empfing mich in seinem Haus. Er war ein zurückhaltender Mann, aber auch sehr großzügig. Er hat mich gut aufgenommen, mir seine Bibliothek gezeigt und einen unglaublichen Whisky angeboten. Einen Macallan Fine von 1926. Ich vermute, selbst zu jener Zeit waren weltweit nicht mehr als zehn Flaschen davon im Umlauf. Es ist also ein unvergessliches Gefühl, wenn man das Glück hat, einen solchen Tropfen – und sei es auch nur einmal im Leben – kosten zu dürfen. Wir haben uns lange unterhalten, und aus Neugier stellte ich ihm Fragen über seine eigene Vergangenheit. Robert hatte vor dem Einmarsch der Alliierten in Frankreich gekämpft, und das war umso bemerkenswerter, als so etwas damals nur selten vorkam. Die meisten unserer Landsleute, die 1944 nach Europa entsandt wurden, waren in England stationiert. Ich wusste, dass er dort zu jener Zeit seine Frau kennengelernt hatte, und ich träumte insgeheim davon, in meinem Buch auch ihre Geschichte zu erzählen und so eine Art Kontinuität zwischen der glorreichen Vergangenheit seines Vorfahren und seiner eigenen herzustellen. Gerade als ich das Thema ansprach, betrat seine Frau den Raum. Robert verstummte auf der Stelle und beendete unsere Unterhaltung überstürzt. Im Rahmen meiner Arbeit habe ich zahlreiche Zeugenerinnerungen zusammengetragen und Menschen ausgequetscht, so wie Sie es gerade mit mir machen, aber ich kann Ihnen nicht sagen, warum die Stanfields so zurückhaltend waren. Ich zweifele jedoch nicht daran, dass es an Hannas Einfluss auf ihre Familie lag. Die wenigen Augenblicke, die ich mit den beiden in der Bibliothek verbrachte, haben mir ihre Autorität klargemacht. Sie entschied alles. Und sie war auch diejenige, die mich zur Tür begleitete. Sehr höflich, aber bestimmt, damit ich spürte, dass ich nicht mehr willkommen war. Was könnte ich Ihnen sonst noch erzählen? Alles andere ist Klatsch, und das ist nicht mein Ressort.«

»Könnten Sie uns sagen, wo sich das Haus befand, nachdem Sie ja dort waren?«

»Es war kein Haus, sondern ein regelrechtes Anwesen. Ich bin Mitglied der Gesellschaft zum Erhalt historischer Gebäude, und meine Kollegen und ich haben aufs Schärfste protestiert, als ein Immobilienmakler ohne Weiteres die Erlaubnis erhielt, es abzureißen und stattdessen einen Komplex von luxuriösen Eigentumswohnungen zu errichten. Durch all diese Mauscheleien wird unser historisches Erbe zugunsten weniger Privilegierter vernichtet. Korruption und Geldgier sind die Geißel dieser Stadt. Der frühere Bürgermeister hat sich bei diesen Spielchen die Finger verbrannt, aber seine Nachfolgerin ist integer. Ansonsten hätte ihre Empfehlung Ihnen nicht die Möglichkeit gegeben, mich außerhalb meiner Vorlesungen zu treffen. Ja, aber die Zeit vergeht, und ich muss wieder zurück ins Audimax.«

»Wie war dieses Anwesen?«, beharrte ich.

»Luxuriös und reich möbliert, dazu Bilder großer Meister, aber leider ist von dieser Pracht nichts übrig geblieben.«

»Was ist aus der Kunstsammlung geworden?«

»Misses Stanfield hat sich von ihr getrennt, ich nehme an, aus finanziellen Gründen. Aus den zuvor erwähnten Umständen ist ihr das nicht leichtgefallen. Es tut mir leid,

Sie enttäuschen zu müssen, aber es ist keine Spur mehr von ihrer Existenz vorhanden, alles hat sich mit der Zeit aufgelöst.«

Shylock begleitete uns zur Tür seines Büros und wünschte uns viel Glück.

Als wir wieder in seinem Pick-up saßen, war George-Harrison schweigsam. Zehn Minuten später fragte ich ihn, wohin wir führen.

»Ich muss zugeben, dass den Stanfields wirklich viel Unglück widerfahren ist, aber sie sind nicht die Einzigen, denen so etwas geschieht, daraus also zu schließen ...«

»Hören Sie auf, Sie haben gewonnen, ich bin derselben Meinung. Ich habe mich in die Irre führen lassen, und das Schlimmste ist, dass ich nicht mehr weiterweiß.«

»Allerdings«, meinte George-Harrison, als er vor dem Kommissariat parkte, »ist mir eine Sache bei den Ausführungen Ihres Professors Shmolek aufgefallen.«

»Der Diebstahl, von dem er gesprochen hat? Daran habe ich auch gedacht. Aber ebenso wie bei den Dramen gibt es davon in einer Stadt dieser Größe mehr als jede Menge, und dasselbe gilt für Versicherungsbetrügereien.«

»Genau. Aber es war der Whisky, von dem er gesprochen hat, ein Macallan Fine aus dem Jahr 1926.«

»Sind Sie Kenner?«

»Nein, meine Mutter auch nicht, und dennoch besaß sie eine solche Flasche. Meine ganze Kindheit über habe ich sie bei uns auf dem Büfett stehen sehen. Jedes Jahr im Oktober schenkte sie sich ein winziges Glas ein. Jetzt, da ich um den Wert weiß, verstehe ich besser, warum. Schließlich habe ich sie gefragt, was dieses Theater solle, aber sie hat mir nichts sagen wollen.«

»Ich übernehme die Rolle des Advocatus Diaboli, aber es gibt sicher ebenso viele Flaschen von diesem Whisky wie Dramen und Diebstähle.«

»Keinen 1926er. Davon gibt es auf der ganzen Welt höchstens noch zehn, hat uns der Professor erklärt, und er schien sich auszukennen. Ich glaube, es ist kein Zufall. Der Macallan, den meine Mutter besaß, stammte aus Robert Stanfields Keller.«

»Denken Sie, dabei handelt es sich um den Schatz, der in dem Brief erwähnt wird?«

»Wir könnten uns nach dem Preis dieses edlen Tropfens erkundigen, aber ich glaube es nicht. Übrigens wäre das auch wirklich lächerlich, denn ich kann Ihnen versichern, dass sie ihn bis auf den letzten Tropfen ausgetrunken hat. Ich habe den Eindruck, wir folgen einem vorgegebenen Weg, und ich wüsste gerne, wer unsere Schritte lenkt.«

»Wollen Sie damit andeuten, unsere Begegnung mit der Bürgermeisterin sei kein Zufall gewesen?«

»So weit würde ich nicht gehen, aber vielleicht die mit Shmylek.«

»Shylock!«

»Ihr zufolge ist er das wandelnde Gedächtnis der Stadt. Die anonymen Briefe vereinen uns vor einer Fotografie unserer Mütter. Diese führt uns zu den Archiven des *Independent*. Der *Independent* bringt uns zu den Stanfields. Früher oder später hätten wir die Statue entdeckt. So viele Hinweise, die uns zum Professor führen.«

»Verdächtigen Sie ihn?«

»Warum nicht? Wer könnte besser wissen, was wirklich auf dem Anwesen der Stanfields geschehen ist?«

»Seine Gehbeschwerden würden erklären, warum er uns

zu sich gelockt hat. Aber wie hätte er mit uns in Verbindung treten sollen, woher hatte er unsere Adressen? Woher hätte er wissen sollen, dass Sie verzweifelt nach Ihrem Vater suchen? Woher hat er so viele Informationen über unsere Leben, bis hin zum Vornamen meiner Schwester?«

»Angenommen, er wüsste etwas mehr über diesen Raub, als er vorgibt. Angenommen, er würde unsere Mütter verdächtigen, ihn begangen zu haben. Das würde zum Tenor der Briefe passen, und das wäre die Verbindung. Zudem ist er vielleicht kein solcher Internetgegner, wie er vorgibt, und außerdem hat er sich gerühmt, bei seiner Arbeit Menschen ausgequetscht zu haben.«

»Und er soll hinter dem Schatz her sein? Ich hatte nicht den Eindruck, dass Geld ihn interessiert, sein Anzug war ebenso blank gescheuert wie seine Glatze.«

»Für jemandem, der einer Leidenschaft folgt, ist Geld vielleicht nicht so wichtig. Der Professor hat sich auch gerühmt, Mitglied der Gesellschaft zum Erhalt des kulturellen Erbes oder irgend so etwas zu sein. Vielleicht ist ein Objekt von großem historischem Wert gestohlen worden, und er hat es sich zur Aufgabe gemacht, es wiederzufinden.«

»Bravo, Sie hätten einen hervorragenden Enthüllungsjournalisten abgegeben.«

»Sie haben mir nicht zufällig gerade ein Kompliment gemacht?«

Die Ironie in seinem Blick machte ihn unglaublich verführerisch. Und das war ehrlich gesagt nicht das erste Mal. Ich hätte ihn gerne geküsst, aber ich tat es nicht.

Maggies Schatten war omnipräsent, doch inzwischen misstraute ich nicht mehr George-Harrison, sondern mir selbst. Ich wusste nicht, wohin mich dieses Abenteuer führte – sofern es überhaupt jemals zu irgendetwas führen würde. Meine Redaktion würde mich nicht ewig hierlassen. Ein Flirt mit George-Harrison – und wenn es auch nur ein kleines Intermezzo wäre – würde die Dinge nur verkomplizieren.

»Woran denken Sie?«, wollte er wissen.

»An nichts, ich habe mich gefragt, warum Sie vor dem Kommissariat gehalten haben.«

»Sie müssen jetzt Ihren Presseausweis benutzen und vor dem wachhabenden Polizisten eine Charmenummer abziehen, damit er uns Zugang zu den Polizeiarchiven gewährt. Mit etwas Glück finden wir dort das Protokoll der Anzeige wegen des Diebstahls und vor allem heraus, was gestohlen worden ist.«

»Und wenn der Polizist eine Frau ist?«

»Dann werde ich mein Bestes geben.«

»Ich habe Sie schon bei der Arbeit beobachtet, für jemanden, der behauptet, kein Verführer zu sein, machen Sie Ihre Sache nicht schlecht.«

Kapitel 28

Sally-Anne

Oktober 1980, Baltimore

Als Sally-Anne das Loft betrat, war sie überrascht. Etwa zwanzig Windlichter, bestehend aus einfachen, in Gläser gestellten Kerzen markierten den Weg zum Schlafzimmer. Sie verdrehte die Augen und seufzte. May legte eine rührende Romantik an den Tag, doch Sally-Anne empfand diese Art Aufmerksamkeiten als eine Verpflichtung zum Glück, die ihr unangenehm war, ein Übermaß an Gefühlen, das sie verunsicherte. Ihr war nicht nach so etwas zumute. Verwundert stellte sie fest, dass der Fußboden mit Porzellanscherben übersät war. Vorsichtig setzte sie einen Fuß vor den anderen und klopfte schließlich an die Tür.

May saß mit von Wimperntusche verschmierten Wangen im Schneidersitz auf dem Bett, auf den Knien eine Zeitung.

»Ich habe dir so sehr vertraut, wie konntest du mir das nur antun?«, rief sie mit einer Mischung aus Traurigkeit und Trotz.

Allem Anschein nach hatte May herausgefunden, dass

die Bank abgesprungen war, und von der widerwärtigen Einmischung ihrer Mutter erfahren. Sally-Anne hatte den Widerruf des Kredits für sich behalten, nicht etwa aus Stolz oder weil sie etwas verheimlichen wollte, sondern weil sie aus Rache um jeden Preis die erste Nummer des *Independent* herausbringen wollte. Dann wäre noch immer Zeit genug, dem Redaktionsteam mitzuteilen, dass dies auch die letzte Ausgabe war und alle ab sofort arbeitslos seien. Es war zwar nicht fair, ihre Mitarbeiter so zu überrumpeln, aber wenn man zornig ist, bedenkt man solche Dinge nicht.

»Hast du das Geschirr kaputt geworfen, um daran deine Wut auszulassen?«

»Ich hatte gehofft, das würde mich beruhigen, aber dem ist nicht so.«

»Ich nehme an, Edward hat es dir gesagt?«

»Dazu ist dein Bruder viel zu feige, er ist ein Dreckskerl.«

»Da erzählst du mir nichts Neues«, antwortete Sally-Anne und trat ans Bett.

Sie setzte sich auf den Rand und betrachtete Mays T-Shirt, das eng an ihrem Busen anlag. Sie spürte ein Verlangen in sich aufsteigen, was vielleicht auch auf die Spannung zurückzuführen war, die in der Luft lag.

»Warum hast du mir nichts gesagt?«

»Um dich zu schützen.«

»Eine solche Demütigung… oder war es, um mir zu beweisen, dass deine Warnungen berechtigt waren? Macht dich deine Eitelkeit so grausam? Wenn du ihn verachtest, warum hast du ihn dann auf meine Kosten gedeckt?«

Von einem Zweifel beschlichen nahm Sally Anne die *Baltimore Sun* von Mays Knien und legte ihre Hand darauf.

»Wovon redest du?«

»Stopp, ich bitte dich, hör auf zu lügen. Du hast schon genug Schaden angerichtet, verkauf mich bitte nicht auch noch für dumm«, sagte May und seufzte tief.

»Du willst die Wahrheit wissen? Uns bleibt gerade noch genug Geld, um das Papier bei der Druckerei zu bezahlen, nicht aber die Miete und schon gar nicht die Gehälter, darum habe ich dir nichts gesagt. Bei deiner Ehrlichkeit hättest du mich nie gewähren lassen, sondern gleich das ganze Team entlassen. Außerdem hat dich offenbar das Liebesspiel mit meinem Trottel von Bruder so glücklich gemacht, dass ich dir das nicht verderben wollte, selbst wenn es mich schier verrückt gemacht hat. Das war nicht richtig, und ich bitte dich um Entschuldigung, aber lass uns dieses Abenteuer gemeinsam zu Ende führen. Wir müssen die erste Nummer herausbringen, und wenn du mir nicht verzeihen kannst, trennen wir uns anschließend.«

May richtete sich auf und sah sie verstört an. »Jetzt wüsste ich gerne, wovon du sprichst.«

Die beiden Frauen wechselten einen verständnislosen und herausfordernden Blick. Sally-Anne ging als Erste zum Angriff über.

»Vom letzten Geniestreich meiner Mutter, die es geschafft hat, dass uns der Kredit verweigert wird, von was soll ich sonst reden? Wir werden von Schulden erdrückt, und der Scheck, den sie mir ins Gesicht geschleudert hat, wird nicht ausreichen, um sie zu begleichen. Du hättest das Geschirr nicht kaputt werfen sollen, wir haben nicht mal Geld, um es zu ersetzen. Ein anderes Geheimnis, nein, das habe ich nicht für dich.«

May beugte sich vor, um die *Baltimore Sun* aufzuheben.

Sie reichte sie Sally-Anne und deutete auf eine Kurzmeldung, die sie eingekreist hatte.

Anlässlich eines Maskenballs, den Mister Robert Stanfield und seine Gemahlin Hanna Ende des Monats in ihrem Anwesen ausrichten, wird die Verlobung ihres Sohnes Edward mit Miss Jennifer Zimmer, der Tochter von Fitzgerald und Carol Zimmer und Erbin der gleichnamigen Bank, gefeiert.

»Ich bin nicht eingeladen …« Sally-Anne seufzte schwer. »Sie halten mich von der Verlobung meines eigenen Bruders fern. Und du hast es aus der Zeitung erfahren?«

Sie rückte näher zu May und schloss sie in die Arme.

»Ich schwöre dir, dass ich nichts davon wusste.«

Wange an Wange ließ May sich von ihr wiegen.

»Ich weiß nicht, wer von uns beiden sich mehr gedemütigt fühlt.«

»Sie haben mich verstoßen, als wäre ich eine Nutte.«

May erhob sich und forderte Sally-Anne auf, ihr zu folgen. Von der Zimmertür aus sah man das Licht der Kerzen, das sich in den Porzellanscherben spiegelte.

»Ich habe deinen Bruder drei Mal angerufen, und euer Butler hat gesagt, er habe einen Termin, mir aber versprochen, es auszurichten. Während ich auf ihn wartete, habe ich begriffen, dass er nicht kommen würde. Kannst du dir vorstellen, wie grausam das war? Ich glaube, seine Feigheit macht mich noch wütender als seine Lügen. Und dabei hat er mich mit auf seine Insel genommen und mir seine Liebe geschworen. Wie blöd ich doch bin, und sag mir jetzt bitte nicht, du hättest mich nicht gewarnt.«

»Es ist noch schlimmer, als du vermutest, denn es ist keine Feigheit, sondern ein Komplott, das meine Mutter und er ausgeheckt haben. Während er dich von mir entfernte, hat sie uns den Todesstoß versetzt. Ihrer Tochter in den Rücken, dir mitten ins Herz.«

Nach der Anspielung auf Hanna Stanfields unheilvollen Einfluss herrschte Schweigen im Loft.

»Komm, setz dich«, sagte May schließlich. »Ich habe ein gutes Essen gekocht, und an meinem Schreibtisch ist gedeckt.«

Sie nahmen zwei Stühle und setzten sich einander gegenüber.

»Wir werden es nicht dabei belassen«, flüsterte Sally-Anne rachelustig.

May dachte zurück an das Wochenende auf der Insel in Kent. Einige Tage zuvor war sie noch glücklich gewesen, doch Edward hatte sie dieses Gefühls beraubt. Sally-Anne betrachtete den Teil des Lofts, in dem Keith den Redaktionsraum eingerichtet hatte. Vor wenigen Tagen war dort der *Independent* ins Leben gerufen worden. Aber ihre Mutter hatte ihn ihr genommen.

»Wir werden uns holen, was uns zusteht«, erklärte sie schließlich.

»Deinen Mistkerl von Bruder kannst du behalten.«

»Ich denke nicht an ihn, sondern an die Zeitung.«

»Wie willst du das ohne Geld anstellen?«, fragte May und ging zum Gasherd.

Sie zündete die Flamme an, um die Kressesuppe aufzuwärmen.

»Mein Vater verwahrt in seinem Tresor ein kleines Vermögen in Schatzbriefen. Das ist die bevorzugte Währung der Kunstliebhaber, wenn sie das Finanzamt umgehen wollen. Offiziell veräußert man ein Bild zum Ankaufspreis, und der zu versteuernde Mehrwert wird mit Schatzbriefen bezahlt. Aus den Augen, aus dem Sinn. Die Briefe sind anonym und können in jeder Bank gegen bare Münze eingetauscht werden, ohne dass man sich nach der Herkunft erkundigt.«

»Aber sie befinden sich im Safe deines Vaters, und wir sind keine Diebinnen.«

»Wer spricht denn von Diebstahl? Die Stanfields haben ihr Vermögen durch das Erbe meines Großvaters aufgebaut, das heißt seine Gemälde und seinen Ruf. Doch ich bin die einzige Erbin seiner moralischen Haltung. Wenn er wüsste, wie sich seine Tochter heute verhält, wäre er entsetzt und der Erste, der mir helfen würde.«

»Gut«, meinte May, während sie das Essen austeilte, »angenommen, du bekämst den dir zustehenden Teil deines Erbes, dann wäre es kein Diebstahl, aber es würde mich wundern, wenn deine Eltern ihn dir aushändigen würden.«

»Eben darum werden wir uns selbst bedienen.«

»Sally, wenn deine Eltern dich nicht zur Verlobung deines Bruders eingeladen haben, dann kann ich mir nicht vorstellen, dass sie dir ihren Safe öffnen.«

»Der Schlüssel befindet sich in der Zigarrenkiste, die mein Vater in der Minibar in seinem Büro kühl hält.«

»Du willst also nachts über die Dachluke einsteigen und die Schatzbriefe stehlen, während deine Eltern und das Personal schlafen? Wir sind hier doch nicht beim Film!«

»Schon nachts, aber wir werden unerschrocken und vor aller Augen durch die Eingangstür marschieren und durch sie auch wieder hinausgehen.«

May griff nach der Weinflasche – ein Château-Malartic-Lagravière.

»Ein 1970er, du hast ihn nicht zum Narren gehalten«, zischte Sally-Anne. »Wenigstens werde ich ihn an seiner Stelle trinken, auch wenn das nur ein schwacher Trost ist.«

»Du bist schon so trunken genug, ich weiß nicht, ob es richtig ist, noch mehr des Guten zu tun.«

Sally-Anne schenkte den Wein ein und hob ihr Glas, um anzustoßen. May begnügte sich damit, ihres in einem Zug zu leeren.

»So, Schluss mit dem Unsinn. Wann willst du unserem Redaktionsteam reinen Wein einschenken und den Leuten erklären, dass wir sie nicht mehr bezahlen können?«

»Das brauche ich gar nicht, wir werden dieses Gehalt bezahlen, ebenso wie die folgenden.«

»Hör auf, du bist albern, du wirst dein Elternhaus nicht mit den Schatzbriefen deines Vaters verlassen, und zunächst müssen sie dich überhaupt einmal hereinlassen.«

»Sie wissen ja gar nicht, wer wir sind, das ist doch das Prinzip eines Maskenballs, oder?«

»Entschuldige, wenn ich insistiere, aber mir scheint, dass du gar nicht eingeladen bist.«

»Nein, aber ich weiß, wie sich das ändern lässt, und wir werden gemeinsam hingehen.«

Sally-Anne erklärte ihren Plan, der allerdings für May nicht ungefährlich war: Ihr kam die Aufgabe zu, sich in das Anwesen der Stanfields zu begeben, um die Einladungsliste zu verändern.

May lehnte es kategorisch ab, sich noch einmal in Edwards Höhle zu begeben. Auch sie war wie eine Hure behandelt worden, als sie, nachdem sie sich ihm nachts

hingegeben hatte, am frühen Morgen durch den Dienstboteneingang hinausgeführt worden war.

Sally-Anne legte eine unglaubliche Überredungskunst
an den Tag, die der ihrer Mutter in nichts nachstand.

Als das Essen zu Ende ging, leerte May den Rest des
Bordeaux in ihre Gläser, und sie stießen an.

Kapitel 29

Eleanor-Rigby

Oktober 2016, Baltimore

Die Vorlage meines Presseausweises hatte nicht zum gewünschten Erfolg geführt. Der diensthabende Polizeibeamte verstand nicht, warum sich eine Zeitschrift, deren Themen die Natur und geografische Entdeckungen waren, für einen Kriminalfall aus dem Jahr 1980 interessierte. Und zu seiner Entschuldigung muss ich gestehen, dass auch ich Mühe hatte, es zu rechtfertigen. Meiner unsinnigen Erklärungsversuche überdrüssig, beschied er, ich solle einen ordnungsgemäßen Antrag bei der zuständigen Stelle einreichen. Aber wie lange würde das Prozedere dauern?

»Eine gewisse Zeit«, antwortete er mir. »Wir sind unterbesetzt.«

Dann vertiefte er sich wieder in den Roman, den er gelesen hatte, als wir vorstellig wurden.

George-Harrison, der spürte, dass ich außer mir war vor Wut, legte mir eine Hand auf die Schulter.

»Seien Sie nicht traurig, wir werden einen anderen Weg finden«, versprach er mir.

»Traurig«, brummte der Polizist, »ist, wenn man es morgens nicht eilig hat, zur Arbeit zu kommen, und abends noch weniger, nach Hause zu gehen, ich weiß, wovon ich spreche.«

»Da haben Sie nicht unrecht«, antwortete George-Harrison, »das habe ich auch erlebt. Aber Sie wissen nicht, wie es ist, wenn man beim Schreiben eines Buchs nicht vorankommt.«

Der Polizist hob den Blick.

»Wir sind nicht als Journalisten hier«, fuhr er fort, »sondern als Schriftsteller, und diese Geschichte ist das Herzstück unserer Handlung. Wir wollen möglichst realitätsbezogen sein. Sie werden also verstehen, dass ein Protokoll aus der damaligen Zeit unserem Roman die nötige Authentizität verleihen würde.«

»Welche Art Roman?«

»Ein Krimi.«

»Krimis sind das Einzige, was mich ablenkt! Meine Frau liest nur Liebesgeschichten, und es ist der Gipfel, dass sie trotz all der Lektüre außerstande ist, mir Liebe zu geben.«

Der verwunderte Beamte machte uns ein Zeichen, näher zu treten, und beugte sich über seinen Tresen, bevor er flüsterte: »Wenn Sie einem Ihrer Protagonisten meinen Namen geben, will ich Ihnen gerne helfen. Es muss nicht der Held der Geschichte sein, aber jemand, der eine bedeutende Rolle spielt, ein guter Typ! Ich stelle mir vor, wie meine Frau reagiert, wenn ich ihr die Passagen vorlese, in denen ich vorkomme.«

Ein kräftiger Händedruck besiegelte den Deal zwischen George-Harrison und dem Beamten, und dieser erkundigte sich, was genau wir suchten.

Eine halbe Stunde später kam er mit einer beigefarbenen verstaubten Akte zurück. Er las uns den Inhalt laut vor, so als sei er der Autor des Romans, den wir zu schreiben beabsichtigten.

»Der Einbruch hat sich am 21. Oktober 1980 gegen neunzehn Uhr zugetragen«, erklärte er und rieb sich das Kinn. »Es handelt sich um einen Cold Case, denn man hat den oder die Täter nie überführt. Er fand während einer Feier statt, die ein gewisser Robert Stanfield und seine Frau veranstalteten. Anscheinend hat sich der Täter unter die Gäste gemischt und Schatzbriefe aus ihrem Tresor entwendet. Immerhin hundertfünfzigtausend Dollar, das entspricht einem heutigen Wert von mindestens eineinhalb Millionen. Wie leichtfertig, eine solche Summe zu Hause aufzubewahren. Es stimmt zwar, dass es damals noch keine Kreditkarten gab, aber trotzdem. Ah, ich lese gerade, das Schloss wurde offenbar nicht aufgebrochen. Meiner Meinung nach, und ich habe wirklich Erfahrung, muss der Täter bestens informiert gewesen sein. Vermutlich hatte er einen Komplizen im Haus. Übrigens wurde, wie ich sehe, das gesamte Personal verhört, ebenso wie die Firma, die den Abend ausgerichtet und die Bedienungen gestellt hat. Es gibt rund dreißig Zeugenaussagen in dieser Akte. Und natürlich hat, wie immer, niemand etwas gesehen oder gehört. Eine wahre Meisterleistung.«

Der Beamte setzte seine Lektüre fort und nickte von Zeit zu Zeit, so als sei er jetzt der mit dem Fall betraute Ermittler.

»Der Diebstahl wurde gegen Mitternacht entdeckt, als die Hausherrin ihren Schmuck in den Tresor legen wollte. Sie haben die Polizei nachts um Viertel vor eins alarmiert.

Vermutlich mussten sie sich erst von dem Schock erholen und feststellen, was genau gestohlen worden war.«

»Wahrscheinlich hat sie nicht den gesamten Schmuck getragen«, bemerkte ich. »Hat der Dieb nichts vom Rest mitgehen lassen?«

»Nein«, erwiderte der Polizist und bekräftigte seine Äußerung mit einem Kopfschütteln. »In der Aussage ist von Schmuck nicht die Rede, nur von den Schatzbriefen.«

»Scheint Ihnen das normal?«, erkundigte sich George-Harrison.

»Ich habe in meiner Laufbahn nicht viel Normales erlebt, aber wir haben es hier mit einem Profi zu tun, daran besteht kein Zweifel. Er hat sich nicht mit Dingen belastet, die er nicht verkaufen konnte. Ich will Ihnen ein Berufsgeheimnis anvertrauen, das Ihrer Geschichte Authentizität verleiht, und ich wäre Ihnen dankbar, wenn Sie es meinem Protagonisten in den Mund legen würden. Ein guter Bulle arbeitet mit Schlussfolgerungen. In dem Verhörprotokoll ist von fünfzehn Personen die Rede, die fest für diese Leute gearbeitet haben. Putzfrauen, Köche, Oberkellner, Butler, eine Privatsekretärin und sogar eine Bügelfrau. Unglaublich, ich wusste nicht einmal, dass es so etwas überhaupt gibt. Daraus zu schließen, dass die – wie heißen sie noch mal? –, ach ja, die Stanfields über erhebliche finanzielle Mittel verfügten, wäre keine Übertreibung. Können Sie mir noch folgen? Also, ich fahre fort. Bei so reichen Leuten besitzt die Hausherrin im Allgemeinen keinen Billigschmuck. Und das erschwert die Dinge für einen Einbrecher. Eine Rolex, eine Perlenkette und sogar ein Solitär von normaler Größe lassen sich leicht verkaufen. Handelt es sich aber um Stücke von fünf- oder sechsstelligem Wert, ist das unmöglich. Außer, man würde sie einem Hehler übergeben, der über ein gutes Netzwerk verfügt. Dann werden die Steine zumeist ausgelöst und neu geschliffen, damit man sie nicht wiedererkennen kann, und so auf den Markt gebracht. Wenn Sie aber nicht mit dem Milieu vertraut sind, können Sie nichts damit anfangen.«

»Haben Sie schon in ähnlichen Fällen ermittelt?«, fragte ich.

»Nein, aber wie schon gesagt, ich lese jede Menge Krimis. Doch all das nur, um zu sagen, wenn der Dieb nichts außer Geld genommen hat, dann deshalb, weil er mit dem Rest nichts anzufangen wusste.«

»Was hätte sich sonst noch in einem Tresor dieser Art befinden können?«, erkundigte sich George-Harrison.

»Waffen vielleicht, aber wenn die Besitzer diese nicht angemeldet haben, dann werden sie sich hüten, sie zu erwähnen. Oder wertvolle Uhren, die leichter zu verkaufen sind, doch in dem Protokoll wird davon nichts erwähnt. Manchmal gibt es auch Goldbarren, aber die sind groß, und das Stück wiegt um die zwei Kilo, also etwas kompliziert, um die Veranstaltung unbemerkt zu verlassen, weil so ein Barren nicht einfach in die Tasche passt. Wären die Stanfields jünger gewesen und hätten dem Showbusiness angehört, hätte ich noch auf Drogen getippt, aber ich denke nicht, dass sie zu jener Art Leute gehörten, die sich ›das Näschen pudern‹.«

»Was außer Drogen und Waffen wird üblicherweise in einer Diebstahlserklärung sonst noch verschwiegen?«

»Nichts, eher das Gegenteil ist der Fall. Bei einem Einbruch versuchen einige Opfer, bestimmte Besitztümer beiseitezuschaffen, um sie sich dann erstatten zu lassen. Aber das betrifft uns nicht, die Versicherungsgesellschaften haben Privatdetektive, um solche Machenschaften aufzudecken, im Allgemeinen ist das nur eine Frage der Zeit, denn früher oder später begehen diejenigen, die solche faulen Tricks verwenden, einen Fehler. Die Lady sucht in der Stadt ein Restaurant auf und trägt das Collier, das ihr angeblich gestohlen wurde, oder eine Aufnahme mit dem Teleobjektiv belegt, dass ein als gestohlen deklariertes Bild im Wohnzimmer an der Wand hängt.«

»Aber bei den Stanfields war das nicht der Fall?«

»Das kann ich Ihnen nicht beantworten, denn jene, die erwischt werden, verhandeln direkt mit ihrer Versicherung und zahlen erhebliche Entschädigungen, um nicht ins Gefängnis zu wandern. So kommt jeder auf seine Kosten, der Verlierer wird zum Gewinner und der Gewinner zum Verlierer. Und es kommt auch vor, dass die Betroffenen Objekte, die nicht versichert waren, erst gar nicht angeben.«

»Warum?«, fragte ich verwundert.

»Für einflussreiche Menschen ist ein Einbruch eine Demütigung. So dumm das auch scheinen mag, werten einige so etwas als ein Zeichen der Schwäche. Und wenn die Versicherung bestimmte Verluste nicht deckt und sie die Konsequenzen selbst tragen müssen, stehen sie doppelt blöd da, also minimieren sie den Einbruch lieber.«

»Es wäre demnach nicht unmöglich, dass an diesem Abend auch andere Dinge gestohlen wurden?«, fragte George-Harrison.

»Wenn es in Ihren Roman passt, wäre das nicht unglaubwürdig, aber was auch immer Sie erfinden, bedenken Sie stets, dass es einfach zu transportieren sein muss. Andererseits ist es natürlich auch möglich, dass der Dieb vor

Ort einen Komplizen hatte und mit seiner Beute durch die Küche oder den Dienstboteneingang verschwunden ist, aber das müssen Sie entscheiden.«

Wir bedankten uns bei dem Beamten und schickten uns an zu gehen, doch dieser hielt uns zurück.

»Moment mal, Mister und Miss Schriftsteller, wie wollen Sie Ihr Versprechen halten, ohne meinen Namen zu kennen?«

Ich bat ihn eilig um etwas zum Schreiben.

»Franck Galaggher, mit zwei *g* und *h*. Welchen Titel wird der Krimi haben?«

»Wir könnten ihn *The Galaggher Affair* nennen«, schlug George-Harrison vor.

»Ernsthaft?«, fragte der Polizist begeistert.

»Völlig ernsthaft«, erwiderte er mit einer Selbstsicherheit, die mir bei der Verabschiedung fast die Sprache verschlug.

Ich saß auf dem Beifahrersitz und beobachtete George-Harrison am Steuer. Er hatte dieselbe Manie wie mein Vater: Er fuhr mit offenem Fenster, eine Hand am Lenkrad, die andere auf dem Türgriff.

»Warum sehen Sie mich so an?«

»Woher wollen Sie wissen, dass ich Sie ansehe, Ihr Blick ist ja auf die Straße gerichtet ... Und darum.«

»Sie mustern mich einfach nur so?«

»Wie sind Sie auf die Idee gekommen?«

»Mit dem Roman?«

»Nein, mit meiner Cousine Berthe!«

»Auf seinem Schreibtisch lagen zwei Bücher von James Ellroy *Perfidia* und *LAPD 53*, also habe ich mein Glück einfach versucht. Haben Sie wirklich eine Cousine, die Berthe heißt?«

»Sie sehen zwei Krimis auf einem Schreibtisch und entwickeln ein kleines Szenario. Sie haben wirklich Fantasie.«

»Ist das ein Fehler?«

»Nein, im Gegenteil.«

»Also ist es ein Kompliment?«

»Wenn Sie so wollen.«

»Ich habe nichts dagegen, es wäre das erste, seit wir uns kennen.«

»Ich glaube nicht, dass wir uns wirklich kennen.«

»Ich weiß, dass Sie Engländerin und Journalistin sind, Sie haben einen Zwillingsbruder und eine jüngere Schwester, Ihr Vater hängt an seinem alten Auto, Sie sitzen in meinem und haben vielleicht eine Cousine namens Berthe, das ist doch schon mal nicht schlecht.«

»Ja, das ist nicht schlecht. Über Sie weiß ich nicht so viel. Wie haben Sie erraten, dass der Polizist anbeißen würde?«

»Intuition… In Wahrheit hatte ich gar kein Szenario, ich wollte nur das Kommissariat erhobenen Hauptes verlassen. Und wir hatten das Glück, an einen Typen geraten zu sein, der sich tödlich langweilte.«

»Sie haben uns zu Lügnern gemacht, und ich hasse Lügen. Dieser arme Mann hofft nun, in einem Roman vorzukommen, den es nie geben wird. Und ich bin sicher, dass er den Mund nicht halten kann und sich gleich heute Abend damit vor seiner Frau brüsten wird, unseretwegen steht er dann wie ein Idiot da.«

»Oder vielleicht haben wir ihm auch einen Antrieb gegeben, einen eigenen Krimi zu schreiben. Und war es etwa keine Lüge, als Sie behauptet haben, im Auftrag Ihrer Zeitung nachzuforschen?«

»Doch, aber nur eine kleine.«

»Ach, es gibt also kleine und große Lügen?«

»Ganz genau.«

»Die Frau, mit der ich fünf Jahre meines Lebens verbracht habe, ist eines Tages verschwunden und hat mir nur eine Zeile hinterlassen. Am Vorabend hat sie sich nichts anmerken lassen und sich verhalten, als wäre alles normal. Glauben Sie wirklich, sie hat ihren Entschluss in der einen Nacht gefasst? Ist das nun eine große oder eine kleine Lüge?«

»Wie lautete der Satz?«

»›Du bist ein Bär, der im tiefen Wald lebt.‹«

»Und, war das eine Lüge?«

»Ich hoffe, mehr als nur das zu sein.«

»Als Erstes könnten Sie Ihren Bart abrasieren. Was hat sie Ihnen vorgeworfen?«

»Alles, was ihr am Anfang unserer Beziehung so gefallen hatte. Aber dann war unser Schlafzimmer zu klein und mein Atelier zu groß. Es störte sie, wenn ich in die Küche kam, während sie mich früher mit Schürze sehr sexy fand. Mein Kopf lastete zu schwer auf ihrer Schulter, wenn ich vor dem Fernseher einschlief, früher hingegen fuhr sie mir dann gerne mit der Hand durchs Haar.«

»Ich glaube, vor diesem Fernseher hat sich ein Schweigen zwischen Ihnen beiden ausgebreitet, das ihr nicht gefiel. Ebenso wenig wie die Monotonie. Vielleicht verabscheute sie sich in diesem Leben auch selbst, und dagegen konnten Sie nichts tun.«

»Sie warf mir vor, zu viel Zeit in meinem Atelier zu verbringen.«

»Also hat sie darunter gelitten.«

»Die Tür war stets geöffnet, sie hätte nur hereinkommen müssen, um mit mir zusammen zu sein. Ich liebe meinen Beruf, wie soll man mit jemandem leben, der sich nicht für das interessiert, was man tut?«

»Haben Sie nicht begriffen, dass sie sich wünschte, Sie würden sie lieben?«

»Doch, das habe ich verstanden, aber erst zu spät.«

»Trauern Sie ihr nach?«

»Gibt es in Ihrem Leben jemanden?«, wollte George-Harrison wissen.

»Wir haben uns hinsichtlich der Stanfields geirrt. Ich kann mir nicht vorstellen, dass meine Mutter eine Diebin war. Es scheint mir unmöglich, wirklich unmöglich, dass sie einen Tresor aufgebrochen haben soll.«

»Wir sind uns einig, dass Sie meine Frage nicht beantwortet haben.«

»Wären Sie eine Frau, hätten Sie meine Antwort verstanden.«

»Aber ich bin nun mal ein unrasierter Bär«, seufzte George-Harrison.

»Also, nachdem Sie es genau wissen wollen: Nein, es gibt niemanden in meinem Leben.«

»Hätten Sie jemals gedacht, dass unsere Mütter ein Verhältnis hatten?«

»Auch das nicht.«

»Nun, dann glaube ich, dass wir auf der richtigen Spur sind und die beiden den Diebstahl begangen haben, aber vielleicht hat ja nicht Ihre Mutter den Tresor aufgebrochen.«

»Warum sagen Sie das?«

»Mum hat nie wirklich gearbeitet. Zumindest nicht regelmäßig genug, um ein Kind aufzuziehen. Wir waren nicht reich, aber es hat mir nie an etwas gefehlt.«

»Vielleicht hat sie vor Ihrer Geburt gespart?«

»Um die ganze Zeit durchzuhalten, hätte sie recht viel beiseitelegen müssen. Außerdem hat der Polizist etwas erwähnt, was mir kaum Illusionen lässt. Er hat nicht von Geld, sondern von Schatzbriefen gesprochen. Und Mum besaß ein ordentliches Paket davon. Jeden Sommer und vor jedem Weihnachtsfest verkaufte sie einige.«

Ich fügte nichts hinzu, die Fakten sprachen für sich. Meine Mutter war nicht diejenige, für die ich sie gehalten hatte, doch ich wollte es nicht glauben. Welche anderen Lügen würde ich noch aufdecken? George-Harrison betrachtete mich, wie ich in mein Schweigen versunken dasaß, und schien auf eine Antwort zu warten.

»Haben Sie sie nie gefragt, woher diese Schatzbriefe kamen?«

»Als Kind beeindruckte mich das nicht weiter, und ich erinnere mich, dass sie eines Tages erwähnt hat, sie hätte sie geerbt.«

»Wir lebten nicht gerade im Überfluss. Wenn Mum also Schatzbriefe gehabt hätte, wäre das ein Segen für die ganze Familie gewesen.«

»Soll heißen, sie ist unschuldig und meine schuldig. Sind Sie erleichtert?«

»Eigentlich nicht. Die Vorstellung, meine Mutter – Chemielehrerin und so unnachgiebig bei der Erziehung ihrer Kinder – wäre eine derart durchgeknallte Rebellin gewesen, dass sie nicht einmal vor einem Einbruch zurückschreckte, missfällt mir letztlich nicht.«

»Sie sind aber wirklich voller Widersprüche!«

»Leute, die keine haben, sind Langweiler. Besitzt Ihre Mutter noch immer Schatzbriefe?«

»Ich habe die letzten verkauft, als sie in das Heim gezogen ist. Tut mir leid, hätte ich Bescheid gewusst, hätte ich mir anders geholfen und den Rest mit Ihnen geteilt.«

»Warum das, wenn meine Mutter nichts mit dem Diebstahl zu tun hatte? Ihre Mutter hat die Risiken auf sich genommen.«

»Immer langsam. Die Tatsache, dass Ihre Eltern Mühe hatten, über die Runden zu kommen, legt die Vermutung nahe, Ihre Mutter hätte ihren Teil der Beute nicht bekommen, aber es heißt nicht, dass sie nicht an dem Diebstahl beteiligt war. Denken Sie an die Worte des anonymen Briefschreibers.«

»Er hat geschrieben, sie habe auf ein beträchtliches Vermögen verzichtet. Vielleicht, weil die Ihre alles behalten hat. Es kommt vor, dass ein Komplize den anderen austrickst.«

»Sehr einfühlsam von Ihnen, aber ich unterbreche Sie gleich, Mum war immer von beispielhafter Ehrlichkeit.«

»Ich hoffe, das ist nicht Ihr Ernst. Sie hat eineinhalb Millionen Dollar aus einem Safe geklaut... Können Sie das Wort *Ehrlichkeit* überhaupt buchstabieren?«

»Hundertfünfzigtausend Dollar!«

»Der Wert zum damaligen Zeitpunkt! Ich glaube, ich träume, Ihre Mutter macht einen Einbruch, behält den Teil, der eigentlich meiner Mum zustand, und Sie präsentieren sie als Heilige!«

»Denken Sie lieber nach, statt ausfallend zu werden. Glauben Sie, sie würden sich mit ›Mein Liebling‹ anreden, wenn etwas so Widerwärtiges zwischen ihnen stünde?«

»Das hat Ihre Mutter zu meiner gesagt, ich habe ja die Briefe von Mum bis jetzt nicht zu Gesicht bekommen.«

»Gut, vielleicht habe ich nicht die richtigen Worte gewählt, aber ich schwöre Ihnen, dass sie stets von unfehlbarer Aufrichtigkeit war.«

»Und trotzdem kennen Sie Ihren Vater nicht.«

George-Harrison bedachte mich mit einem eisigen Blick, stellte das Radio lauter und hielt die Augen starr auf die Straße gerichtet.

Ich wartete, bis der Song zu Ende war, und schaltete dann den Ton aus.

»Entschuldigen Sie bitte, das hätte ich nicht sagen dürfen, es war wirklich nicht böse gemeint.«

»Wenn sich der Lebensmittelhändler beim Wechselgeld um einen Dollar verrechnet hatte, gab sie ihn zurück«, erregte er sich. »Als die Putzfrau sich das Bein gebrochen hatte, hat sie ihr das Gehalt weiterbezahlt, bis sie wieder arbeiten konnte. Als ich mich eines Tages in der Schule geprügelt hatte, hat sie zuerst gefragt, warum. Dann ist sie zum Direktor gegangen und hat ihm gesagt, die Eltern meines Klassenkameraden hätten vierundzwanzig Stunden Zeit, sich bei mir zu entschuldigen, ansonsten würde sie ihm den Hintern versohlen. Ich könnte Ihnen hundert weitere Beispiele geben, wenn ich Ihnen also sage, sie wäre außerstande gewesen, ihre Komplizin zu beklauen, dann müssen Sie mir glauben.«

»Warum haben Sie sich geprügelt?«

»Weil man mit zehn Jahren nicht über den ausreichenden Wortschatz verfügt, um anders als mit Fäusten auf den Vorwurf zu reagieren, wenn man keinen Vater hätte, dann müsse die eigene Mutter zwangsläufig eine Schlampe sein.«

»Verstehe.«

»Nein, Sie verstehen gar nichts.«

»Okay, ich bin blöd. Aber jetzt hören Sie mir gut zu, George-Harrison: Das Geld, das unsere Mütter gestohlen haben, ist mir völlig egal, selbst wenn ich davon träume, meinem Dad einen schönen Urlaub schenken zu können, aber ich verspreche Ihnen, dass ich nicht nach London zurückkehren werde, ehe wir nicht Ihren Vater gefunden haben.«

Er bremste und sah mich an. Sein Gesichtsausdruck hatte sich verändert, und ich hatte plötzlich den Eindruck, dass ich neben diesem kleinen Jungen saß, der sich eines Tages in der Schule mit einem anderen geprügelt hatte.

»Warum sollten Sie das für mich tun? Ich dachte, wir kennen uns kaum?«

Ich erinnerte mich an die Zärtlichkeit meines Vaters und an sein Verständnis, wenn es mir nicht gut ging, an seine sanfte Art und seine Intelligenz, mit der er mir aus einer schlechten Phase half, an die Verbundenheit, die uns in unserer Kindheit zuteilwurde, an seine Geduld und sein Wohlwollen, an all die Zeit, die er mir gewidmet hatte, und ich konnte mir den Mangel und das Leid vorstellen, die George-Harrison durchgemacht hatte. Aber ich fand nicht die Worte, um es ihm zu sagen.

»Es stimmt, dass wir uns nicht gut kennen. Und Sie haben mir noch immer nicht auf meine Frage geantwortet. Fehlt sie Ihnen?«

»Wer fehlt mir?«

»Nichts. Vergessen Sie, was ich gerade gesagt habe, und konzentrieren Sie sich auf die Straße.«

Meine Gedanken überschlugen sich, und ich erriet, dass es ihm nicht anders erging.

Plötzlich rief George-Harrison wie von einem Geistes-blitz getroffen: »Aber das ist doch ganz offensichtlich!« Er bremste und hielt am Straßenrand an.

»Sie haben sich die Beute geteilt. Mum hat die Schatz-briefe genommen und Ihre Mutter etwas anderes.«

»Warum wollen Sie unbedingt, dass sie noch etwas anderes gestohlen haben als die Schatzbriefe?«

»Die Bitte meiner Mutter: ›Lass diesen wertvollen Schatz nicht irgendwo im Vergessenen schlummern‹, bringt mich darauf.«

»Ich habe vorhin auch daran gedacht, als Sie mich ba-ten, nicht ausfallend zu werden – und apropos, erinnern Sie mich daran, Sie zu fragen, wann das gewesen sein soll. An-genommen, sie hätten geteilt. Wie ich Mum kenne, hätte sie sich entschieden, auf ihren Teil zu verzichten, weil es sich um schmutziges Geld gehandelt hat.«

»Ja, ich habe verstanden, Ihre Mutter war die personi-fizierte Tugend. Aber falls Sie recht haben, wäre doch die Hoffnung des anonymen Briefeschreibers, eine Beute aus-findig zu machen, die mit Sicherheit nach fünfunddreißig Jahren ausgegeben ist, von ungeheuerlicher Naivität. Es sei denn, ein Teil dieser Beute wäre nicht verkäuflich gewe-sen.«

Kapitel 30

Robert

Juni 1944, unweit von Montauban

Es war spät am Abend. Robert trat seit Stunden fest in die Pedale, und der Schmerz wurde nahezu unerträglich. Zehn Kilometer früher hatte er erneut am Straßenrand anhalten und sich übergeben müssen. An der Böschung hockend, knöpfte er sein Hemd auf und betrachtete die blauen Flecken, die seinen Oberkörper und seine Arme übersäten. Seine Lippen waren fast doppelt so dick wie normal, seine Lider derart angeschwollen, dass er sie kaum noch öffnen konnte. Von Zeit zu Zeit tropfte ihm Blut aus der Nase, und die aufgeplatzte Oberlippe führte zu einem metallischen Geschmack in seinem Mund. Nur seine Hände schienen noch halbwegs intakt zu sein. Hinter seinem Rücken zusammengebunden, waren sie von den Schlägen, mit denen man ihn über Stunden traktiert hatte, verschont geblieben.

Die meisten Erinnerungen an die Folter waren verschwommen, mit nur wenigen klaren Bewusstseinsmomenten. Aber das war jetzt unwichtig. Ihm blieb keine

Zeit, über sein Schicksal zu lamentieren, er hatte nur ein Ziel: Er wollte unbedingt vor dem Feind den Jagdsitz erreichen.

Am Ende des Pfads warf er das Tandem in den Graben, rannte durch den Wald und mit letzter Kraft den steilen Hang hinauf. Seine Sohlen rutschten auf dem lockeren Boden, doch es gelang ihm jedes Mal, sich an einem Ast festzuklammern und sich erneut aufzurichten.

Schließlich tauchte der Jagdsitz hoch am Gipfel des Hügels auf. Feiner Rauch stieg vom Dachfirst auf, alles war still, viel zu still.

Plötzlich vernahm er ein Knacken und ging auf die Knie, um sich vorsichtig voranzubewegen. Als er Antoines Leiche vor der Außentreppe sah, wusste Robert, dass er zu spät gekommen war.

Die Fenster waren durch den Kugelhagel zerborsten, die Mauern von Einschusslöchern durchsiebt. Von der Tür war nichts als ein Holzbrett geblieben, das in einer der Angeln hing.

Im Inneren der Hütte erwartete ihn ein einziges Gemetzel. Der Geschosshagel hatte die Möbel zerfetzt, drei Partisanen lagen, grauenhaft zugerichtet, am Boden. Dem einen quollen die Eingeweide aus dem Bauch, dem anderen fehlten beide Beine, abgerissen durch die Explosion einer Granate, der Dritte war nur an seiner korpulenten Statur zu erkennen, sein Gesicht unter Schlamm und Blut verborgen.

Robert wurde übel, und wenn sich sein Magen nicht vorher schon mehrfach geleert hätte, hätte er sich wohl noch einmal übergeben. Mit wild klopfendem Herzen sah er sich um und schrie: »Sam! Hanna!«

Nichts als tödliche Stille war die Antwort. Robert stürzte

in ihre Kammer und fand den alten Mann am Fußende des Betts – der Blick starr, ein Arm ausgestreckt, in der Hand eine Pistole. Blut quoll ihm aus der Schläfe.

Robert kniete vor ihm nieder und schluchzte, als er Sams Augen schloss. Er nahm die Waffe an sich und schob sie sich unter den Gürtel.

Er kehrte zurück auf die Außentreppe, suchte mit den Blicken den Wald ringsumher ab und betete innerlich, dass Hanna, so unwahrscheinlich das auch sein mochte, sich dort hatte verstecken können.

»Hanna!«

Abgesehen vom Piepsen eines Spatzen blieb alles still. Nacktes Entsetzen packte ihn bei dem Gedanken, die Milizen hätten sie womöglich verschleppt, und er wollte sich lieber nicht vorstellen, was dann mit ihr geschehen würde. Er blieb einen Moment reglos stehen und weinte beim Anblick des Baumstumpfs, auf dem er so oft Seite an Seite mit Sam eine Zigarette geraucht hatte. Der Kunsthändler hatte ihm von seinem Leben erzählt, wie er seine Frau kennengelernt hatte, von der innigen Liebe zu seiner Tochter, von der Leidenschaft für seinen Beruf, von seinem Stolz, als es ihm gelungen war, einen Hopper zu erwerben.

Die Nacht brach herein und hüllte den Jagdsitz ins Dunkel.

Robert war jetzt allein, und er fragte sich, wie viele Nächte ihm wohl noch blieben. In wenigen Stunden würde in Baltimore der Tag anbrechen. Er dachte an seine Eltern, an sein behagliches Zimmer in ihrem großen Anwesen, an die Feste, die dort gegeben wurden, an die Bibliothek, wo sein Vater sein Vermögen verschleuderte, wenn er beim Pokerspiel verlor. Er erinnerte sich, ihn eines Morgens in seinem Büro – betrunken und schluchzend vor Wut – angetroffen zu haben. Nie würde er die Blicke vergessen, die sie gewechselt hatten, der eine erfüllt von Scham, der andere von Verzweiflung. Und er dachte, er würde wegen einer Pokerpartie Tausende Kilometer von zu Hause entfernt krepieren.

Der Zorn verlieh ihm neue Kraft. Sam hatte sich das Leben genommen, um sich nicht seinen Gegnern auszuliefern, und diese Heldentat erinnerte ihn an sein Versprechen. Wenn es eine noch so kleine Chance gab, dass Hanna am Leben war, würde er sie finden. Mithilfe seiner Kameraden würde er sie aus ihrem Kerker befreien, selbst wenn er dabei draufgehen würde.

»Welche Kameraden?«, murmelte er. »Die, die du kennst, sind tot, die anderen werden dich umbringen wollen.«

In seinem jugendlichen Übermut aber schwor er sich, am Leben zu bleiben und den Pakt einzuhalten, den er mit dem alten Kunsthändler geschlossen hatte. Er würde als Held in seine Heimat zurückkehren, die Familienehre retten, jemand Bedeutendes werden, wie alle seiner Linie, von seinem Vater mal abgesehen. Er dachte an die Bilder, die in einem Loch am Ende des Kellers versteckt waren. Wenn er nach Baltimore zurückkehren würde – mit oder ohne Hanna –, durften diese Werke von unschätzbarem Wert nicht hier zurückbleiben.

Der Mond stand jetzt hoch am Himmel und war mit seinem hellen Licht weit über die Baumkronen geklettert. Robert hatte noch nicht die Kraft gefunden, in die Hütte zurückzukehren, wo Sams Leiche in seinem Schlafzimmer und die der Freunde im Hauptraum lagen. Er gab sich einen Ruck und trat ein.

Am Boden entdeckte er eine alte verbeulte Petroleumlampe und zündete den Docht an. Dabei hütete er sich,
den Blick auf etwas anderes als auf die Kellerluke zu richten. Er öffnete sie und stieg hinab.

Er hängte die Lampe an eine Leitersprosse und begann
die Kisten, die den Zugang zum Tunnel versperrten, beiseitezuräumen. Sobald die Passage groß genug war, griff er
erneut nach der Lampe und schob sich durch den Spalt.

Während er sich auf die Bohle zubewegte, die Sam ihm
gezeigt hatte, erregte ein Geräusch seine Aufmerksamkeit.
Es war ein unregelmäßiger Atem am Ende des Tunnels,
dort, wo die Waffenkisten abgestellt waren. Robert griff
mit einer Hand nach der Pistole und hielt mit der anderen
die Petroleumlampe hoch. Eine Gestalt zeichnete sich im
gelblichen Licht der Flamme ab. Ein zusammengekauer-
ter Frauenkörper. Hanna hob den Kopf und starrte ihn verstört an.

Sie begann zu schreien und wehrte sich wie eine Furie,
als er sie in die Arme nehmen wollte. Mit seinem ver-
schwollenen Gesicht war er nicht zu erkennen, aber als
er sie anflehte, sich zu beruhigen, wurde ihr klar, dass er
kein Milizionär war, der sie vergewaltigen wollte. Zitternd
schmiegte sie sich an ihn und erzählte gleichsam in Trance,
was früher am Tag passiert war ...

Am späten Nachmittag hatte ein Lastwagen mit bewaffneten Milizionären unten am Weg gehalten. Raoul, der
Wache hielt, ahnte, dass sie diesmal nicht zu einer einfachen Erkundung in den Wald gekommen waren. Er rannte
zum Jagdsitz, um die anderen zu warnen, griff nach einer
der Waffen und sagte, er wolle damit die Männer, so gut
es ginge, in Schach halten, um den Angriff zu verzögern,

bis alle die Flucht ergriffen hätten. Sam weigerte sich mitzukommen, seine Beine seien nicht mehr kräftig genug. Er flehte die Widerstandskämpfer an, Hanna mitzunehmen, doch der Jagdsitz war bereits umzingelt, und Antoine starb im Kugelhagel. Jetzt eröffneten die Widerständler das Feuer. Alberto mit der Statur eines Bären befahl Sam, sich im Keller zu verstecken. Die Milizsoldaten waren vor allem auf der Jagd nach den Mitgliedern der Résistance; mit etwas Glück würden sie den alten Mann und seine Tochter verschonen.

Sam ließ Hanna als Erste in den engen Gang treten, den er gleich wieder versperrte, indem er die Kisten eine nach der anderen wieder davorschob. Hanna hatte die Hand ausgestreckt und ihn angefleht, sie nicht allein zu lassen, doch ihr Vater hatte geantwortet: »Du must leben, für mich, für deine Mutter, für all diejenigen, die, wie wir, verfolgt werden. Mach das Beste aus diesem Leben und vergiss niemals, dass du die Tochter von Sam Goldstein bist. Denk an die Friedensträume auf unseren gemeinsamen Reisen und an alles, was ich dich gelehrt habe. Du übernimmst die Flamme, die dein Vater dir überreicht, und du machst daraus tausend Fackeln, um den Himmel zu erleuchten. Eines Tages wirst du eigene Kinder haben. Erzähl ihnen von deinen Eltern und sag ihnen, dass deine Mutter und ich sie lieben. Wohin auch immer ich gehe, ich werde über sie wachen, wie ich über dich gewacht habe.«

Und während er sie »einmauerte«, wurde er nicht müde zu wiederholen, dass er sie liebe.

Bald wurde seine Stimme von Gewehrsalven übertönt. Er stapelte die letzte Kiste auf, und Hanna fand sich in tiefster Finsternis wieder.

Die Schießerei oben endete abrupt, und sie konnte Stimmen hören. Ein Mann öffnete die Klappe und stieg herab. Hanna verkroch sich ans hinterste Ende des Tunnels und hörte ihn brüllen: »Gut, Leute, hier ist niemand mehr. Das ist ein echter Saustall; ich wäre gern vor Mitternacht zu Hause.«

»Was machen wir mit den Leichen?«, fragte ein anderer aus dem Hauptraum.

»Wir nehmen ihre Papiere an uns«, antwortete ein Dritter. »Die Familien werden benachrichtigt, die können sie dann holen. Diesen dreckigen Job müssen wir uns schließlich nicht aufhalsen.«

Hämisches Gelächter war zu hören, der Mann stieg die Leiter wieder hinauf, schloss die Falltür, und Stille kehrte ein.

Hannas Bericht endete in einem langen Klagelaut, sie warf den Kopf vor und zurück und rief nach ihrem Vater. Robert fürchtete, sie könne dem Wahnsinn verfallen, deshalb musste er sie so schnell wie möglich von dort fortschaffen. Er ergriff ihre Hand und zog sie ans andere Ende des Tunnels, löschte aber das Licht der Laterne, bevor sie die Leiter hinaufstiegen.

»Man weiß nie, ob nicht einer der Milizionäre im Wald lauert.«

Eine Notlüge, denn Robert wollte vermeiden, dass Hanna die verstümmelten Körper all derer sah, die sich geopfert hatten, um sie zu retten.

Sie durchquerten den Raum. Auf der Freitreppe drehte sich Hanna um und flehte Robert an, sie zu ihrem Vater zu führen.

»Ich bitte Sie inständig«, sagte er mit erstickter Stimme,

»was Sie dort sehen würden, könnten Sie niemals wieder vergessen.«

Sie folgten dem Pfad in den Wald. Robert fragte sich, ob Hanna wohl mit ihm auf dem Tandem fliehen könnte. Außerdem hatte er nicht die geringste Idee, wohin die Reise gehen sollte.

Er erinnerte sich, dass Alberto Schleuser erwähnt hatte, die Flüchtlingen halfen, die Pyrenäen zu überqueren. Spanien war nur rund hundert Kilometer entfernt. Mit dem Rad könnten sie die Grenze in drei, vielleicht sogar in nur zwei Tagen erreichen.

Etwas vom Jagdsitz entfernt bat Robert Hanna, am Fuß eines Baums auf ihn zu warten.

»Ich muss noch einmal hinauf in die Hütte zurück und mich umziehen. Meine Sachen sind blutdurchtränkt; wenn man mich in diesem Zustand sieht, werden wir bei der ersten Kontrolle festgenommen. Außerdem brauchen wir Lebensmittel, und vor allem muss ich Ihre Papiere finden.«

»Ihre Klamotten und meine gefälschten Papiere sind mir egal wie nur was«, schrie Hanna aufgebracht. »Ich verbiete Ihnen, mich hier allein zu lassen.«

Robert legte ihr die Hand auf den Mund, um ihre Schreie zu ersticken. Die Straße war nicht weit entfernt, auf der durchaus deutsche Patrouillen unterwegs sein konnten.

»Mir bleibt keine andere Wahl, ich habe einen Auftrag zu erfüllen und muss die Karte mit den Waffendepots wiederfinden. Ich habe Ihrem Vater versprochen, auf Sie achtzugeben, sollte ihm etwas zustoßen, und ich will mein Versprechen nicht brechen. Hanna, ich schwöre Ihnen, Sie nicht im Stich zu lassen, Sie müssen mir einfach vertrauen. Ich bin in höchstens einer halben Stunde zurück. Versuchen Sie bis dahin, zu Kräften zu kommen, ein langer Weg steht uns bevor. Und vor allem verhalten Sie sich ganz ruhig.«

Hanna blieb keine andere Wahl, als ihn gehen zu lassen. Robert lief den Weg zurück. Zurück im Jagdsitz, begab er sich in die Kammer, um die Kleidung zu wechseln, und inspizierte anschließend die Küche. Alle Einmachgläser waren zertrümmert bis auf eines, das unter den Tisch gerollt war. Robert verstaute es in einer großen Umhängetasche, die an einem Nagel neben dem Kamin hing. Dann kletterte er die Leiter hinab in den Keller und betrat den dunklen Tunnel.

Sie radelten bis Tagesanbruch, doch Hanna war jetzt zu erschöpft, um weiterzufahren. Auch Robert hatte alle Mühe, gegen die Müdigkeit anzukämpfen. Das Sonnenlicht glitzerte im Nebel über dem Tal. In der Ferne waren eine Scheune und die Umrisse eines Bauernhauses zu erkennen. Robert, der das Tandem lenkte, bog von der Straße auf den Feldweg, der zu dem Hof führte. Dort würden sie sich ein paar Stunden ausruhen und mit etwas Glück etwas zu trinken und zu essen finden.

Es war kurz nach Mittag, als Hanna die Augen aufschlug. Vor ihr der Bauer, der sein Gewehr auf Robert gerichtet hatte.

»Wer sind Sie?«, fragte er.

Robert sprang auf.

»Wir sind weder Diebe noch Menschen, die Böses im Schilde führen«, antwortete Hanna. »Ich flehe Sie an, legen Sie die Waffe nieder.«

»Was haben Sie in meiner Scheune zu suchen?«

»Wir wollten uns nur ein wenig ausruhen«, fuhr Hanna fort. »Wir sind die ganze Nacht geradelt.«

»Und der da? Hat es ihm die Sprache verschlagen? Warum sagt er nichts?«

»Was macht das, solange ich Ihnen antworte?«

»Wenn Sie nachts reisen, heißt das, Sie sind auf der Flucht. Er ist Ausländer, stimmt's?«

»Nein«, versicherte Hanna, »er ist stumm.«

»Warte, ich gebe ihm einen ordentlichen Arschtritt, dann sehen wir ja, ob er stumm ist! Aber an der Art, wie man ihn zugerichtet hat, sieht man schon, was ihr beide seid. Und ich will hier keine Geschichten, weder mit den Gendarmen noch mit der Résistance. Also nehmt eure Sachen und verschwindet.«

»So wie man mich zugerichtet hat, wäre es viel zu gefährlich, tagsüber zu reisen«, schaltete sich Robert ein. »Lassen Sie uns bis zur Dunkelheit bleiben, dann brechen wir auf.«

»Amerikaner oder Engländer?«, fragte der Bauer.

»Ausländer, wie Sie schon sagten, und da Sie keine Probleme mit der Résistance haben wollen, rate ich Ihnen, uns keine zu bereiten.«

»Ganz schön kess, Ihr Kumpel«, meinte der Bauer, an Hanna gewandt.

»Wir bitten Sie nur, uns ein paar Stunden in Ruhe zu lassen«, gab sie zurück. »Das kostet Sie ja nichts.«

»Ich habe das Gewehr im Anschlag, also bin ich es, der hier entscheidet. Und zunächst einmal bedroht man mich nicht auf meinem eigenen Grund und Boden. Wenn Sie etwas zu trinken oder zu essen wünschen, müssen Sie nur freundlich darum bitten.«

Der Bauer ließ seine Waffe sinken und musterte sie einen Augenblick.

»Sie machen mir allerdings keinen besonders gefährlichen Eindruck. Kommen Sie mit, meine Frau hat das Mittagessen schon zubereitet. Aber waschen Sie sich erst mal das Gesicht am Brunnen, Sie sehen aus wie zwei richtige Schmutzfinken.«

Das Wasser der Pumpe war so frisch, dass Robert erneut ein heftiges Ziehen in seinen Wunden spürte. Die an seinem Kinn begann wieder zu bluten, Hanna nahm ein Taschentuch und drückte es darauf.

»Jetzt seien Sie nicht so zimperlich«, schimpfte sie, als sie ihn das Gesicht verziehen sah.

Das Bauernpaar bot ihnen saubere Kleider an. Hanna schlüpfte in eine Hose und ein Herrenhemd und sah aus wie ein halber Junge. Bei Tisch erwiesen sich die Bauern als überaus fürsorglich. Robert verschlang den Inhalt seines Tellers, ohne sich dazu auffordern zu lassen, während Hanna kaum von dem Ragout nahm, das man ihr serviert hatte.

»Essen Sie, auch wenn Sie keinen Hunger haben«, beharrte die Bäuerin. »Wohin soll die Reise gehen?«

»Nach Spanien«, antwortete Robert.

»Da haben Sie aber noch eine Strecke vor sich mit Ihrem komischen Vehikel.«

»Wie sind denn die Straßen hier in der Gegend?«

»Sehr voll in letzter Zeit. Bei all denen, die Richtung Osten fliehen, denen, die eher den Nordwesten anstreben, um mit den Alliierten zu kämpfen, und Ihnen, die ganz eindeutig nach Süden wollen, ist da einiges los, wie Sie sich vorstellen können.«

»Was für Alliierte?«, fragte Robert verwundert.

»Ja, leben Sie denn hinter dem Mond? Die sind vor vier Tagen in der Normandie gelandet, im Radio wird von nichts anderem berichtet. Die Deutschen wollen sich nicht kleinkriegen lassen, aber die Engländer scheinen schon in Bayeux zu sein, die Kanadier kurz vor Caen. Manch einer sagt, das sei das Ende von diesem verdammten Krieg.«

Bei dieser Neuigkeit sprang Robert auf und schlang die Arme um die Schultern des Bauern, Hanna aber blieb auf ihrem Stuhl sitzen, ihre Augen hatten sich mit Tränen gefüllt. Er kniete vor ihr nieder und ergriff ihre Hand.

»Sie sind so kurz vor dem Ziel gestorben«, klagte sie. »Und Papa wird nun niemals die Befreiung Frankreichs erleben.«

»Ich bin da, Hanna. Ich werde Sie mit in mein Land nehmen«, erwiderte Robert.

Die Bäuerin bedeutete ihrem Mann, eine Flasche Schnaps zu holen. Der Bauer eilte in die Küche und kam mit gefüllten Gläsern zurück.

»Trinken Sie, meine kleine Dame, das ist Birnenschnaps; der wird Ihnen guttun.«

Hanna half beim Abdecken des Tisches. Der Bauer bat Robert, ihm beim Bündeln des gewendeten Heus zur Hand zu gehen.

Er verbrachte den Nachmittag auf dem Feld. Anfangs noch etwas unbeholfen, wurde Robert mit der Zeit immer geschickter und handelte sich dabei das Kompliment ein: »Für einen Yankee stellst du dich gar nicht so schlecht an.«

Und auf dem Feld erzählte Robert von den Ereignissen des Vortags, von Hannas schrecklichen Erlebnissen und von dem Versprechen, das er Sam gegeben hatte. Als er verstummte, holte der Bauer tief Luft und bot ihm, von Mitleid erfüllt, seine Hilfe an.

»Ich habe einen gasbetriebenen Lastwagen. Heute Nacht laden wir euer Fahrrad auf und verstecken es unter dem Heu. Dann fahre ich Sie so nah wie möglich an Ihr Ziel. Ich schätze mal, wir kommen bis Aurignac, das ist etwa siebzig Kilometer von der Grenze entfernt. Aber ich warne Sie, die Überquerung der Pyrenäen ist kein Spaziergang, selbst zu dieser Jahreszeit. Wie auch immer, ich tue, was ich kann, der Rest ist Ihr Problem.«

Erst die Nachricht von der Landung der Alliierten und jetzt dieses Angebot – zwei Hoffnungsschimmer am selben Tag, und Hoffnung konnte Robert nun wirklich brauchen. Er kehrte zum Bauernhof zurück, ging sich am Brunnen das Gesicht waschen und eilte ins Haus, um Hanna die Neuigkeit mitzuteilen. Er traf sie allein in der Küche an.

»Ist die Bäuerin nicht bei dir?«

»Sie heißt Germaine und er Germain, klingt irgendwie lächerlich, findest du nicht?«

Robert versuchte, ein amerikanisches Äquivalent zu finden, seine Gedanken waren aber viel zu beschäftigt, und so gab er schnell auf.

»Kannst du dir vorstellen, dass ein Paar Jess und Jessie heißt?«, meinte sie amüsiert.

»Wenn sie sich lieben, warum nicht.«

»Ich kann nicht viel Liebe in diesem Haus spüren.«

»Ich glaube, du irrst dich.«

»Vielleicht, aber ich bin sicher, dass sie heilfroh sind, uns möglichst schnell wieder loszuwerden. Germaine scheint sich in meiner Gegenwart unwohl zu fühlen. Sie hat sich

zurückgezogen und nicht mal versucht, ein Gespräch anzufangen.«

»Wahrscheinlich weil sie ein gutes Gespür hat. Schließlich bist du nicht gerade besonders geschwätzig.«

»Ich besitze andere Qualitäten, falls Geschwätzigkeit
überhaupt eine ist. Wann brechen wir auf? Ich fühle mich
hier unwohl.«

»Sobald es dunkel wird. Germain hat angeboten, uns mit
seinem Lastwagen bis nach Aurignac zu fahren. Das erspart uns eine Nacht anstrengendes Radeln.«

Sie fuhren ab, ohne sich von Germaine verabschiedet zu
haben. Wegen einer starken Migräne hatte diese sich zurückgezogen. Ihr Mann entschuldigte sie, in Wirklichkeit
war sie wütend auf ihn, dass er für Fremde solche Risiken
einging.

Sie luden das Tandem hinten auf den Lkw und kletter-
ten in die Kabine. Die abgedeckten Scheinwerfer waren
nicht besonders hell, hatten aber den Vorteil, dass das
Fahrzeug bei Nacht kaum auffiel. Der Wagen setzte sich
in Bewegung, holperte über den Feldweg und fuhr dann
auf die Landstraße.

Beide Hände auf dem Lenkrad, begann der Bauer, vergnügt zu pfeifen.

»Ihre Frau ist zu Recht wütend auf uns. Es ist sicher gefährlich, in diesen unruhigen Zeiten nachts unterwegs zu
sein. Ich weiß gar nicht, wie ich Ihnen danken soll«, sagte
Hanna.

»Es ist mehr als gefährlich. Im Prinzip ist das strikt
verboten, aber die Deutschen und die Milizionäre sind
Leckermäuler; sie verlangen nach Milch und Eiern, ja so-

gar nach Geflügel. Wenn man also ein guter Bauer ist, bekommt man einen Passierschein. Deshalb keine Angst, meine Papiere sind in Ordnung. Sollten wir kontrolliert werden, tun Sie einfach so, als würden Sie schlafen, und alles geht gut.«

»Danken Sie Ihrer Frau in unserem Namen«, beharrte Robert.

»Natürlich, natürlich, kein Problem.«

Der Motor machte einen schrecklichen Lärm. Auf der Höhe von L'Isle-Jourdain schlief Hanna schließlich ein. Sie passierten Saint-Lys, Saint-Foy-de-Peyrolières und Rieumes ohne das geringste Problem. Beim Schaukeln der Kabine nickte auch Robert ein.

Nahe Savères riss ihn ein Knacken des Getriebes aus seiner Benommenheit.

»Was ist los?«, fragte er besorgt.

»An der nächsten Kreuzung scheint eine Patrouille zu sein. Es ist noch ein paar Kilometer bis dorthin, aber ich habe Lichter gesehen, und die können nicht von den Bauernhöfen kommen, weil um diese Zeit die Fensterläden geschlossen sind. Wir machen es wie abgesprochen, dann wird schon alles gut. Ihre Freundin schläft, und das ist auch besser so.«

Robert betrachtete sie; ihr Kopf lehnte an der Seitenscheibe, ihre Augen waren geschlossen. Und doch spürte er, wie Hannas Hand hinter seinen Rücken glitt und den Revolver aus seinem Gürtel zog. Als Germain auf die Kupplung trat, um herunterzuschalten, schnellte Hanna herum, die Waffe auf ihn gerichtet.

»Machen Sie die Scheinwerfer aus und halten Sie auf dem Randstreifen!«, befahl sie in einem Tonfall, der keinen Zweifel an ihrer Entschlossenheit ließ.

»Was soll das? Welches Spiel spielen Sie hier?«

»Und was ist Ihr kleines Spiel, wie viel sind wir wert? Zwanzig Francs? Fünfzig? Vielleicht hundert, um einen Amerikaner zu verkaufen?«, ereiferte sich Hanna und drückte ihm den Revolverlauf in die Wange.

»Sie ist völlig verrückt«, protestierte Germain und trat auf die Bremse.

Er parkte auf dem Seitenstreifen und hob verängstigt die Hände.

»Meine Germaine hatte recht, ich hätte niemals verdammten Ausländern helfen sollen. Das ist nun der Dank. Sie können aussteigen. Nehmen Sie Ihr Gepäck und Ihr Tandem und hauen Sie ab!«

»Kannst du so eine Kiste fahren?«, fragte Hanna Robert, der noch völlig fassungslos war.

»Ja ... das heißt, ich glaube. Bei meiner Ausbildung in England habe ich gelernt, Lastwagen zu fahren.«

»Also steigst *du* gefälligst aus!«, befahl Hanna dem Bauern.

Ihr Zeigefinger glitt auf den Abzug.

»Mein Vater ist gestern gestorben wegen so einer Ratte wie dir, die uns verpfiffen hat. Deshalb kann ich mir nichts Schöneres vorstellen, als dir das Gehirn wegzupusten. Ich gebe dir zehn Sekunden, um dich aus dem Staub zu machen.«

Germain stieß einen Fluch aus und öffnete die Fahrertür. Robert nahm seinen Platz ein und fuhr sofort los. Als sich der Wagen entfernte, hörten sie Germain brüllen: »Dreckige Diebe! Mein Lastwagen, gebt mir meinen Lastwagen zurück!«

»Bieg hier ab«, sagte Hanna und deutete links auf eine Seitenstraße. »Und lass die Scheinwerfer ausgeschaltet.«

»Was ist in dich gefahren? Dieser Typ hat uns seine Hilfe angeboten und…«

»Dieser Typ ist nicht das, was er vorgibt zu sein. Er ist ein Kollaborateur. Für einen Agenten mit einer Mission bist du nicht gerade ein guter Beobachter. Es gab weder Kühe noch Hühner auf dem Hof, nur Weizen und Schweine. Wie also glaubst du, hat er seinen Lastwagen und seinen Passierschein bekommen? Mit Schwarzhandel natürlich, und wer sind wohl seine Kunden?«

»Wie hast du das alles erraten?«

»Ich verstecke mich schon weit länger als du. Überleben ist eine Frage der Wachsamkeit, das wirst du sehr schnell lernen. Wir bleiben bis zum Morgengrauen auf der Straße. Im Dunkeln kann man die deutschen Konvois leicht ausmachen, bei Tageslicht nicht, wenn man sie sieht, ist es schon zu spät. Wir setzen am frühen Morgen den Weg mit dem Rad fort. Wie schnell kannst du mit dem Lkw fahren?«

»Nicht mehr als fünfzig Stundenkilometer.«

Hanna griff nach seinem Handgelenk, um auf seine Uhr zu schauen.

»Wir haben also noch genug Zeit, um mindestens hundertfünfzig Kilometer zurückzulegen. Dann dürfte die Grenze nicht mehr sehr weit sein. Haben sie dir deine Uhr gelassen?«

»Wer?«

»Na die, die dich so zugerichtet haben. Du musst mir eines Tages erzählen, wie du ihnen hast entkommen können.«

»Soll ich auch aussteigen? Was unterstellst du mir?«

»Ich habe nichts dergleichen gesagt. Meine Frage war

ernst gemeint, es interessiert mich, was dir widerfahren ist.«

»Milizionäre haben uns aufgegriffen und in ein Haus gebracht. Titon und ich wurden getrennt. Sie haben uns geprügelt wie Hunde, um uns zum Reden zu bringen. Ich habe nichts gesagt, sonst wäre mir das hier erspart geblieben.«

Er schob den Ärmel hoch, sodass die Wunden von ausgedrückten Zigaretten zu sehen waren.

»Da ich Amerikaner bin, haben sie beschlossen, mich den Deutschen auszuliefern. Sie haben mich hinten auf einen Wagen geworfen. Da ich ohnmächtig war, haben sie mich nur mit dem Fahrer losgeschickt. Unterwegs, irgendwo auf dem Land, bin ich aufgewacht. Der Typ hatte die Hände ganz normal auf das Lenkrad gelegt, ich befand mich direkt hinter ihm und habe ihm den Hals zugedrückt und gebrüllt, ich würde ihm das Genick brechen, wenn er nicht sofort anhielte. Er hat gehorcht.«

»Und was hast du dann gemacht?«

»Ihm das Genick gebrochen.«

»Ein Schweinehund weniger! Ich hätte diesen Bauern nicht am Leben lassen dürfen. In Kürze wird er den Kontrollposten erreichen und denen alles erzählen. Jetzt aber genug geredet, konzentrieren wir uns auf unsere Aufgabe«, befahl Hanna.

Sie fuhren die ganze Nacht schweigend dahin. Hanna fragte sich, wie es Robert gelungen war, das Tandem an sich zu nehmen. Sie war sicher, gehört zu haben, wie die Widerstandskämpfer davon sprachen. Aber natürlich war es nicht das einzige Tandem auf der Welt, und sie wollte den einzigen Menschen, der sie retten konnte, indem er sie mit nach Amerika nahm, nicht vor den Kopf stoßen.

Sie verfuhren sich mehrmals auf der Strecke und passierten Aurignac, ohne es zu bemerken. Hanna hatte die Papiere des Lkw und einen Passierschein der Miliz gefunden, der ihren Verdacht, Germain betreffend, bestätigte. Dabei war sie auch auf eine alte Straßenkarte gestoßen und schaltete von Zeit zu Zeit kurz die Deckenleuchte an, um sich zu orientieren. Die Namen der winzigen Dörfer, die sie durchquerten, waren ihr unbekannt, doch solange sie Richtung Süden fuhren und niemandem begegneten, war alles gut.

Gegen drei Uhr am Morgen kamen sie durch Saint-Girons. Ein Motorrad mit Seitenwagen war am Dorfeingang abgestellt, doch die Deutschen, die gerade Wache schoben, hatten kaum Zeit, aus ihrem Halbschlaf aufzuwachen, und sahen nur noch die Rücklichter in der Ferne verschwinden. Sie machten sich auch weiter keine Sorgen – nur ein autorisierter Konvoi konnte zu dieser späten Stunde passieren.

Der Lkw kroch die Straße an einem Berghang hinauf, die Kupplung litt bei jeder Haarnadelkurve, und der Motor gab schließlich kurz vor Seix den Geist auf. Robert griff nach seiner Umhängetasche, verzichtete aber auf das Tandem. In diesem steilen Gelände war es ratsamer zu laufen. Sie schoben Germains Fahrzeug zu einem Abgrund und sahen zu, wie es in den felsigen Gorges de Ribaute verschwand.

Nach einem langen Marsch erreichten sie am frühen Morgen Seix. Hanna entdeckte eine Familienpension.

»Hast du Geld?«, fragte sie.

»Nein.«

Sie schob ein Hosenbein hoch, sodass eine Art Binde um ihren Unterschenkel zu sehen war.

»Bist du verletzt?«

»Papa war ein vorausschauender Mann.«

Sie zupfte an der Binde und reichte Robert zwei Hundert-Franc-Scheine.

»Nimm sie und frag, ob sie ein Zimmer haben.«

»Ist das bei meinem Akzent nicht ein bisschen riskant?«

»Es wäre noch riskanter, wenn eine Frau da reingeht und im Namen ihres Ehemanns spricht, aber du hast vielleicht recht. Also können wir uns nur gemeinsam in die Höhle des Löwen wagen in der Hoffnung, dass wir dieses Mal auf rechtschaffene Leute treffen.«

Madame Broué war mehr als eine ehrliche Haut. Seit Beginn des Krieges bot sie Personen Unterschlupf, die auf Fluchthelfer warteten, um sicher nach Spanien geführt zu werden. Sie wies niemanden ab, der an ihre Tür klopfte. Wie das Gesetz es vorschrieb, führte sie ein Register, vergaß aber, die heimlichen Gäste darin aufzunehmen. Ihr Mut war umso bewundernswerter, da die Gendarmen regelmäßig zur Stunde des Aperitifs auftauchten, um das Register zu konsultieren. Als Robert und Hanna in ihrer Herberge erschienen, mit niedergeschlagener Miene und der Umhängetasche als einzigem Gepäck, genügte ihr ein einziger Blick, um ihre Situation einzuschätzen. Sie stellte ihnen keine Fragen, nahm einen Schlüssel vom Haken und führte sie in ein einfaches Zimmer im ersten Stock mit einem großen Bett und einem Waschbecken.

»Dusche und Toiletten befinden sich am Ende des Flurs. Vor allem die Dusche sollten Sie gleich in Anspruch nehmen, das ist bei Ihnen beiden dringend nötig. Vermeiden Sie es, sich während der kommenden Tage morgens vor neun Uhr auf den Gängen sehen zu lassen, und kommen Sie nie am späten Nachmittag herunter. Wenn Sie mich hinter meinem Tresen laut husten hören, begeben Sie sich sofort auf Ihr Zimmer, die Mahlzeiten werden gegen Mittag und um halb acht serviert.«

»Ich möchte einen Vorschuss für mehrere Tage bezahlen«, schlug Hanna vor. »Halbpension, auf das Abendessen verzichten wir gern.«

»Sie werden zu Mittag *und* zu Abend essen. Beim Überqueren der Berge werden Sie gezwungen sein zu fasten, also essen Sie regelmäßig bis dahin. Und was das Geld betrifft, das sehen wir später.«

Madame Broué schloss die Tür hinter sich. Hanna trat ans Bett, strich über die Decke und streckte sich mit einem Seufzer auf der Matratze aus.

»Ich kann mich schon gar nicht mehr erinnern, wann ich das letzte Mal in Baumwolllaken geschlafen habe. Fühl mal, wie weich die sind.«

Sie drückte ihr Gesicht in das Kopfkissen und holte tief Luft.

»Und dieser Geruch nach Sauberkeit. Ich hatte schon vergessen, wie göttlich der ist.«

»Ich schlafe am Boden«, schlug Robert als perfekter Gentleman vor.

»Du brauchst genauso viel Erholung wie ich. Wir können Seite an Seite schlafen, das stört mich nicht.«

»Und wenn es *mich* stören würde?«, fragte er in spöttischem Tonfall.

Als Antwort warf sie ihm das Kopfkissen ins Gesicht. Es war das erste Mal, dass Robert sie lachen sah.

»Aber zunächst einmal hören wir auf den Rat unserer Wirtin und gehen uns waschen. Es kommt nicht infrage, dass wir die Laken beschmutzen«, befahl sie.

Hanna begab sich als Erste ins Badezimmer, das Wasser war eiskalt, doch sie empfand unter der Dusche ein unglaubliches Gefühl der Erleichterung. Im Lauf der letzten vierundzwanzig Stunden hatte auch ihr Körper stark gelitten. Sie betrachtete ihre Füße, die von der langen Wanderung mit Blasen und Schürfwunden bedeckt waren, und ihre mageren Beine machten ihr regelrecht Angst. Sie war noch weit von ihrem Ziel entfernt, verloren in einem feindseligen Frankreich, und trotzdem kam ihr diese Herberge wie ein Hafen des Friedens vor, ein vorübergehender Unterschlupf, in dem sie sich in Sicherheit fühlen konnte. Die Vorstellung, dass ein richtiges Bett sie erwartete, versöhnte sie mit dem Leben, und sie begann zu hoffen. Die Überquerung der Berge machte ihr keine Angst, die Freiheit befand sich am Ende dieser Reise und mit ihr der Aufbruch nach Amerika. Sie hatte hier die schönsten Erinnerungen zurückgelassen: die Reisen, die sie mit ihren Eltern unternommen hatte. Der Kummer flammte wieder auf, und sie hielt die Tränen zurück.

»Alles in Ordnung?«, hörte sie Robert von draußen rufen.

»Ja, alles bestens.«

»Ich habe mir schon Sorgen gemacht«, flüsterte Robert auf der anderen Seite der Tür. »Ich dachte, du hättest vielleicht einen Schwächeanfall erlitten. Du bist da jetzt schon eine Ewigkeit drin.«

»Es ist eine Ewigkeit her, dass ich richtig geduscht habe. Das musste ich einfach ausnutzen, aber jetzt kannst du rein.«

Hanna trat aus dem Badezimmer, eingehüllt nur in ein Duschtuch. Ihre Brüste zeichneten sich deutlich darunter ab, und Robert konnte nicht umhin, darauf zu starren. Hanna bemerkte seinen Blick und war verwirrt. Das einzige Mal, dass sie bei jemandem so etwas wie Verlangen ausgelöst hatte, war damals auf dem Schulhof bei einem gleichaltrigen Jungen gewesen, was sie allerdings völlig kaltgelassen hatte – aber Robert war ein Mann!

»Was ist?«, fragte er.

»Der Flur ist schmal, und du versperrst mir den Weg.«

Er trat zur Seite, um sie vorbeizulassen, und dabei streiften sich ihre Körper.

Als er ins Zimmer zurückkam, schlief Hanna schon tief. Er betrachtete sie lange, bevor er sich neben sie legte. Sie stieß einen Seufzer aus, drehte sich herum und legte mit geschlossenen Augen eine Hand auf seine Brust.

»Hast du schon einmal mit jemandem geschlafen?«, flüsterte er.

»Nein«, antwortete sie. »Und du?«

»Darf ich dich küssen?«

Hanna öffnete die Augen und ließ ihn gewähren. Sie hatte befürchtet, die Lust könnte ihn allzu stürmisch werden lassen, doch er war sehr sanft und einfühlsam. Die Wärme seiner Haut und ihr Verlangen siegten schließlich über ihre Angst, und sie umarmte ihn leidenschaftlich. Das Leben ist bisweilen voller Humor, denn es war in Seix, dass Hanna zum ersten Mal Sex hatte.

Der Speiseraum der Herberge war rustikal. Acht Holztische warteten auf die Gäste, an den Fenstern hingen Spitzenvorhänge, eine Wanduhr tickte ruhig und gleichmäßig. Madame Broué gab sich alle erdenkliche Mühe, ihre Gäste gut zu bewirten. Ein junges Mädchen aus dem Dorf bediente. Mittags gab es Piperade, ein Omelett mit Paprika-gemüse und Tomaten, abends eine Kartoffel-Tortilla und Blechkuchen. Vier Tage dieser Pflege sowie ihr Liebesspiel brachten Hanna und Robert wieder auf die Beine. Hanna hatte die Lust entdeckt und wollte mehr davon. Und ob-wohl Roberts Lippen noch schmerzten, sparte er nicht mit Küssen. Jedes Mal, wenn er sie umarmte, fühlte sich Hanna vom Atem des Lebens erfüllt, der den Hauch des Todes vertrieb.

Nach einer Woche klopfte Madame Broué an ihre Zim-mertür und bat sie herunterzukommen. Ein Mann erwar-tete sie im Speiseraum. Sein Name war José, und er war der Fluchthelfer, der sie nach Spanien führen sollte.

Ein geheimer Konvoi würde am Abend aufbrechen. Sie wären insgesamt zehn, hauptsächlich Pariser Studen-ten, die sich dem Französischen Komitee für die Nationale Befreiung in Algier anschließen wollten. Der Fluchthel-fer war überrascht, dass Robert keine Hilfe vom Réseau Comète, dem Netzwerk Komet, das sich vor allem um An-gehörige der Luftwaffe kümmerte, erhalten hatte. Robert erklärte, er habe seit seiner Ankunft keinen Kontakt mehr zu seinem Oberkommando gehabt.

»Die Bedingungen heute Nacht sind recht günstig«, er-klärte der Fluchthelfer. »Das Wetter ist auf unserer Seite, und in den Bergen kann die Witterung gefährlicher sein als die *Boches*. Seitdem die Alliierten gelandet sind, nehmen die deutschen Patrouillen langsam ab. Sie haben Angst vor einer weiteren Landung im Süden, von der sie eingekesselt werden könnten, deshalb verschwinden sie. Letztes Jahr machten noch mehr als dreitausend Jagd auf Flüchtlinge, die über die Berge entkommen wollten, jetzt sind es sehr viel weniger, trotzdem müssen wir auf der Hut sein. Ihr seid alle etwa gleich alt, sodass wir zusammen recht schnell vorankommen werden. Aufbruch ist um dreiundzwanzig Uhr. Haltet euch bereit.«

Madame Broué gab ihnen warme Kleidung mit auf den Weg. Als Hanna die Rechnung begleichen wollte, lehnte sie ab.

»Behalten Sie Ihr Geld, um die Grenzüberschreitung zu bezahlen. Normalerweise sind es zweitausend Francs pro Person. Ich habe aber dafür gesorgt, dass es für jeden nur die Hälfte kostet. José ist ein guter Fluchthelfer, Sie können ihm vertrauen, er führt Sie nach Alós d'Isil. Wenn Sie die kleine romanische Kirche mit der Eva-Statue sehen, haben Sie es geschafft. Aber seien Sie dennoch vorsichtig, denn Franzosen, die in Spanien verhaftet werden, enden im Lager von Miranda.«

Die Atmosphäre beim Abendessen war auf sonderbare Weise feierlich. An den Tischen wurde nur mehr geflüstert, und als Madame Broué den Kuchen reichte, stimmten die Männer ein okzitanisches Lied an, bei dem den Aufbrechenden die Tränen in die Augen stiegen.

Die Überquerung der Pyrenäen wurde weit anstrengender, als der Führer zunächst hatte durchblicken lassen. Die *Flüchtlinge* liefen bis zur Erschöpfung, und erst als einer von ihnen zusammenbrach, hielt die Gruppe an, um wieder zu Kräften zu kommen. Obwohl es Hochsommer war, herrschten auf den Pässen eisige Temperaturen und dazu ein schneidender Wind. Am Pico de Aneto, dem höchsten Berg der Pyrenäen, liefen sie durch ewigen Schnee. Hanna hatte blutende Blasen an den Füßen, legte aber bewundernswerten Mut und Ausdauer an den Tag. Die Studenten, die sie begleiteten, waren schon von dem langen Weg quer durch Frankreich geschwächt und noch dazu unterernährt, doch José zwang sie durchzuhalten. Die Hänge waren extrem steil, und sobald einer von ihnen stolperte, half ein anderer ihm wieder auf. Eines Morgens bei Sonnenaufgang bot sich ihnen ein spektakuläres Schauspiel, das der ganzen Gruppe den Atem verschlug. Es war ein Augenblick des Friedens, den keiner von ihnen je vergessen würde.

Schließlich entdeckten sie die kleine romanische Kirche, von der Madame Broué gesprochen hatte. José deutete auf einen Pfad, der ins Tal hinabführte.

»Wir sind jetzt in Spanien. Ich wünsche Ihnen allen eine gute Weiterreise und ein langes Leben.«

Damit zog er seinen Hut ab, den er kreisen ließ, um sich auszahlen zu lassen. Die Taschen leerten sich, und er erhielt weit weniger, als vereinbart worden war, doch er begnügte sich damit und kehrte nach Frankreich zurück.

Nach einem vierstündigen Fußmarsch sahen ein Schäfer und seine Frau die sonderbare Gruppe herannahen, schienen sich aber nicht weiter zu wundern. Sie ließen sie eintreten, servierten ihnen Polenta und Schafsmilch und stellten keine Fragen.

Belebt von dieser Mahlzeit und einer erholsamen Nacht trennte sich die Gruppe am folgenden Morgen. Hanna und Robert folgten einer geteerten Straße. Spanische Arbeiter nahmen sie in ihrem Lastwagen mit und setzten sie an einer Herberge ab, die von vertrauenswürdigen Spaniern geleitet wurde.

Dort gab es sogar ein Telefon, und es gelang Robert, das

amerikanische Konsulat zu kontaktieren. Sie schliefen den restlichen Tag über, und bei Anbruch der Dunkelheit wurden sie mit dem Auto abgeholt. Man chauffierte sie einen guten Teil der Nacht durch Spanien, bis sie in Madrid angekommen waren.

Sie verbrachten eine ganze Woche im amerikanischen Konsulat. Dort wurde Robert von einem Verbindungsoffizier befragt. Nachdem seine Identität überprüft und bestätigt worden war, bot man ihm an, ihn sicher nach Gibraltar zu fahren. Von dort würde ihn ein Schiff nach Tanger bringen, wo er auf einem Frachter in die USA gelangen könnte. Der Konsul machte ihm klar, dass Hanna, da sie keine amerikanische Staatsbürgerin war, nicht an der Reise teilnehmen konnte. Robert kochte vor Wut und erklärte, ohne sie die Reise nicht antreten zu wollen. So leid es dem Konsul auch tat, er konnte nichts weiter für ihn unternehmen.

Am folgenden Tag aber verheiratete er sie, und Hanna wurde amerikanische Staatsbürgerin.

An die Reling eines Schiffs gelehnt, sah sie zehn Tage später, wie sich die Küste langsam entfernte. An ihren Ehemann geschmiegt, dankte sie ihm, ihr das Leben gerettet zu haben.

»Dir habe ich es zu verdanken, überhaupt noch am Leben zu sein«, erwiderte Robert tief bewegt. »Zusammen ist es uns gelungen, diesen Albtraum zu überwinden. Ohne dich hätte ich schon vor langer Zeit aufgegeben.«

Der eine kehrte in seine Heimat zurück, die andere machte sich auf den Weg ins Ungewisse – als Gepäck nichts als eine Umhängetasche, die Robert stets dabeihatte.

Kapitel 31

Eleanor-Rigby

Oktober 2016, Baltimore

Die Kundschaft des Pubs war bunt gemischt: ein Geschäftsmann, der auf sein Handy starrte, Studenten, die auf ihren
Laptops in ein Onlinespiel vertieft waren, drei schwangere
Frauen, die sich über Babybekleidung und Kinderwagen-
marken unterhielten, ein junges Paar, das sich nicht viel zu
sagen hatte, und ein älteres Ehepaar, das genüsslich seinen
Kuchen verspeiste.

George-Harrison hatte einen Platz am Tresen ausgesucht. Ich hatte einen Cesar Salad und eine Cola Zero bestellt.

»Sie drehen sich dauernd um, was gibt es denn so Inter-
essantes in diesem Lokal?«

»Die Leute«, antwortete ich.

»Wie verschaffen Sie sich einen Eindruck, wenn Sie in
eine unbekannte Stadt kommen?«

»Welchen Eindruck?«

»Ich meine für Ihre Artikel.«

»Der Wochenmarkt ist so ziemlich der einzige Ort, den

alle sozialen Schichten aufsuchen. Und Sie können sich nicht vorstellen, was man alles erfährt, wenn man sich die Auslagen der Händler ansieht, was sie nach vorn stellen und was die Kunden kaufen.«

»Doch, das kann ich mir schon vorstellen«, meinte er und stellte sein Glas ab.

Er hatte sein Bier fast in einem Zug ausgetrunken und sein Sandwich mit drei Bissen verschlungen. Bei den meisten Männern hätte ich diese Gier vulgär, wenn nicht gar abstoßend gefunden, aber nicht bei ihm.

George-Harrison wirkte natürlich und herzlich, frei von jeglicher Berechnung, war ein unglaublich ausgeglichener Charakter und, vielleicht das Verwirrendste, von beeindruckender Aufrichtigkeit. Auch wenn er sich vorhin etwas erregt hatte, war seine Stimme doch ruhig geblieben. Mein Journalist von der *Washington Post* hatte keine derartigen Vorzüge aufzuweisen, er hatte mir nie Fragen über meine Art zu schreiben gestellt, weil er seine Arbeit ohnehin für wichtiger erachtete als meine, und mir wurde plötzlich klar, dass ich ziemlich blind gewesen war und viel Zeit verloren hatte. Aber vielleicht war es ja genau das, was ich wollte – Zeit in einer Beziehung verlieren, die zum Scheitern verurteilt war. Mein Freiheitsdrang hat mich stets von der Realität entfernt.

Ein Mädchen in Jeans und eng anliegendem Pulli betrat das Pub, und die drei Studenten wandten sich kurz von ihren Drachen und Wikingern ab, um sie zu betrachten. Sie war bezaubernd, und das wusste sie auch, sie war zehn Jahre jünger als ich, und ich beneidete sie um ihre Selbstsicherheit und Unbekümmertheit. Das war albern, denn um nichts in der Welt hätte ich die Zeit zehn Jahre zurückdrehen wollen. Es war nicht einfach gewesen, erwachsen zu werden – auch wenn ich der Periode nachtrauerte, in der ich aus dem Bett springen, egal was anziehen konnte und dennoch super aussah. Sie ließ sich an einem Tisch nieder, und ich konnte nicht umhin zu kontrollieren, ob George-Harrison zu ihr hinüberschielte. Das war nicht der Fall, und ich wunderte mich, dass mir seine Reaktion so viel Freude bereitete.

»Und wie gehen Sie die Herstellung eines Möbelstücks an?«, fragte ich.

George-Harrison lächelte schelmisch.

»Mit meinem Werkzeug. Aber Sie hätten mir diese Frage nicht aus reiner Höflichkeit stellen müssen.«

Ich fühlte mich auf frischer Tat ertappt, und meine schuldbewusste Miene entging ihm nicht.

»Das war nur ein Scherz, zunächst mache ich eine Zeichnung.«

»Zeichnen Sie mir ein Schaf, bitte.«

»Die stelle ich nur selten her, aber wenn Sie wollen, kann ich Ihnen seine Kiste zeichnen, und ich vergesse auch nicht die Luftlöcher, damit es atmen kann.«

»Das war das erste Buch, das mich beeindruckt hat«, vertraute ich ihm an.

»Ich denke, da sind Sie nicht die Einzige.«

»Ich weiß, es mangelt mir wirklich an Originalität, und welches war es bei Ihnen?«

»*Charlie und die Schokoladenfabrik*, und da Sie mich fragen werden, warum, will ich es Ihnen lieber gleich sagen, ich hatte ein Faible für Willy Wonka. Aber ich glaube, am stärksten hat ›If‹ von Rudyard Kipling meine Jugend beeinflusst.«

Logisch, dass dieses Gedicht seine Jugend beeinflusst hatte. Wer hätte nicht von einem Vater geträumt, der einem diese Worte vorliest? Ich hatte George-Harrison versprochen, ihm bei seiner Suche zu helfen, doch zunächst hatte ich andere Prioritäten.

»Tut mir leid«, sagte er, »endlich hatten Sie beschlossen, dass wir uns besser kennenlernen, und ich habe Ihnen die Sache nicht eben leicht gemacht.«

»Das war nicht meine Absicht«, log ich.

»Schade«, meinte er seufzend. »Seit wir uns begegnet sind, sprechen wir nur über Dinge, die der Vergangenheit angehören, aber Sie sind mit Ihren Gedanken woanders, und ich will nicht insistieren. Haben Sie nicht Lust, ein paar Schritte zu gehen? Das Sandwich liegt mir schwer im Magen.«

Ich hätte ihm gerne geraten, beim nächsten Mal nicht so zu schlingen, aber ich hielt mich zurück, was sonst so gar nicht meine Art war. In seiner Gesellschaft war ich nicht mehr ich selbst, also nahm ich meine Tasche und erhob mich.

Wir liefen schweigend durch die Straßen und betraten dann ein Souvenirgeschäft. Ich suchte ein Geschenk für Michel, fand aber nichts, was ihm gefallen hätte. Gerne wäre ich auch in eine Boutique gegangen, die T-Shirts verkaufte, um zu sehen, was mir vom Geschmack und der Linie einer Zwanzigjährigen blieb. George-Harrison erriet meinen Wunsch und zog mich hinein. Er lief durch die Gänge, inspizierte die Regale und reichte mir schließlich zwei T-Shirts. Um ihn nicht zu kränken, probierte ich sie nacheinander über meinem dünnen Top an. Wir wirkten wie ein Pärchen, das einkaufte, aber wir waren kein Pärchen. Später auf der Straße dachte ich für einen Moment, er wolle meine Hand ergreifen. Ich glaube, das hätte mir nicht missfallen. Ich war schon lange nicht mehr Hand in Hand mit einem Mann spazieren gegangen. An sich ist das nicht von Bedeutung, aber eine solche Feststellung macht einem doch klar, dass etwas im Leben nicht stimmt.

An der Kreuzung meinte er schließlich: »Ich genieße diesen Augenblick sehr. Es ist vielleicht dumm, aber ich hatte Lust, es Ihnen zu sagen.«

»Nein, es wäre eher dumm gewesen, es nicht zu sagen, ich genieße es auch.«

Die Chancen standen eins zu zehn, dass er sich umdrehen, mir in die Augen sehen und mich küssen würde.

Aber heute war nicht mein Glückstag und höchste Zeit, dass ich mit diesem Theater aufhörte.

Dabei hatte ich eines der T-Shirts gekauft, die er für mich ausgesucht hatte. Ich würde es anziehen, wenn ich wieder in London wäre und mit einem Glas Wein in der Hand vor dem Fernseher auf meine verdammte Freiheit anstoßen würde.

Bei dem Gedanken an London dachte ich gleich an meinen Vater. Es war an der Zeit, ihn zu befragen. Er wusste garantiert mehr, als er uns hatte sagen wollen. Also setzte ich mich etwas abseits auf eine Bank, es war bei ihm noch nicht einmal acht Uhr abends, und ich lief nicht Gefahr, ihn aufzuwecken.

Nach fünf Klingeltönen begann ich, mich zu beunruhigen. Als er endlich abhob, hörte ich im Hintergrund Stimmen.

»Ray Donovan, mit wem habe ich das Vergnügen?«

»Siehst du fern? Bei dir ist ja ein unglaublicher Lärm.«

»Ich habe Gäste, mein Liebes«, antwortete Papa. »Maggie

und Fred sind mit einem befreundeten Paar zu Besuch gekommen, und ich muss zugeben, dass es hoch hergeht. Sie haben ausgezeichneten Wein mitgebracht – und nicht nur eine Flasche, wenn du verstehst, was ich meine.«

»Welche Freunde?«

»Sehr sympathisch, er arbeitet ebenfalls in der Gastronomie und sie in einer Werbeagentur. Willst du deine Schwester kurz sprechen?«

Seit ich in Baltimore war, hatte Maggie nicht einmal versucht, Neuigkeiten von mir zu erfahren, ganz so, als würde ein Anruf ins Ausland ihre Mittel übersteigen. Also hatte ich nicht die geringste Lust, mit ihr zu sprechen, noch dazu fühlte ich mich plötzlich aus ihrem Leben ausgeschlossen. Ich hatte noch nie etwas von diesem Paar gehört. Waren es Freunde von Fred? In Wahrheit war ich eifersüchtig, eifersüchtig, weil meine Schwester gesellschaftliche Kontakte hatte und ich nicht. Eifersüchtig und beschämt, es zu sein, denn sie war schließlich nicht für meine Entscheidungen verantwortlich, und es oblag mir allein, die Konsequenzen zu tragen. Irgendwann würde ich mich bei ihr für meine Ungerechtigkeit und mein engstirniges Verhalten entschuldigen. Dass Papa ihr finanziell unter die Arme griff, war mir völlig egal. Geld war mir nie wichtig gewesen, und ich schwöre bei allen Heiligen, dass es niemanden gibt, der selbstloser ist als ich.

»Elby, bist du noch dran?«

»Ich will mit dir reden, und nur mit dir«, erklärte ich, »kannst du dich ein wenig absondern?«

»Bleib dran, ich gehe ins Schlafzimmer.«

Mein Vater stöhnte, als er sich aufs Bett setzte. Seine Knie schmerzten, sobald er sie beugte.

»So, fertig, hast du Schwierigkeiten?«

»Nein, alles in Ordnung.«

»Wie ist das Wetter bei dir?«

»Das ist ein Ferngespräch, also vergiss das Wetter. Dad, ich möchte, dass du mir die Wahrheit sagst. Was hat Mum in Baltimore gemacht?«

Es folgte ein Schweigen, und ich hörte nur den Atem meines Vaters.

»Du bist nicht wegen deiner Zeitung so überstürzt aufgebrochen, stimmt's?«

Ich konnte nicht einmal am Telefon lügen, also erzählte ich ihm von dem anonymen Brief, den Anschuldigungen, die er enthielt, aber ich sagte nichts von dem Foto, auf dem meine Mutter die Mutter von George-Harrison küsste. Papa schwieg erneut eine Weile, seufzte dann ausgiebig und entschloss sich schließlich zu sprechen.

»Als ich dir sagte, deine Mutter sei in ihre Heimat zurückgekehrt, habe ich die Wahrheit etwas verdreht. Ihre Heimat waren die Vereinigten Staaten. Deine Mutter ist in Baltimore geboren«, fuhr mein Vater fort. »Und sie ist dort aufgewachsen, bis man sie nach England ins Internat schickte. Dort hat sie sehr unter Einsamkeit gelitten, bis zu jenem Tag, an dem wir uns in einem Pub kennenlernten. Die Folgen kennst du, wir haben ein paar Jahre geflirtet, dann wollte sie zu ihrer Familie zurück und tauchte zehn Jahre später wieder in England auf.«

»Mum hatte keine Eltern, ihr habt uns immer erzählt, sie sei im Waisenhaus aufgewachsen.«

»Wenn man jemanden mit vierzehn gegen seinen Willen in ein so weit entferntes Pensionat schickt, dann ist das ein wenig so, als wäre man im Waisenhaus gelandet.«

»Warum gibt es so viel Ungesagtes?«

»Diese Frage hättest du ihr stellen müssen, aber dazu ist es nun leider zu spät. Bitte, Elby, kümmere dich nicht um die Vergangenheit deiner Mum, du kannst nicht eine Sekunde an der Liebe zweifeln, die sie für dich empfand, für dich noch mehr als für deinen Bruder und deine Schwester. Lass sie in Frieden ruhen und ihre Vergangenheit auch. Behalte die Mutter in Erinnerung, die sie dir war.«

»Du hast nicht reagiert, als ich gesagt habe, sie hätte einen Diebstahl begangen.«

»Ich verbiete dir zu glauben, sie sei eine Diebin gewesen. Das stimmt ganz und gar nicht«, erregte sich mein Vater.

»Dad, ich habe Beweise dafür. Ich habe den Vormittag auf einem Kommissariat verbracht und Einblick in die Akten von damals bekommen. Vor fünfunddreißig Jahren hat Mum einen spektakulären Einbruch bei einer reichen Familie begangen. Bitte hör auf zu lügen. In meinem Leben gibt es keinen Weihnachtsmann mehr und auch keinen Märchenprinzen, du bist der Einzige, an den ich glauben kann.«

»Es war nicht nur das Haus ehrenwerter Bürger, mein Liebes, es war vor allem das ihrer Familie. Nachdem es dir gelungen ist, Einblick in die Polizeiakten zu bekommen, vermute ich, dass es nicht mehr lange dauert, bis du herausfindest, was dann folgte. Ihr Mädchenname, oder zumindest der, den du kennst, war der ihres Großvaters, ein gewisser Samuel Goldstein. Sie hat ihn angenommen, als wir geheiratet haben.«

»Warum hat sie ihre Identität gewechselt?«

»Weil sie mit einem Teil ihres Lebens abgeschlossen hatte und partout nicht wollte, dass ihr eines Tages die Wahrheit erfahrt.«

»Warum?«

»Um den Fluch zu bannen. Sie wollte, dass ihre Kinder Donovans waren und keine Stanfields.«

Ich war verblüfft, und diesmal war ich diejenige, der es die Sprache verschlug.

»Also war Mum die Tochter von Robert und Hanna Stanfield?«, fragte ich schließlich seufzend.

»In gewisser Weise ja.«

»Von welchem Fluch sprichst du?«

»Verrat, Lüge, mangelnde Liebe und die Dramen, die über die Ihren und deren Familien hereingebrochen sind.«

»Was ist aus jenen Großeltern geworden, die ich nie gekannt habe?«

»Es sind nicht deine Großeltern, sie hatten ihre Tochter verstoßen«, schrie mein Vater. »Sie sind tot, und ich flehe dich an, Elby, such nicht nach ihrem Grab, sonst dreht sich deine Mutter in dem ihren um. Hast du mich verstanden!?«

Ich hatte noch nie erlebt, dass Dad zornig wurde, und sein Ton verblüffte mich. Trotz meiner fünfunddreißig Jahre fühlte ich mich plötzlich in die Rolle eines Kindes verwiesen. Als er dann einfach auflegte, kamen mir die Tränen.

George-Harrison näherte sich, sah, dass ich schluchzte, und nahm mich in die Arme.

»Was hat Sie in einen solchen Zustand versetzt?«

Er legte mir eine Hand auf den Nacken, und ich schmiegte mich an ihn. Ich konnte nicht aufhören zu weinen. Und als schließlich der Tränenstrom versiegte, vertraute ich mich ihm zwischen zwei letzten Schluchzern an.

Meine ganze Welt war mit einem einzigen Telefonat zusammengebrochen. Mum hatte mich ihr ganzes Leben lang über ihre Vergangenheit, die auch die meine war, angelogen. Ich hatte Großeltern, die ihrer Meinung nach grässlich waren, die ich aber hätte kennenlernen können, wenn sie nicht an meiner Stelle anders entschieden hätte. Ich war nicht mehr nur Engländerin, sondern eine halbe Amerikanerin. Vor allem aber machte mir der Zorn meines Vaters klar, dass ich nicht nur die Erstgeborene der Donovans war, sondern auch die Letzte der Stanfields.

Mit dem Handrücken trocknete George-Harrison meine Tränen und sah mich durchdringend an.

»Zugegebenermaßen sind das viele Informationen, die Sie verdauen müssen, aber ich habe den Eindruck, es hat Sie am meisten getroffen, dass Ihr Vater einfach aufgelegt hat. Sie sollten ihn noch einmal anrufen.«

»Nie im Leben!«

»Er ist ebenso unglücklich wie Sie, aber es ist an Ihnen, den ersten Schritt zu tun. Es ist ihm sicher sehr schwergefallen, Ihnen all das zu erzählen.«

Ich schüttelte den Kopf, und er wies mich zurecht.

»Sie haben das Glück, überhaupt einen Vater zu haben, also spielen Sie nicht das verwöhnte Kind, selbst wenn Ihnen diese Haltung der trotzigen Göre wunderbar steht. Aber als Schulkameradin hätte ich Sie nicht haben wollen.«

»Was soll diese kleine Bemerkung?«

»Nichts, ich meine nur, dass die Jungs, denen Sie gefallen haben, es sicher nicht einfach hatten.«

»So ein Quatsch!«

Mein Handy vibrierte. George-Harrison lächelte und war taktvoll genug, sich in Richtung seines Pick-ups zu entfernen. Ich nahm das Gespräch an.

»Was hast du Papa gesagt, dass er jetzt in einem solchen Zustand ist?«, schrie Maggie. »Ich habe mir Sorgen gemacht, weil er nicht zurückkam, und bin ins Schlafzimmer gegangen, wo ich ihn völlig verstört auf dem Bett sitzend vorgefunden habe. Selbst von der anderen Seite des Erdballs aus hast du es geschafft, uns einen schönen Abend zu verderben!«

Ich hatte nicht die geringste Lust, mich mit ihr zu streiten, und es war genau der richtige Augenblick, meine Vorsätze in die Tat umzusetzen, also blieb ich ruhig und erzählte ihr alles. Am Ende jedes Satzes zischte sie »oh Scheiße« in den Hörer. Ich hörte mindestens zehn Mal »oh verdammte Scheiße«. Und als ich zu der Enthüllung kam, dass wir – Michel, sie und ich – Nachkommen des berühmten Frederick Stanfield und einer großen amerikanischen Familie waren, hörte ich sie rufen »oh verdammt, verdammt, verdammte Scheiße«. Das war Maggie, wie sie leibt und lebt.

»Also, pass auf, was wir jetzt machen werden«, rief sie aufgeregt. »Ich kümmere mich um Dad, das ist zwar keine große Veränderung des Normalzustands, aber ich bringe die Sache zwischen euch wieder in Ordnung. Lass ihn die Nacht über zur Ruhe kommen und ruf ihn morgen an, um dich zu entschuldigen.«

»Aber wofür sollte ich mich entschuldigen? Sie haben uns auf der ganzen Linie angelogen. Ohne den verflixten Brief und meine Reise hierher hätten wir es nie im Leben erfahren.«

»Aber sie haben uns geliebt wie sonst niemand auf der Welt. Du entschuldigst dich, weil du den genialsten Vater der Welt hast, um den uns all unsere Freunde beneidet haben, weil er der großzügigste Mensch ist, den es gibt, der keine Fehler hat – seine Naschhaftigkeit und seine absurde Liebe zu seiner alten Karre vielleicht ausgenommen. Wenn man also einen solchen Vater hat, dann überwindet man seinen Stolz!«

Eigentlich hätte ich mich wie die Ältere benehmen sollen, aber es war nicht der erste Rückschritt an diesem Tag, und so schwieg ich.

»Und während ich versuche, Dad zu beruhigen, kümmerst du, meine Liebe, dich darum, diesen Schatz zu finden, aus was auch immer er bestehen mag. Ich kann nicht glauben, dass Mum so blöd war, auf ihren Anteil zu verzichten. Ich träume auch davon, nach London zu ziehen, und zwar nicht zwangsläufig zu Fred, wenn du verstehst, was ich meine. Also, ich verlasse mich auf dich, los, los an die Arbeit, und vergiss nicht, mich auf dem Laufenden zu halten.«

»*Bitte*, vergiss nicht, mich anzurufen, um mich auf dem Laufenden zu halten, *bitte*, Elby!«, ergänzte ich.

»Und bis wohin bist du mit deinem Beatle gekommen?«

»Nirgendwohin«, gab ich lakonisch zurück.

»Dann lass es beim Nirgendwo, vielleicht ist er nur da, um dir den Schatz zu klauen. Nichts beweist, dass er nicht alles initiiert hat, um ihn an sich zu bringen.«

»Maggie, du weißt nicht, wovon du sprichst.«

»Wenn es ein Gebiet gibt, auf dem ich mich auskenne, dann sind das Männer. Also, bis morgen.«

Sie legte auf.

Ich wusste jetzt, dass ich einer Familie angehörte, über die ich fast nichts in Erfahrung gebracht hatte und die ich nie kennenlernen würde. Aus Achtung vor meiner Mutter würde ich nichts unternehmen, um das Grabmal der Stanfields zu finden. Mich dort zu sammeln, hatte nicht den geringsten Sinn, es wäre einfach nur ein Verrat. Aber wenn Mum ihren Namen gewechselt und den von Sam Goldstein angenommen hatte, dann musste er ein guter Typ gewesen sein, und ich hatte das Bedürfnis, mehr über ihn herauszufinden. Und ehrlich gesagt auch über die Geschichte der Stanfields.

George-Harrison wartete in seinem Pick-up auf mich, und ich ging zu ihm. Er hob den Daumen in die Luft und sah mich fragend an, um herauszufinden, ob Dad und ich uns wieder versöhnt hätten. Was auch immer Maggie anführte, ich konnte mir wirklich nicht vorstellen, dass er der anonyme Briefeschreiber war.

»Alles in Ordnung?«, fragte er und beugte sich zur Beifahrertür, um sie zu öffnen.

»Sagen wir, morgen wird es besser.«

»Sehr gut, und was machen wir jetzt?«

Ich hatte Schuldgefühle, denn während unsere Nachforschungen für mich Schlag auf Schlag Neuigkeiten brachten, war das bei ihm nicht der Fall. Ich entschuldigte mich dafür.

»Machen Sie sich keine Gedanken, ich warte schon so lange, da kommt es auch nicht mehr auf eine Woche, einen Monat oder ein Jahr an, und vielleicht wird es ja auch nie etwas.«

»Sagen Sie das nicht, ich verspreche Ihnen, dass wir ihn finden werden.«

»Wir werden sehen, aber zunächst fällt mir nur eine Person ein, die uns mehr darüber sagen könnte. Also kehren wir morgen früh zu Professor Shylock zurück, um ihn zu befragen.«

Ein alter Pick-up, der in einer Straße von Baltimore parkt, dürfte der unromantischste Ort der Welt sein, und doch ist es genau der, den ich wählte, um George-Harrison zu küssen – was wahrscheinlich den starken Emotionen geschuldet war.

Es war ein langer, leidenschaftlicher Kuss, der die Umgebung vergessen machte, ein gestohlener Kuss von unendlicher Zärtlichkeit, der seltsamerweise nichts von einem ersten Kuss hatte. Er war so verbunden und spontan, dass ich den Eindruck hatte, wir würden uns schon ewig kennen.

»Ich weiß nicht, was in mich gefahren ist«, stotterte ich mit vor Verwirrung feuerrotem Gesicht.

George-Harrison ließ den Motor an, und wir fuhren eine gute Weile und hielten uns dabei schweigend bei der Hand.

Kapitel 32

Eleanor-Rigby

Oktober 2016 Baltimore

Der Rest des Nachmittags verlief wie ein eher seltsames Intermezzo. George-Harrison verhielt sich so, als wäre nichts geschehen. Bei Tisch war ich so schweigsam, dass er sich verpflichtet fühlte, für zwei zu reden. Als ihm nichts mehr einfiel, erzählte er mir von seiner Mutter. Er brachte ihr uneingeschränkte Bewunderung entgegen. Sie war eine freie Frau, die immer zu ihren Werten gestanden hatte.

»Es war ihr Ding, sich für alle möglichen Sachen zu engagieren, vor allem für die hoffnungslosesten«, erklärte er belustigt. »Ich muss zugeben, dass sie dabei manchmal etwas zu weit ging. Als ich meine Werkstatt eröffnet habe, zwang sie mich, Geld für die Neuanpflanzung von Bäumen beiseitezulegen, weil ich durch die Verarbeitung von Holz angeblich den Wäldern schadete. Das ist eine schamlose Bezichtigung, denn es ist für den Erhalt der Wälder wichtig, sie zu reinigen, doch jedes Mal, wenn ich ihr das zu erklären versuchte, zog sie einen Prospekt heraus, der die verheerenden Schäden beschrieb, die die Sägewerke am Amazonas anrichteten. Der Schutz der Umwelt und der Kinder, der Kampf gegen soziale Ungerechtigkeit, gegen Selbstherrlichkeit und Bigotterie, der Einsatz für Freiheit und Toleranz… Ich glaube, sie hat nichts ausgelassen, aber ihr Hauptanliegen war die Korruption. Sie hegte einen tiefen Hass gegen all jene, die aus Macht- oder Geldgier die Prinzipien der Menschlichkeit missachteten. Wie oft habe ich erlebt, dass sie sich aufregte, wenn sie die Zeitung las. Ich erinnere mich an den letzten Fall, bevor sich ihr Geist trübte: ›Jeden Tag sterben Kinder unter Bomben, an Hunger oder Erschöpfung durch unsägliche Arbeitsbedingungen, und die Menschen demonstrieren, weil sich zwei Gleichgeschlechtliche lieben! Was für eine Heuchelei!‹ So oder ähnlich drückte sie sich aus. Auch die Justiz der zwei Geschwindigkeiten gehörte zu ihren Lieblingsthemen. ›Wenn du ein Strafmandat nicht bezahlst, beschlagnahmen sie dein Auto, aber sie selbst bedienen sich ungeniert in den Staatskassen, kassieren Gehälter, ohne etwas dafür zu tun, betrügen bei öffentlichen Ausschreibungen, um in die eigene Tasche zu wirtschaften, und wenn sie erwischt werden, klopft man ihnen leicht auf die Finger, und alle sehen weg.‹ Manchmal frage ich mich, ob es nicht ihr großer Zorn war, der zu ihrer geistigen Verwirrung geführt hat.«

Seine Ausführungen langweilten mich zwar nicht, doch noch nie war mir ein Abend so lang erschienen. Ich hoffte, er würde auf die Nachspeise verzichten, aber bei seinem Bärenhunger hatte ich kein Glück. Ich beobachtete die Bedienung, die von einem Tisch zum anderen lief, und hätte gerne mit ihr getauscht. Aus Verzweiflung ging ich auf die Toilette. Als ich zurückkam, hatte er schon die Rechnung beglichen und erwartete mich, bereit zum Aufbruch.

Wir kehrten zurück ins Hotel, und als wir aus dem Aufzug stiegen, sagte er: »Ich habe einen sehr schönen Abend verbracht, Sie aber nicht. Es tut mir leid, ich glaube, ich habe zu viel geredet. Bis morgen.«

Dann ließ er mich einfach auf dem Flur stehen. Ich war wie ein Vulkan kurz vor dem Ausbruch und hätte vor lauter Zorn den Boden durchschlagen können. Am liebsten wäre ich zu seinem Zimmer gelaufen, hätte an die Tür getrommelt und ihn gefragt, ob es ihm vielleicht entgangen sei, dass wir uns geküsst hätten. Zumindest wäre das eine klare Ansage gewesen. Ab morgen würde ich dieselbe Haltung wie er annehmen und so tun, als wäre nichts passiert.

Ich schlief wenig, weil ich immer wieder an das Gespräch mit meinem Vater denken musste. Am frühen Morgen führte mich ein Albtraum in das Anwesen der Stanfields. Es war prächtig mit seinen holzvertäfelten und goldverzierten Wänden, den Marmorböden und Kristalllüstern. Als ich an einem Spiegel vorbeikam, sah ich mich in Dienstbotenkleidung. Ich trug eine gestreifte Bluse, die in der Taille eng anlag, und ein Spitzenhäubchen hielt mein rotes Haar zurück. Das Tablett in meinen Händen war viel zu schwer, und ich betrat ungeschickt das Esszimmer. Hanna und Robert Stanfield saßen an den beiden Stirnseiten eines langen Mahagonitischs, der mit Kerzenleuchtern und Silbergeschirr gedeckt war. Meine Mutter wirkte wie ein Kind, das kerzengerade auf seinem Stuhl saß. Ihr gegenüber ein alter Mann, der sie freundlich ansah. Ich legte der Hausherrin vor, die mich darauf hinwies, dass ich mein Tablett schief hielt, und mir sagte, wenn ich ihren Perserteppich beschmutze, würde sie den Preis für die Reinigung von meinem Gehalt abziehen. Mit einer autoritären Handbewegung wies sie mich an, die anderen zu bedienen. Der Großvater zwinkerte mir im Vorbeigehen zu, und als ich mich meiner Mutter in Gestalt eines Kindes näherte, stellte sie mir ein Bein. Ich fiel der Länge lang hin, und der ganze Tisch brach in Gelächter aus.

Ich wachte schweißgebadet auf, öffnete das Fenster meines Hotelzimmers und sah, wie die Sonne über den alten Docks von Baltimore aufging.

»Gut geschlafen?«, fragte George-Harrison am Frühstückstisch.

»Wie ein Murmeltier«, antwortete ich und vertiefte mich in die Speisekarte.

Kurz darauf saßen wir in seinem Pick-up und fuhren Richtung Universität.

Shylock ließ uns über eine Stunde warten. Seine Sekretärin teilte uns mit, er sei damit beschäftigt, Arbeiten zu korrigieren, und würde uns empfangen, wenn er damit fertig sei.

Als wir sein Büro betraten, schien er bester Laune.

»Was kann ich für Sie tun?«, wollte er wissen.

Ich beschloss, diesmal die Fragen selbst zu stellen.

»Wer war Sam Goldstein?«

»Ein bekannter Kunsthändler und der Vater von Hanna Stanfield. Aber ich hatte den Eindruck, das wussten Sie schon.«

»Dann sagen Sie mir das, was ich nicht weiß.«

»Ich empfange Sie nun schon zum zweiten Mal, und falls es Ihnen entgangen sein sollte – ich habe andere Verpflichtungen, als mit völlig Fremden Rätselraten zu spielen. Vielleicht könnten Sie mir als Erstes sagen, was Sie wirklich herführt und warum Sie sich für diese Familie interessieren?«

George-Harrison legte mir eine Hand aufs Knie, und ich erriet, dass er mich mahnen wollte, gut zu überlegen, bevor ich antwortete. Falls der Professor der anonyme Briefeschreiber wäre, würde ich mich in die Höhle des Löwen begeben.

»Ich höre!«, beharrte er.

»Ich bin die Enkelin von Hanna Stanfield, Sally-Anne war meine Mutter.«

Shylock sah mich mit großen Augen an und schob seinen Stuhl zurück. Er erhob sich, ohne das Gesicht zu verziehen, ganz so, als wäre sein Ischias nur noch eine entfernte Erinnerung. Dann trat er ans Fenster, beobachtete den Campus und rieb sich den Bart.

»Wenn das, was Sie da sagen, wahr ist, könnte das alles ändern«, brummte er.

»Was ändern?«, fiel George-Harrison ein.

»Zunächst das vollkommene Desinteresse, das ich Ihnen bis jetzt entgegengebracht habe. Wenn Sie eine Stanfield sind, ist das etwas anderes, wir könnten zu einer Verständigung kommen.«

»Interessiert Sie das Geld?«, fragte ich.

»Entweder sind Sie dumm oder unverschämt. Ich hoffe, Sie sind unverschämt, denn andernfalls könnte die Folge ein erheblicher Zeitverlust sein. Sie scheinen beide nicht sehr begütert, und wenn Sie gehofft haben, an ein Familienerbe zu kommen, dann werden Sie enttäuscht sein, denn davon ist nichts mehr übrig.«

»Entweder sind Sie dumm oder unverschämt«, antwortete ich, »aber ich weiß nicht, was mir lieber wäre.«

»Ganz schön frech, einen solchen Ton anzuschlagen!«

»Sie haben schließlich damit angefangen«, bemerkte ich.

»Also schön, versuchen wir, einen guten Ausgangspunkt zu finden, ich habe Ihnen einen kleinen Handel vorzuschlagen.«

Shylock gestand uns, seine Behauptung, er habe, nachdem Hanna ihn vor die Tür gesetzt hatte, Robert nicht mehr wiedergesehen, sei eine Lüge gewesen. Eine Lüge durch Unterlassung, wie er präzisierte.

»Hanna liebte ihren Sohn über alles, doch Robert hatte nur Augen für seine Tochter. Als Sally-Anne also anfing, ihn zu verabscheuen, war das für ihn eine furchtbare Prüfung. Ihr Exil in einem englischen Internat machte die Sache nur noch schlimmer, und Robert litt unter furchtbarer Einsamkeit, für die er sich selbst verantwortlich machte. Er hätte alles gegeben, um ihr Vertrauen zurückzugewinnen und die enge Verbindung wiederherzustellen, die sie früher geeint hatte. Und ich bin sicher, wenn seine Frau ihn nicht daran gehindert hätte, hätte er das auch getan. Aber sie hatte das Sagen und regierte mit eiserner Hand.«

»Warum sollte meine Mutter plötzlich ihren eigenen Vater verabscheuen? Hat er sich etwa an ihr vergangen?«

»Robert? Eine unangemessene Geste gegenüber seiner Tochter? Nie im Leben! Sie hatte ein Gespräch belauscht, das nicht für ihre Ohren bestimmt war, zumindest nicht im Alter von zwölf Jahren.«

»Sie nennen ihn beim Vornamen, so als hätten Sie ihn gut gekannt.«

»Ja, wir sind Freunde geworden. Einige Monate nach

unserem Treffen in seinem Büro kam er zu mir. Er saß auf demselben Stuhl wie Sie jetzt. Nachdem ich mich so sehr für die Stanfield-Dynastie interessierte, bot er mir an, mir sein Archiv zu öffnen, wenn ich im Gegenzug auch ein Kapitel über seine Geschichte schreiben würde. Robert wollte sich jemandem anvertrauen, der unvoreingenommen und von absoluter Glaubwürdigkeit war.«

»Was wollte er Ihnen anvertrauen und mit welchem Ziel?«

»Er wollte seine Wahrheit wiederherstellen. Damit seine Tochter sie eines Tages erfahren, ihm verzeihen und zurückkommen würde. Für mich war es eine Möglichkeit, mein Projekt zu Ende zu führen, und so willigte ich ein. Doch auch ich stellte Bedingungen. Ich würde die Geschichte so erzählen, wie sie sich abgespielt hatte, ohne Konzessionen zu machen. Robert akzeptierte die Regeln. Also trafen wir uns jeden Mittwoch in meinem Büro. Nach und nach, damit seine Frau es nicht bemerkte, brachte er mir Dokumente mit, die für meine Arbeit sehr wichtig waren. Unsere Treffen zogen sich über Monate hin, und ja, wir wurden Freunde. Obwohl er mich drängte, meine Arbeit schnell zu erledigen, begann ich nicht gleich mit dem Schreiben, weil ich zu sehr beschäftigt war mit meinen Vorlesungen an der Universität und der Forschungsarbeit, die ein Historiker meines Standes absolvieren muss. Doch mein Manuskript war fast fertig, als Hanna dem Projekt ein Ende setzte. Ich weiß nicht, mit was sie Robert gedroht hat, aber er flehte mich an, damit aufzuhören. Unsere Freundschaft zwang mich, seinen Wunsch zu akzeptieren.«

»Warum haben Sie Ihre Arbeit nicht nach seinem Tod fortgesetzt?«

»Angesichts der Todesumstände muss ich eingestehen, dass es ein schönes Ende für einen Mann war. Aber neben dem Kummer, den mir sein Ableben bereitete, konnte ich nichts veröffentlichen. Eine Klausel in unserem Vertrag räumte ihm das Recht der letzten Lektüre ein. Ich wollte mich seinem Wunsch nicht widersetzen, nicht etwa, weil meine Stanfield-Bibliografie dadurch fragwürdig geworden wäre, sondern weil ich ihm mein Wort gegeben hatte.«

»Welches Gespräch hätte meine Mutter nie hören dürfen?«, fragte ich erneut.

Shylock sah mich durchdringend an, schien kurz zu zögern, ehe er fortfuhr:

»Jetzt ist es an uns, einen Vertrag zu schließen«, sagte er ernst. »Ich helfe Ihnen, alles herauszufinden, wenn Sie mir das Recht einräumen, die Biografie zu veröffentlichen.«

Shylock zog eine Kette aus seinem Jackett, an der statt einer Taschenuhr ein Schlüssel befestigt war. Er ging zu einem Aktenschrank, öffnete ihn damit und nahm ein dickes Dossier heraus, das er vor uns hinlegte.

»Auf diesen Seiten ist alles festgehalten. Der Teil, der Sie interessiert, trägt den Titel ›1944‹ und ›1947‹, lesen Sie die entsprechenden Seiten und kommen Sie danach wieder. Dann werde ich Ihnen die Fortsetzung erzählen.«

Er begleitete uns zur Tür und wünschte uns viel Glück.

Den Rest des Tages verbrachte ich damit, in der Universitätsbibliothek eifrig das Kapitel »1944« zu lesen. Wenn ich mit einer Seite fertig war, reichte ich sie George-Harrison, der sie seinerseits las. So erfuhr ich die Geschichte, die Robert Stanfield von Baltimore zu einem entlegenen Jagdsitz in einem französischen Wald geführt hatte. Ich erfuhr von der Freundschaft, die ihn mit Sam Goldstein verband, von den Kämpfen, die er im Untergrund führte, von der Folter und der Flucht, von seinem Mut, mit dem er jene schützte, die nach der gefährlichen Pyrenäen-Überquerung seine Frau werden sollte.

Am Ende des Nachmittags begriff ich noch immer nicht, warum Mum mit einem Mann dieses Schlages zerstritten war, mit einem Mann, der in der Botschaft von Madrid die Tochter von Sam Goldstein heiratete, um sie zu retten. Mit einem Mann, der sein Wort gehalten und sie mit in die Vereinigten Staaten genommen hatte.

Es blieb mir noch ein Kapitel zu lesen, um zu erfahren, was nach der Überfahrt aus meinen Großeltern geworden war.

Kapitel 33

Robert und Hanna

Juli 1944 bis März 1946, New York

Der Krieg war noch lange nicht vorüber, als Hanna und Robert vom Deck des Frachters aus im Morgennebel den hochgestreckten Arm der Freiheitsstatue aufragen sahen. Für beide war es nicht das erste Mal, doch in diesen Zeiten weckte der Anblick bei beiden heftige Emotionen, die sie mehr verbanden als ihre Eheschließung.

Sobald sie das Immigration Office passiert hatten, stiegen sie in ein Taxi, und Robert bat den Fahrer, sie zum *Carlyle* zu bringen, einem ehrwürdigen Luxushotel, von dessen oberen Stockwerken aus man einen atemberaubenden Blick über den ganzen Central Park hatte.

Sie warteten in der Hotelbar, bis ihre Suite fertig war. Robert bestellte zweimal Frühstück und ließ seine Frau dann kurz allein, um seine Eltern anzurufen. Von Madrid aus hatte er sie nicht erreicht und ihnen via Telegramm mitgeteilt, dass er am Leben war. Doch es blieb ihm noch die Ankündigung, dass sie nun eine Schwiegertochter hatten. Er musste ihnen noch Bescheid geben, dass er nicht allein zurückgekommen war und sie ihm Geld überweisen müssten, damit er seine Unterkunft bezahlen und leben könnte, bis sie wieder in Baltimore wären.

Angesichts seiner unmittelbar bevorstehenden Rückkehr blieb dem Butler keine andere Wahl, als Robert die Wahrheit zu gestehen. Der Herr Vater hatte beim Spiel den Rest des Stanfield-Vermögens verloren und war nach Miami geflohen. Das Familienanwesen war mit den Hypotheken seiner Gläubiger belastet. Vom Personal waren nur noch er selbst und eine Putzfrau, die das Haus instand hielt, übrig.

Robert fühlte sich furchtbar gedemütigt. Hanna hatte noch etwas Geld, aber zu wenig, um sich eine so luxuriöse Unterkunft leisten zu können. Also verzichteten sie auf das *Carlyle* und fanden ein kleines Zimmer an der Ecke 37th Street und 8th Avenue im irischen Viertel Hell's Kitchen. Das Wohnhaus war heruntergekommen, und man konnte es nach Einbruch der Dunkelheit nicht mehr verlassen, da das Viertel viel zu gefährlich war. Hanna weigerte sich dortzubleiben. Also verbrachte sie ihre erste Woche in New York damit, die Wohnungsanzeigen zu studieren, um eine zwar bescheidene, aber anständigere Unterkunft zu finden. In der Upper West Side hatte sich eine Gemeinschaft europäischer Juden angesiedelt, die in den 1930er-Jahren aus Deutschland geflohen war. Der Besitzer eines vornehmen Privathauses, das in Mietwohnungen umgewandelt worden war, erklärte sich bereit, ihnen ein Apartment im Erdgeschoss zu einem anständigen Preis und ohne Kaution zu vermieten. Der Umzug war für Hanna eine vorübergehende Erleichterung. Hier konnte sie zumindest ohne größere Befürchtungen spazieren gehen, wenn das Wetter es erlaubte, sogar bis zum Park. Wenn sie an den uniformierten Portiers der Luxusanwesen am Central Park West vorbeikam, erinnerte sie sich an ihre früheren Reisen. Das Dakota Building war ihr bevorzugtes Gebäude. Manchmal hob sie den Blick zu einem der Fenster und stellte sich das sorglose Leben derer vor, die dort wohnten.

Robert ließ sich aus dem Kriegsdienst entlassen, überwand seinen Stolz und nahm kleine Gelegenheitsjobs an. Er verließ das Apartment früh am Morgen und lief von einem Einstellungsbüro zum nächsten. Die Jobs, die er bekam, waren immer von begrenzter Dauer. Er verdingte sich als Hafenarbeiter, Gehilfe in einem Hemdengeschäft und fand schließlich eine feste Arbeit als Fahrer in einem Getränkemarkt. Sein Chef war ein liebenswürdiger Mann, sehr streng, was die Arbeitszeiten anging, aber respektvoll gegenüber seinen Angestellten. Im Spätherbst brachte ihn ein Kollege dazu, sich an gesetzeswidrigen Schmuggellieferungen zu beteiligen. Nach seiner Arbeit behielt Robert die Schlüssel seines Lieferwagens. Sein Job bestand darin, über den Hudson River nach New Jersey zu fahren und an den Docks Kisten mit geschmuggelten Zigaretten und Alkohol einzuladen.

Die Arbeit war zwar nicht lebensgefährlich, aber falls er erwischt würde, hätte er mit einer erheblichen Strafe zu rechnen. Die Entlohnung war entsprechend. Zweihundert Dollar pro Ladung. Robert übernahm jedes Wochenende vier Lieferungen, und dank dieses Geldes konnten sie ihren Lebensstandard deutlich verbessern.

Jetzt lud er Hanna mittwochs und samstags zum Abendessen ins Restaurant ein, und sie gingen zum Tanzen in einen Jazzclub im West Village.

Als er eines Abends nach Hause kam, fand er sie in Tränen aufgelöst am Gasherd stehend vor. Sie beugte sich schweigend über eine dampfende Gemüsesuppe, die sie gekocht hatte. Robert sagte nichts und setzte sich an den Tisch. Hanna stellte die Terrine ab, tat ihm Suppe auf und ging schlafen.

Robert kam zu ihr ins Schlafzimmer und legte sich neben sie.

»Ich weiß, dass du dich sehr anstrengst, ich werfe dir nichts vor, im Gegenteil, ich bin dir zu Dank verpflichtet für die Mühe, die du dir machst. Aber dies ist nicht das Leben, das ich mir vorgestellt habe.«

»Wir werden es schaffen, es ist nur eine Frage der Zeit. Zusammen schaffen wir es.«

»Zusammen?« Sie seufzte. »Besser hättest du es nicht ausdrücken können. Ich bin immerzu allein. Jeden Tag und auch am Wochenende. Und ich weiß genau, dass du am Wochenende unehrliche Dinge treibst. Ich brauche mir nur den Typen anzusehen, mit dem du mitten in der Nacht verschwindest, ich bin ja nicht blöd. Mit deinem Gehalt als Fahrer kannst du sicher nicht die Restaurantbesuche bezahlen und auch nicht den Kühlschrank, den du letzte Woche gekauft hast, oder das Kleid, das du mir geschenkt hast.«

»Das habe ich dir gekauft, weil nichts zu schön für dich ist.«

»Ich werde es nicht anziehen, ich will nichts, was mit schmutzigem Geld gekauft wurde, und ich möchte nicht länger so leben.«

Hanna verbrachte viel zu viel Zeit damit, in den vornehmen Vierteln spazieren zu gehen. Dort sah sie überall attraktive Menschen, die schicke Kleider trugen und teure Wagen fuhren. Menschen, die sie hinter den Fenstern der Restaurants beobachtete oder in den Geschäften, die ihr versagt waren, Menschen, die jenen glichen, mit denen sie in ihrer ganzen Kindheit Umgang gepflegt hatte. Der Krieg und der Tod ihres Vaters hatten sie aus ihrem Milieu vertrieben, und sie verbrachte ihre Tage damit, wie Alice im Wunderland eine verborgene Tür zu suchen, durch die sie dorthin zurückkehren könnte.

»Du begreifst nicht, dass wir es allein mit deiner Arbeit nie schaffen werden, und ich will nicht, dass du im Gefängnis landest, oder zumindest nicht für eine Sache, die sich nicht lohnt.«

»Ist das dein Ernst?«, fragte Robert verwundert.

»Nein, aber wenn du dich mit der Unterwelt einlässt, verlasse ich dich. Wenn wir nur nach Frankreich zurückkönnten.«

»Was würde das ändern?«

»Das erkläre ich dir irgendwann.«

Hanna wusste damals noch nicht, dass dieses Gespräch entscheidend für ihre Zukunft sein und Robert dazu bringen würde, sich in Lügen zu verstricken. Das Absurdeste daran war, dass alles, was er in der Folge tat, nur aus Liebe zu ihr geschah.

Ende Dezember 1944 überzog der Wintereinbruch die Stadt mit einer weißen Schneedecke.

Es war Silvester, und Robert hatte Hanna versprochen, zum Abendessen zurück zu sein. Sie hatte ihre Ersparnisse geplündert, um ein Festmahl zuzubereiten. Deshalb war sie zu einem renommierten Feinkostgeschäft an der Upper East Side gegangen und hatte geräucherten Fisch, Pastrami, Lachseier und eine mit Hagelzucker bestreute Brioche gekauft. Zu Hause hatte sie den Tisch gedeckt und das Kleid angezogen, das ihr Mann ihr geschenkt und das sie noch nie getragen hatte.

Es wurde Nacht, und Robert verstaute seine letzte Ladung für dieses Jahr. Die Docks lagen im Dunkeln, und es bestand keine Gefahr, dass am Silvesterabend eine Polizeipatrouille hier aufkreuzen würde. Das Verladen der Kisten mit Zigaretten und Alkohol ging reibungslos vonstatten. Die beiden Hafenarbeiter, die ihm halfen, wünschten ihm ein gutes neues Jahr und gingen. Robert zurrte die Plane fest, stieg in die Fahrerkabine und ließ den Motor an. Als er zwischen zwei Kränen hindurchfuhr, sah er im Rückspiegel Lichter blinken. Ein Polizeiwagen mit Blaulicht und heulender Sirene verfolgte ihn. Er hätte anhalten und behaupten können, er wisse nicht, was die Ladung enthielt, er sei nur ein Fahrer, der Überstunden machte. Dann hätte er sicher die Nacht auf der Wache verbracht und wäre einem Richter vorgeführt worden, doch bei seinen Verdiensten und ohne jede Vorstrafe... Seine Gedanken überschlugen sich, als er sich an seinen einzigen Aufenthalt auf einem Polizeirevier erinnerte. Die Narben hatte er noch immer. Also gab Robert Vollgas, schlug das Lenkrad ein und raste auf den Fluss zu. Kein Beweis, kein Verbrechen. Er hatte gerade noch Zeit, sich aus dem Lieferwagen zu rollen, ehe dieser in den dunklen Fluten des Hudson River versank.

Seinen Verfolger hätte beinahe dasselbe Schicksal ereilt, und als der Polizist endlich sein Auto zum Stehen brachte, ragte die Stoßstange schon über die Brüstung.

Robert wartete nicht, bis sich der Beamte von seinem Schock erholt hatte, sondern rannte los und verschwand in dem Labyrinth von Containern.

1945

Als er mit schmerzendem Rücken, Knie und Ellbogen aufgeschürft, endlich zu Hause ankam, schrieb New York bereits das Jahr 1945. Hanna verband seine Wunden, ohne ihm Fragen zu stellen oder überhaupt auch nur ein Wort zu sagen. Er hatte mit Vorwürfen gerechnet und sich während seines zweistündigen Marsches durch die eisige Nacht auf eine gewaltige Strafpredigt gefasst gemacht, doch Hanna blieb seltsam ruhig.

Als sie die Wunden versorgt hatte, nahm sie ihm gegenüber Platz, ergriff seine Hand und sah ihn überraschend zärtlich an.

»Eigentlich müsste ich außer mir sein vor Wut. Das war ich auch um neun Uhr abends und noch mehr um zehn, doch um elf verebbte mein Zorn. Ich machte mir solche Sorgen, dass ich in Panik geriet. Und als um Mitternacht das neue Jahr anbrach, habe ich dem Himmel geschworen, dir keine Vorwürfe zu machen, wenn du nur zurückkommen würdest. Um zwei Uhr morgens wähnte ich dich tot, aber jetzt bist du da. Also kann das, was du mir nun erzählen wirst, nicht schlimmer sein als das, was ich mir ausgemalt habe. Und jetzt hör mir gut zu, Robert, denn zwei Zukunftsszenarien sind möglich. Bei dem einen packe ich meinen Koffer und gehe. Und du wirst mich nie wiedersehen. Bei dem anderen erzählst du mir haarklein, was geschehen ist, versprichst mir, dass du niemanden getötet hast und dass es, was auch immer du getan hast, das letzte Mal war.«

Robert gestand seiner Frau die Wahrheit und schwor ihr, mit dieser illegalen Arbeit aufzuhören. Hanna verzieh ihm.

Am übernächsten Tag begab er sich in die Firma und hoffte, seinen Arbeitgeber dazu überreden zu können, ihn nicht der Polizei zu übergeben, wenn er ihn entschädigte. Sein Chef war schlecht gelaunt und ließ ihn gar nicht zu Wort kommen.

»Gauner haben deinen Lieferwagen gestohlen, um Schmuggelware zu transportieren. Die Sache ist schiefgelaufen, und auf der Flucht vor der Polizei haben sie ihn im Fluss versenkt. Gestern wurde er herausgefischt, ich habe ihn mir angesehen, er ist hin. Ich habe kein Geld, einen neuen zu kaufen, denn was die Versicherung angeht, so war ich etwas leichtfertig. Also gibt es keine Arbeit mehr für dich, mein Junge, und ich kann dich nicht fürs Nichtstun bezahlen. Tut mir wirklich leid.«

Sein Chef entlohnte ihn dennoch für den Tag und entließ ihn.

Wenn Robert hier auch noch mal davongekommen war, musste er doch den Wert der Ware erstatten, die im Hudson River versunken war, und seine Auftraggeber würden nicht dieselbe Gutmütigkeit und Seelengröße an den Tag legen wie sein Chef. Er hatte weder Arbeit noch ein Fahrzeug, um seine Schulden zu begleichen, und trotzdem fest vor, das Versprechen zu halten, das er seiner Frau gegeben hatte. Seinen Verpflichtungen getreu, schilderte er ihr seine Lage, sobald er nach Hause kam. Hanna beschloss, das Schicksal des Paars in die Hand zu nehmen.

Da Robert verantwortungslos war, würde sie sich ab jetzt um ihre Zukunft kümmern. Und selbst wenn er eine ehrliche Arbeit fände, würde ein Gehalt nicht ausreichen, um ihre Lebensumstände zu verbessern. Robert lehnte es strikt ab, dass sie arbeiten ging, doch sie schickte ihn mit seiner Eigenliebe und seinen Prinzipien zum Teufel. Vor dem Krieg hatte ihr Vater in New York reiche Kunden gehabt, die sie alle kennengelernt hatte, als sie ihn auf seinen Reisen begleitete. Viele von ihnen hatten ihre Bewunderung gezeigt angesichts der Kenntnisse, die sie schon als Kind gehabt hatte. Sie war Sam Goldsteins Tochter, in diesem Milieu aufgewachsen, und heute würde sie wieder ihren Platz darin finden.

In der folgenden Woche suchte sie alle Galerien der Stadt auf. Die ehemaligen Kunden ihres Vaters, die bereit waren, sie zu empfangen, bedauerten bei einer Tasse Tee und ein paar Keksen das *tragische Schicksal, das Sam widerfahren war ... ein so wunderbarer Mann, wie schrecklich, aber welche Erleichterung, dass Hanna überlebt hatte, wo doch so viele Unschuldige den Tod gefunden hatten ...* Und dann klagten sie über ihr eigenes Los und darüber, wie schwierig die Geschäfte seit Kriegsausbruch waren, um so zu rechtfertigen, dass sie ihr nicht helfen konnten.

John Glover war ein englischer Galerist, der Sam gut gekannt hatte. 1935 hatte er das Glück gehabt, eine Filiale in New York gründen zu können, wo er sich 1939 niederließ. Er hoffte nach einem Waffenstillstand auf eine Rückkehr nach London. Auf ihrer Flucht verloren die Nazis eine Schlacht nach der anderen, traten an allen Fronten den

Rückzug an, und es war nur noch eine Frage von Monaten, bis Hitler kapitulieren müsste. Doch einstweilen wollte er Hanna helfen, und wenn sie ihre Fähigkeiten unter Beweis stellte, könnte sie sich um seine Geschäfte in New York kümmern, wenn er nach England umsiedeln würde. Das Gehalt, das er ihr anbot, war zwar nicht überwältigend, aber immerhin würde sie an seiner Seite das Geschäft erlernen.

Hanna sollte nie vergessen, was John Glover für sie getan hatte. Im Lauf eines Lebens trifft man nur wenige aufrichtige Menschen, Menschen, die außergewöhnlich sind und trotz ihrer Großherzigkeit demütig bleiben. Zu ihnen gehörte auch Glover. Ein Mann von kleinem Wuchs mit runder Brille, Spitzbart und Schnäuzer, aber einem riesengroßen Herzen.

Wenn er zweimal im Monat zum Essen in die kleine Wohnung kam, die sie mit Robert in einem Brownstonehouse an der 67th Street bewohnte, schämte sich Hanna nie für ihr bescheidenes Esszimmer. Zwischen Robert und dem englischen Galeristen entstand eine Freundschaft, und oft vertraute Letzterer ihm die Auslieferung eines Gemäldes, einer Vase oder einer Skulptur egal wohin in den USA an, um das junge Paar zu unterstützen.

Hitlerdeutschland ergab sich am 8. Mai 1945, und wenngleich Europa noch warten musste, bis auch Japan kapitulierte, war doch am 2. September endlich der Zweite Weltkrieg beendet, und es kehrte Frieden ein.

Seit Hanna in der Galerie beschäftigt war, hatte sich ihr Leben etwas verbessert. Dank ihrer Unterstützung konnte Robert nach und nach seine Schulden abbezahlen. Hanna ging ganz in ihrer Arbeit auf und reiste oft zu Kunden, um unter dem aufmerksamen, aber vertrauensvollen Blick ihres Chefs Gemälde von gewissem Wert zu erwerben oder zu verkaufen. Sie zählte ihre Stunden nicht und konzentrierte sich voll und ganz auf ihre Aufgabe, sodass sie schließlich mit einem kleinen Prozentsatz am Gewinn beteiligt wurde. Doch jeden Abend, wenn sie über die 59th Street und den Columbus Circle von der Arbeit nach Hause ging, bewunderte Hanna die Fassaden der Gebäude, deren Fenster auf den Central Park hinausblickten, und träumte von einem anderen Leben.

Robert war sich der Verzweiflung seiner Frau bewusst, und auch wenn er nichts sagte, dachte er doch oft an die glanzvolle Vergangenheit zurück, die sein Vater verspielt hatte, und litt darunter, nicht wie erhofft das Familienoberhaupt sein zu können. Dann kam ihm die Idee, legal das zu tun, womit er eine Zeit lang zu ihrem Lebensunterhalt beigetragen hatte. Er kannte noch die Kunden und Lieferanten der Firma, für die er monatelang Getränke ausgefahren hatte. Nach Kriegsende fanden die Menschen wieder Geschmack am Feiern. In der Stadt floss der Alkohol in Strömen, und es konnte nie genug sein. Er beschloss, einen Spirituosenhandel zu eröffnen und zum Erfolg zu führen. Um seinem Ehrgeiz entsprechend zu verdienen, spezialisierte er sich auf die teuersten Alkoholika: Bourbon, Scotch, Brandy, Champagner und seltene Weine. Doch um sein Geschäft zu eröffnen, musste er sich zunächst Geld leihen. Der Ruf der Stanfields ging nicht über Maryland hinaus. In New York war Robert lediglich ein mittelloser junger Mann, und er kannte nur einen Menschen, der ihm vertrauen und helfen würde.

Robert ging mit Leib und Seele in seinem Projekt auf. An der 91th Street fand er Räumlichkeiten, die ihm ganz und gar zusagten, mit einem Geschäft zur Straße hin, einem Innenhof, auf dem er seinen Lieferwagen parken konnte, und einem Schuppen, der als Lager dienen würde. Hanna lebte ihrerseits nur noch für die Galerie. Das zurückhaltende junge Mädchen, das den Frachter mit ein paar in ihren Strumpf eingenähten Geldscheinen verlassen hatte, gab es nicht mehr. An ihre Stelle war eine entschlossene Frau getreten, die sich für ihre Arbeit und die Gesellschaft, mit der sie zu tun hatte, begeisterte. Sie war viel unterwegs, Boston, Washington, Dallas, Los Angeles und San Francisco, und jedes Mal, wenn sie in ihre kleine Wohnung zurückkam, trieb sie der wütende Wunsch an, diese möglichst schnell für immer hinter sich zu lassen.

Als der Herbst 1945 zu Ende ging, warf Roberts Geschäft die ersten Gewinne ab. Man musste zugeben, dass er keine Mühen scheute. Hanna und er sahen sich nur noch am Sonntag, den sie damit verbrachten, zu schlafen und sich zu lieben.

1946

Am 2. März bekam Robert einen Anruf von dem alten Butler seiner Eltern, der ihm die furchtbare Nachricht mitteilte: Die beiden waren bei einem Autounfall in der Gegend von Miami ums Leben gekommen, und es gab kein Geld, um ein Grab in Florida zu kaufen.

Hanna bestand darauf, dass sie sich gemeinsam um die Beisetzung kümmerten. So gram Robert auch seinen

Eltern sein mochte, er musste bei ihrer Beerdigung zugegen sein. Seit seiner Rückkehr hatte er nie wieder mit ihnen gesprochen, sie waren gestorben, ohne zu wissen, dass ihr Sohn eine Frau hatte, und sie fühlte sich schuldig, ihn nicht gedrängt zu haben, den ersten Schritt zu einer Versöhnung zu tun. Sie war in den letzten zwei Jahren so sehr damit beschäftigt gewesen zu überleben, dass sie die wichtigsten Dinge im Leben vergessen hatte, und nun war es zu spät. Sie organisierte die Überführung der Leichen nach Baltimore. Vom früheren Glanz der Stanfields würde nur noch das Familiengrabmal zeugen.

Am übernächsten Tag machten sie sich auf den Weg. In der kleinen Kapelle am Friedhof waren nicht viele Menschen versammelt. Der Butler, der in der ersten Reihe saß, schien am meisten berührt zu sein. Die Haushälterin, Hanna und Robert saßen in der zweiten Reihe, und im hinteren Teil stand ein beleibter Mann in einem dunklen dreiteiligen Anzug mit Gehrock. Die Messe war kurz, und der Priester beendete seine Predigt damit, allen Anwesenden, die zwei geliebte Menschen verloren hatten, sein Beileid auszusprechen. Angesichts der fünf Personen, die sich in der Kapelle befanden, wirkte der Satz wie schwarzer Humor.

Die Zeremonie endete damit, dass die Särge in der Gruft verschwanden. Hanna konnte nicht umhin zu weinen, weil sie an ihren Vater denken musste und mehr denn je das Bedürfnis hatte, sich eines Tages an seinem Grab zu sammeln. Während ihrer Flucht nach Spanien hatte Robert ihr immer wieder versichert, die Familien der Widerstandskämpfer hätten die Toten sicher auf dem Friedhof eines benachbarten Dorfs begraben.

Als sie zu ihrem Wagen gingen, trat der beleibte Mann auf sie zu, sprach ihnen sein Beileid aus und verkündete eine andere Nachricht, die Robert mehr zu treffen schien als der Tod seiner Eltern. Das Anwesen der Stanfields würde versteigert werden, um die Schulden zu begleichen, die sie hinterlassen hatten. Robert hatte drei Monate Zeit, auf ein Erbe zu verzichten, das nur noch aus Verbindlichkeiten bestand. Hanna fragte nach der Höhe der Schulden, und der Banker, der an einen Totengräber erinnerte, antwortete, sie müssten fünfhunderttausend Dollar aufbringen, um alles zu begleichen.

Während des ersten Teils ihrer Rückreise nach New York war Hanna in ihre Gedanken versunken. Nachdem sie Philadelphia hinter sich gelassen hatten, ergriff sie Roberts Hand und erklärte ihm, sie hätte vielleicht eine Lösung gefunden, um das Haus seiner Kindheit zurückzukaufen.

»Wie sollen wir in so kurzer Zeit so viel Geld auftreiben?«, fragte er. »Sollen wir die Schulden begleichen, indem wir neue machen, für die wir dann verantwortlich wären? Du arbeitest wahnsinnig viel und ich auch. Auch wenn mir die Vorstellung, dass Fremde in dem Anwesen wohnen werden, das Herz bricht, muss ich doch vernünftig sein und auf meine Träume verzichten.«

»Sei nicht so voreilig, ich dachte nicht an einen Kredit. Doch ich muss dafür zurück nach Frankreich, und das Glück muss uns hold sein.«

Robert glaubte zu erraten, was Hanna vorhatte, doch er stellte ihr keine weiteren Fragen.

Sie erreichten New York, als es Abend wurde. Nach einem schnellen Essen schlüpfte Hanna zu ihrem Mann unter die Decke und schmiegte sich an ihn.

Er hatte die ganze Zeit über ihren Vorschlag nachgedacht, doch er konnte sich nicht entschließen, ihn anzunehmen, da er fürchtete, eine Sache könne eine andere nach sich ziehen. »Das brauchst du nicht zu tun«, sagte er und schaltete das Licht aus. »Wir werden es auch so schaffen, und unsere Kinder werden stolz darauf sein, dass ihre Eltern ihnen durch ihre eigenen Hände Arbeit eine Zukunft haben bieten können.«

Hanna richtete sich auf und vertraute ihm ein Geheimnis an, das ihr schon seit mehreren Monaten auf der Seele lastete.

»Ich glaube, ich kann dir keine Kinder schenken. Nun teilen wir schon so lange dasselbe Bett und nichts von dem, was eine Frau sich wünscht oder fürchtet, ist bei mir eingetreten.«

Zwei Wochen später gab die Ankündigung, ein wichtiger kalifornischer Kunde würde nach New York kommen, Hanna die Möglichkeit, ihren Plan früher auszuführen, als sie gehofft hatte. Glover hätte eigentlich in einer anderen dringenden geschäftlichen Angelegenheit nach London gemusst. Hanna schlug ihm vor, an seiner Stelle zu fahren. Und da der kalifornische Kunde äußerst empfindlich war, beschloss der Galerist, ihn persönlich zu empfangen.

Hanna nahm das Flugzeug. Es war das erste Mal, dass sie eine Mahlzeit über den Wolken einnahm, und wenn sie auch vor dem Start etwas ängstlich war, war die Reise für sie doch das reinste Vergnügen gewesen. Nach drei Tagen in London hatte sie alles abgewickelt und bat ihren Arbeitgeber, ihr einige Tage Urlaub zu gewähren. Sie vertraute ihm an, sie wolle ihren Aufenthalt in Europa nutzen, um sich nach Frankreich zu begeben und das Grab ihres Vaters zu suchen. Dank ihrer Hilfe hatte Glover innerhalb eines Monats zwei äußerst wichtige Geschäfte tätigen können, und selbst wenn sie ihn um den Mond gebeten hätte, hätte er ihn ihr nicht abgeschlagen. Er schenkte ihr die Reise und genug Geld für Unterkunft und Essen. Hanna nahm den Zug, setzte dann mit einer Fähre über den Ärmelkanal und reiste mit einem anderen Zug nach Paris weiter, wo sie sich in einem Hotel in der Nähe der Gare de Lyon einmietete. Ein dritter Zug brachte sie schließlich nach Montauban. Nach einer Busfahrt wurde sie bei den Verwaltungen der beiden Gemeinden vorstellig, die in der Nähe des Jagdsitzes lagen.

Es waren erst zwei Jahre vergangen, und die Erinnerungen waren noch frisch. Man gab ihr die Adresse eines Schmieds, dessen Bruder in der Nähe des Jagdsitzes ums Leben gekommen war.

Beim Betreten der Werkstatt erkannte sie ihn sofort. Als der Schmied sie sah, stiegen ihm Tränen in die Augen. Er ließ sein Hufmesser fallen, lief zu ihr und schloss sie in die Arme.

»Mein Gott, oh mein Gott, Sie haben überlebt«, sagte er und schluchzte auf. »Wir haben überall nach Ihnen gesucht.«

»Ja, ich habe überlebt«, antwortete sie mit ruhiger Stimme und kämpfte gegen den Kummer, der auch sie überkam.

»Es tut mir leid wegen Ihres Vaters.«

»Und mir wegen Ihres Bruders. Ihm, ebenso wie den anderen, verdanke ich mein Leben.«

Zum zweiten Mal erzählte Hanna, was an jenem Nachmittag im Juni 1944 unweit von dort geschehen war.

Als sie fertig war, sagte Jorge ihr, sie solle auf sein Motorrad steigen, und machte sich mit ihr auf den Weg. Erst nachdem sie sich auf dem Friedhof am Grab ihres Vaters gesammelt hatte, begann er seinen Bericht.

»Sie haben uns am nächsten Tag verständigt, gegen Mittag kam ein Gendarm vorbei und hat uns gesagt, wir sollten die Leichen abholen. Raoul, Javier, der kleine Marcel und mein Bruder Alberto – sie liegen alle hier«, erklärte der Schmied und deutete auf die Gräber.

»Und mein Vater«, fügte Hanna hinzu.

»Man hat mich verdächtigt, können Sie sich das vorstellen? Böse Zungen haben schlimme Anschuldigungen gegen mich in die Welt gesetzt. Hätte sich nicht auch mein Bruder unter den Opfern befunden, hätte ich nicht mal mehr die Zeit gehabt, meine Unschuld zu beteuern. Und was ist aus dem Amerikaner geworden?«

»Er wurde mein Mann, nachdem wir in Spanien angekommen sind«, antwortete Hanna. »Haben Sie denjenigen wiedergesehen, der sich Titon nannte?«

»Nein, nie, vielleicht hat er die anderen verraten.«

»Vielleicht hat es auch niemand getan, schließlich war es nicht die erste Treibjagd der Milizen im Wald.«

»Auch möglich«, meinte der Schmied.

»Was ist aus dem Jagdsitz geworden?«

»Er steht leer. Seit die Waffen abgeholt wurden, war niemand mehr dort. Auch ich habe nicht den Mut gefunden zurückzukehren. Dabei komme ich oft an dem Pfad vorbei, der hinaufführt. Aber der Boden dort oben ist noch schwarz von ihrem Blut, es ist wie ein zweiter Friedhof.«

Hanna bat Jorge um einen letzten Gefallen, der ihm sicher schwerfallen würde. Sie wollte den Jagdsitz wiedersehen, sich in den Raum begeben, in dem ihr Vater gestorben war, um mit der Trauer abschließen zu können.

»Vielleicht täte es mir auch gut«, gab er zurück. »Vielleicht ist es zu zweit weniger schwer.«

Sie stiegen wieder auf das Motorrad und fuhren bis zum Beginn des Weges. Dann liefen sie gemeinsam den Pfad hinauf, den Hanna einige Jahre zuvor mitten in der Nacht zusammen mit Robert heruntergerannt war. Sie musste mehrmals stehen bleiben, weil ihre Knie zitterten, sie am ganzen Körper zu beben begann und ihr Atem stockend ging. Aber nachdem sie tief durchgeatmet hatte, setzte sie jedes Mal ihren Weg fort.

Endlich zeichnete sich der Jagdsitz oben auf dem Hügel ab. Aus dem Schornstein drang kein Rauch, alles war still, so still.

Jorge trat als Erster ein. Er ging zu der Stelle, an der sein Bruder gefallen war, kniete nieder und bekreuzigte sich. Hanna trat in das Zimmer, in dem sie gelebt hatte. Der Schrank war nur noch ein Haufen morscher Bretter, von dem Bett war nichts als das metallene Gestell mit den Sprungfedern übrig. Doch seltsamerweise hatte der Stuhl, auf dem sie so oft gesessen hatte, überlebt – genau wie sie selbst. Sie setzte sich, legte die Hände auf die Knie, und ließ ihren Blick durch das Fenster zum Wald schweifen.

»Alles in Ordnung? Halten Sie durch?«, fragte Jorge besorgt, als er den Kopf durch die Tür steckte.

»Ich möchte in den Keller gehen«, murmelte Hanna.

»Sind Sie sicher?«

Sie nickte, und Jorge öffnete die Falltür. Er zündete sein Feuerzeug an und stieg als Erster die Leiter hinab. Er wollte sichergehen, dass die Sprossen dem Gewicht stand-hielten. Der in den Felsen gegrabene Keller war trocken, und die Leiter hatte keinen Schaden genommen. Hanna folgte ihm.

»Hier also waren Sie, während …«

»Ja«, unterbrach sie ihn, »ich war am Ende des Tunnels versteckt. Kommen Sie mit«, fügte sie hinzu und nahm ihm das Feuerzeug aus der Hand.

Diesmal ging sie voran und blieb vor der Bohle stehen.

»Schieben Sie sie bitte zur Seite, ein paar Zentimeter reichen.«

Jorge war verwundert, doch im Schein der Flamme war sie so schön, dass er ihr nichts hätte abschlagen können.

»Wissen Sie, wenn ich Ihnen Essen oder saubere Wäsche gebracht habe, ließ ich nie eine Gelegenheit aus, Sie zu be-wundern. Die Hoffnung, Sie zu sehen, hat mir die Kraft gegeben, den verdammten Pfad heraufzulaufen.«

»Das wusste ich«, antwortete Hanna, »auch ich habe Sie angesehen, aber jetzt bin ich verheiratet.«

Jorge zuckte mit den Schultern und schob die Bohle beiseite, hinter der ein Loch in die Wand gegraben war. Hanna bat ihn, ihr den Platz zu überlassen, und gab ihm das Feuerzeug zurück.

»Leuchten Sie bitte.«

Sie schob die Hand hinein und spürte die runde Form des Metallzylinders unter ihren Fingern. Sie zog ihn aus dem Versteck und sagte Jorge, sie könnten jetzt zurück-fahren.

Jorge war eher schweigsam, doch auf dem Rückweg konnte er nicht umhin, ihr Fragen zu stellen.

»Sind Sie darum hierhergekommen?«

»In erster Linie, um zu trauern, und das gehört dazu«, erklärte sie und richtete den Blick auf das Metallrohr, das ihre Hand umklammerte.

Sie erreichten das Motorrad und stiegen auf.

»Wo soll ich Sie absetzen?«

»Am Bahnhof, wenn es möglich ist.«

Sie fuhren schnell. In der einen Hand hielt Hanna die Rolle, mit der anderen umklammerte sie Jorges Taille. Der Wind peitschte ihr Gesicht, und sie fühlte sich endlich frei, freier denn je.

Jorge begleitete sie auf den Bahnsteig und wartete mit ihr, bis der Zug kam. Als sie den Fuß auf das Trittbrett setzte, hielt er sie an der Hand zurück.

»Was ist in der Rolle?«

»Persönliche Dinge meines Vaters.«

»Dann bin ich zufrieden, dass sie in diesem Loch versteckt waren und Sie sie wiedergefunden haben.«

»Danke, Jorge, danke für alles.«

»Sie kommen nicht mehr zurück, nicht wahr?«

»Nein, nie mehr.«

»Das habe ich vermutet, denn mir fiel auf, dass Sie kein Gepäck dabeihatten, nicht einmal eine Tasche. Also dann, gute Reise, Hanna.«

Jorge sah, wie der Zug sich in Bewegung setzte. Hanna schob den Kopf durch das Fenster ihres Abteils und warf ihm eine Kusshand zu.

Als sie wieder in ihrem Hotelzimmer in Paris war, öffnete sie den Zylinder und breitete die Meisterwerke auf ihrem Bett aus. Sam war sehr umsichtig gewesen, das Rohr war so undurchlässig, dass sie keinerlei Schaden genommen hatten. Sie betrachtete die Gemälde eines nach dem anderen und zählte neun. *Junges Mädchen, am Fenster stehend* von Edward Hopper war nicht darunter.

Am nächsten Tag beglich Hanna ihre Rechnung und flog an Bord einer Air France Maschine zurück nach New York...

Kapitel 34

Eleanor-Rigby

Oktober 2016, Baltimore

So endete das Kapitel. George-Harrison las die letzte Seite und schlug mir vor, einen Kaffee trinken zu gehen. Dazu hatte ich absolut keine Lust, das Einzige, was ich wollte, war zu erfahren, wie die Geschichte weiterging, und zu verstehen, warum Shylock sie nicht niedergeschrieben hatte. Es war fast achtzehn Uhr, und ich hatte noch eine kleine Chance, ihn in seinem Büro anzutreffen.

»Kommen Sie mit!«, befahl ich George-Harrison.

Er sah mich an und runzelte die Stirn.

»Es ist kein Zufall, dass Sie ihre Enkelin sind«, antwortete er mit trockenem Humor.

Wir verließen die Bibliothek im Laufschritt und sprinteten über die Straßen. Abgesehen von unserer Kleidung hätte man uns für zwei Jogger halten können, die sich die Zielgerade streitig machten, was wir übrigens auch taten. Ich entdeckte eine Abkürzung und bog ab, ohne ihm Bescheid zu sagen. Ich hörte ihn aus der Ferne rufen, das sei gemogelt. Außer Atem erreichten wir die Tür zu Shylocks Büro und vergaßen sogar anzuklopfen. Der Professor schreckte zusammen und sah uns herausfordernd an, als wir schweißüberströmt hereinplatzten.

»Ich hoffe, es war nicht mein Manuskript, das Sie in diesen Zustand versetzt hat?«, fragte er zweifelnd.

»Nein, eher das, was Sie nicht geschrieben haben. Wie konnten Sie mitten im Kapitel aufhören?«, begehrte ich auf.

»Die Frage ist nicht wie, sondern warum. Hanna hat Robert die Fortsetzung meines Projekts verboten. Doch das hat unserer Freundschaft keinen Abbruch getan.«

Shylock sah auf seine Uhr und seufzte.

»Ich habe Hunger, und spät zu Abend zu essen ist nicht gut bei Sodbrennen.«

»Suchen Sie ein Restaurant aus, dann laden wir Sie ein«, schlug George-Harrison vor.

»Nun gut«, meinte Shylock, »im *Charleston* isst man sehr gut, und da Ihre Neugier nicht bis morgen warten kann, nehme ich die Einladung gerne an.«

Als ich die Preise auf der Karte sah, wurde mir angst und bange. Mein Chefredakteur würde eine solche Rechnung niemals akzeptieren, es sei denn, ich brächte eine Reliquie von Edgar Allan Poes Leichnam mit, seinen Oberschenkelknochen zum Beispiel. Aber ich war hier, damit Shylock endlich auspackte und sich nicht nur um den Hummer kümmerte, den er bestellt hatte.

»Was hat es mit dem fehlenden Bild auf sich, und was hat Hanna gemacht, als sie wieder in New York war?«, fragte ich, sobald der Kellner gegangen war.

»Eine Frage« nach der anderen bitte«, meinte Shylock und band sich die Serviette um den Hals.

Shylock verspeiste die Hälfte seines Hummers. Zu beobachten, wie er die Schalen auslöste und sich dann die Finger ableckte, verdarb mir den Appetit. Das traf offensichtlich nicht auf George-Harrison zu, der genüsslich sein Steak verspeiste.

»Als sie zurück nach New York kam«, fuhr der Professor fort, »sprach Hanna mit niemandem über die Bilder. Weder mit ihrem Mann, dem sie nicht einmal von ihrem kurzen Aufenthalt in Frankreich erzählte, noch mit ihrem Arbeitgeber. Sie hatte gute Gründe, das Schweigen zu wahren. Aber um ihre Idee realisieren zu können, musste sie sich von einem der neun verbleibenden Bilder trennen. Sie entschied sich für *Les Heureux Hasards de l'escarpolette* – *Die Schaukel*, ein vierundzwanzig mal sechzig Zentimeter großes Werk von Fragonard. Von allen Gemälden ihres Vaters gefiel ihr dieses am wenigsten. Sie fand, es hatte etwas Frivoles, das dem Rokoko nahekam. Aus Angst, es Glover als Erstem anbieten zu müssen, sagte sie ihm kein Wort von ihren Absichten. Er hätte sicher gewollt, dass sie es ihm zu dem unter Händlern üblichen Preis überließ. Wenn sie es hingegen an einen Sammler verkaufte, konnte sie das Doppelte erzielen, und sie brauchte schließlich mehr als fünfhunderttausend Dollar. Aus moralischen Gründen untersagte sie es sich, Kunden der Galerie anzusprechen, das wäre ihr unfair erschienen, und sie war dem englischen Händler zu sehr zu Dank verpflichtet, als dass sie ihn hintergangen hätte. Aber auch Sam hatte reiche Käufer in New York gehabt, und ihm verdankte sie es, sie zu kennen. Sie machte einen Termin mit der Familie Perl aus und nutzte einen Sonntag, an dem Robert Inventur machte, um ihnen den Fragonard zu zeigen. Sie erklärte sich bereit, ihnen das

Gemälde für einige Tage zu überlassen, und in der folgenden Woche eröffnete sie ein Bankkonto, wobei sie Roberts Unterschrift fälschen musste, denn zu jener Zeit war das ohne die Zustimmung des Ehemanns nicht möglich. Sie zahlte den Scheck in Höhe von sechshundertsechzigtausend Dollar ein – das war der Preis, den sie für den Fragonard ausgehandelt hatte – und brachte die Rolle mit den übrigen acht Bildern sicher in einem Safe unter.

»Was machte sie dann?«, wollte ich wissen.

»Kurz darauf heuerte sie einen Chauffeur an und ließ sich nach Baltimore fahren. Dort kaufte sie das Anwesen der Stanfields von der Bank zurück, die es gepfändet hatte. Irgendwann würde sie es Robert schenken, aber nicht sofort, denn er würde auf der Stelle dort hinziehen wollen. Hanna hingegen träumte von einer Wohnung mit Blick auf den Central Park und nicht davon, sich in dem Moment, in dem sich ihr eine neue Karriere eröffnete, in einer Provinzstadt niederzulassen.

Anfang 1948 äußerte Glover den Wunsch, nach London zurückzukehren. Er war auf der Suche nach einem Partner, der ihm seine amerikanische Filiale abkaufte. Anständigerweise informierte er auch Hanna über seine Pläne. Sie schlug ihm sofort vor, seinen Anteil zu kaufen. Glover konnte sich nichts Besseres erträumen, denn er hatte vollstes Vertrauen in sie, aber das hätte bedeutet, dass er das Geld vorstrecken und sich im Lauf der Jahre bei den Verkäufen entschädigen müsste. Dennoch versprach er ihr, über ihr Angebot nachzudenken. Da Hanna fürchtete, die Gelegenheit könnte ihr entgehen, schlug sie vor, ihm einhunderttausend Dollar in bar zu geben und den Rest in den folgenden zwei Jahren abzuzahlen. Glover war erstaunt, dass sie über eine solche Summe verfügte, enthielt sich aber jeglichen Kommentars.

An dem Tag, an dem der Kaufvertrag unterschrieben wurde, lud er sie ein, ihre neue Partnerschaft zu feiern. Während des Essens fragte er sie, ob sie den Fragonard, der aus dem Nichts aufgetaucht war, an die Familie Perl verkauft hätte. Und ohne ihre Antwort abzuwarten, erinnerte er sie humorvoll an eine der wichtigsten Regeln seines Berufsstands: Der Kunstmarkt ist ein kleiner, überschaubarer Kreis von Kennern, in dem sich alles herumspricht und jeder alles erfährt.

Glover packte seine Sachen und siedelte nach London um. Einige Monate verstrichen, dann führte Hanna Robert zur Galerie, und zwar nicht an einem x-beliebigen Datum. Dort angekommen, sah er, dass die Fassade mit einer Plane verhüllt war. »Ich wusste gar nicht, dass ihr Bauarbeiten machen lasst, du erzählst mir wirklich gar nichts«, warf er ihr vor. Doch Hanna schien so glücklich und vergnügt, dass er es dabei bewenden ließ. Sie reichte ihm ein Seil, das an der Seite der Plane befestigt war, und bat ihren Mann, kräftig daran zu ziehen. Das Tuch fiel auf den Boden und enthüllte die Namen der neuen Besitzer. Die Galerie hieß jetzt ›Stanfield & Glover‹.«

»Wie hat Robert reagiert?«, fragte George-Harrison.

»Wenn ihm auch der Beruf seiner Frau fremd war, machten doch der Name Stanfield, der in goldenen Lettern auf dem Schaufenster prangte, und die Vorstellung, was Hanna geleistet hatte, um ihn derart zu ehren, diesen Sonntag zum schönsten Tag seines Lebens... Es war genau vier Jahre her, dass sie beide einen aus Tanger kommenden Frachter in New York verlassen hatten.«

»Er hätte vorschlagen können, der Galerie den Mädchennamen seiner Frau zu geben«, warf ich ein. »Schließlich hatte sie die Anteile dank Sams Erbe kaufen können.«

»Ja, aber das wusste Robert nicht. Und Großmut besteht auch darin, ein Geschenk annehmen zu können. Aber dennoch unterbreitete er ihr den Vorschlag, und Hanna erwiderte, sie wolle selbstständig sein und ihren eigenen Erfolg haben. Goldstein gehöre der Vergangenheit an, Stanfield sei ihre Zukunft.«

»Was geschah dann?«

»Ich werde mir zuerst ein Dessert aussuchen, ich habe nur das Beste über das Schokoladensoufflé gehört, und dazu wäre ein Süßwein perfekt. Natürlich nur, wenn das nicht übertrieben ist. Aber ich habe so viel geredet, dass meine Kehle ganz trocken ist.«

George-Harrison winkte den Sommelier heran und ich den Kellner. Sobald seine Ansprüche erfüllt waren, war Shylock bereit fortzufahren:

»Die Galerie Stanfield & Glover war in New York erfolgreicher als in London. Die englische Wirtschaft erholte sich nur mühsam von den Kriegsfolgen. Ende 1948 bezogen Hanna und Robert eine Wohnung im obersten Stockwerk eines Anwesens an der Ecke 77th Street und Fifth Avenue. Hanna wollte den Ausblick auf den Central Park, und sie hatte ihn nicht nur bekommen, sondern auch noch auf der teuersten Seite des Parks. Die Upper East Side war angesehener als die Upper West Side – soll einer den Snobismus der Leute verstehen. Hanna hätte hier die glücklichste aller Frauen sein müssen, doch schon bald erstickte sie in der Stadt. Auch Roberts Geschäfte entwickelten sich schnell zum Besten. Er hatte eine Filiale in Washington eröffnet, eine zweite in Boston, und bald würde eine dritte in Los Angeles eingeweiht werden. Hanna sah ihren Mann fast gar nicht mehr und verbrachte die meisten Abende allein in der großen Wohnung. Der Blick, von dem sie so sehr geträumt hatte, erwies sich nach Einbruch der Dunkelheit als ein schwarzes Meer. Ihre Beziehung war in Gefahr, und sie liebte Robert aufrichtig. Sie spürte, dass nur eine Veränderung der Lebensumstände ihre Ehe retten könnte, und dazu gehörte auch ein Kind.«

»Ich dachte, sie könne keine bekommen?«

»Das dachte sie auch, aber wenn man Geld hat, gibt es Mittel gegen die Unfruchtbarkeit. Im Juli 1949, anlässlich des fünften Jahrestages ihrer Ankunft in New York, überreichte Hanna Robert den Kaufvertrag des Anwesens in Baltimore und schlug ihm vor, sich dort niederzulassen. Er hätte verärgert sein können, weil sie es heimlich gekauft hatte, aber Hanna hatte ihm den Schlüssel zum Haus der Stanfields geschenkt, ein Traum, den er zutiefst verletzt begraben hatte, und so sah er in ihrem Verhalten nur einen unendlichen Liebesbeweis. Während die Instandsetzungsarbeiten vorangingen, kümmerten sich beide darum, ihre Geschäfte so zu organisieren, dass sie sie von Baltimore aus führen konnten. New York war nur zweieinhalb Autostunden entfernt, und Hanna hatte in der Galerie genügend Personal eingestellt, um sich aus dem Geschäft zurückziehen und nur noch um die wichtigsten Verkäufe kümmern zu können, die seit einiger Zeit ohnehin außerhalb der Stadt oder bei großen Auktionen getätigt wurden. 1950, in dem Jahr, als Ihre Mutter Sally-Anne auf das Anwesen kam, erkrankte Glover. Er hatte Bauchspeicheldrüsenkrebs, der ihm nicht mehr viel Zeit ließ. Er rief Hanna an und bat sie, ihn möglichst schnell zu besuchen, ohne ihr jedoch etwas von seinem Zustand zu sagen. Sobald sie in London eintraf, teilte er ihr mit, er habe beschlossen, sich in den Ruhestand zurückzuziehen, und bot ihr seine Anteile zum Kauf an. Der Preis, den er verlangte, war so niedrig, dass Hanna zunächst ablehnte. Allein Glovers Kunstsammlung war das Doppelte wert. Doch der Galerist erinnerte sie an die zweite Grundregel ihres Geschäfts: Ein Werk hat nur den Verkaufswert, den der Käufer bereit ist zu zahlen. Ihm war klar, dass eine Filiale in London für Hanna nur unnötige Sorgen bedeutete, zumal sie jetzt ein Kind hatte und in Baltimore lebte. Die Galerie an sich war nicht von Bedeutung, und er hatte die Räumlichkeiten ohnehin nur gemietet. Also schlug er ihr vor, zum Safe zu gehen, und ihm für jedes Gemälde ein Angebot zu machen. Und er wies sie darauf hin, dass, nachdem sie Partner waren, ihr ohnehin schon die Hälfte gehörte.«

Shylock hatte den letzten Bissen von seinem Schokoladensoufflé verspeist, und ich fürchtete, der Abend könne zu Ende gehen, ehe er zu dem Teil der Erzählung kam, auf den ich seit Beginn des Essens wartete.

»All das ist sehr spannend«, unterbrach ich ihn, »aber was ist zwischen meiner Mutter und ihren Eltern vorgefallen, dass sie sich für immer zerstritten haben?«

»Nur Geduld, Sie werden es bald verstehen. Glover ließ Hanna ein Inventar seiner Sammlung aufstellen. Darauf hätte sie auch verzichten können, denn gründlich, wie sie war, kannte sie ohnehin jedes Stück. Alles war in den Rechnungsbüchern aufgelistet, die sie führte. Da ihre Partnerschaft stets von großer Aufrichtigkeit war, informierte Glover sie über jedes Stück, das er erwarb oder verkaufte, und bei ihr war es genauso. Also alles kein Problem, bis ihr Blick auf ein Gemälde fiel, das sie verstörte.«

»Der Hopper?«, rief George-Harrison und kam mir damit zuvor.

»*Junges Mädchen, am Fenster stehend*, genau! Sie können sich sicher Hannas Verunsicherung vorstellen, als sie das Lieblingsbild ihres Vaters im Safe ihres Partners entdeckte. Wenn Glover es legal erworben hatte, warum hatte er es dann vor ihr geheim gehalten? Es konnte weder eine Fügung noch Zufall sein, dass es sich bei dem einzigen Geheimnis, das es zwischen ihnen beiden gab, um ein so besonderes Gemälde handelte. Sie lief hinauf in sein Büro und stürzte wie eine Furie hinein. Glover hatte sie schon schlecht gelaunt erlebt, aber noch nie in einem solchen Zustand. Da es auch ihm nicht besonders gut ging, verstand er nur mit Mühe den Grund ihrer Aufregung und noch weniger, dass sie auf der Stelle eine Rechtfertigung erwartete. Er war verärgert, weil sie ihn einer Unehrlichkeit verdächtigte, aber zu erschöpft, um sie zum Teufel zu schicken. Also ließ er sein britisches Phlegma spielen und stellte ihr eine Gegenfrage. Wie konnte sie sich über die Anwesenheit dieses Bildes in seiner Galerie wundern, nachdem ihr eigener Mann es ihm anvertraut hatte? Ein Blickwechsel reichte aus, und Glover begriff, dass die Antwort auf seine Frage wesentlich komplexer war als vermutet. Er fühlte sich plötzlich schuldig – und erklärte ihr alles. Einige Jahre zuvor war Robert zu ihm gekommen und hatte ihn um einen Gefallen gebeten. Er brauchte Geld, um sein Spirituosengeschäft aufzubauen. Für Glover war es eine Selbstverständlichkeit gewesen, ihm zu Hilfe zu kommen, doch Robert hatte darauf bestanden, als Sicherheit einen wertvollen Gegenstand zu hinterlegen. Und dieser Gegenstand war *Junges Mädchen, am Fenster stehend*. Nachdem Robert seine Schulden bezahlt hatte, wollte der Galerist es ihm zurückgeben, aber aus ihm unbekannten Gründen – Glover nutzte die Gelegenheit, um die dritte wichtige Regel seines Berufs zu erwähnen: die Diskretion – bat Robert ihn, den Hopper in seinem Safe zu belassen. Glover fragte ihn, ob er ihn verkaufen wolle, denn er hätte sofort mehr als einen Kunden gefunden, doch Robert versicherte ihm, seine Frau und er würden es niemals verkaufen, zu welchem Preis auch immer. Seine Frau und er!, beharrte Glover, um Hanna klar zu machen, dass er nicht eine Sekunde in Betracht gezogen hatte, sie sei nicht informiert. Hanna erging sich in Entschuldigungen, die Emotionen, die der Anblick dieses Bildes geweckt hatte, hatten sie aus der Fassung gebracht. Dabei beließen sie es. Glover hatte nicht die Kraft, ein weiteres Geheimnis vor ihr zu verbergen, und gestand ihr seine Erkrankung. Hanna brauchte die Sammlung nicht zu kaufen, er hatte sie als Erbin eingesetzt, und das Geld, das sie ihm geben würde, käme ihr wieder zu, und zwar schon sehr bald. Und er hatte genügend Vermögen, um sich bis zu seinem Ende zu versorgen. Diese Ankündigung betrübte Hanna derart, dass sie die Fragen zurückstellte, die das Auftauchen des Gemäldes *Junges Mädchen, am Fenster stehend* aufwarfen. In den nächsten Monaten besuchte sie Glover mehrmals und wich nicht mehr von seiner Seite, als er ins Krankenhaus kam. Er starb sechs Monate später. Hanna kümmerte sich um die Beerdigung. Sie hatte einen zweiten Vater verloren und erholte sich nur mühsam von ihrer Trauer. Sobald Glovers Sammlung in die Vereinigten Staaten überführt war, wurde die Fassade der New Yorker

Galerie neu gestaltet, denn das war Glovers letzter Wille, den er ihr in einem Brief mitgeteilt hatte.

Allein die Kunstwerke zählen, denn sie sind unsterblich. Diejenigen, die sie besitzen, haben nur wenig Bedeutung, denn sie gehen eines Tages. Liegt darin nicht die wundervolle Demut, die sie uns lehren? Ich habe Sie so sehr geschätzt und bewundert, weil ich bei Ihnen niemals die geringste Spur von Stolz entdeckt habe, sie zu besitzen. Wie ich selbst empfinden auch Sie ihnen gegenüber nur Hochachtung und Liebe, und so ist es an der Zeit, dass die Arbeit, die Sie geleistet haben, Ihnen voll und ganz zukommt. Sie sind mir nichts schuldig, Sie waren für mich ein Quell des Lichts und der Freude, aber auch der Belustigung, denn Ihre Launen haben mir oft Spaß gemacht. Die guten wie die schlechten, ihre Lachanfälle ebenso wie Ihre Wutausbrüche. Im Lauf meines Lebens, das mich sehr verwöhnt hat, habe ich viele Händler kennengelernt, aber keinen Ihres Schlages. Ich möchte, dass unsere Galerie ab jetzt nur noch Ihren Namen trägt, denn der Stolz auf meine Schülerin ist noch größer als der, Ihr Lehrer gewesen zu sein. Ich wünsche Ihnen, meine liebe Hanna, das schöne Leben, das Sie verdienen.
Ihr ergebener
John Glover

Glauben Sie mir, nur ein Engländer ist fähig, einen so würdigen und bescheidenen Text zu schreiben. Und wundern Sie sich nicht über mein gutes Gedächtnis, ich bin Historiker, und es ist meine Arbeit, Texte zu erinnern. Aber die Zeit vergeht, und ich habe noch nicht all Ihre Fragen beantwortet. Sie können sich sicher denken, dass das Wiederauftauchen des Gemäldes von Hopper nicht ohne Folgen blieb, nachdem Hanna Glover beerdigt und die Geschäfte geregelt hatte. Sie zweifelte nicht an der Ehrlichkeit ihres Mannes, er hätte viele Gelegenheiten gehabt, es zu verkaufen, und wenn er Glover strikt verboten hatte, es zu veräußern, dann war dies der Beweis dafür, dass er nie solche Absichten gehegt hatte. Was Hanna Sorgen machte, war viel schlimmer. Sie erinnerte sich an den Abend ihrer Flucht und Roberts Wunsch, zum Jagdsitz zurückzukehren, um Kleidung und die Karte der Waffenlager zu holen. Dabei hatte er vermutlich vor allem den Hopper an sich bringen wollen, und sie erinnerte sich auch an jene Umhängetasche, von der er sich nie getrennt hatte – weder auf ihrer Flucht nach Spanien noch an Bord des Frachters. Das belegte eindeutig, dass Sam ihm das Versteck gezeigt und Robert von Anfang an gelogen hatte. Aber das war nicht alles. Als Jorge ihr auf dem Friedhof erzählt hatte, man habe ihn verdächtigt, die Widerstandskämpfer bei der Miliz verraten zu haben, hatte sie ihn gefragt, was aus Titon geworden war, jenem Genossen, mit dem Robert auf dem Tandem zu jener unglückseligen Mission unterwegs war. Denn ihr war ein furchtbarer Verdacht gekommen. Erinnern Sie sich, dass ihr ein Detail aufgefallen war, als sie auf der Flucht den Wald verließen? Wie war Robert, der nach eigener Aussage den Mann erwürgt hatte, der ihn zu den Deutschen bringen sollte, und dann mitten auf dem Land aus dem Wagen geflohen war, an das Tandem gekommen?«

»Daran habe ich nicht gedacht«, gestand ich.

»Ich auch nicht«, meinte George-Harrison.

»Sie schon«, fuhr Shylock fort. »Und die Antwort auf

diese Frage war für Hanna ein furchtbares Dilemma, denn es war offensichtlich, dass ihr Mann sie auch in diesem Punkt belogen hatte. Und wenn er gelogen hatte, dann konnte es dafür nur einen Grund geben. Seine Flucht hatte sich nicht so abgespielt, wie er erzählt hatte – wenn er denn überhaupt geflohen war.«

»Hat sie ihn denn nicht mit diesen Ungereimtheiten konfrontiert und eine Erklärung verlangt?«

»Nicht sofort, und sie hatte ihre Gründe. Aber ihr Leben hatte sich von jenem Tag an grundlegend verändert, und Hanna war nicht mehr dieselbe.«

»Aber warum hat sie ihm nichts gesagt?«

»Weil Beziehungen manchmal so sind, dass man Ungesagtes oder Lügen bestimmten Wahrheiten vorzieht. Als sie Glover im Krankenhaus besuchte, hatte Hanna öfter mit Übelkeit zu kämpfen. Sie führte das auf den Kummer zurück, der sie niederdrückte, aber schließlich begriff sie, dass die Natur ihr den einzigen Traum erfüllt hatte, den sie nicht hatte realisieren können.«

»Sie haben vorhin gesagt, dass Hanna schon meine Mutter bekommen hatte.«

»Nein, ich habe Ihnen gesagt, dass sie in ihr Haus kam. Sally-Anne war ein Adoptivkind. Hanna glaubte felsenfest, sie sei unfruchtbar. Doch leider kamen Glück und Unglück zusammen, denn der Vater des Sohnes, den sie unter dem Herzen trug, war schuld am Tod ihres eigenen. Hanna machte sich keine Illusionen mehr. Robert hatte die Lage des Jagdsitzes gegen seine Freiheit verraten. Sam und die Widerstandskämpfer hatten den Preis dafür bezahlt. Können Sie sich vorstellen, in welch qualvoller Situation sie sich befand? Dennoch vergaß Hanna nicht die

Regeln, die Glover sie gelehrt hatte: Der Kunstmarkt ist ein kleiner, überschaubarer Kreis, in dem sich alles herumspricht, darum ist Diskretion von großer Bedeutung. Sollte die Wahrheit ans Licht kommen, würde nicht nur ihre Beziehung zerbrechen, sondern auch ihr Ruf wäre für immer geschädigt. Ihre Galerie würde nicht mehr florieren. Wer würde nach einem solchen Skandal noch Geschäfte mit ihr machen wollen? Hanna legte den Hopper in eine Zeichenmappe, die sie versiegelte und im Tresor ihres Mannes deponierte. Sie erklärte ihm, sie enthalte ein Werk, an dem ihr besonders viel liege, und ließ ihn beim Leben seiner Kinder schwören, die Mappe nie zu öffnen. Das war eine subtile und grausame Rache. Jedes Mal, wenn er in seinen Safe sehen würde, fiele sein Blick darauf, und er würde sich fragen, ob Hanna den Beweis seiner Schuld entdeckt hätte oder nicht. Obgleich der Status quo unerträglich schien, dauerte er doch vierzehn Jahre an, aber Hanna war während dieser Zeit nie wieder die eng verbundene Ehefrau, die Robert einst gekannt hatte. Ihre ganze Liebe galt ihrem Sohn. Robert konnte seine ganze Liebe nur noch seiner Tochter schenken, die sie ihm im Übermaß zurückgab, da sie sich nicht mit ihrer Mutter verstand. Bis zu jenem Tag...«

»Als sie zwölf Jahre alt war?«

»Ja, so alt muss sie ungefähr gewesen sein, als sie einen furchtbaren Streit im Büro ihres Vaters belauschte. Hanna hatte herausgefunden, dass ihr Mann eine Affäre hatte. Es war seine erste Geliebte, aber nicht die letzte. Zu Roberts Entschuldigung muss man sagen, dass er ein attraktiver Mann war und seine Frau, die ihm nicht verzeihen konnte, ihn seit Jahren vernachlässigte. Er wollte, was menschlich ist, lieben und geliebt werden. Die Vorwürfe kamen von beiden Seiten, und der Streit wurde heftiger. Schließlich erklärte Hanna ihrem Mann, das Gemälde *Junges Mädchen, am Fenster stehend*, das er aus einem Jagdsitz in Frankreich gestohlen habe, sei seit elf Jahren in seinem Tresor eingeschlossen – eine subtile Anspielung, ehe sie ihm enthüllte, dass sie die ganze Wahrheit wusste. An diesem Abend erfuhr Sally-Anne nicht nur, dass ihr Vater untreu war, sondern auch, dass er nicht der Held war, für den sie ihn gehalten hatte, sondern ein Mann, der das Nichtwiedergutzumachende begangen hatte, um seine eigene Haut zu retten. Sie reagierte wie ein junges Mädchen, das auch ohne solche Skandale schnell die Nerven verlor. Es war eine Explosion an Hass. Gegenüber ihrer Mutter, die, um das Schlimmste zu vermeiden, seit Jahren mit dieser Lüge gelebt hatte, gegenüber ihrem Vater, der plötzlich ein Dreckskerl geworden war, aber auch gegenüber ihrem Bruder, dem verwöhnten Sohn der Familie, während sie selbst nur das Adoptivkind war. Hanna befürchtete, ihre Tochter könne aus Rache jedem, der es hören wollte, das Geheimnis enthüllen, das auf ihrer Familie lastete. Um das zu verhindern, schickte sie sie in ein englisches Internat. Dort blieb Sally-Anne, bis sie volljährig war.«

Er trank sein Glas in einem Zug aus und stellte es vorsichtig auf den Tisch zurück.

»Nun, ich denke, ich habe diesem hervorragenden Mahl alle Ehre erwiesen. Ich überlasse Ihnen die Rechnung. Wenn Sie wollen, können wir das gerne wiederholen, denn ich habe auf der Karte ein Seebarschfilet mit Trüffeln entdeckt, das ich gerne probieren würde. Diese Geschichte wieder aufzugreifen hat mich dazu animiert, mein Buch weiterzuschreiben. Ich hoffe, Sie werden Wort halten und sein Erscheinen genehmigen. Es war mir ein Vergnügen, die Letzte der Stanfields zu treffen.«

Der Professor erhob sich, schüttelte uns die Hand und ging.

Als ich wieder in meinem Hotelzimmer war, legte ich mich aufs Bett und überdachte alles, was der Professor uns während dieses Abendessens enthüllt hatte.

Seltsamerweise fühlte ich mich meiner Mutter näher, als ich es zu ihren Lebzeiten je gewesen war. Ich begriff jetzt, was sie während ihres Zwangsexils durchgemacht hatte. Das Gefühl, zwei Mal im Stich gelassen worden zu sein, zuerst von ihren leiblichen Eltern, dann von ihren Adoptiveltern. In dieser Hinsicht hatte sie uns fast die Wahrheit gesagt, und im Lauf jener Nacht, in der ich kaum Schlaf fand, begriff ich schließlich die Gründe für ihr Schweigen und für das meines Vaters. Sie hatten uns nur schützen wollen. Dennoch bedauerte ich, dass sie sich uns nicht anvertraut hatte. Ich hätte ihr gerne noch mehr Liebe geschenkt, denn daran hatte es ihr so sehr gemangelt. Sollte ich ihre Vergangenheit mit Maggie und Michel teilen, und konnte ich es tun, ohne sie zu verraten?

Doch noch weitere Fragen brachten mich um den Schlaf. Hatte Shylock alles eingefädelt, um die moralische Zustimmung zu bekommen, die er brauchte? Hatte er, bevor wir uns begegneten, gewusst, wer ich war? Denn wenn er nicht der anonyme Briefeschreiber war, wer dann, und mit welchem Ziel?

Morgen musste ich ein Versprechen halten und George-Harrison helfen, seinen Vater zu finden.

Kapitel 35

Eleanor-Rigby

Oktober 2016, Baltimore

Es war ein kalter Morgen, das Licht fahl und die Stadt grau. Ich verabscheue solche Spätherbsttage, an denen die vom Wind gepeitschten Straßen gealtert zu sein scheinen. Schmutzige Pfützen bedeckten die Bürgersteige. George-Harrison erwartete mich vor seinem Pick-up, er trug ein altes Jeanshemd, eine Wildlederjacke und eine Kappe, die ihn wie einen in die Jahre gekommenen Baseballspieler wirken ließ. Vor allem aber schien er äußerst schlecht gelaunt. Er musterte mich lange, seufzte und stieg in den Wagen.

Ich setzte mich neben ihn und fragte, noch bevor er den Motor angelassen hatte, wohin es denn ginge.

»Sie fahren, wohin Sie wollen, und ich kehre nach Hause zurück. Das Geld wächst nicht auf den Bäumen, und apropos Bäume – auf mich wartet eine ganze Menge Arbeit.«

»Wollen Sie wirklich jetzt, so dicht vor dem Ziel, aufgeben?«

»Welches Ziel und was aufgeben? Ich habe meine Werkstatt in der Hoffnung verlassen herauszufinden, wer mein Vater ist, doch seit ich hier bin und wir uns begegnet sind, habe ich nur von den Problemen Ihrer Mutter und Ihren Familiengeschichten gehört. Das ist sehr interessant, vor allem für Sie, aber ich habe weder die Mittel noch die Lust, in dieser Stadt zu bleiben, in der ich ganz offensichtlich nichts herausfinden werde und auch nichts verloren habe.«

»Das dürfen Sie nicht denken. Es stimmt, wir sind in meiner Angelegenheit mehr vorangekommen als bei Ihrer, aber ich versichere Ihnen, gestern bin ich mit dem Gedanken eingeschlafen, dass wir das ändern und unsere Nachforschungen auf diesen Punkt konzentrieren müssen.«

»Und auf was genau wollen Sie sich konzentrieren?«, fragte er verärgert.

Da ich nicht die geringste Ahnung hatte und nicht lügen kann, folgte ein erbärmliches Gestammel.

»Wir sind uns also einig«, fuhr George-Harrison fort und ersparte mir damit eine noch schlimmere Situation. »Sie wissen es nicht und ich auch nicht. Also lassen wir es dabei bewenden. Es hat mich wirklich sehr gefreut, Ihre Bekanntschaft zu machen. Glauben Sie nicht, dass ich völlig blöd und ein ausgemachter Flegel bin, ich habe nicht vergessen, was im Pick-up geschehen ist, auch wenn es nur kurz war, und ich will damit nicht sagen, dass ich Sie nicht auch gerne geküsst, ich meine die Initiative ergriffen hätte. Aber Sie wohnen in London und ich in einem kleinen Kaff, das Tausende von Kilometern von Ihrer schönen und großen Hauptstadt entfernt ist. Also sagen Sie mir bitte, wozu ein weiterer Kuss hätte führen sollen? Oder nein, sagen Sie es lieber nicht, denn auch Sie haben keine

Ahnung. Ich werde jetzt zu meinem Leben und meiner Arbeit zurückkehren. Was meinen Vater angeht, so hatte ich mich schon lange mit dem Status quo abgefunden. Also zum Teufel mit diesem anonymen Brief, aber vor allem mit seinem Verfasser. Ehrlich gesagt, interessiert es mich nicht mehr, wer er ist, damit würde man ihm viel zu viel Beachtung schenken. Und falls es dieser Professor ist, der trotz all seiner Gelehrtheit isst wie ein Schwein und all das nur getan hat, um sein Buch veröffentlichen zu können, dann soll auch er sich zum Teufel scheren. Und wenn ich Ihnen einen Rat geben darf, ehe wir uns trennen, dann schreiben Sie Ihren Artikel und fahren Sie nach Hause. Das ist das Beste, was wir beide tun können.«

Für einen Moment verfiel ich in totale Panik, eine lähmende Panik, die meine Eingeweide rebellieren ließ und mir den Eindruck vermittelte, ich würde mich gleich in Nichts auflösen. Und im selben Augenblick entdeckte ich, dass ich endlich fähig war zu lügen. Denn ich tat so, als wäre ich ganz seiner Meinung, als würde es mir nicht schwerfallen, aus seinem Pick-up zu steigen, und als wäre es mir egal, ihn nicht mehr zu sehen. Ich nickte, verzog ein wenig schmollend das Gesicht und sagte nichts, denn ich wollte schließlich die Dämonen der Lüge nicht so weit treiben zu testen, bis zu welchem Punkt ich ihm etwas vorspielen könnte. Also stieg ich entschlossen und stolz aus dem verdammten Lieferwagen, zu stolz, um die Tür wütend hinter mir zuzuschlagen. Edina und Patsy hätten mir applaudiert oder sich über mich und meine unangebrachte Eigenliebe lustig gemacht.

Der Pick-up entfernte sich, und als er an der Kreuzung abbog, stiegen mir die Tränen in die Augen. Nicht weil mich dieser Idiot hatte stehen lassen wie ein altes Gepäckstück, sondern weil ich mich plötzlich einsamer fühlte als je zuvor auf irgendeiner Reise. So einsam, dass ich darüber meinen genialen Vater, meine ebenso wunderbaren Geschwister und sogar Véra vergaß, obwohl sie mir alle in dieser verdammten Stadt, die nichts als Unglück brachte, fehlten.

Ich schickte mich an, ins Hotel zurückzukehren, wohin sollte ich auch sonst gehen? Plötzlich hörte ich ein zweimaliges kurzes Hupen hinter meinem Rücken. Als ich mich umdrehte, sah ich George-Harrison, der sich zur Seite lehnte, um das Fenster zu öffnen, und noch immer ebenso übellaunig rief: »Holen Sie Ihre Sachen, ich warte hier.«

»Bitte! Holen Sie *bitte* Ihre Sachen!«, korrigierte ich.

»Beeilen Sie sich, bitte!«

Ich beeilte mich so sehr, dass ich alles in wildem Durcheinander in meine Tasche warf – Pullover, Hosen, Wäsche, mein zweites Paar Schuhe, das MacBook und das Ladegerät, mein Waschzeug und das winzige Make-up-Täschchen, das ich auf Reisen immer bei mir habe. Dann bezahlte ich ebenso schnell die Rechnung. George-Harrison wartete vor dem Hotel, ergriff mein Gepäck und legte es hinten in den Pick-up.

»Wohin fahren wir?«, fragte ich.

»Dorthin, wo alles für mich angefangen hat, und wo ich mich hartnäckiger hätte zeigen müssen.«

»Das heißt?«

»Zu dem Altersheim, in dem meine Mutter lebt. Manchmal hat sie noch klare Momente. Sie sind zwar nur selten und kurz, aber warum sollte uns das Glück nicht hold sein?

Sie müssen mich nicht begleiten, ich würde es gut verstehen, vor allem nach dem, was ich eben gesagt habe.«

»Wenn Sie die ganze Nummer nur abgezogen haben, um mich Ihrer Mutter vorzustellen«, meinte ich seufzend, »hätten Sie sich nicht so viel Mühe machen müssen, Sie hätten mich einfach fragen können. Es freut mich sehr, endlich die Frau kennenzulernen, die meine Mutter geliebt hat.«

George-Harrison sah mich prüfend an und fragte sich anscheinend, ob ich mich über ihn lustig machte, und ich gab ihm mit einem Blick zu verstehen, dass er sich nicht täuschte.

»Machen Sie es sich bequem«, brummte er. »Die Fahrt dauert zehn Stunden. Das heißt, richten Sie sich so gut ein, wie Sie können, denn der Pick-up ist nicht sonderlich komfortabel.«

Wir fuhren durch Maryland und New Jersey, umrundeten New York, von dem wir nur die Wolkenkratzer von Manhattan sahen, die sich in der Ferne abzeichneten. Doch ich konnte nicht umhin, an eine Wohnung mit Blick auf den Central Park an der Upper East Side zu denken und an meine Großeltern, die ich nie gekannt hatte und niemals kennenlernen würde.

Auf die betriebsamen Städte folgten die Wälder von Connecticut. Auch wenn die Weiß-Eichen bereits ihre Blätter verloren hatten, war die Landschaft grandios. Auf der Höhe von Westport bog George-Harrison ab. Wir aßen in einem kleinen Restaurant zu Mittag, am Ufer des Saugatuck-Flusses, der sich bei jeder Flut mit Meerwasser füllt. Am Ufer ruhten sich Kanadagänse aus, die davonflatterten, noch bevor wir unsere Mahlzeit beendet hatten. Sie bildeten einen v-förmigen Schwarm, der Richtung Süden flog.

»Die kommen von dort, wo ich zu Hause bin«, erklärte George-Harrison. »Es sind kanadische Gänse. Als ich noch ein Kind war, wollte meine Mutter mir weismachen, sie würden beim Wegflug mit ihren Flügeln weiße Schneevorhänge zeichnen, dann in der südlichen Hemisphäre literweise warmes blaues Wasser trinken, um bei ihrer Rückkehr die Farben des Frühlings zu malen. Das war nicht ganz gelogen, denn jedes Jahr kündigt ihr Aufbruch den Winter und ihre Rückkehr den Beginn der schönen Jahreszeit an.«

Ich beobachtete, wie sie immer kleiner wurden, bis sie nur noch winzige Punkte waren und schließlich ganz verschwanden. Ich wäre gerne mit ihnen geflogen, um an einem warmen, südlichen Strand zu landen und an nichts mehr denken zu müssen.

Nachdem wir in Massachusetts vollgetankt hatten, schlug mir George-Harrison vor, ich solle das Steuer übernehmen.

»Können Sie Auto fahren?«

»Ja, aber bei uns fährt man links.«

»Auf der Autobahn sollte das kein großes Problem sein. Ich muss mich etwas ausruhen, es ist klüger, wenn wir uns abwechseln. Der Weg ist noch lang, und wir haben erst die Hälfte hinter uns.«

Als wir über die Grenze von Vermont fuhren, nickte er ein.

Von Zeit zu Zeit warf ich einen kurzen Blick auf den Schlafenden. Ich fragte mich, wie er so entspannt sein konnte. Mir selbst fiel das oft schwer, ich musste immer in Bewegung sein und war so häufig zum Schweigen verdammt, dass ich manchmal redete, ohne etwas zu sagen zu haben. Doch in seiner Gesellschaft hatte sich das geändert, ganz so, als würde seine Ruhe auf mich abfärben, als würde er mir einfach guttun, ohne irgendetwas Spezielles zu unternehmen, so als hätte er in mir das Verlangen geweckt, die Stille zu genießen.

Als wir an Glover vorbeifuhren, spürte ich einen kleinen Stich im Herzen. Ein englischer Galerist hatte aus Bescheidenheit gewollt, dass sein Name mit ihm ausgelöscht wurde, wäre er hier vorbeigekommen, hätte er sich sehr gewundert.

Ich saß gerne am Steuer des Pick-ups, die Lenkung war etwas hart, doch das Brummen des starken Motors vermittelte mir den Eindruck, wirklich zu fahren. Und im Gegensatz zu Papas Austin, in dem man fast auf der Straße saß, hatte ich hier eine gewisse Höhe. Ich lächelte mir dümmlich im Rückspiegel zu, denn ausnahmsweise fand ich mich mal nicht zu hässlich. Vielleicht war das Leben im hohen Norden doch nicht so schlecht. Die Seen, die Wälder, die unendliche Weite, die Tiere, kurz, in gewisser Hinsicht ein gesundes Leben. Ja, ich weiß, ich sehe zu viel fern, wie Maggie sagen würde.

Der verhangene Himmel verschlang jetzt das letzte Tageslicht. Es würde bald dunkel werden, und die Baumkronen wurden immer schwärzer, je weiter wir nach Norden fuhren. Ich öffnete das Fenster einen Spaltbreit und sog tief die Luft ein, die berauschend klar und rein war. Ich suchte nach dem Knopf, um die Scheinwerfer einzuschalten. George-Harrison drehte ein Rädchen am Armaturenbrett.

»Nicht zu müde?«, fragte er, als er die Augen öffnete.

»Nein, ich könnte die ganze Nacht durchfahren, ich liebe das.«

»So lange wird die Reise zum Glück nicht mehr dauern. Die Grenze ist nicht mehr sehr weit, wir überqueren sie in Stanstead. Um diese Zeit dürfte es am Kontrollposten keine Wartezeit geben, anschließend bleiben uns noch rund vierzig Kilometer.«

Die Beamten überprüften unsere Papiere, wir hatten nichts zu verzollen, und meine Tasche, die im Pick-up lag, interessierte sie ebenso wenig wie George-Harrisons kleiner Koffer. Zwei Stempel, die Schranke öffnete sich, und wir waren in Quebec. George-Harrison wies mir den Weg.

»Fahren wir zum Nothelfer«, meinte er mit einem Blick auf die Uhr im Armaturenbrett.

»Gibt es ein Problem mit dem Pick-up?«

»Nein«, lachte er, »bei uns ist der Nothelfer ein Lebensmittelladen, der bis spätabends geöffnet hat. Zu Hause gibt es nichts mehr zu essen.«

»Ich dachte, wir fahren zu Ihrer Mutter?«

»Morgen. Wir haben einen kleinen Umweg gemacht, um diese Uhrzeit hätten wir sie nicht mehr besuchen können, und ich habe die Nase voll von Hotels, bei mir gibt es mehr als genug Platz.«

»Mir scheint, Sie hätten gesagt, Ihr Zimmer sei winzig.«

»Und meine Werkstatt viel zu groß … Ich nehme mir zu Herzen, was man mir vorwirft. Seit Mélanie gegangen ist, habe ich einige Umbauarbeiten vorgenommen. Keine Sorge, selbst wenn ich ein Bär bin, werde ich Sie nicht mit in meine Höhle schleppen.«

»Das habe ich auch nicht befürchtet«, wandte ich ein.

»Vielleicht doch ein kleines bisschen«, meinte George-Harrison belustigt.

Wir hielten kurz beim Nothelfer an. Es war ein würfelförmiger Betonklotz, vor dem eine Straßenlaterne brannte. George-Harrison kam offenbar nicht zum ersten Mal hierher, denn der Verkäufer begrüßte ihn mit Handschlag und half uns, den Karton mit den Lebensmitteln im Pick-up zu verstauen. Ich hatte einen Bärenhunger und mich deshalb beim Einkaufen nicht zurückgehalten. Während ich durch die Gänge des Geschäfts lief, ließ er mich nicht aus den Augen, und ein vielsagendes Lächeln erhellte sein Gesicht.

Als wir von der Straße in einen kleinen Feldweg abbogen, war es stockdunkel. Ich wusste nicht, ob ich die Nacht in einer Höhle verbringen würde, aber auf alle Fälle mitten im Wald.

Am Ende des Weges erreichten wir eine Lichtung. Das Mondlicht erhellte George-Harrisons Werkstatt, die ganz anders war, als ich sie mir vorgestellt hatte. Ich musste seiner Ex recht geben, es war nicht »zu groß«, sondern riesig. Ein gigantischer Schuppen mit metallgerahmten Fenstern und einem hohen Schrägdach. George-Harrison nahm eine Fernbedienung aus dem Handschuhfach und drückte auf einen Knopf. Daraufhin flammte das Licht in dem Bau auf, und ein Garagentor öffnete sich.

»Modern, was?«, fragte er und forderte mich auf, mit dem Pick-up hineinzufahren.

Ich glaubte, bereits die große Überraschung erlebt zu haben, doch mitnichten, denn im Inneren des Schuppens stand George-Harrisons Haus. Ein hübsches Chalet auf Pfählen, dessen Holzfassade blau gestrichen war. Rund herum verlief eine Terrasse mit einem Geländer, auf der ein Tisch und zwei Stühle standen.

»Mein Schlafzimmer befand sich auf dem Mezzanin«, erklärte er, »doch nachdem sie gegangen war, habe ich das Mezzanin abgebaut und dieses Haus errichtet.«

»Wenn Sie ›einige Umbauarbeiten‹ sagen, belegt das zumindest, dass Sie nicht zu Übertreibungen neigen.«

»Ja, ich habe vielleicht etwas zu viel des Guten getan, aber jeden Sommer, in dem sie nicht zurückkam, habe ich weitergebaut.«

»Aus Rache?«

»Etwas in der Richtung. Wobei das völlig idiotisch ist, da sie es ja nie sehen wird.«

»Wenn Sie das Haus außen gebaut hätten, hätte sie es vielleicht doch sehen können. Sie hätten ihr ein Foto schicken sollen, ich an Ihrer Stelle hätte mir das zumindest nicht entgehen lassen.«

»Ist das Ihr Ernst?«

»Wenn Sie wollen, könnte ich sogar ein Selfie auf der Treppe machen.«

George-Harrison lachte laut auf.

»Dennoch ist es irgendwie komisch.«

»Was ist komisch?«

»Normalerweise baut man ein Haus eher neben dem Schuppen als im Schuppen.«

»Na ja, so muss ich wenigstens, wenn ich im Winter rausgehe, keinen Schnee schippen.«

»Und wie führen Sie Ihren Hund spazieren?«

»Ich habe keinen.«

»Okay, aber Sie sind doch unglaublich verbarrikadiert.«

»Gefällt es Ihnen?«

»Dass Sie verrückt sind?«

»Mein Haus!«

»Beides missfällt mir nicht.«

Er nahm meine Tasche und trat in das Chalet. Dann deckte er den Tisch und servierte unser Essen auf der Terrasse. Man konnte zwar die Sterne nicht sehen, aber zumindest war es warm.

Die Werkstatt roch nach Holz, und ich hatte den Eindruck, irgendwo im Nirgendwo zu sein, was aber eher angenehm war.

Die Fahrt hatte uns erschöpft, und wir gingen bald schlafen. George-Harrison machte mein Bett im Gästezimmer. Die Einrichtung war schlicht, aber sehr hübsch, viel schöner als in meinem Londoner Apartment. Mélanie musste ganz schön blöd sein, denn ein Mann, der einen so guten Geschmack hatte, konnte kein Bär sein.

Als wir uns am nächsten Morgen wieder auf den Weg machten, setzte ich mich gleich ans Steuer und ließ George-Harrison keine Wahl. Ich erklärte, in Baltimore sei er immerzu gefahren, und er merkte an, wir säßen schließlich in *seinem* Pick-up, aber ich glaube, meine Kindereien belustigten ihn.

Zwei Stunden später deutete er auf ein schmiedeeisernes Gitter, und wir bogen in eine Kiesallee, die zu einem eleganten Anwesen auf einem Hügel führte. Der Park, den es überragte, war menschenleer, denn es war viel zu kalt, als dass die Bewohner hätten draußen sein können.

»Das hat nichts mit dem Hyde Park gemein, oder?«, fragte er.

»Waren Sie schon mal in London?«

»Nein, ich kenne es nur aus Filmen, aber in Baltimore habe ich mir im Netz einige Fotos angesehen.«

»Ach ja? Und warum?«

»Aus Neugier.«

Ich parkte unter dem Carport, und wir betraten das Haus.

Ich erkannte sofort die Frau, die im Lesezimmer saß und verärgert ihre mit dem Legen einer Patience beschäftigte Nachbarin betrachtete, so als wartete sie darauf, zum Mitspielen eingeladen zu werden. Wenn ihre Züge auch gealtert waren, so war der schelmisch funkelnde Blick doch derselbe wie auf dem Foto im Sailor's Café. May zu begegnen löste heftige Emotionen in mir aus, auf die ich nicht vorbereitet war. Sie hatte meine Mutter geliebt, und meine Mutter hatte sie geliebt. Sie wusste so viel über sie, was mir unbekannt war. Ein alter Mensch, der stirbt, ist wie eine Bibliothek, die verbrennt, hat einmal ein afrikanischer Poet gesagt, und ich wollte jetzt alle Bücher entdecken, die sie in sich trug, auch wenn sie sie selbst vergessen hatte.

»Du bist mit deiner Freundin gekommen! Freut mich, dass ihr euch wieder versöhnt habt«, rief sie und erhob sich. »Ich wusste, dass euer Streit nicht ewig andauern würde. Ich erinnere mich übrigens nicht mehr, warum ihr aneinandergeraten seid, aber dann war es auch sicher nicht so wichtig.«

George-Harrison erweckte den Eindruck, als wäre ihm das alles überaus peinlich, und ich wartete ein wenig, ehe ich ihm zu Hilfe kam. Als ich ihr die Hand reichte, zog sie mich an sich und drückte mir einen Kuss auf die Wange.

»Na, sag mal, früher hast du mich zur Begrüßung umarmt, es ist schließlich nicht meine Schuld, wenn mein Sohn sich dir gegenüber schlecht benimmt!«

Ihre Umarmung war fest und ihre Haut weich. Sie verströmte einen Duft nach grauem Amber, und ich erkannte sofort die orientalische Note wieder, mit der meine Mutter sich sonntags parfümierte.

»Ihr Parfüm ist Jicky, oder?«, fragte ich sie.

Sie sah mich durchdringend und verwundert an.

»Wieso fragst du, wenn du es doch weißt?«

Dann wandte sie sich von mir ab und hatte nur noch Augen für ihren Sohn. Ich beschloss, sie allein zu lassen, und erklärte, ich würde einen Spaziergang im Park machen.

»Wenn du heimlich rauchen willst, lass dich nicht erwischen, diese Dreckskerle nehmen dir sofort die Zigaretten ab. Nicht etwa wegen deiner Gesundheit, Unsinn, sondern weil sie sie selbst rauchen wollen. Und wie geht es in der Schule?«, fragte sie ihren Sohn. »Hast du deine Hausaufgaben gemacht?«

Ich ging nach draußen, aber die Kälte war unerträglich, und ich rauche nicht. Also kehrte ich schnell zurück und setzte mich an einen Tisch neben einen Mann, der las. Die Lektüre schien ihn zu belustigen, denn er lachte dauernd. Ein kalter Schauer lief mir über den Rücken, viel kälter als draußen im Park. Aus der Ferne beobachtete ich May und George-Harrison. Sie schienen in ein angeregtes Gespräch vertieft. Ein Gespräch, das vermutlich keinen Sinn hatte. In Wirklichkeit beobachtete ich ihn eigentlich nicht, sondern ich bewunderte ihn. In den Gesten dieses Sohnes lag so viel Liebe und Geduld, und er lauschte ihr so hingebungsvoll, dass ich auch bereit gewesen wäre, das Gedächtnis zu verlieren, um so geliebt zu werden.

Der Mann, der neben mir las, brach in schallendes Gelächter aus, das plötzlich in einen grauenvollen Husten-
anfall umschlug. Er lief rot an wie eine überreife Frucht,
sprang auf, stieß ein Stöhnen aus und brach zusammen.

Der Krankenpfleger, der sich im Raum befand, lief zu
ihm, schien jedoch völlig überfordert. Die Pensionäre be-
obachteten die Szene gespannt, so, als würde nur zählen,
dass endlich einmal etwas passiert und nicht die Tatsache,
dass ihr Nachbar im Begriff war zu ersticken. George-
Harrison schob den Krankenpfleger beiseite und beugte
sich über den armen Mann, der sich am Boden wand. Er
schob zwei Finger in dessen Mund und drehte seine Zunge
um. Der alte Herr atmete wieder fast normal, hielt aber
immer noch die Augen geschlossen und antwortete nicht,
als George-Harrison rief: »Monsieur Gauthier, hören Sie
mich? Drücken Sie meine Hand, wenn Sie mich hören.«

Und die Hand von Monsieur Gauthier umklammerte
die von George-Harrison.

»Ich rufe eine Ambulanz«, sagte der Krankenpfleger.

»Das dauert zu lange«, antwortete George-Harrison,
»die brauchen eine halbe Stunde, um herzukommen, und
genauso lange für den Weg zum Krankenhaus. Ich bringe
ihn hin. Holen Sie ein paar Decken, wir legen ihn in meinen Pick-up.«

Eine junge Frau, die Kekse verteilt hatte, als Monsieur
Gauthier seinen Anfall bekam, bot ihre Hilfe an. Sie hatte
einen Kombi, in dem man ihn im Warmen transportieren könnte. Zwei weitere Angestellte halfen. Als Monsieur
Gauthier in dem Kombi gebettet war, erklärte George-
Harrison, er werde ihn begleiten. Ich wäre auch gerne mit-
gefahren und bei Monsieur Gauthier geblieben, denn ich

fühlte mich verantwortlich, weil er seinen Anfall vor meinen Augen erlitten hatte, aber es gab nur zwei Sitzplätze in dem verflixten Kombi, und so bat George-Harrison mich, hier zu warten.

Ich stand unter dem Vordach, rieb mir die Schultern, um mich zu wärmen, und sah, wie die Rücklichter des Kombis hinter dem Gittertor der Residenz verschwanden.

Als ich ins Lesezimmer zurückkehrte, nahm das Leben wieder seinen normalen Lauf, die Pensionäre gingen ihren Beschäftigungen nach, als wäre nichts geschehen oder als hätten sie es schon vergessen.

Die Frau, die an dem Tisch neben May saß, legte ihre Patience, andere schauten fern oder starrten ins Leere. May sah mich seltsam an und machte mir mit dem Zeigefinger ein Zeichen, ihr gegenüber Platz zu nehmen.

»Weißt du, es berührt mich, dich kennenzulernen. Denn du siehst ihr sehr ähnlich. Es ist, als wäre ein Phantom aus der Vergangenheit auferstanden. Sie ist tot, oder?«

»Ja, sie ist tot.«

»Was für ein Durcheinander, ich hätte vor ihr gehen müssen, aber es sieht ihr ähnlich, in Schönheit zu sterben.«

»Ich glaube nicht, dass sie das in dem Fall selbst entschieden hat, und außerdem war sie auch nicht sehr schön«, erklärte ich zu Mums Verteidigung.

»Du hast recht, nicht diesmal, aber beim letzten Mal schon, und das hat unser beider Leben zerstört. Zusammen hätten wir es schaffen können, aber davon wollte sie nichts wissen, und zwar deshalb«, brummte sie und rieb sich den Bauch. »Ich hoffe, du wirst ihn mir nicht wegnehmen? Denn das würde ich nicht zulassen.«

»Ihnen wegnehmen?«

»Stell dich nicht so dumm, ich spreche von meinem Sohn, und ich habe nur einen.«

»Was hätten Sie schaffen können?«

»Aus dem Schlamassel herauszukommen, in den deine Mutter uns gestürzt hatte. Darum bist du doch hier, du willst wissen, wo sie es versteckt hat.«

»Ich habe keine Ahnung, wovon Sie sprechen.«

»Lügnerin! Aber du siehst ihr so ähnlich, dass ich dir verzeihe, denn selbst jetzt, wo sie tot ist, liebe ich sie noch immer. Ich will dir ein paar Sachen erzählen, aber nur unter der Bedingung, dass sie unter uns bleiben. Ich verbiete dir, ihm auch nur ein Wort davon zu sagen.«

Ich wusste nicht, wie lange diese Augenblicke der geistigen Klarheit andauern würden, George-Harrison hatte mir gesagt, sie seien selten und kurz. Er hatte gehofft, Glück zu haben, doch nun trat dieser Zustand ein, während er nicht da war. Also gab ich ihr ein Versprechen, das ich nicht halten würde. May ergriff meine Hände, atmete tief durch und lächelte.

Ich sah, dass ihr Gesicht sich erhellte, so als wäre sie wieder jung, so als würde das Foto aus dem Sailor's plötzlich zum Leben erwachen.

»Ich bin unglaubliche Risiken eingegangen, um die Einladungen zu bekommen«, erklärte sie. »Aber das war nichts im Vergleich zu dem, was dann auf dem Ball geschah. An diesem Abend hat sich alles entschieden. Ein Ball, der wie ein krönender Abschluss war – nach sechsunddreißig Jahren der Lüge ... und doch viel mehr für sehr lange Zeit.«

Kapitel 36

Eleanor-Rigby

Oktober 2016, Cantons-de-L'Est, Quebec

May drückte sich seltsam aus, ganz so, als würde eine innere Stimme ihr die Worte diktieren, und ihre Erzählung führte mich zu einem Abend in Baltimore Ende 1980.

»Unser Fahrer hatte kurz unter dem Vordach gehalten, um uns aussteigen zu lassen. Die Wagentür fiel ins Schloss, und das Defilee ging weiter. Alle, die die Ehre hatten, zum Ball eingeladen zu sein, drängten sich an der Tür des Anwesens. Zwei Hostessen in Livree sammelten die Einladungskarten ein und verglichen sie mit der Gästeliste. Ich trug einen langen, engen Rock, eine Bluse mit plissierter Vorderseite, ein Fracksakko und einen Zylinder. Sally-Anne, als Dominostein verkleidet, hatte einen weiten Umhang umgelegt, ihr Kopf war unter der schwarzen Kapuze verhüllt. Wir hatten uns für diese Kostüme entschieden, um uns bequem bewegen und unter unseren Capes verbergen zu können, was wir stehlen wollten.

Deine Mutter gab unser Sesam-öffne-dich ab. Ich war große Risiken eingegangen, um die Einladungen zu bekommen, ich weiß nicht mehr genau, wann, denn seit einiger Zeit bringe ich die Daten bisweilen durcheinander.

Wir betraten die Halle. Sie war riesig und von großen Kandelabern erhellt. Vor uns führte eine imposante Treppe, die mit einer roten Kordel abgesperrt war, in den ersten Stock. Wenn man den Kopf hob, konnte man das Glasdach und den Gang mit den schmiedeeisernen Gittern bewundern, die sich rund um den ersten Stock zogen. Wir folgten dem Besucherstrom in den großen Salon im Erdgeschoss. Vor den Fenstern waren üppige Büfetts aufgebaut. Alles war prächtig. Auf einer kleinen Bühne neben dem Steinkamin saß ein sechsköpfiges Orchester, das Menuette, Rondos und Serenaden spielte. Noch nie hatte ich ein so glanzvolles Spektakel gesehen. Ich bewunderte die Gäste. Ein Harlekin küsste einer Comtesse die Hand, ein Soldat der Konföderierten stieß mit einem Hindu-Magier an, während sein nordischer Feind sich mit Kleopatra unterhielt. George Washington, der schon leicht angetrunken war, wollte es nicht dabei bewenden lassen. Ein Hugenotte füllte sein Champagnerglas, bis es fast überlief. Es gab auch einen Prinzen aus *Tausendundeine Nacht*, der den Busen einer Isabelle betatschte, deren Leander sich gerade nicht blicken ließ. Ein Fakir labte sich an Gänseleberpastete, ein Zauberer mit Hakennase hatte größte Mühe, seinen Kaviartoast zu verspeisen. Eine Colombine und ein Harlekin bildeten ein hübsches Paar, Cäsars Stirn war von einem Lorbeerkranz gerötet, den er ständig zurechtrückte. Abraham Lincoln küsste eine Haremsdame. Im Schutz der Maske war alles möglich – auch das Verbotene.

Dann stieg eine hübsche junge Sängerin auf die Bühne. Ihre eindrucksvolle Stimme fesselte das Publikum. Sally-

Anne nutzte die Gelegenheit, um eine in einem Bücheregal versteckte Tür zu öffnen. Dahinter verbarg sich eine Wendeltreppe. Im ersten Stock angekommen, zog sie mich über den Gang. Da man uns vom Erdgeschoss aus hätte sehen können, liefen wir dicht an der Wand entlang. Wir kamen an dem Zimmer vorbei, in das man mich geführt hatte, als ich angeblich Miss »Langsamkommerin« einen Besuch abstatten wollte. Komischer Name, was? Aber das ist eine andere Geschichte, die ich dir erzähle, wenn du mich wieder besuchst. Etwas weiter betrat Sally-Anne das Arbeitszimmer ihres Vaters. Sie bat mich, vor der Tür aufzupassen. Ich höre noch, wie sie sagte: ›Bleib im Hintergrund, sonst könnte dich einer der Gäste sehen, wenn er den Kopf hebt, um die Lüster zu bewundern. Falls jemand hier auftaucht, komm zu mir ins Arbeitszimmer. Keine Sorge, ich kümmere mich um alles, es dauert nicht lange.‹ Aber ich machte mir dennoch Sorgen und hätte am liebsten alles abgebrochen. Ich habe sie gebeten, ihr gesagt, noch sei es Zeit, den Plan aufzugeben, dass wir das Geld nicht brauchten und es auch anders schaffen würden. Aber wegen der verflixten Zeitung, die sie mehr liebte als mich, wollte sie weitermachen. Und auch weil sie von Rachegefühlen geleitet wurde. Hör gut auf meinen Rat, lass dein Handeln nie vom Zorn bestimmen, denn früher oder später wirst du dafür bezahlen. Doch ich war ein gutmütiger Trottel und ein braver kleiner Soldat, also wartete ich vor der angelehnten Tür.

Während ich Schmiere stand, ging deine Mutter zur Minibar, sie nahm die Zigarrenkiste ihres Vaters heraus, stellte sie auf den kleinen Tisch und griff nach dem Schlüssel zum Tresor. Die folgenden Augenblicke entschieden über unser weiteres Leben und übrigens auch über das anderer. Ich habe immer wieder darüber nachgedacht, denn um ein paar Minuten hin oder her wäre alles anders verlaufen, und du wärst jetzt nicht hier.

Ich weiß wohl, dass ich etwas wirr im Kopf werde und vieles vergesse, aber diesen Maskenball werde ich in Erinnerung behalten, solange ich lebe.

Wo war ich gleich stehen geblieben? Ach ja, ich hörte Schritte und beugte mich über das Geländer. Ein Mann war über die rote Kordel gestiegen und kam die Treppe herauf. Er würde gleich oben sein. Ich klopfte an die Tür, um Sally-Anne zu warnen. Sie lief zum Lichtschalter, machte die Lampe aus und ergriff meine Hand, um mich hineinzuziehen. Ich stand wie gelähmt in der halb geöffneten Tür. Ich hätte mich anders verhalten sollen, aber ich wollte sie schützen, verstehst du, also ließ ich ihre Hand los, schloss leise die Tür und ging auf den Unbekannten zu, der als Venezianer verkleidet war. Ich hoffte, es handelte sich um einen indiskreten Gast auf der Suche nach einem Telefon. Doch ehe ich etwas sagen konnte, fragte er mich in autoritärem Ton, was ich hier zu suchen hätte.

Diese Stimme kannte ich nur allzu gut. Dennoch blieb ich unglaublich ruhig und wurde nun ebenfalls von Rachegelüsten ergriffen. Dieser prachtvolle und groteske Ball wurde zu seiner Ehre gegeben. Und um ihm auf meine Art zu huldigen, wollte ich ihm ein Geschenk machen, das bis ans Ende seiner Tage sein Gift versprühen sollte.

Ich legte den Finger auf die Lippen und lächelte ihn an. Er verging vor Neugier herauszufinden, wer die verführerische Maskierte war. Er erinnerte mich daran, dass das Fest im Erdgeschoss stattfand und die Gäste keinen Zutritt zum ersten Stock hätten, fügte dann aber gleich hinzu, wenn ich ihn besichtigen wolle, würde er mich gerne begleiten. Unmöglich, ihm zu antworten, ohne mich zu verraten, und dazu war es noch zu früh. Also murmelte ich ›Psst‹, fasste ihn bei der Hand und führte ihn in den kleinen Salon neben dem Büro von Miss »Langsamkommerin«. Und ich kann dir versichern, dass dieser Spitzname auf mich nicht zutraf.

Ich drückte ihn in einen Sessel, er leistete nicht den geringsten Widerstand, sondern schien eher belustigt. Er war nicht dumm, es bestand keine Gefahr, dass seine zukünftige Frau dasselbe Kostüm trug wie ich. Ich öffnete seinen Hosenschlitz, schob meine Hand hinein und spürte sein aufkeimendes Verlangen. Ich wusste, was er mochte, und gab es ihm, doch dabei wollte ich es nicht bewenden lassen. Ich wollte ihn ganz besitzen, ein letztes Mal sollte er mir gehören. Es gab mehrere Männer in meinem Leben, die einen habe ich verlassen, die anderen haben mich verlassen, aber er war anders. Also hob ich meinen Rock und setzte mich auf ihn. Urteile nicht über mich, das wäre verlorene Zeit, denn es ist mir völlig egal. Es gibt nichts Besseres auf der Welt, als mit dem Mann zu schlafen, den man entweder liebt oder hasst. Ich gab mich verführerisch, denn ich musste seine Lust so lange ausdehnen, bis Sally-Anne im Nebenzimmer fertig war. Ich vermutete, dass sie alles hörte, aber um sicher zu sein, zügelte ich meine Leidenschaft nicht. Sie hatte mich mit Keith betrogen, ich war auf ihren Wunsch hier, und ich habe mich auch an ihr gerächt und an ihren Eltern, weil sie eine junge Frau ihres Standes einem mittellosen Mädchen vorgezogen hatten. Ich habe mich an ihm und an der ganzen Welt gerächt, indem ich am Tag seiner Verlobung mit ihm schlief.

404

Nachdem er gekommen war, wollte er mein Gesicht enthüllen, doch ich ließ es nicht zu. Ich fand es subtiler, es ihm auf andere Art zu verstehen zu geben. Also fragte ich ihn, ob ihm mein Geschenk Freude bereitet habe. Du hättest seine Augen sehen sollen, als er meine Stimme hörte. In seinem Blick lag nur Verblüffung. Und auch Angst, ich könne nach unten gehen, den Platz der Sängerin einnehmen, um den versammelten Gästen seinen Seitensprung zu verkünden. Also küsste ich ihn zärtlich, streichelte seine Wange und versicherte ihm, er hätte nichts zu befürchten. Seine Frau würde vielleicht eine Weile brauchen, um herauszufinden, welche Art Mann er wäre, er aber könne ihr keine Liebeserklärung mehr machen, ohne daran zu denken, dass er sie am Tag der Verlobung betrogen hatte.

Ich forderte ihn auf, zu seiner Zukünftigen zurückzukehren, da es sicher besser wäre, wenn man uns nicht zusammen die Treppe herunterkommen sähe. Ich versprach ihm, diskret zu verschwinden, und dass er mich an diesem Abend und auch sonst nicht mehr sehen würde. Er knöpfte kleinlaut seine Hose zu und verschwand wütend. Ich wartete eine Weile und ging dann zu Sally-Anne ins Büro.

Sie sagte kein Wort. Sie band den Gürtel ihres Capes zu, unter dem sie die Beute versteckt hatte, schloss den Tresor wieder ab, legte den Schlüssel an seinen Platz und stellte die Zigarrenkiste zurück.

Ich fragte sie, ob sie gefunden hätte, was sie suchte. Als einzige Antwort stellte sie mir dieselbe Frage. Wir wussten beide, was sich in den benachbarten Zimmern abgespielt hatte, in denen wir, jede auf ihre Weise, die Stanfields beraubt hatten.

Ehe wir gingen, griff sie nach einer Flasche Alkohol

und schob sie unter mein Cape, einen außerordentlichen Whisky, mit dem wir später auf unseren Sieg anstoßen wollten. Sie war schon trunken, weil sie ihr Ziel erreicht hatte. Der *Independent* war gerettet. Mit dem, was wir in dem Tresor gestohlen hatten, könnten wir ihn herausbringen und mehrere Jahre lang am Leben halten, selbst wenn wir Verlust machen sollten.

Das Fest war in vollem Gang, und wir verließen unbemerkt das Haus. Der Fahrer wartete auf uns und brachte uns zurück zum Loft.«

May schwieg, ihr Blick verlor sich im Nichts, und sofort legten sich die Spuren der Zeit wieder auf ihre Züge. Mehr würde ich nicht erfahren, und ich vermutete, dass sie schon nicht mehr wusste, wer ich war. Doch dann seufzte sie und wiederholte, es sei wirklich verrückt, wie sehr ich meiner Mutter ähnlich sähe. Sie erhob sich, nahm ihrer Nachbarin die Karten weg, setzte sich mir gegenüber und fragte, ob ich Poker spielen könne.

Sie nahm mir hundert Dollar ab. Als George-Harrison wieder das Lesezimmer betrat, schob sie die Scheine diskret in ihre Tasche und lächelte ihren Sohn an, als hätte sie ihn seit Wochen nicht gesehen. Sie sagte ihm, wie nett es sei, dass er sie besuchen komme.

George-Harrison erklärte, Monsieur Gauthier sei gestorben, als sie das Krankenhaus erreicht hätten.

»Ich habe dir doch gesagt, dass er dieses Jahr nicht überlebt, aber du wolltest mir nicht glauben!«, rief May beinahe erfreut aus.

Wir blieben den ganzen Nachmittag bei ihr, doch ihr Geist schien abwesend. Gegen fünfzehn Uhr lichteten sich die Wolken, und ihr Sohn machte einen kleinen Spaziergang im Park mit ihr. Ich nutzte die Zeit, um mich an alles zu erinnern, was ich an Neuem erfahren hatte, wieder Dinge über meine Mutter, aber nichts über George-Harrisons Vater. Ich wusste nicht, wie ich ihm gestehen sollte, dass ich diesen Moment der Klarheit nicht dazu genutzt hatte, um mein Versprechen zu halten.

Als sie zurückkamen, reichte ein Blickwechsel aus, um zu verstehen, dass der Glücksfall, den er so sehr erhofft hatte, nicht eingetreten war.

Als wir etwas später Tee tranken, sagte er seiner Mutter, wir müssten jetzt aufbrechen. May schloss zuerst ihn in die Arme, dann mich.

»Ich freue mich so sehr, dass ihr wieder zusammen seid, ihr seid ein hübsches Paar«, erklärte sie und nannte mich erneut Mélanie.

Als wir den Pick-up erreichten, gab ich vor, mein Handy im Salon vergessen zu haben. Ich bat ihn zu warten und kehrte in die Seniorenresidenz zurück.

May saß noch immer in ihrem Sessel, und ihr Blick war auf den Platz von Monsieur Gauthier geheftet. Ich trat näher und setzte alles auf eine Karte.

»Ich weiß nicht, ob Sie noch bei uns sind, aber wenn Sie mich hören, dann sollten Sie meinem Rat folgen. Nehmen Sie Ihr Geheimnis nicht mit ins Grab, es macht ihn völlig krank, dass er nicht weiß, wer sein Vater ist, und mich macht es krank, ihn so zu sehen. Ist Ihnen nicht klar, welche Qual Sie ihm auferlegen, welchen Kummer Sie ihm bereiten? Glauben Sie nicht, das Unausgesprochene hätte schon genug Unheil angerichtet?«

May wandte sich um und sah mich schelmisch an.

»Danke für deine Freundlichkeit, aber ich muss dich enttäuschen, meine Liebe, noch bin ich nicht im Grab. Glaubst du denn, er wäre glücklicher, wenn er wüsste, dass sein Vater durch mein Verschulden gestorben ist? Es ist besser, manche Wahrheiten nicht zu sagen, verstehst du? Wenn du also noch eine Frage hast, dann stell sie mir schnell, er wartet draußen, und es gefällt mir nicht, wenn du meinen Sohn warten lässt.«

»Wo sind die Briefe meiner Mutter? Haben Sie sie aufgehoben?«

Sie klopfte auf meine Hand, als wäre ich ein ungezogenes Kind.

»Nur ich habe ihr Briefe geschrieben, deine Mutter wollte mir nicht antworten, das hat sie nur einmal getan, um sich mit mir zu verabreden. Einen Briefwechsel mit mir zu führen wäre für sie ein Verrat an ihrem Mann gewesen. Sie hatte beschlossen, mit dem Kapitel abzuschließen. Aber es gab eine Ausnahme. Durch mein Verschulden. Du warst vierzehn Jahre alt, und deine Eltern sind mit euch nach Spanien gefahren ...«

Ich erinnerte mich genau an diese Ferien. Meine Eltern hatten uns nur drei Mal mit ins Ausland genommen: nach Stockholm, wo sich Maggie ständig über die Kälte beklagte, nach Paris, wo Michel sie mit seinen Kuchenwünschen ruiniert hatte, und nach Madrid, wo ich mir, von der Schönheit der Stadt beeindruckt, geschworen hatte, später eine Weltreise zu machen. May trank ihre Tasse aus und fuhr fort.

»Sechs Monate zuvor hatte ich ihr geschrieben, ich sei krank. Man hatte mir nur einen Knoten in der Brust entfernt, aber es hätte auch schlimmer sein können. Ich dachte, wenn mir etwas zustoßen sollte, gäbe es niemanden, der sich um meinen Sohn kümmern würde. Ich hatte keine Möglichkeit, sie anders zu überzeugen, also habe ich gehofft, wenn sie ihn trifft... aber ehrlich gesagt, war es, glaube ich, ein Vorwand, um sie wenigstens noch einmal zu sehen und ihre Familie kennenzulernen. Sie willigte ein, wollte aber nicht mit mir sprechen. Sonntags seid ihr im Retiro-Park spazieren gegangen. Deine Mutter, dein Vater, dein Bruder, deine Schwester und du, ihr saßt auf der rechten Seite der Treppe zum Kristallpalast, vor dem großen Becken – eine schöne Familie. George-Harrison und ich saßen auf der linken Seite. Es tat mir eher weh als gut, aber für diese wenigen, der Vergangenheit abgerungenen Momente bedauerte ich die weite Reise nicht. Außerdem ist sie eine der schönsten Kindheitserinnerungen meines Sohnes geblieben. Deine Mutter und ich tauschten ein vielsagendes, verschwörerisches Lächeln. Bald darauf seid ihr gegangen, doch deine Mutter hat ein Heft auf den Stufen zurückgelassen. Es war ihr Tagebuch, das sie im Internat begonnen hatte. Es enthielt unsere Geschichte, die gemeinsamen Jahre in Baltimore, unsere Begegnung als junge, freie Journalistinnen, die Einrichtung des Lofts, unsere Freunde, vor allem Keith. Als ich es las, durchlebte ich erneut die verrückten Jahre, die der Gründung des *Independent* vorausgingen, unsere wilden Nächte im Sailor's, unsere Hoffnungen und Enttäuschungen. Sie hat auch über den besagten Ball geschrieben und über das, was dann folgte. Doch am Tag ihres Aufbruchs endeten ihre Aufzeichnungen. Später hat sie nichts mehr über ihr Leben hinzugefügt.«

»Warum ist sie nach London zurückgekehrt, warum hat sie einen so definitiven Schlussstrich gezogen?«

»Ich habe keine Zeit und keine Lust mehr, darüber zu sprechen. All diese Erinnerungen betreffen eine Zeit, von der nichts mehr übrig geblieben ist. Wozu also? Auch du solltest die Vergangenheit ruhen lassen, du quälst dich unnötig. Du hattest wunderbare Eltern, behalt die Erinnerung an deine Mutter, Sally-Anne war eine andere Frau, die du nicht gekannt hast.«

»Wo ist ihr Tagebuch?«

Meine Frage kam zu spät. Mays Blick war wieder abwesend und von Demenz geprägt. Sie zeigte ihrer Nachbarin, die uns belauschte, den Stinkefinger und wandte sich mit einem spöttischen Lachen mir erneut zu.

»Ich muss dir erzählen, warum mein Sohn Schreiner geworden ist. Ich war in einen Antiquitätenhändler verknallt und er in mich. Ich war solo, er unglücklich verheiratet. Zwei verletzte Menschen können sich gegenseitig Gutes tun, indem sie einander geben, was sie brauchen. Als Kind verbrachte George-Harrison einen guten Teil des Nachmittags in seinem Geschäft. Da ich auf niemanden zählen konnte, wurde Pierre eine Art Pate, der ihm alles beibrachte. Das gefiel mir, und ich sah darin eine gewisse Ironie. Weißt du, ich hatte schon einen Schreiner gekannt, einen guten Mann, vermutlich der beste von allen, denen ich je begegnet bin. Er hat mich übrigens kurz nach der Geburt meines Sohnes besucht. Er wollte, dass ich alles zurücklasse und mit ihm komme. Ich habe mich verhalten wie eine Idiotin und habe es später bedauert. Aber was soll's, es war zu spät. Sag ihm nichts, denn George-Harrison ist der Meinung, er hätte seinen schönen Beruf selbst gewählt, und er hasst es, wenn seine Mutter ihn beeinflusst. Er ist eben ein Mann, was soll ich sagen? Ich habe heute schon genug geredet, und wenn du es nicht verstanden hast, bist du noch dümmer, als du scheinst.«

»Haben Sie uns geschrieben?«

»Verschwinde. Ich muss jetzt mein Bad nehmen, und soweit ich weiß, bist du keine Krankenschwester. Man wird ja das Pflegepersonal nicht ausgewechselt haben, ohne mich zu informieren! Dieses Haus ist ein richtiger Saustall, ich werde mich beschweren, wenn das so weitergeht.«

Diesmal war May völlig abwesend. Das nahm ich ihr übel, küsste sie aber dennoch auf die Wange, um noch einmal ihr Parfüm zu riechen. Ich atmete es tief ein und ging dann zu George-Harrison, der in seinem Pick-up wartete. Wie sollte ich ihm sagen, dass er seinen Vater nie kennenlernen würde, und ihm das Geheimnis gestehen, das May mir anvertraut hatte?

»Hast du es gefunden?«

»Was denn?«

»Na, dein Handy! Ich warte schon seit zehn Minuten auf dich und fing an, mir Sorgen zu machen.«

»Fahr los, wir müssen reden.«

Kapitel 37

Eleanor-Rigby

Oktober 2016, Magog

Es wurde schon dunkel, als wir das Altersheim verließen, und es war noch kälter als bei unserer Ankunft. Ich hätte mich entscheiden können zu schweigen, aber seit Beginn dieser Reise waren mir Familiengeheimnisse ein Gräuel. Es war nicht leicht, das Thema anzusprechen, und ich beschloss, sehr vorsichtig vorzugehen. Und das war erst der Anfang. Früher oder später müsste ich Maggie und Michel die Wahrheit enthüllen. Wie sollte ich ihnen sagen, was ich über Mum herausgefunden hatte, ohne meine Mutter zu verraten? Doch im Moment saß mein Problem am Steuer des Wagens.

Als George-Harrison erfuhr, dass sein Vater tot war, überraschte mich seine Reaktion. Das heißt, das war in diesem Fall nur eine Redensart, denn er blieb völlig gefasst. Ich versicherte ihm eilig, wie leid es mir tue, ich fühlte mich schuldig, weil ich ihm dieses Geheimnis verriet. Er biss sich auf die Unterlippe und legte eine erstaunliche Charakterstärke an den Tag.

»Eigentlich müsste ich traurig sein, aber seltsamerweise fühle ich mich erleichtert. Das Schmerzhafteste war die Vorstellung, dass er mich nicht kennenlernen wollte, dass er meine Existenz vollkommen ignorierte, so als wäre sein Sohn ihm völlig gleichgültig. So hat er zumindest einen triftigen Grund, für den ich ihm kaum Vorwürfe machen kann.«

May hatte mir nicht anvertraut, wann George-Harrisons Vater gestorben war, doch diesen Aspekt behielt ich lieber für mich.

»Schien sie dir bei klarem Verstand, als sie gesagt hat, sie habe ihn getötet?«, fragte er schließlich.

»Das hat sie nicht gesagt, zumindest nicht mit diesen Worten. Sie hat sich beschuldigt, für seinen Tod verantwortlich zu sein, das ist nicht dasselbe.«

»Den Unterschied kannst du mir dann ja erklären…«, meinte er verbittert.

»Es ist ein großer Unterschied! Wir wissen nichts über seine Todesumstände. Vielleicht war es ein Unfall, und sie fühlt sich schuldig, weil sie nicht bei ihm war.«

»Ich finde es recht optimistisch, sie derart zu verteidigen.«

»Nein, darum geht es nicht, aber ich habe begriffen, dass sie ihn geliebt hat.«

»Und was ändert das? Ist ein Verbrechen aus Leidenschaft entschuldbarer?«

»Ändert es nicht einiges zu wissen, dass man ein gewolltes Kind war?«

»Danke, dass du dir so viel Mühe gibst! Das berührt mich sehr, aber du bist etwas voreilig. Sie hat auch einen Jean, einen Tom und einen Henry geliebt…«

»…und Pierre«, flüsterte ich verlegen.

»Was, Pierre?«

»Sie hat auch einen gewissen Pierre geliebt, einen Antiquitätenhändler...«

»Danke, ich weiß, wer das ist!«

»Und wusstest du auch...«

»Natürlich! Erspar mir dein mitleidiges Gesicht. Ich weiß es schon lange. Ich habe sie viel zu oft dabei ertappt, wie sie sich heimlich berührten. Wenn sie mich ins Geschäft brachte oder abholte, wenn er zu uns nach Hause kam. Jedes Mal, wenn er an ihr vorbeiging, drückte er kurz ihre Hand, und bei der Verabschiedung küsste er sie immer dicht neben den Lippen. Solche Details entgehen einem kleinen Jungen nicht. Aber mir war das egal, denn von allen Männern, mit denen sie verkehrte, war er der Einzige, der mir nie Mitleid entgegenbrachte. Ganz im Gegenteil. Wenn er mit mir über sie sprach, betonte er, dass ich Glück hätte, sie für mich allein zu haben. Er hatte absolut keine Schuldgefühle, und das gefiel mir. Und außerdem kümmerte er sich um mich, ohne je den Ersatzvater zu spielen. In seiner Gegenwart fühlte ich mich sicher. Warum sprichst du von ihm?«

»Weil ich überzeugt bin, dass er vieles weiß, was er dir nicht gesagt hat.«

George-Harrison schaltete das Radio ein, um mir zu verstehen zu geben, dass er für den Abend genug gehört hatte. Wir fuhren noch eine gute halbe Stunde, und als wir Magog erreichten, schaltete er das Radio aus, um mir folgende Frage zu stellen: »Etwas stört mich an der Sache. Der anonyme Briefeschreiber wird gewusst haben, dass mein Vater tot ist, denn er scheint ja alles über uns zu wissen. Warum hat er mir dann geschrieben?«

Die Antwort, die mir spontan in den Sinn kam, verblüffte mich, denn recht bedacht, hat jemand, der sich nicht entschließen kann, die Wahrheit zu offenbaren, nur die Möglichkeit, es so einzurichten, dass man sie selbst herausfindet. Doch auch diese Überlegung behielt ich besser für mich, denn ich wagte es nicht, sie mit ihm zu teilen, an diesem Abend hatte ich schon genug gesagt.

Er parkte den Pick-up in der Werkstatt. Der Anblick des Hauses in diesem Schuppen entlockte mir das erste Lächeln an jenem Tag.

George-Harrison stellte einen Heizstrahler an, denn die Kälte drang bis in die Werkstatt. Während des Essens, das wir auf der Terrasse einnahmen, bemühte er sich, eine Unterhaltung in Gang zu halten, doch ich spürte, dass er traurig war. Mich berührte die Einsamkeit, die ihn umgab, während ich eine Familie hatte, die mich in London erwartete. Und plötzlich wurde mir bewusst, was ich mit aller Macht hatte verdrängen wollen.

Mir hatte nicht davor gegraut, allein vor diesem Hotel in Baltimore zurückzubleiben, sondern vielmehr davor, von ihm getrennt zu sein. Es hatte genügend Heuchelei und Geheimnisse gegeben, jetzt wollte ich weitere vermeiden.

Ich wartete, bis er schlief, dann ging ich in sein Zimmer, schlüpfte unter die Decke und schmiegte mich an ihn.

Er drehte sich um und nahm mich in die Arme. Wir haben uns nicht geliebt, das konnten wir nicht an dem Abend, an dem er erfahren hatte, dass sein Vater tot war und dass er ihn nie kennenlernen würde. Wir wurden von einer Welle der Zärtlichkeit überspült, und das war viel wichtiger als die Vereinigung unserer Körper.

Den nächsten Tag verbrachten wir in seinem Atelier. Er war mit seiner Arbeit in Verzug, und mir machte es Freude zuzusehen, wie er die Füße einer Kommode drechselte. Die Drehbank ist ein faszinierendes Werkzeug, das an ein Musikinstrument erinnert, wenn sie das Holz zum Pfeifen bringt und bezaubernde, spiralförmige Späne abschält. Es ist schön, jemanden bei der Arbeit zu beobachten, der seinen Beruf leidenschaftlich liebt. Später brachte er die Füße an und erklärte mir, die Kunst bestehe darin, die Zapfen so herzustellen, dass sie perfekt ins Zapfloch passten. Ich glaube, er wollte etwas mit seinem technischen Vokabular angeben, doch ich ließ mich auf das Spiel ein und tat so, als würden mich solche Details brennend interessieren. Er begutachtete seine Kommode von allen Seiten. Zufrieden bat er mich, ihm beim Einladen und später beim Ausladen vor dem Antiquitätengeschäft zu helfen.

Pierre Tremblay las Zeitung. Als wir eintraten, sprang er auf, und sobald er mich sah, begrüßte er uns mit unverhohlener Freude. Er war begeistert, und seine Seitenblicke gaben mir zu verstehen, dass es nicht ohne Bedeutung war, dass George-Harrison uns miteinander bekannt machte. Seine Euphorie verflog, als er die Kommode sah. Er verzog erstaunt das Gesicht und bat uns, sie in sein Lager zu bringen.

»Sollen wir sie nicht lieber ins Schaufenster stellen?«, fragte George-Harrison.

Doch Mister Tremblay erklärte, wir sollten sie in einer Ecke deponieren, er würde am nächsten Tag weitersehen. George-Harrison lud ihn zum Abendessen ins *La Mère Denise* ein, wo ich besagtes Eckmöbel aus dem achtzehnten Jahrhundert zu sehen bekam. Ich bin zwar keine Spezialistin, aber ich muss zugeben, dass die Fälschung meisterhaft ausgeführt war, und empfand einen gewissen Stolz, der eigentlich albern war.

Pierre Tremblay empfahl eine Bouillabaisse von den Magdalen Islands und bestellte dazu eine Flasche Weißwein vom Weingut Les Brome, einem Winzer aus Quebec, wie er stolz erklärte, als er unsere Gläser füllte.

Nachdem wir angestoßen hatten, beugte er sich zu George-Harrison, um das aufzuklären, was ihm ein Missverständnis schien.

»Ich will dich nicht verärgern, aber ich hatte einen Schlitten nach altem Vorbild bestellt, keine Kommode.«

»Stimmt«, antwortete George-Harrison schlagfertig. »Aber ich habe dich schon hundert Mal gefragt, ob du Informationen über meinen Vater hast, und nachdem du mir nie etwas sagen konntest oder wolltest, musste ich mich selbst auf die Suche machen, und das hat unglaublich lange gedauert. Du kennst ja das Sprichwort ›man kann nicht auf zwei Hochzeiten gleichzeitig tanzen‹, nun, und ich kann auch nicht zugleich unterwegs und in meiner Werkstatt sein. Also wird dein Schlitten warten müssen. Schätz dich glücklich, ich hatte diese Kommode schon seit einiger Zeit in Arbeit und habe den Nachmittag damit verbracht, sie zu vollenden, um dir wenigstens irgendetwas liefern zu können.«

»Verstehe«, brummte Pierre, »du hast mich nicht eingeladen, um mir deine Freundin vorzustellen, es handelt sich eher um eine Falle.«

»Wieso eine Falle, du weißt doch nichts?«

»Hör auf«, meinte Pierre verärgert, »du musst mich ja nicht in der Öffentlichkeit blamieren. Ich habe dir nichts gesagt, weil ich das nicht durfte. Ich habe es versprochen, verstehst du, und ein Versprechen ist ein Versprechen.«

»Was hast du versprochen?«

»Dass ich schweigen würde, solange sie noch da ist.«

»Aber sie ist nicht mehr da, Pierre, die Frau, die du gekannt hast, hat selbst vergessen, dass sie noch existiert.«

»Ich verbiete dir, so über deine Mutter zu sprechen.«

»Und doch ist es leider die reine Wahrheit, und das weißt du selbst, da du sie ja besuchst. Glaubst du, ich hätte die Möbel in ihrem Zimmer nicht erkannt? Das Nachtkästchen, den Beistelltisch neben der Tür, den Sessel am Fenster, wie viele Reisen hast du gemacht, um ihren Alltag zu verschönern?«

»Das hättest du an meiner Stelle tun sollen.«

»Ich bin sicher, es hat sie glücklicher gemacht, dass diese Aufmerksamkeiten von dir kamen. Und jetzt musst du bitte unsere Fragen beantworten. Das hättest du schon tun sollen, als ich dir von dem anonymen Brief erzählt habe.«

»Eure Fragen beantworten? Was geht das deine Freundin an?«

»Eleanor-Rigby ist Sally-Annes Tochter«, antwortete George-Harrison.

Der Gesichtsausdruck des Antiquitätenhändlers verriet, dass er genau wusste, wer meine Mutter war. George-Harrison fasste zusammen, was wir seit ihrem letzten Gespräch vor seiner Abreise herausgefunden hatten. Und als er fertig war, fühlte Tremblay sich verpflichtet, uns die Fortsetzung der Geschichte zu erzählen.

»Nach dem Einbruch sind eure Mütter in das Loft zurückgekehrt. Sie haben ihre Beute versteckt und sind zu ihren Freunden in ein Lokal an den Docks von Baltimore gegangen. Und soweit ich weiß, war es ein unvergessliches Fest. Die Anwesenden glaubten das Erscheinen der ersten Nummer des *Independent* zu feiern, aber eure beiden Mütter feierten auch ihren Raubzug – eine Ironie, wenn man bedenkt, was ihnen am Tag nach dem ersten Erscheinen der Zeitung zustieß. Die Polizei hatte schnell und gewissenhaft ermittelt, am Tresor aber nur die Fingerabdrücke von Robert und Hanna gefunden. Und da er nicht aufgebrochen worden war, zogen sie daraus zwei mögliche Schlussfolgerungen: Entweder war der Dieb Teil des Personals, oder es hatte gar kein Diebstahl stattgefunden. Die Stanfields besaßen genug Geld, also war ein eventueller Versicherungsbetrug nicht die bevorzugte Fährte, der die Ermittler folgten. Hanna Stanfield fürchtete einen Skandal mehr als alles andere auf der Welt, denn ihr guter Ruf war die Basis ihres Geschäfts. Berühmte Sammler vertrauten ihr Werke von unschätzbarem Wert an, man stelle sich vor, was die gedacht hätten, wenn sie erfahren hätten, dass in ihrem eigenen Haus ein Gemälde gestohlen worden war. Also zog sie es vor, der Polizei gegenüber nichts davon zu erwähnen ... Ihr seht mich beide so merkwürdig an, was habe ich denn gesagt?«

George-Harrison und ich waren beide vollkommen sprachlos und über die Maßen verblüfft. Endlich bekam der Brief des anonymen Schreibers einen Sinn. Ich zögerte, Tremblay zu unterbrechen, doch George-Harrison stellte ihm Fragen zu dem Bild.

»Alles, was ich weiß, ist, dass es Gegenstand eines furchtbaren Streits zwischen euren Müttern war. Nicht wegen seines Werts – auch wenn der enorm war –, sondern eher wegen der Bedeutung, die es für Hanna Stanfield hatte.

Soweit ich verstanden habe, hatte es ihrem Vater gehört, und sie hing mehr daran als an ihrer gesamten Kunstsammlung. May glaubte, das sei der Grund, warum Sally-Anne es gestohlen hatte. Daraus schloss sie, dass der Einbruch nicht stattgefunden hatte, um den *Independent* zu retten, sondern aus Rache. Sally-Anne schwor, sie habe nicht gewusst, dass es sich in dem Tresor befand, und behauptete, sie habe es erst beim Öffnen entdeckt und mitgenommen, ohne weiter darüber nachzudenken. May aber glaubte ihr keine Sekunde. Die Vorstellung, manipuliert worden zu sein, machte sie wütend. Das Problem war, dass sie nicht die Einzige war, die das glaubte. Das zeigt die ganze Ironie der Geschichte, denn hätte Sally-Anne den Artikel in der ersten Nummer der Zeitung, der offen ihre Familie angriff, nicht selbst unterzeichnet, hätte Edward vielleicht auch nicht den Zusammenhang hergestellt. Aber nun war es passiert. Edward begriff, wer der Verfasser war, und nahm an, er sei an der Nase herumgeführt worden. Wenn er auch bislang geglaubt hatte, Mays äußerst ungewöhnliches... wie soll ich sagen...?«

»Äußerst ungewöhnliches was?«, beharrte George-Harrison.

»Das geht euch nichts an. Sagen wir, der Artikel brachte ihn zu der Überzeugung, dass Mays Anwesenheit auf dem Ball andere Gründe gehabt hatte, als ihm seine Verlobung zu verderben. Denn er war May nicht im großen Salon begegnet, sondern im ersten Stock, nicht weit von dem Ort entfernt, an dem der Diebstahl begangen wurde. Als er also in der verflixten Zeitung entdeckte, wozu seine Schwester fähig war, um sich an ihrer Familie zu rächen, stellte er den Zusammenhang her. Während May und er... *diskutierten,* stahl Sally-Anne das Bild, an dem ihre Mutter am meisten auf der Welt hing. Ist das klar, oder muss ich es noch einmal erklären?«

»Klarer geht es nicht«, sagte ich.

Ich hatte George-Harrison bestimmte Details dieses Abends erspart und war erleichtert, dass sich Tremblay ebenso verhalten hatte.

»Was ist aus diesem Bild geworden?«, fragte ich.

»Das ist ein offener Punkt in der Geschichte. May wusste es nicht, und ich kann euch versichern, dass es nie in ihrem Besitz war.«

»Wie konnte sie es nicht wissen, wo sie doch das Loft mit meiner Mutter teilte?«, fuhr ich fort.

»Sie haben es nicht mehr lange geteilt. Edward Stanfield war von der Schuld seiner Schwester überzeugt und entschlossen, sie zu überführen und ihr das wieder abzunehmen, was sie gestohlen hatte. Edward liebte seine Mutter abgöttisch. Und Hanna hatte sich zwar damit abgefunden, dass man ihr ein kleines Vermögen an Schuldscheinen entwendet hatte, doch sie war untröstlich über den Verlust des Bildes. Edward beschattete eure Mütter. Mehrere Tage lang überwachte er ihr Kommen und Gehen. Da sie mit der zweiten Ausgabe ihrer Zeitung beschäftigt waren, verbrachte er seine Zeit damit, von dem Wagen aus, den er sich von seiner Mutter geliehen hatte, ihre Fenster zu beobachten. Er folgte May, als diese sich zur Bank begab, um einen Schuldschein zu verkaufen und mit dem Erlös das Material zu bezahlen. Er betrat die Bank nach ihr und verfolgte unbemerkt die Transaktion. Jetzt hatte er einen unwiderlegbaren Beweis. Und als May wieder draußen war, wurde er Zeuge einer weiteren Enthüllung. May erbrach sich auf dem Bürgersteig. Er hätte diese Übelkeit der Angst zuschreiben können, doch sie übergab sich erneut, als sie aus dem Taxi stieg, das sie zum Loft gefahren hatte. Ich nehme an, ihr versteht. Sie ging ins Haus. Edward hatte auf der Straße geparkt. Er stieg aus und klopfte an die Tür des Lofts. Es folgte eine furchtbare Auseinandersetzung. Edward drohte, sie anzuzeigen, wenn sie ihm nicht auf der Stelle die Beute aushändigten. Der Schalterbeamte würde den Verkauf bezeugen und May problemlos identifizieren können, dann würden sie beide ins Gefängnis wandern. May ließ Sally-Anne keine Zeit, sich zu rechtfertigen, sondern lief ins Schlafzimmer und holte die Schuldscheine. Als Edward die Herausgabe des zweiten Diebesgutes forderte, erfuhr sie von dem Bild. Der Streit wurde heftiger. Sally-Anne beleidigte Edward, May war wütend auf Sally-Anne, kurz, es war ein richtiger Rundumschlag. Und als Sally-Anne sich weigerte, das Bild herauszugeben, fragte Edward, was aus dem Kind werden sollte, wenn seine Mutter im Gefängnis säße. Sally-Anne wusste nicht, dass May schwanger war. Für eine Weile beruhigte sich die Situation. Jeder war betroffen. May, weil sie vor ihrer Freundin von Edward überführt worden war, und Sally-Anne, weil sie erriet, wer der Vater dieses Kindes war. Also gehorchte sie und gab die Rolle zurück, in der sie das Gemälde versteckt hatte.«

»Und war Edward schockiert, weil er aller Wahrscheinlichkeit nach der Vater dieses Kindes war?«, fragte George-Harrison mit bebender Stimme.

»Das vermutete er tatsächlich, und zu Recht«, erwiderte der Antiquitätenhändler seufzend.

»Warum hast du es mir nie gesagt, warum hast du so lange gewartet?«

»Wegen der nachfolgenden Ereignisse«, antwortete Tremblay und senkte den Blick. »Aber überleg dir gut, ob ich wirklich weitersprechen soll. Hinterher ist es zu spät, auch wenn du dann mein Schweigen verstehen, mir verzeihen und endlich begreifen wirst, warum deine Mutter dich dein ganzes Leben lang vor der Wahrheit schützen wollte.«

»Erzähl, Pierre, ich weiß, dass sie ihn getötet hat.«

»Du weißt gar nichts, mein Junge. Darum stelle ich dir diese Frage und rate dir, gut nachzudenken.«

Ich ergriff George-Harrisons Hand und drückte sie so fest, dass seine Knöchel weiß hervortraten. Ich spürte mit jeder Faser meines Körpers, dass Pierre schweigen musste. Aber wer an George-Harrisons Stelle hätte nicht wissen wollen, wie es weiterging?

Er nickte, und Pierre setzte seinen Bericht fort.

»Edward verließ das Loft, und er hätte die Schnauze halten können, entschuldigt die Ausdrucksweise, aber er war wirklich ein Dreckskerl, denn er begnügte sich nicht damit, sein Ziel erreicht zu haben, sondern stieß auf dem Flur noch schlimmere Drohungen aus. Wenn May nicht abtriebe, würde er die beiden der Polizei übergeben. Seine Schwester, und das sagte er mit angewiderter Miene, ein Adoptivkind, sei keine richtige Stanfield, und nach dem, was sie getan hätte, sei sie gar keine Stanfield mehr, also würde er nicht akzeptieren, dass ein weiterer Bastard den guten Ruf seines Namens schädigte und seine Ehe ruinierte. Wäre es nicht besser, wenn dieses Kind erst gar nicht das Licht der Welt erblickte, statt später der Fürsorge anheimzufallen, weil seine Mutter im Gefängnis säße? Sally-Anne hatte ihre Fehler, war aber keine unterwürfige Frau. Sie stieß einen Wutschrei aus, fiel über Edward her und schlug mit den Fäusten auf ihn ein. Dieser wehrte sich, verlor das Gleichgewicht und stürzte die einhundertzwanzig steilen Stufen hinunter. Diese Treppe war eine tödliche Herausforderung, und nachdem er sich das Genick gebrochen hatte, erwartete ihn im Erdgeschoss der Tod.«

Tremblay hatte den Blick wieder gehoben und beobachtete besorgt George-Harrisons Reaktion. Sein trauriges Gesicht war voller Güte. George-Harrison schwieg. Also legte Tremblay eine Hand auf die seine und entschuldigte sich.

»Bist du mir böse?«, fragte er beunruhigt.

Nun musterte George-Harrison ihn.

»Ich habe keinen Vater, und das ist auch besser so, aber ich habe eine unglaubliche Mutter, und ich habe dich, Pierre. Das ist doch schon viel. Viel zu viel, um dem Leben etwas vorzuwerfen, ohne undankbar zu sein.«

Tremblay übernahm die Rechnung. Wir gingen zu Fuß zu seinem Geschäft zurück, wo der Pick-up geparkt war. Als wir uns gerade verabschieden wollten, bat Tremblay uns, ihm zu folgen. In seinem Büro öffnete er eine Schublade und nahm ein altes Spiralheft, eine Art Schulheft, heraus.

»Ich habe es nie gelesen, das schwöre ich. May hat es mir anvertraut«, erklärte er und sah George-Harrison an, »aber es gehörte Ihrer Mutter«, fügte er an mich gewandt hinzu. »Ich will keine Geheimnisse mehr in meinem Leben, also gebe ich es Ihnen.«

Es war stockdunkel, George-Harrison saß am Steuer, die Scheinwerfer erhellten die Straße, und wir fuhren zurück in seine Werkstatt. Auf meinem Schoß lag das Tagebuch meiner Mutter, und ich drückte es an mich, wagte aber nicht, es zu öffnen.

Kapitel 38

Eleanor-Rigby

Oktober 2016, Magog

Ich verbrachte den Rest der Nacht an ihn geschmiegt. George-Harrison schlief. Das heißt, ich glaube, er tat nur so. Er lag mit geschlossenen Augen neben mir, um mir diesen Moment ganz für mich allein zu lassen, dabei aber an meiner Seite zu bleiben.

Zuvor hatte ich das Tagebuch meiner Mutter gelesen und durch ihren Bericht von den harten Jahren ihrer Internatszeit in England erfahren, von der Schlaflosigkeit in dem großen Bettensaal, in dem Einsamkeit und Verlassenheit auf ihr lasteten. Ich las auch freudige Seiten, die von der Begegnung mit meinem Vater in einem englischen Pub erzählten, in dem die Beatles »All You Need Is Love« sangen, und von ihrem dreijährigen ersten Flirt, der ihr so etwas wie Glück bescherte. Ich hatte die Gründe für ihre Rückkehr nach Baltimore verstanden, von der sie sich eine Aussöhnung mit ihrer Familie erhoffte. Ich erfuhr von ihrem Leben als freie Journalistin, ihren Abenteuern und dem Drang nach jener Freiheit, die für sie lebenswichtig war. Wie ähnlich wir uns doch im selben Alter gewesen waren, ich war damals durch die Welt gereist, um im Blick fremder Menschen das zu suchen, was ich aus Angst, sie zu gut zu kennen, nicht in dem meiner Eltern zu lesen wagte. Ich ließ all das Revue passieren, was ich seit Anfang dieser Reise gehört hatte, das kompromisslose Engagement für ihr journalistisches Projekt, die Kämpfe, die sie geführt hatte, der Wahnsinn, von dem sie sich hatte mitreißen lassen.

Ich war die ganze Nacht lang in meine Lektüre vertieft, und als ich am frühen Morgen auf den letzten Seiten ankam, weckte ich den Mann, den ich schon liebte, um sie mit ihm zusammen zu lesen, da sie auch ihn betrafen. Mum hatte sie nicht nur für sich geschrieben, sie waren auch an May gerichtet.

27. Oktober 1980

Dies sind die letzten Worte, die ich dir schreibe, liebes Tagebuch.
Als wir schließlich die Kraft fanden, zu meinem Bruder am Fuß der Treppe zu laufen, dachten wir beide, er sei tot. Doch May stellte fest, dass er noch atmete. Wir glaubten, das Nichtwiedergutzumachende sei nicht eingetreten. Also trugen wir ihn zu seinem Wagen und fuhren zum Krankenhaus. Und als die Pfleger ihn wegbrachten, machten wir beide uns aus dem Staub wie zwei Diebinnen, die wir ja auch waren. In der Nacht rief ich an, um mich nach seinem Zustand zu erkundigen, und die Ärzte ließen mir keine Hoffnung. Er hatte sich das Genick gebrochen, und es war ein Wunder, dass

427

er noch atmete, doch sobald man die Maschinen abschaltete, würde sein Leben mit ihnen erlöschen. Aus zwei idealistischen Diebinnen waren Kriminelle geworden, selbst wenn es sich um einen Unfall handelte.

Bevor es Tag wurde, setzte sich May ans Steuer des Wagens, den mein Bruder gefahren hatte, und versenkte ihn in den dunklen Fluten der Docks. Wir sahen zu, wie er langsam versank, bis er ganz verschwunden war. Niemand wusste, dass er uns aufgesucht hatte, und ohne dieses Beweisstück, würde niemand erfahren, was wir getan hatten.

Es war Mittag, als ich den Anruf meiner Mutter bekam. Sie befahl mir, unverzüglich zu ihr zu kommen. Zum letzten Mal stieg ich auf meine alte Triumph.

Meine Mutter erwartete mich in der Halle des Krankenhauses, in dem sie bei meinem Bruder gewacht hatte. Ich wollte ihr alles gestehen und die Konsequenzen tragen, ihr das Bild zurückgeben, an dem sie so sehr hing, selbst wenn das eine armselige Reue war. Doch sie ließ mir keine Zeit und befahl mir zu schweigen. Dann sprach sie.

»Geh und verlass dieses Land, bevor es zu spät ist, und komm nie wieder zurück. Letzte Nacht habe ich meinen Sohn verloren, und ich will nicht, dass meine Tochter im Gefängnis landet. Ich weiß, ich weiß alles, weil ich deine Mutter bin. Als die Krankenschwestern mir erzählt haben, zwei Frauen hätten Edward in die Notaufnahme gebracht und wären dann verschwunden, befürchtete ich das Schlimmste, und als ich dich eben sah, habe ich alles verstanden. Am Telefon habe ich dir nicht gesagt, wo du mich treffen sollst, und doch bist du hier. Entledige dich meines Wagens, wenn das nicht schon längst geschehen ist, und verschwinde mit ihm.«

Würdig in ihrem Schmerz, wandte sie sich ab und ließ mich allein zurück.

Ich verließ das Krankenhaus und machte mich auf den Weg zum Loft. May war nicht da. Also ging ich zur Bank, um den Scheck einzulösen, den meine Mutter mir eines Tages in ihrem Club ausgestellt hatte, um mich ein zweites Mal zu verstoßen. Dort traf ich Rhondas Mann und vertraute ihm das Gemälde Junges Mädchen, am Fenster stehend an, damit er es in einem von mir gemieteten Safe deponierte. Er ließ mich die Papiere ausfüllen, ohne Fragen zu stellen. Ich will dieses Bild nicht mitnehmen, denn ich könnte nie dieses junge Mädchen, so schön es auch sein mag, ansehen, ohne an ihr Schicksal und das meines Bruders zu denken. Als ich die Filiale verließ, kaufte ich ein Flugticket nach England, den Rest des Geldes steckte ich in einen Umschlag. Ich wollte ihn auf dem Nachtkästchen zurücklassen, damit May nach Kanada fahren konnte und in den ersten Tagen ihr Auskommen hätte.

Das sind die letzten Worte, die ich dir schreibe, mein Liebling.

Ich kehrte ins Loft zurück, und diesmal erwartetest du mich. Ich teilte dir meine Entscheidung mit. Wir sprachen lange und weinten dann schweigend. Du hast deinen und auch meinen Koffer gepackt.

Ich ging, während du schliefst. Dir Auf Wiedersehen zu sagen wäre eine Lüge gewesen, dir Adieu zu sagen viel zu grausam.

*Auf dem Tisch ließ ich die Schatzbriefe zurück, damit du
dir das Leben, das ich zerstört hatte, neu aufbauen könntest. Du trägst ein Kind unter dem Herzen, mein Liebling, und selbst wenn wir nicht blutsverwandt sind,
setzt es eine Geschichte fort, die ich hinter mir lassen will.
Es bleibt dir überlassen, sie ihm eines Tages zu erzählen.
Mach dir keine Sorgen um mich. Ich habe in London
jemanden, der auf mich wartet und auf den ich zählen kann. Das zumindest hoffe ich. Seinetwegen habe ich
dir dauernd die Beatles vorgedudelt, obwohl du die Rolling Stones liebst. Das sind die letzten Worte, die ich dir
schreibe, denn ich will nie wieder jemanden betrügen.
Wenn er mir also verzeihen will, werde ich ihn mit aller
Kraft lieben und mein Leben dem Versuch widmen, ihn
glücklich zu machen.
Werdet auch ihr zusammen glücklich, gib deinem Kind
die Lebensfreude, die ich von dir kenne. Mit dir habe
ich die schönsten Jahre meines Lebens verbracht, und
was auch immer geschehen mag, du wirst bis zu meinem
Lebensende in meinem Herzen bleiben.
Sally-Anne*

Das war die letzte Seite ihres Tagebuchs. Es wurde Tag.
George-Harrison reichte mir einen Pullover und eine
Jeans, und wir gingen im Wald spazieren.

Kapitel 39

Eleanor-Rigby

Oktober 2016, Magog

Ich rief Michel an, um mich nach seinem Befinden zu erkundigen. Er fehlte mir mehr denn je. Im Lauf unseres
Gesprächs fragte ich ihn, ob Mum ihm von einer Bank
erzählt hätte, in der sie ein Bild versteckt habe. Er antwortete, das sei unlogisch. Warum sollte man ein Bild in
einen Tresor legen, da es doch gemalt worden sei, um an
einer Wand aufgehängt zu werden. Ich fand keine Erklärung, die ihn zufriedengestellt hätte. Er wollte wissen,
ob ich bald zurückkäme, und ich antwortete ihm, sobald
wie möglich. Dann fragte er mich, ob ich gefunden hätte,
was ich suchte, und mit einem Blick auf George-Harrison erwiderte ich, ich hätte gefunden, wonach ich nicht
gesucht hätte. Er erklärte, so etwas käme vor, er habe in
seinen Büchern gelesen, viele wissenschaftliche Entdeckungen seien die Frucht des Zufalls. In seiner Bibliothek säßen zwei Leser, und bei einem solchen Andrang
könne er nicht länger am Telefon bleiben. Er versprach
mir, Maggie und Papa von mir zu umarmen, doch dann

ließ er mich schwören, sie anzurufen, damit ich sie selbst umarmte.

George-Harrison erwartete mich vor seinem Pick-up. Wir schlossen die Werkstatt ab und machten uns auf den Weg. Bei Einbruch der Nacht erreichten wir Baltimore.

Am nächsten Tag besuchten wir Professor Shylock und hielten somit unser Versprechen. Wir erzählten ihm, was wir erfahren hatten – das heißt fast alles, denn bestimmte Dinge gingen ihn nichts an. Wir hofften, mehr zu erfahren, und fragten, ob er eine Ahnung hätte, in welcher Bank sich das Bild befinden könnte. Unsere Frage schien ihn nicht zu verwirren, er griff nach seinem Manuskript, blätterte darin und warf uns Nachlässigkeit vor.

»Dabei steht es hier, Sie hätten nur etwas aufmerksamer sein müssen. Die Stanfields waren Aktionäre der Corporate Bank of Baltimore, und die gibt es heute noch, Sie können die Adresse im Telefonbuch nachsehen. Also, ermächtigen Sie mich nun, diese ganze Geschichte zu veröffentlichen?«

»Unter der Bedingung, dass Sie uns eine Frage beantworten«, erklärte ich.

»Ich höre«, antwortete er verärgert.

»Sind Sie der Verfasser der anonymen Briefe?«

Shylock deutete mit der Hand auf die Tür seines Büros.

»Verschwinden Sie, Sie machen sich lächerlich!«

Wir begaben uns zu der Bank, wo uns der Schalterbeamte kühl empfing. Ehe er uns die geringste Auskunft über die mögliche Existenz eines Safes gäbe, sollten wir zunächst beweisen, dass wir die rechtmäßigen Besitzer wären. Die Erklärung, meine Mutter habe ihn gemietet, und sie sei inzwischen verstorben, vermochte nichts auszurichten. Wenn ich ihre legitime Erbin wäre, sollte ich die entsprechenden Papiere vorlegen. Als ich ihm meinen Pass zeigte, nahm das Gespräch eine völlig absurde Wendung. Ich hieß Donovan, und Mum hatte den Safe auf ihren Mädchennamen gemietet – einen Namen, den sie definitiv abgelegt hatte, als sie nach England gekommen war. Selbst wenn Dad mir eine Kopie ihrer Heiratsurkunde schicken würde, würde diese den übereifrigen Angestellten nicht überzeugen.

Um uns loszuwerden, erklärte er, die einzige Person, die sich über die Vorschriften der Bank hinwegsetzen könne, sei der Generaldirektor. Er käme ein oder zwei Mal pro Woche, sein nächster Besuch sei für morgen Nachmittag geplant. Dann fügte er hinzu, es sei allerdings unnötig, ihn auch noch zu belästigen, denn Mister Clark sei Mormone, und Mormonen würden nie von den Vorschriften abweichen.

»Haben Sie Mister Clark gesagt?«

»Sind Sie taub?«, meinte der Angestellte seufzend.

Ich bat ihn inständig, seinem Vorgesetzten zu sagen, die Tochter von Sally-Anne Stanfield sei in der Stadt, die Mrs. Clark gut gekannt und bei der Gründung einer Zeitung unterstützt habe. Und ihn daran erinnern, dass meine Mutter ihm eines Tages ein Gemälde anvertraut hätte, das ein junges Mädchen an einem Fenster zeigte. Ich war sicher, er würde uns ein Treffen gewähren. Dann schrieb ich meine Handynummer und die Adresse unseres Hotels auf einen Zettel und schlug dem Schalterbeamten sogar vor, ihm meinen Pass zu überlassen. Doch dieser griff nach dem Zettel, mit dem ich vor seiner Nase wedelte, lehnte meinen Pass ab und versprach, meine Bitte weiterzuleiten, wenn ich auf der Stelle verschwände.

»Ich weiß nicht, wie wir das schaffen sollen«, meinte George-Harrison, als wir die verflixte Bank verließen. »Wenn sein Vorgesetzter noch dazu Mormone ist...«

»Sag das noch mal!«

»Das habe ich nur so dahingesagt, ich habe nichts gegen Mormonen.«

Ich küsste George-Harrison, und er verstand absolut nicht, warum ich mich so sehr freute. Ich hatte mich soeben an ein Gespräch zwischen meinem Vater und Maggie erinnert, als sie eine Entschuldigung dafür erfunden hatte, dass sie seine Wohnung durchwühlt hatte.

»Ein Mormone kann die Arbeit eines Mormonen nicht infrage stellen«, murmelte ich.

»Hast du was getrunken?«

»Die Mormonen widmen einen Teil ihrer Aktivitäten der Ahnenforschung, sie haben Ende des neunzehnten Jahrhunderts in Utah eine Gesellschaft gegründet, die sich damit beschäftigt. Zunächst waren sie nur in den USA tätig, dann haben sie ihre Arbeit auf Europa ausgedehnt und Abkommen mit fast allen Ländern geschlossen, die ihnen ihre standesamtlichen Register und Kirchenbücher zukommen ließen. Sie setzen ihre Aktivitäten noch heute fort und besitzen Millionen von Mikrofilmen, alle aufbewahrt in einem riesigen Tresorraum versteckt in den Bergen von Utah.«

»Und woher weißt du das alles?«

»Das gehört nun mal zu meiner Arbeit. Außerdem hat mein Vater sich an sie gewandt, und wenn auch der Auszug, den er uns gezeigt hat, absichtlich mit Mum und ihm aufhört, könnte ich doch den vollständigen Stammbaum bekommen, wenn ich mich direkt an sie wende.«

Es dauerte nicht lange, bis ich das fand, was ich suchte. Auch die Mormonen sind modern geworden, und es reichte aus, meinen Namen und den meiner Eltern auf ihrer Internetseite einzutragen, um umgehend eine Kopie meines Stammbaums zu bekommen und so die Identität meiner Vorfahren zu sehen. Ich schickte mich an, zu dem Schalterbeamten zurückzukehren, der uns hinauskomplimentiert hatte, als ich einen Anruf von Mister Clarks Sekretärin bekam.

Sie bat uns für den übernächsten Tag gegen Mittag in sein Büro.

Schwer zu sagen, wer am ältesten war – der Präsident, seine Sekretärin oder das Mobiliar.

Wir nahmen in zwei abgewetzten Ledersesseln Platz. Mister Clark war kahlköpfig und trug einen schwarzen Dreiteiler und eine Fliege, doch seine rechteckige Brille, die auf der Nase nach vorn rutschte, und sein weißer Schnurrbart erinnerten an Geppetto und machten ihn sympathisch. Er hörte mich schweigend an und beugte sich über die Dokumente, die ich ihm vorlegte. Er studierte mit größter Aufmerksamkeit den Stammbaum und wiederholte drei Mal »verstehe«, während ich den Atem anhielt.

»Das ist kompliziert«, erklärte er dann.

»Was ist denn kompliziert?«, wollte George-Harrison wissen.

»Ein Stammbaum ist nicht im eigentlichen Sinne ein offizielles Dokument, und doch belegt dieser Ihre Rechtmäßigkeit. Der Safe, von dem Sie sprechen, ist seit sechsunddreißig Jahren nicht mehr geöffnet worden. In ein paar Monaten wäre der Inhalt für herrenlos erklärt worden und der Bank zugefallen. Also können Sie sich meine Überraschung vorstellen, wenn plötzlich jemand das Eigentum für sich beansprucht.«

»Aber vor Ihnen liegt der Beweis dafür, dass ich Sally-Anne Stanfields Tochter bin.«

»Das ist unwiderlegbar. Übrigens sehen Sie ihr sehr ähnlich.«

»Sie erinnern sich nach all den Jahren noch an meine Mutter?«

»Wissen Sie, wie lange meine Frau mir vorgeworfen hat, dass ich Sally-Anne Stanfield diesen Kredit nicht gewährt habe? Oder dass nichts passiert wäre, wenn ich mich gegen meinen Verwaltungsrat gestellt hätte? Wissen Sie, wie viele Jahre Ihre Mutter mir indirekt das Leben schwer gemacht hat? Ich glaube, es ist besser, wenn ich Ihnen das nicht erzähle.«

»Dann wissen Sie also, was geschehen ist?«

»Als ich hörte, dass sie nach dem Unfall ihres Bruders ihre Mutter im Stich gelassen und beschlossen hat, im Ausland zu leben, war ich ebenso betroffen wie alle, die die Stanfields kannten.«

»Kannten Sie auch Hanna?«

Mister Clark nickte.

»Eine bewundernswerte Frau«, fuhr er fort. »Die Ärzte haben sie nie überzeugen können. Eine wahre Heilige.«

»Von was überzeugen?«

»Die Maschinen abzuschalten, die ihren Sohn am Leben hielten. Sie hat ihr gesamtes Vermögen dafür ausgegeben, dass er die beste Behandlung bekam. Nach und nach hat sie ihre Gemälde verkauft und dann ihr Anwesen. Sie zog in eine kleine Wohnung und verbrachte ihre Tage in der Klinik, in die sie ihren Sohn hatte überführen lassen. Sie hoffte auf ein Wunder, das nicht eintrat. Auch die modernsten Apparate, die sie ständig liefern ließ, konnten ihren Sohn nicht ins Leben zurückbringen. Sie hat alles für ihn geopfert, und als er starb, hat sie sich vom Leben zurückgezogen.«

»Wie lange hat Edward weitergelebt?«

»Zehn Jahre oder vielleicht auch etwas mehr.«

Mister Clark rückte seine Brille zurecht, wischte sich mit dem Taschentuch die Stirn ab und hüstelte.

»Also, kommen wir zu unserer Angelegenheit zurück. Sie wissen sicher, dass Ihr Bruder und Ihre Schwester, da sie in dem Stammbaum aufgeführt werden, ebenfalls Erben von Miss Stanfield, ich meine von Ihrer Mutter, sind?«

»Das ist selbstverständlich.«

Mister Clark nahm den Stammbaum und besagten Vertrag und ging damit zu seiner Sekretärin ins Nebenzimmer, dessen Tür die ganze Zeit über geöffnet geblieben war. So als brauchte er einen Zeugen, um zu beweisen, dass er gegen keine Vorschrift verstoßen habe und den Verpflichtungen nachgekommen sei, die seine Bank eingegangen war.

Die Sekretärin kam kurz darauf zu uns und nickte, um zu bestätigen, dass alles seine Ordnung habe.

»Na, dann wollen wir mal«, meinte Mister Clark mit einem Seufzer.

Wir stiegen in einen Aufzug, wie man ihn nur noch aus alten Schwarz-Weiß-Filmen kennt. Die mit Einlegearbeiten verzierte Kabine, deren hölzernes Gitter mit einer Holzkurbel geschlossen wurde, beeindruckte George-Harrison zutiefst, und als wir im Schneckentempo nach unten fuhren, erriet ich, dass er sich überlegte, wie er sie nachbauen könnte.

Der Tresorraum war riesig. Mister Clark bat uns, im Vorzimmer zu warten. Er ließ uns dort in Gesellschaft seiner Sekretärin zurück, die uns mit einem ersten Lächeln bedachte.

Kurz darauf kam er mit einer Zeichenmappe unter dem Arm zurück, die zum Schutz in eine Decke gehüllt war.

Er legte sie auf den Tisch, der in der Mitte des Raums stand, und trat zurück.

»Ich überlasse Ihnen das Öffnen, denn ich bin nicht der rechtmäßige Besitzer.«

Wir näherten uns dieser Decke, als wäre sie ein Relikt, und das war sie ja in gewisser Hinsicht auch.

George-Harrison knotete die Bänder der Zeichenmappe auf, und ich hob den Deckel an.

Und dann lag *Junges Mädchen am Fenster, stehend* in seiner ganzen Schönheit vor uns. Das Licht fiel auf sein Gesicht, und man hatte das Gefühl, es würde das Gemälde durchdringen.

Ich dachte an eine andere junge Frau, deren Blick aus dem Fenster auf ihren Vater gerichtet war, der in Gesellschaft eines jungen amerikanischen Verbindungsoffiziers eine Zigarette rauchte. Ich erinnerte mich an ihre wahnsinnige Flucht durch die Berge, an jene, die sie gerettet und ihnen geholfen hatten, an einen wunderbaren englischen Kunsthändler, an die Fenster einer elenden Wohnung an der 37th Street und an die einer Wohnung an der Upper East Side, an meine Mutter, die sie adoptiert hatten, an ihren Halbbruder und an all die Leben, die das Schicksal durch Sam Goldsteins Lieblingsgemälde von Hopper miteinander verbunden hatte.

Nun traten auch Clark und seine Sekretärin diskret näher, um es zu bewundern. Und ich hatte den Eindruck, auch sie sammelten sich vor diesem jungen Mädchen.

»Wollen Sie es gleich heute mitnehmen?«, fragte Mister Clark.

»Nein«, antwortete ich. »Hier ist es besser aufgehoben.«

»Dann werde ich, um die Dinge zu vereinfachen, den Vertrag auf Ihren Namen umschreiben, das Datum ändern und Ihnen eine Kopie mitgeben. Wenn Sie einen Moment in der Halle im Erdgeschoss warten, bringt meine Sekretärin Ihnen den neuen Vertrag.«

Wir fuhren mit demselben Aufzug wieder nach oben, und nachdem wir uns im Erdgeschoss von ihm verabschiedet hatten, entschwand Mister Clark in seiner Intarsien-Kabine ins oberste Stockwerk.

Wir warteten gut zehn Minuten. Dann übergab uns die Sekretärin einen Umschlag, auf den mein Vor- und Nachname geschrieben stand. Als sie ihn mir anvertraute, riet sie mir dringlich, dieses Dokument nie zu verlieren. Es sei das allererste Mal, dass Mister Clark in seiner Laufbahn die Vorschriften umgangen habe, und sie glaube nicht, dass sich so etwas je wiederholen würde. Sie bedachte uns mit einem zweiten Lächeln und kehrte zu ihrer Arbeit zurück.

Wir gingen zum Mittagessen ins Sailor's Café, das war keine Wallfahrt, sondern der Wunsch, den Ort unserer ersten Begegnung noch einmal aufzusuchen. Bei Tisch fragte mich George-Harrison, was ich mit dem Bild vorhätte.

»Ich gebe es dir, denn rechtlich steht es nur dir zu. Du bist der Einzige, der mit Sam und Hanna Goldstein blutsverwandt ist. Mum war schließlich nur adoptiert.«

»Das freut mich wirklich sehr!«

»Ist dir der Besitz des Bildes so wichtig?«

»Es ist wundervoll, aber mir nicht wichtig. Adoptiert oder nicht, was ändert das? Ein Kind ist ein Kind, und deine Mutter war die einzige legitime Erbin dieses Bildes.«

»Was freut dich dann so sehr?«

»Dass wir nicht blutsverwandt sind, denn ich habe nicht die Absicht, dich nach England zurückkehren zu lassen, zumindest nicht ohne mich.«

Das hatte ich auch gar nicht vorgehabt, aber ich wäre bis zum Flugzeug gegangen, damit er mich am Einsteigen hindert.

»Das weiß ich«, gab ich etwas angeberisch zurück.

»Nein, das wusstest du nicht! Und da ist noch etwas anderes, was wir nie wissen werden: Wer war der anonyme Briefeschreiber?«

Als wir wieder in den Pick-up stiegen, zog ich den Umschlag aus der Tasche, den mir Mister Clarks Sekretärin überreicht hatte. Mein Blick fiel auf die Schrift, mit der mein Vor- und Nachname geschrieben war, und mein Gesicht erhellte sich. Die Handschrift war schön, bemerkens-

wert schön, mit vielen geschwungenen und feinen Schnörkeln, wie man es in der Schule lernt.

Und plötzlich begriff ich, begriff endlich alles, und ich
begann gleichzeitig zu lachen und zu weinen.

Als wir an einer Ampel hielten, wandte ich mich zu
George-Harrison um und zeigte ihm den Umschlag.

»Hanna hat sich nicht umgebracht, wie Shylock uns versichert hat, ihr Auto haben unsere Mütter im Hafen versenkt.«

»Ich verstehe nicht.«

»Clarks Sekretärin, das war sie, Hanna!«

Kapitel 40

Mister Clarks Büro, eine Stunde zuvor

»Sind Sie zufrieden?«, fragte Mister Clark, als er Hanna zum Ausgang der Bank begleitete.

»Ja, das bin ich. Das Gemälde meines Vaters kehrt ans Licht der Welt zurück, ich habe das Versprechen gehalten, das ich ihm gegeben habe: nämlich, dass es nie verkauft wird, sondern immer im Familienbesitz bleibt. Und bei dieser Gelegenheit habe ich auch zwei meiner Enkelkinder zu Gesicht bekommen. Sie müssen zugeben, das war die Mühe wert, ein paar Briefe aufzugeben, auch wenn es aus Kanada war. Ich werde Ihnen ewig dankbar sein für alles, was Sie für mich getan haben.«

»Warum haben Sie sich nicht zu erkennen gegeben?«

»Wenn sie mich nach dem ganzen Weg, den sie zurückgelegt haben, treffen wollen, dann bin ich sicher, dass sie wissen, wo sie mich finden können.«

Hanna verabschiedete sich von Mister Clark und ging zu ihrem Bus. Er sah ihr hinterher, wie sie ebenso würdevoll auf dem Bürgersteig davonschritt, wie sie gelebt hatte.

Epilog

Anfang Januar 2017 begann Ray Donovan eine Diät, um wieder in seinen Smoking zu passen.

Am 2. April 2017 heirateten Eleanor-Rigby und George-Harrison in Croydon. Es war eine sehr schöne Zeremonie. Maggie hatte Fred verlassen und ihr Jurastudium wieder aufgenommen. Im folgenden Jahr wechselte sie das Fach, um Tierärztin zu werden.

Am Abend der Hochzeit verkündeten Véra und Michel, sie würden nach Brighton umziehen. Sie erwarteten ein glückliches Ereignis, darum erschien ihnen die Seeluft logischer als die Stadtluft.

In der letzten Reihe wohnte Hanna inkognito der Zeremonie bei. Sie nutzte ihren Aufenthalt, um sich zum Grab ihrer Tochter zu begeben. Sie hatte nun all ihre Nachfahren gesehen und fuhr glücklich zurück.

Am 20. April veröffentlichte Professor Shylock ein Buch mit dem Titel *Die Letzte der Stanfields*. Das Werk hatte großen Erfolg ... bei seinen Kollegen, denen er es schenkte.

Eleanor-Rigby und George-Harrison leben in Magog. Ihr Haus steht jetzt vor der Werkstatt.

May lernte ihren Enkel Sam kennen.

Er ist wahrscheinlich das einzige Kind der Welt, in dessen Zimmer ein echter Hopper hängt.

Manchmal sagt er abends, bevor er ins Bett geht, einem jungen Mädchen gute Nacht, das aus dem Fenster sieht.

Danksagung

Mein Dank gilt:

Pauline, Louis, Georges und Cléa.
Raymond, Danièle und Lorraine.

Susanna Lea.
Emmanuelle Hardouin.
Cécile Boyer-Runge, Antoine Caro.
Caroline Babulle, Élisabeth Villeneuve, Arié Sberro, Sylvie
Bardeau, Lydie Leroy, Joël Renaudat, Céline Chiflet sowie
dem gesamten Team der Éditions Robert Laffont.
Pauline Normand, Marie-Ève Provost, Jean Bouchard.
Léonard Anthony, Sébastien Canot, Danielle Melconian,
Mark Kessler, Marie Viry, Julien Saltet de Sablet d'Estières.
Laura Mamelok, Cece Ramsey, Kerry Glencorse.
Brigitte Forissier, Sarah Altenloh.
Lorenzo.

Und den Beatles für ... »Eleanor Rigby«.
(© Lennon-McCartney)

Er sieht sie, er liebt sie und er kämpft für sie, als alle sie aufgegeben haben ...

MARC LEVY

SOLANGE DU DA BIST

ROMAN

Der Weltbestseller in moderner Neuausstattung

blanvalet

288 Seiten. ISBN 978-3-7341-0841-9

San Francisco an einem verschneiten Winterabend: Als Arthur, ein erfolgreicher Architekt, von der Arbeit nach Hause kommt und seinen Schrank öffnet, weil darin ein merkwürdiges Summen zu hören ist, findet er eine Frau, die sich selbstvergessen zur Musik des Radios hin und her wiegt. Nur: Das kann eigentlich gar nicht sein, denn Lauren liegt seit einem Autounfall im Koma. Arthur traut seinen Augen nicht. Doch nach und nach besiegen seine aufkeimenden Gefühle jeden Zweifel und er setzt alles daran, der jungen Frau zu helfen ...

Zwei Menschen aus unterschiedlichen Welten und eine große Liebe – ob das gutgehen kann?

480 Seiten. ISBN 978-3-7645-0779-4

Nick und Anna lernen sich in den Sommerferien kennen. Anna ist mysteriös, wunderschön und ganz anders als Nick. Sie ist aufgewachsen in einer Welt, in der man sie von frühester Kindheit an auf das Ende aller Tage vorbereitet hat. In einer Welt, wo Weihnachten, Feste und ganz alltägliche Vergnügungen undenkbar sind. Als sie Nick begegnet, verliebt sie sich haltlos in ihn. Ihre gemeinsame Zeit verbringen die beiden Zigaretten rauchend, mit Musik, Lyrik und langen Gesprächen. Doch Anna, die an der Schwelle zum Erwachsenenleben steht, hat Angst, alles aufzugeben, woran sie bislang geglaubt hat. Als sie sich von Nick abwendet, hält er sie nicht auf. Bis ein tragisches Ereignis die beiden eines Tages wieder zusammenführt ...

Lesen Sie mehr unter: **www.blanvalet.de**

Eine Geschichte von drei Generationen, den Dingen die uns trennen und jenen, die uns verbinden.

480 Seiten. ISBN 978-3-8090-2735-5

Der plötzliche Tod einer Bekannten bringt Astrid Strick zum nachdenken: Das Leben kann so schnell vorbei sein – hat Astrid ihres gut genutzt? Ist es zu spät, Neues zu wagen? Und war sie eine gute Mutter? Astrid wollte immer das Beste für ihre Kinder, doch scheint keines richtig angekommen im Leben. Elliott ist unglücklich in seiner Bilderbuchfamilie. Tochter Porter ist Single, schwanger und überfordert. Und Nicky lebt trotz Frau und Kind ein Vagabundenleben. Astrid und ihre Kinder waren immer gut darin, ihre wahren Leben voreinander zu verbergen. Doch dann zieht Cecilia, Nickys Teenager-Tochter, bei Astrid ein und stellt das ganze sorgsam gehegte Konstrukt auf den Kopf.